M.

À 40 ans, en 2006, géographe universitaire de renom, Michel Bussi publie son premier roman, *Code Lupin*. Mais c'est *Nymphéas noirs*, polar le plus primé en 2011, devenu aujourd'hui un classique, qui le fait remarquer par un large public.

Il atteint en quelques années le podium des auteurs préférés des Français, et se hisse à la première place des auteurs de polar. Un genre qu'il a su revisiter à sa façon, avec toujours la promesse d'un twist renversant. Consacré par le Prix Maison de la Presse pour *Un avion sans elle* en 2012, il a reçu depuis de nombreuses récompenses. Tous ses romans ont paru en version poche aux éditions Pocket, plusieurs ont été adaptés à la télévision, la plupart sont adaptés ou en cours d'adaptation en bandes dessinées, et ses droits cédés dans trente-sept pays.

Si le romancier se distingue par son art du twist, il pose aussi sur la société un regard juste, personnel, profond. Et sans jamais oublier l'humour, il sait partager avec ses lecteurs le plaisir de la culture populaire, notamment musicale. « Sans une bonne mélodie, même les plus belles paroles d'une chanson ne procureront jamais d'émotion. L'intrigue de mes romans, c'est ma mélodie. »

**Retrouvez toute l'actualité de l'auteur
sur son site :
www.michel-bussi.fr**

MON CŒUR A DÉMÉNAGÉ

ÉGALEMENT CHEZ POCKET

Un avion sans elle
Nymphéas noirs
Ne lâche pas ma main
N'oublier jamais
Gravé dans le sable
Maman a tort
Le temps est assassin
T'en souviens-tu, mon Anaïs
On la trouvait plutôt jolie
Sang famille
Tout ce qui est sur Terre doit périr
J'ai dû rêver trop fort
Au Soleil redouté
Rien ne t'efface
Code 612 : Qui a tué le Petit Prince ?
Nouvelle Babel
Trois vies par semaine
Mon cœur a déménagé

MICHEL BUSSI

MON CŒUR A DÉMÉNAGÉ

Le destin de Folette

Les Presses de la Cité

Le Code de la propriété intellectuelle n'autorisant, aux termes de l'article L. 122-5, 2° et 3° a, d'une part, que les « copies ou reproductions strictement réservées à l'usage privé du copiste et non destinées à une utilisation collective » et, d'autre part, que les analyses et les courtes citations dans un but d'exemple et d'illustration, « toute représentation ou reproduction intégrale ou partielle faite sans le consentement de l'auteur ou de ses ayants droit ou ayants cause est illicite » (art. L. 122-4).
Cette représentation ou reproduction, par quelque procédé que ce soit, constituerait donc une contrefaçon, sanctionnée par les articles L. 335-2 et suivants du Code de la propriété intellectuelle.

SI MAMAN SI
Paroles & Musique : Michel Berger
© 1977 Universal Music Publishing/Colline Ed. Musicales S. A
Avec l'aimable autorisation d'Universal Music Publishing
© Michel Bussi et Les Presses de la Cité, 2024
ISBN 978-2-266-34710-5
Dépôt légal : janvier 2025

Pour Karine
Et pour tous les travailleuses et travailleurs sociaux qui croient encore à la solidarité

29 avril 1983

POUCETTE

1

Maman

« Mon mari va me tuer ! Vous entendez ce que je vous dis, monsieur Vidame ? Mon mari va me tuer ! »

Tu l'as répété au moins trois fois, maman.

Mon mari va me tuer !
Mon mari va me tuer !
Mon mari va me tuer !

Vidame ne t'a pas répondu. Il s'est contenté de regarder sa montre, une grosse montre dorée, pour bien faire comprendre qu'il était pressé. Il a soupiré aussi, il a levé les yeux au ciel, enfin au plafond de notre appartement, aux toiles d'araignées et aux morceaux de peinture qui se détachaient en flocons, comme un sachet de chips crevé.

C'était il y a plus de dix ans. Je n'aimais pas Vidame. Toi non plus maman, je le sais, tu ne l'aimais pas ! Mais tu étais bien obligée de faire semblant.

Ce soir-là, Vidame a encore regardé sa montre. Est-ce qu'il vérifiait si elle était toujours accrochée à son poignet ? Si l'homme invisible ne s'était pas introduit dans notre salon pour la lui voler ? Il a mis dix secondes pour répondre.

— Je suis désolé, Maja, je suis travailleur social, pas policier. Le seul conseil que je peux vous donner, c'est d'aller porter plainte. C'est l'unique façon de vous protéger.

Maja...

Ça me faisait toujours drôle, maman, quand Vidame t'appelait par ton prénom.

Maja.

Comme s'il était un ami, ou qu'il appartenait à notre famille. Toi tu l'appelais toujours *monsieur Vidame*. Je ne savais même pas, à ce moment-là, quel était son prénom.

Tu tremblais, maman. Tu éparpillais des feuilles devant toi, je les reconnaissais, c'étaient celles qui te faisaient pleurer chaque fois que tu les trouvais dans la boîte aux lettres. Et chaque fois que tu déchirais une nouvelle enveloppe, tu murmurais *Je ne m'en sors pas. Mon Dieu, je ne m'en sors pas.*

J'ai vu tes mains s'approcher de celles de Vidame. J'ai deviné ce que tu avais envie de faire : l'attraper par les poignets, comme quand tu étais énervée contre moi. Le forcer à te regarder dans les yeux ! Mais tu t'es contentée de les poser sur la table et de le supplier.

— Je veux seulement de l'argent, monsieur Vidame. Juste un peu d'argent. Mon mari va rentrer. Il va m'en réclamer. S'il ne trouve rien pour s'acheter à boire, il va me tuer.

Tes mains tremblaient toujours, maman, mais tu parvenais à les dompter, à les laisser collées, bien à plat, doigts écartés. Vidame a regardé une dernière fois sa montre. J'ai détesté la façon dont il t'a parlé quand il s'est levé.

— On en a déjà discuté cent fois, Maja. Vous êtes sous tutelle. Je suis là pour vous aider à gérer votre budget. Pour que votre mari ne dépense pas tout votre argent dans l'alcool. Pour que vous puissiez subvenir aux besoins de…

J'ai détesté la façon dont Vidame a posé ses yeux sur le papier peint qui se décolle, sur le carrelage fêlé de l'entrée, sur chaque tache noire de moisissure, sur le reste de pâtes collées au fond de la casserole, sur moi.

— … aux besoins de votre fille.

Je terminais mon assiette. Je n'avais qu'une envie, je te le jure, maman, je n'avais qu'une envie du haut de mes sept ans. Planter ma fourchette dans sa main ! Tu as remarqué ma colère. Tu devinais toujours tout, maman. Tu t'es levée et tu t'es approchée de moi. Tu as pris mes poignets, tu les as serrés fort, jusqu'à me faire mal, et tu m'as demandé d'aller me coucher.

J'y suis allée sans discuter. Tu me l'avais dit tant de fois, quand monsieur Vidame ou madame Goubert étaient là, *j'ai déjà assez d'ennuis comme ça, Folette, je t'en supplie n'en rajoute pas*. Quand j'ai poussé la porte de ma chambre, je t'ai entendue répéter :

— Mais vous ne comprenez pas ? Si mon mari n'a rien à boire, il va devenir fou !

Cette fois, je n'ai pas vu Vidame soupirer, ni lever les yeux au plafond, ni regarder sa montre. De ma chambre, j'apercevais juste son dos et son long manteau qu'il n'avait même pas pris le temps de retirer.

— Je vais être clair, Maja. Je ne vous donnerai pas d'argent. Je le fais pour votre bien. Et pour le sien. C'est mon travail. Vous protéger.

— Restez alors. Il va bientôt rentrer.

— Je ne peux pas.

Je haïssais déjà Vidame à ce moment-là. Tu continuais de le supplier et il restait là, sans bouger, comme s'il avait des remords, comme s'il SAVAIT ce qui allait se passer, cette nuit-là, qu'il avait tout deviné et qu'il hésitait. Pas longtemps, juste un instant, juste le temps que tu lui proposes un café.

Il SAVAIT.

Et pourtant il n'a rien fait.

Je suis montée par la petite échelle de bois dans mon lit en hauteur et je me suis allongée juste au-dessous du plafond. Bolduc s'est réveillé, il s'est à peine poussé, comme si c'était sa place, pas la mienne, puis quand il a vu que je me glissais sous mes draps, il a grimpé sur moi en ronronnant plus fort encore que le chauffe-eau. De mon lit, aussi haut perchée qu'une ampoule accrochée au plafond, je voyais tout !

Par la porte entrouverte, je t'ai vue servir une tasse de café à Vidame. Il n'a pas osé refuser, il n'a pas osé traîner non plus, alors il l'a bu debout. Il devait se brûler les mains, vu que toutes les anses des tasses que mamie Mette nous avait offertes à Noël étaient déjà cassées.

Vidame a trempé ses lèvres et a grimacé.

Bien fait !

Il avait dû se brûler tout le reste aussi. Tu faisais toujours trop bouillir le café, du moins c'est ce que papa disait à chaque fois. Je me suis tortillée dans mon lit, *pousse-toi, Bolduc, pousse-toi…*

De mon observatoire, je dominais aussi tout le quartier. Notre appartement se trouvait au dixième étage de l'immeuble Sorano : le plus haut ! Par la fenêtre, je pouvais espionner jusqu'à la rue Raimu, l'allée Jouvet et la passerelle au-dessus de la voie rapide. Ce soir-là, j'ai aperçu un homme qui promenait son chien, peut-être monsieur Lazare, j'ai vu aussi une dame qui rentrait dans l'une des cages d'escalier, un couple d'amoureux qui s'embrassait, des dizaines de voitures qui roulaient sous la passerelle et des gars au-dessus qui n'avaient rien d'autre à faire que de les regarder. J'ai vu une mobylette s'arrêter devant l'épicerie de monsieur Pham, alors qu'il commençait à ranger ses fruits.

Je note ces détails pour m'en souvenir, maman, des années après. Je me rends compte que mon cerveau a tout enregistré, ce soir-là. Peut-être que moi aussi, j'avais deviné ce qui allait se passer… Ou peut-être que c'est l'inverse. Si je me souviens de tous les détails, si tout s'est gravé dans ma mémoire, c'est à cause de tout ce qui est arrivé ensuite. Pour ne jamais oublier ! Pour chercher une explication, un indice, un témoin, comme ce type qui fume sa cigarette devant le terrain de basket, ou cet autre qui reste dans sa voiture sous un réverbère. Me souvenir de tout, maman, chaque silhouette, chaque ombre, chaque feuille d'arbre, chaque feuille posée sur la table devant toi.

Cette fois, Vidame a vidé sa tasse. Tu l'as supplié une dernière fois.

— Restez pour lui parler. S'il vous plaît. Restez pour lui expliquer. Moi, il ne me croit pas.

Vidame a posé sa tasse sur la table. Bolduc s'est glissé sous les draps pour me lécher les doigts. Je l'ai laissé faire même si je n'aimais pas ça.

— Je ne peux pas, Maja. Il est tard, je vous l'ai dit. Je ne suis pas médiateur, je suis simplement mandaté pour gérer votre budget.

Je le détestais ! Plus que jamais ! Qu'est-ce qu'il avait de si important à faire ? Aller chercher le pain avant que la boulangerie ferme ? Rapporter des fleurs à sa femme ? Ou il avait tout simplement peur de croiser papa ? Il préférait te faire la morale et te laisser te débrouiller seule avec lui. C'était ça son métier ? T'attacher à un poteau et se tirer ?

— Richard, il va me tuer.

Vidame s'appelait donc Richard... C'était la première fois que j'entendais son prénom, la première fois que tu l'appelais ainsi, du moins je crois.

Ça n'a provoqué chez lui aucune réaction. Il a fait comme s'il n'avait pas entendu et a reculé de trois pas pour sortir. Trois pas, ça suffisait presque pour passer du canapé à la porte d'entrée.

Il a posé sa main sur la poignée.

— S'il vous plaît, Richard, aidez-moi.

— C'est ce que je fais, Maja. Je vous jure que c'est ce que je fais. Je vous aide, vous et beaucoup d'autres, à longueur de journée. Mais je ne peux pas vous sauver. Ni votre fille. Vous seule le pouvez !

— Il va me t...

Richard Vidame était déjà sorti. La porte s'était refermée.

J'ai serré Bolduc plus fort contre moi. Sa langue râpeuse s'est attaquée à mon cou. J'ai guetté par la fenêtre, j'ai attendu un bon moment. Faut dire, l'ascenseur est tout le temps en panne chez nous ! J'ai enfin vu Vidame sortir, marcher un peu sur le trottoir, traverser le parking, et rejoindre une voiture noire. Sa voiture ! Je la connaissais, c'était la plus grosse du quartier. Quand il a ouvert la portière, j'ai vu que quelqu'un l'attendait à l'intérieur. Une femme. Une femme que bizarrement, j'avais l'impression de connaître, mais je ne voyais pas bien son visage. J'ai rangé tout cela dans un coin de ma tête, la grosse voiture, la femme cachée dans l'ombre, la façon dont Vidame l'a embrassée, dont il a mis sa main sur sa cuisse. Alors c'est pour ça qu'il ne pouvait pas rester ? Parce qu'il avait une autre femme à retrouver ?

Je te jure, maman, j'ai tout enregistré ce soir-là, avec plus de précision qu'une caméra.

La voiture noire a démarré et disparu. Je n'ai appris sa marque que bien plus tard. Une Volvo 244, Black Star.

Toi maman, tu étais restée penchée sur la table. Tu pleurais sur tes papiers. Papa, maintenant, allait bientôt rentrer.

Bolduc s'était presque endormi sur moi. Je le caressais doucement, pour ne pas le réveiller. Il avait six mois, il avait besoin de câlins. Moi aussi j'en avais besoin, alors je t'ai appelée d'une petite voix.

— Tu viens me lire une histoire, maman ?

Même des années après, jamais je n'oublierai ton sourire, quand tu as levé les yeux vers moi, comme un grand soleil après la pluie.

2

Maman

Je me suis réveillée en sursaut.
Tu criais !
Mon livre Rouge et Or était toujours posé à côté de moi, exactement comme tu l'avais laissé, maman, après m'avoir lu *Poucette*. Je crois que je me suis endormie aussitôt, peut-être même avant la fin, au moment où Poucette reçoit deux ailes en cadeau pour son mariage et devient Maja, la reine des minuscules êtres volants. Je connaissais l'histoire par cœur, c'était ma préférée.

Bolduc dormait. Seules ses petites pattes s'agitaient. Il devait rêver à une histoire de chats, de souris, ou du fil argenté accroché au barreau de mon lit. Moi je ne rêvais pas. J'avais les yeux bien ouverts mais je restais sans bouger, pour ne pas le réveiller, et surtout pour faire croire à papa que je dormais, moi aussi.

Je t'entendais parler moins fort maintenant maman, comme si après le cri que tu avais poussé, tu espérais encore que tout puisse se calmer. Tu expliquais à papa en articulant chaque mot.

— Tu ne comprends pas, Jo ? On n'a plus rien ! Plus d'argent. Pas un franc.

J'ai tordu mon cou pour mieux voir par la porte entrouverte. Tu attrapais les feuilles sur la table et tu les secouais sous le nez de papa. À croire que tu les avais étudiées toute la nuit.

— Des dettes, Jo. Rien que des dettes ! Des trucs à rembourser, tu comprends ça ? Des trucs qu'on n'a pas payés.

Tu as continué de lui expliquer tout en regardant la télé, le magnétoscope, le canapé, le buffet. Papa ne t'écoutait pas, il avait juste dû entendre le dernier mot, *buffet*, et ça lui a donné une idée. Papa avait bu. Je savais reconnaître quand il avait bu. Dans ces moments-là, c'était comme s'il prêtait son corps, sa voix, ses jambes et ses bras à un autre. Un autre pas habitué, un autre maladroit, un autre qui ne marchait pas droit, pas très habile non plus de ses doigts, qui ne pouvait pas toucher un objet sans le casser, qui grognait alors, comme s'il n'avait pas compris comment les lèvres de papa s'ouvraient, et qui, quand il arrivait enfin à parler, ratait un mot sur deux.

Papa a tiré trop fort sur un tiroir du buffet. Il lui est resté dans la main et tout ce qu'il y avait dedans est tombé par terre. Des bobines de fil, des tissus, des aiguilles, des boutons qui roulent partout. Tout ce que tu avais récupéré pour me coudre une robe de fée.

— J'en suis sûr, Maja… Tu planques du fric… Quelque part !

Papa shootait dans les boutons, écrasait les bobines, puis a ouvert un autre tiroir. Cette fois c'était le tiroir à jeux, les cartes du Mille Bornes et des Sept Familles se sont envolées.

— Où tu le planques ? Je touche mon chômage, bordel ! Je peux bien me payer une bière et un pétard.

Tu avais peur, maman, je le voyais. Tu avais peur de celui à qui papa avait prêté son corps. Tu as quand même trouvé la force de lui montrer les feuilles sur la table.

— Ils nous prennent tout, Jo ! Avant même que l'argent arrive sur notre compte. Pour ce qu'on doit toucher, d'ailleurs...

Tu m'avais souvent expliqué, maman, que tu faisais des ménages dès que tu pouvais, que papa avait toujours travaillé dur aussi, sur le port, mais qu'à cause de son dos, il devait chercher un autre travail, et qu'au final, on n'avait presque plus d'argent. *C'est un peu dur pour l'instant, ma Folette, mais ça va s'arranger, tu ne manqueras de rien, ma princesse, je te promets.*

Papa avait abandonné le buffet après avoir ouvert toutes les portes et renversé tous les tiroirs.

— Putain, Maja, faut que je te le dise en quelle langue ? Je sais que tes clients te laissent du black quand tu vas faire la boniche chez eux. File-moi juste un billet pour que j'aille chercher un pack et de l'herbe !

— Je crois que t'as déjà assez bu. Va te coucher, Jo. Je t'en prie.

Papa n'a pas aimé que tu lui tiennes tête. Il s'est approché de toi, il a levé la main, il a hésité, puis il l'a abaissée. Peut-être qu'à l'intérieur de son corps, ils étaient deux à se battre, mon père et l'inconnu qui s'était emparé de lui. Peut-être que pour le moment, papa avait encore le dessus.

— Un billet, merde. Juste un billet !

Et d'un grand geste de la main, papa a fait voler toutes les feuilles sur la table. Puis il est parti dans votre chambre. Pas pour dormir ! J'ai entendu le matelas tomber sur le côté. Les tables de chevet basculer, l'armoire qu'il déplaçait. Il cherchait, persuadé que tu avais une cachette secrète. Dès qu'il a disparu, je t'ai vue saisir le téléphone. Je t'ai entendue, maman, murmurer dans le combiné, les deux mains autour de ta bouche :

— Il est comme fou, monsieur Vidame. Il faut venir, vite. Les flics me l'ont dit, ils ne se déplaceront plus, ils ne m'écoutent plus. Il va me tuer, cette fois, il faut me croire, vous êtes le seul qui pouvez le raisonner.

Tu as raccroché dès que tu as entendu des pas derrière toi. Je voulais te prévenir, papa était là, derrière toi, mais tu ne me regardais pas. J'ai fermé les yeux et j'ai serré très fort Bolduc contre moi quand papa, enfin l'inconnu qui s'était emparé de lui, s'est approché. J'ai cru qu'il allait te gifler, mais non, papa arrivait encore à le contrôler, il t'a juste prise par les épaules et t'a secouée :

— Tu téléphonais à qui ?

À ton tour de fermer les yeux.

— Tu téléphonais à qui ? a répété papa. Aux flics ? Tu sais bien qu'ils ne croient plus un mot de tes conneries ! Alors à qui ? À madame Goubert ? Non, ça serait trop beau. Tu téléphonais à Vidame, pas vrai ? T'espères quoi ? Il n'en a rien à foutre de toi, ton Richard ! Il est pareil que les autres, un charognard.

Tu gardais les yeux fermés, mais je voyais tes lèvres bouger. Comme si tu priais. Tu priais qui, maman ? Tu priais qui ? Oh j'espère tant que ce n'était pas lui...

Papa s'est soudain redressé. J'ai compris que cette fois, il avait cessé de lutter et que l'autre avait pris les commandes, y compris de son cerveau.

— Je sais ! a-t-il dit. J'ai compris ! T'as planqué ton pognon dans la chambre d'Ophélie.

Il a fait un pas vers ma chambre. Un pas de trop. Je t'ai entendue crier dans son dos :

— Non !

Il s'est retourné. Tu l'as défié du regard.

— Dans mon sac. Y a 50 francs.

Je n'ai pas pu voir son sourire triomphant. Il s'est approché, tu l'as laissé venir...

Et tu as frappé la première.

Dès qu'il s'est penché vers ton sac, sans se méfier. Tu as attrapé la casserole dans l'évier, comme si tu l'avais laissée là exprès, et tu as cogné. Un coup sec, sur le crâne, épouvantable. Ça a dû réveiller tous les voisins, si certains dormaient encore. Ça a réveillé Bolduc aussi. Papa, ça ne l'a même pas assommé ! Il s'est tout de même assis sur le canapé, sonné, en se frottant la tête sans réaliser ce qui se passait. Le temps de réfléchir à la punition qu'il allait t'infliger. Toi tu n'as pas réfléchi, maman, tu as récupéré ton sac et tu as couru, droit devant toi, vers la porte d'entrée.

Depuis, j'ai beaucoup réfléchi. Moi aussi, je crois que j'ai compris. Tu n'avais qu'une idée en tête, n'est-ce pas ?

Non pas te sauver. Mais ME sauver.

Tu étais sûre que papa te suivrait, attiré par ce billet que tu faisais semblant de protéger. Il n'y avait aucun argent dans ton sac, personne ne l'a jamais retrouvé. Tu voulais juste mettre le plus de distance possible entre papa et moi.

La porte d'entrée a claqué. Deux fois. À quelques secondes d'intervalle. Puis il n'y a plus eu que le silence.

Je suis descendue de mon lit.

Reste sage, Bolduc, je reviens tout de suite.

Je devais prévenir quelqu'un, aussi vite que je le pouvais. Sortir, descendre les escaliers, appeler n'importe qui dans la rue. J'ai traversé la salle, pieds nus, en essayant autant que je le pouvais d'éviter les aiguilles, les cartes et les bouts de verre éparpillés. C'est là que j'ai vu les feuilles étalées par terre, celles sur lesquelles tu avais passé la soirée. Je ne voyais que les chiffres que tu avais entourés en rouge, les points d'exclamation, les points d'interrogation... aussi rouges que le bouton du répondeur du téléphone qui clignotait. Je n'ai pas pu résister, j'ai appuyé, tout en enfilant à toute vitesse mes baskets.

J'ai vite compris que tu avais appelé Richard Vidame, plusieurs fois, pendant que je dormais, avant que papa rentre. Comme si tu avais prévu dans quel état il allait se trouver. Dans le répondeur, sa voix ressemblait à celle mal enregistrée sur les magnétophones.

Cessez de me harceler, Maja. Je n'aurais jamais dû vous donner mon numéro personnel ! Arrêtez de l'utiliser. J'ai une vie privée. Rappelez-moi lundi matin. Au bureau, à 9 heures. Mais ce soir je ne viendrai pas. Vous comprenez, Maja ? Je ne viendrai pas, cette fois !

J'ai essayé de regarder par la fenêtre. Je ne voyais rien. Aucune ombre, aucune silhouette autour des lumières des réverbères. Le quartier entier était endormi. Ou faisait semblant. J'ai jeté un coup d'œil à la pendule au-dessus du frigo.

2 h 10 du matin.

Je n'ai pas hésité. J'ai passé la tête par la porte de ma chambre.

Tu restes sage, Bolduc. Je te promets. Je reviens. Très vite.

Je le croyais, Bolduc, je le croyais vraiment à ce moment-là. Comment aurais-je pu imaginer que je n'allais jamais rentrer ?

Je ne pensais qu'à te retrouver, maman. Alors en pyjama, sans rien enfiler par-dessus, je me suis mise à courir après toi et papa dans l'escalier.

3

Maman

La rue Daniel-Sorano était déserte. C'est la première image que je garde de cette nuit-là. Presque tout le monde dormait ! Sur les deux cent quatre-vingt-dix fenêtres de la façade de l'immeuble Sorano – je m'amusais à les compter à chaque fois que je revenais de l'école – il n'y en avait que sept qui étaient allumées. Tout en courant le long du parking, je cherchais un moyen pour les mémoriser. Le septième étage de l'entrée 2, le huitième de l'entrée 3, le sixième de l'entrée 6, le quatrième de l'entrée 8…

J'y ai repensé si souvent, maman, pendant toutes ces années. Eux seuls peuvent t'avoir vue passer, avoir vu papa te poursuivre, m'avoir vue courir en pyjama. Ils sont mes uniques témoins ! À condition qu'ils aient regardé par la fenêtre au bon moment, à condition qu'ils n'aient pas préféré rester devant un film, ou qu'ils ne se soient pas endormis la lumière allumée, cela fait beaucoup de conditions, je sais…

Je sprintais sur le parking, entre les voitures, sans trouver aucune trace de toi, ni de papa. J'ai choisi d'aller en direction de la passerelle. C'était le seul pont pour passer au-dessus de la voie rapide qui sépare le quartier du reste de la ville. La rocade, en contrebas, était dissimulée par des murs antibruit, invisible du parking et de l'immeuble Sorano. J'entendais juste quelques rares voitures circuler, rien à voir avec le trafic au cours de la journée.

J'ai crié de toutes mes forces, *Où êtes-vous ?*, mais personne ne m'a répondu. J'avais envie de crier encore, j'avais envie de réveiller toute la cité, que toutes les fenêtres s'allument comme autant d'étoiles… mais je me suis arrêtée d'un coup. Ça y est, j'avais trouvé le moyen de me souvenir des sept fenêtres allumées ! Je les ai regardées, fascinée. J'étais en sueur sous mon pyjama, mais je n'avais pas froid. Je n'avais aucune idée de la température qu'il faisait. Je scrutais l'obscurité.

Où es-tu, maman ?

Devais-je continuer vers la passerelle, ou au contraire m'enfoncer dans le quartier du Château Blanc, vers les rues Raimu et Jouvet ? Ou retourner sur mes pas, remonter l'escalier, retrouver Bolduc, je lui avais promis de ne pas traîner. Après tout, peut-être que toi et papa étiez déjà rentrés, réconciliés.

J'ai décidé de changer de direction, de tourner vers la rue Dullin au cœur du quartier. J'ai recommencé à courir, de plus en plus vite. Je me persuadais que j'avais pris la bonne décision. Tout le monde te connaissait ici, maman, c'était forcément au cœur de la cité que tu irais chercher de l'aide, il suffisait que quelqu'un soit debout.

Je suis parvenue au croisement des rues Moreno et Signoret. Essoufflée, mais je ne voulais pas m'arrêter. Tu aurais pu entrer dans n'importe quelle cage d'escalier et te cacher. Tu aurais pu...

Je n'ai pas vu la silhouette surgir sur ma droite, je suis rentrée dedans, sans ralentir, sans pouvoir réagir. Je me suis retrouvée allongée par terre sans même avoir le temps de penser que ça pouvait être toi maman, ou papa... Un chien, que je connaissais bien, tournait autour de moi en entortillant sa laisse autour de mes jambes.

Argo ! Le golden retriever de monsieur Lazare.

Je me suis redressée, je n'avais mal nulle part, je n'avais pas l'impression de saigner et même je m'en foutais. Monsieur Lazare s'est penché avec inquiétude vers moi.

— Ophélie ?

— Désolée, monsieur, mais...

Il a regardé mon pyjama, mes baskets... À l'époque, monsieur Lazare avait déjà au moins soixante-quinze ans, c'était un ancien policier, et il occupait ses journées – et ses nuits aussi – à promener son chien dans le quartier.

— Ophélie, qu'est-ce que tu f...

— Désolée, m'sieur, désolée Argo. C'est ma maman... Faut que je la retrouve ! Elle... elle est en danger. Prévenez la police. Je vous en supplie.

Il m'a dévisagée comme si je m'étais échappée d'une maison de fous.

— Ta maman ? Je l'ai croisée, il y a cinq minutes à peine. Mais...

J'ai eu envie de l'embrasser. Je me souviens m'être promis dans ma tête de ramener un os à Argo, ou son poids en croquettes.

— Où ça, monsieur ? Vite !

Il a hésité. Il se doutait que quelque chose ne tournait pas rond. On ne laisse pas une fillette de sept ans courir à 2 heures du matin seule dans la cité.

— Reste avec moi, ma petite. On va appeler la police. Tout va s'arranger. Ta maman va...

— Elle est partie de quel côté, s'il vous plaît ?

Il s'est gratté la tête. Il avait compris que s'il ne disait rien, j'allais m'échapper. Ce n'était pas Argo qui allait m'en empêcher, ni lui me rattraper.

— On va y aller tous les deux, Ophélie. Ta maman n'est sûrement pas loin. Quand je l'ai croisée, elle courait en direction de la passerelle...

La passerelle ! Quelle idiote ! Pourquoi avais-je changé d'avis ?

Tout en détalant plus vite que jamais, j'ai crié :

— Merci.

Je me suis à nouveau retrouvée devant l'immeuble Sorano.

Au bout, la passerelle. En dessous, la voie rapide.

Combien de temps s'était-il écoulé depuis tout à l'heure ?

Une seconde ? Une minute ? Dix minutes ?

Combien de temps avais-je couru dans le quartier ?

Une seconde ? Une éternité ?

Assez pour que tout le monde commence à se réveiller. Quelques dizaines de fenêtres étaient allumées.

Assez pour que des dizaines de personnes soient debout, au pied de la passerelle. L'éclat d'un gyrophare m'aveuglait. Si monsieur Lazare avait prévenu la police, elle avait été ultrarapide. J'entendais la sirène d'une voiture se rapprocher, je voyais des policiers en uniforme accourir. Je me suis dit que puisqu'ils étaient là, maman, plus rien ne pouvait t'arriver.

Tout était terminé !

Cette fois ils allaient forcément te croire. J'allais tout raconter aux policiers. Tout le monde pourrait témoigner. On allait pouvoir rentrer chez nous toutes les deux. Tant pis si on n'avait pas beaucoup d'argent, tant pis si l'appartement n'était pas grand, je m'en fichais, du moment qu'on était à l'abri ensemble.

Le gyrophare du camion des pompiers faisait tourbillonner ce qui restait de la nuit.

Je me suis approchée de la lumière. Il y avait au moins une vingtaine d'adultes devant la passerelle. Personne ne m'a vue arriver.

J'ai vu d'abord trois pompiers penchés autour de papa. Il avait l'air de dormir. Je ne m'inquiétais pas, j'avais l'habitude qu'il soit dans cet état.

C'est à ce moment-là qu'un adulte m'a repérée, un pompier au casque argenté, il a crié et ouvert ses bras pour m'arrêter, pour m'empêcher d'aller plus loin. J'ai eu ensuite l'impression que tout se déroulait au ralenti. Je me suis faufilée, mais des mains, des bras m'ont tout de même attrapée. Je me suis débattue comme une folle, ils s'y prenaient au moins à quatre pour me calmer mais ils ne me calmaient pas. Ils ont tenté de m'éloigner de la passerelle, ils ont tenté de mettre leurs mains devant mes yeux, ils ont tenté de m'éloigner de toi, ils ont tenté de tout faire pour que je ne te voie pas.

Ils n'ont pas réussi.

Je t'ai vue, maman, trois mètres plus bas. Je t'ai vue, étendue, bras en croix, sur le goudron de la rocade, au milieu des voitures arrêtées. Je continuais à me débattre, je sentais tout mon corps trembler, de la tête aux pieds, comme si j'étais électrocutée, comme si toute la passerelle, tout le quartier, toute la terre s'était mise à trembler, puis soudain je me suis arrêtée, incapable de faire le moindre geste, comme un élastique trop tendu qui se casse. Les quatre pompiers qui voulaient me forcer à entrer à l'arrière de leur camion y sont parvenus sans difficulté.

Je ne me débattais plus. Je ne pleurais plus. Toutes mes forces m'avaient quittée. Les pompiers, les gendarmes, les gens, tous avaient déjà compris. Plus jamais je n'aurais envie de manger, de jouer, de rire, de rien, je ne serais plus qu'un fantôme. Triste à l'extérieur et morte à l'intérieur.

C'est ce qu'ils croyaient !

C'est ce que j'allais leur faire croire, à tous, à partir de cette seconde.

Mais à toi maman je peux l'avouer.

Oh non, mes forces n'avaient pas disparu ! Je les avais cachées. Je les avais toutes rassemblées, quelque part, dans mon cerveau, en un seul point.

Un point noir !

4

Béné

— Bienvenue à la Prairie, Ophélie.

La dame me donnait la main et répétait :

— Bienvenue à la Prairie. C'est ta nouvelle maison. Tu verras, tu seras bien ici. Je m'appelle Bénédicte, mais à la Prairie, tout le monde m'appelle Béné. Je suis ton éducatrice. C'est moi qui vais m'occuper de toi. La Prairie, tu vois, c'est une maison qui accueille des enfants comme toi, des enfants qui n'ont plus de parents pour s'occuper d'eux. Elle s'appelle la Prairie parce qu'avant, il y a longtemps, c'était un champ ici, puis la ville a grandi tout autour de la Prairie, mais il reste un parc, un grand parc pour jouer, rien que pour vous, en plein milieu de Rouen, tu te rends compte ?

Je ne disais rien, alors la dame a répété.

— Tu verras, tu seras bien ici.

La dame, c'était toi, Béné. Je peux te l'avouer aujourd'hui, je ne t'ai pas aimée ce matin-là. Je n'ai pas aimé la façon trop gentille dont tu me parlais, je n'ai pas aimé ton sourire et encore moins tes petits rires alors qu'il n'y avait rien de drôle, vraiment rien. Je n'ai pas aimé tes yeux qui me surveillaient, sans en avoir l'air, mais je savais bien que tu me guettais pour tout raconter au psy et au médecin, peut-être même aux flics, j'en avais tant vu, un vrai défilé, depuis sept jours. Je n'ai pas aimé ta main dans la mienne, je la trouvais trop grosse, je te trouvais trop grande, je trouvais tout trop grand à la Prairie. Moi j'étais la Poucette de mon conte, le dernier que m'avait lu maman, moi j'étais minuscule, je voulais juste retourner dans mon appartement minuscule de l'immeuble Sorano, dans ma chambre minuscule, m'enfermer, n'importe où, dans une boîte, un placard, un tiroir, dans le noir, et ne plus en sortir.

— Voilà le fameux parc, as-tu dit sans cesser de sourire. Dans moins d'un mois, les cerises seront mûres.

Et tu as éclaté d'un nouveau petit rire ridicule.

J'étais pétrifiée. Je regardais dix garçons, tous plus grands que moi, jouer au foot entre les cerisiers. Je regardais des filles assises en rond occupées à parler. D'autres riaient, d'autres jouaient à s'attraper. J'avais l'impression d'entrer dans une cour d'école, peuplée d'enfants étrangers, d'enfants que je ne connaissais pas et à qui je ne voulais pas parler, parce que je ne voulais plus jamais rire, courir et encore moins jouer. Je n'aimais pas le parc de la Prairie, je n'aimais pas les cerises, je n'aimais pas le foot…

— Donne-moi ta valise si tu veux.

Je n'avais plus que ça, ma valise. Avec quelques habits dedans. Et mon livre de contes Rouge et Or. La seule chose qui comptait désormais. *Poucette* et mes autres histoires. La seule chose que je voulais garder pour toujours. J'avais perdu tout le reste, même Bolduc. Je n'étais pas retournée à l'appartement de l'immeuble Sorano. Personne ne m'avait dit ce qu'il était devenu. Qui allait s'en occuper. Je n'avais pas osé demander. Peut-être que lui aussi s'était sauvé. Ou qu'il existait des maisons comme la Prairie, mais pour les chats perdus.

— Tu veux me donner ta valise ?

Je n'ai pas répondu mais j'ai serré ma main très fort sur la poignée, pour que personne ne puisse me l'arracher, même pas toi, Béné.

— D'accord, garde-la. On est presque arrivées. Viens, on va monter l'escalier. Je vais te montrer ta nouvelle maison.

Nous avons traversé un grand couloir vitré et nous avons grimpé des marches. À hauteur de mes yeux, il y a des dessins d'enfants dans des cadres. La mer, le soleil, la forêt, des montagnes, des chemins qui vont nulle part, des voitures aux roues carrées, des bateaux sans voile, des avions sans ailes.

Je me disais que même si je ne savais pas très bien dessiner, j'aurais été capable de faire mieux !

Je me disais n'importe quoi.

Je n'arrivais pas à imaginer qu'à partir de ce matin, j'allais vivre là.

On m'a expliqué pourtant. J'ai vu un psy avant d'arriver ici, un jeune frisé avec des lunettes rondes, il m'a tout dit, en prenant son temps, avec des mots rassurants. Ma maman est morte. Elle est tombée de la passerelle. C'est sûrement un accident. Sûrement car personne n'a rien vu, il n'y a aucun témoin, alors une enquête est en cours, pour comprendre ce qui s'est passé. Pour l'instant – le psy avait vraiment pris tout son temps, comme s'il avait épuisé son stock de mots rassurants –, pour l'instant ton papa est en prison. Ton papa était sur place quand ta maman est tombée de la passerelle, mais il ne se souvient de rien, il avait trop bu, du moins c'est ce qu'il dit, alors il faut attendre, pour savoir... *Pour savoir quoi ?* avais-je eu envie de répondre au psy aux yeux de hibou, même si je n'ai rien dit.

Je savais déjà.

— Ici, Ophélie, il y a huit enfants par maison. Les plus jeunes ont trois ans et les plus grands quatorze ou quinze. Tu verras, tu seras bien.

Je crois que c'était la troisième fois que tu le répétais, Béné. *Tu verras, tu seras bien.* Et dans ma tête, tout ce que tu me montrais m'effrayait. Une peur panique qui me donnait envie de fuir en courant. Tout était trop grand, trop froid, trop beau même, pour une Poucette comme moi. Je m'accrochais à la poignée de ma petite valise.

— Tu vois, là, c'est la cuisine. Vous mangez tous ensemble, les huit enfants de la maison.

J'ai regardé les murs blancs, sans papier peint qui se décolle ni plafond qui part en cloques. J'ai compris qu'il n'y avait pas de place pour moi ici. Il y avait trop de chaises autour de la table, trop d'assiettes dans les placards, trop de couverts, trop de tiroirs, trop d'enfants installés sur le canapé devant la grande télé, trop de paires d'yeux qui se retournaient pour me dévisager comme si je venais leur voler leur place, leur pain, leur lit, et même l'air qu'ils respiraient.

Alors je me suis retenue de respirer. Tu m'as serré la main encore plus fort et j'ai réalisé que les paires d'yeux me reprochaient aussi de venir te voler, toi, Béné. Qu'il faudrait toi aussi te partager. Une bouche de plus à nourrir, une main de plus à tenir, un cœur de plus à faire sourire. Ne vous inquiétez pas pour ça, avais-je envie de leur dire, je ne vous coûterai pas cher en rire et en sourire. Je laisserai tout doucement mon cœur refroidir. Faudra juste lui laisser une petite place dans le frigo.

Tu n'as pas lâché ma main, tu m'as tirée dans le premier couloir et tu as ouvert la première porte à droite.

— Et là, Ophélie, c'est ta chambre. Vous serez deux. Je te présente Nina.

La chambre était petite et j'aimais bien même si je ne voulais pas me l'avouer. Par la fenêtre, on voyait à la fois le parc et la rue juste en dessous. Il y avait deux lits superposés, et Nina occupait celui du bas. Nina avait mon âge. Elle était blonde avec de grands yeux bleus, un visage rond et les bras roses comme des chipolatas. Nina était du genre de celles que je n'aimais pas, à l'école, du genre des crâneuses, de celles qui se croient belles, de celles qui se croient plus malignes, du genre de la sœur que je n'aurais jamais voulu avoir.

— Je te laisse ranger tes affaires ? Je vous laisse faire connaissance.

Tu as lâché ma main cette fois, tu es sortie, j'ai entendu tes pas s'éloigner dans le couloir.

Je ne disais rien. J'aurais voulu monter sur le lit du haut le plus vite possible, pour que personne ne me voie, et surtout pas cette Nina. J'aurais voulu prendre ma valise avec moi, mais elle était trop lourde, alors je l'ai laissée en bas et j'ai grimpé comme un lézard affolé à l'échelle de bois. Je me suis cachée sous les draps, seuls mes yeux ressortaient et regardaient le plafond. Je pensais à Bolduc qui aimait tant jouer à chat perché avec moi, je pensais à mon livre dans la valise, je pensais aux images de Poucette, page 30, et je me disais que j'étais aussi minuscule qu'elle. Je me disais que j'allais passer le reste de ma vie à ça. Rester sous les draps à lire et relire mon livre Rouge et Or. J'avais juste à descendre le chercher, dès que cette Nina ne serait plus là.

Et pour finir, avant de m'endormir, j'ai pensé à toi.

Tu faisais du bruit dans la cuisine, tu plaisantais avec les autres enfants, je t'entendais.

Je ne t'ai pas aimée, Béné, ce matin-là. Mais j'ai encore moins aimé quand tu as lâché ma main. Je crois que ça a été ma dernière pensée. L'envie que tu la reprennes et que tu ne la lâches plus jamais. J'avais déjà compris, Béné, que tout ce qui me restait, pour m'accrocher à ma vie, c'étaient ces miettes d'amour que tu m'offrais.

Et mon océan de haine.

5

Mamie Mette

Béné est venue me chercher alors que j'étais seule sur mon lit, à regarder les ombres des arbres du parc danser derrière la fenêtre.

— Tu as de la visite, Ophélie !

De la visite ? Je suis descendue de l'échelle de bois sans demander *qui ?*, je n'avais pas prononcé un seul mot depuis que j'étais arrivée à la Prairie, trois jours plus tôt.

— Ta mamie ! a précisé Béné.

Mamie ! C'est bien toi ? J'ai tout de suite pensé que tu venais me chercher. J'avais déjà ouvert la porte de mon casier pour remettre mon livre et mes habits dans ma valise, mais Béné m'a arrêtée.

— Suis-moi.

Mamie Mette ?

Tu étais assise dans une petite salle, près de la porte d'entrée de la Prairie, avec une porte vitrée ouverte sur le parc et une autre offrant une vue sur le parking.

Je t'ai trouvée vieille, quand je t'ai vue m'attendre toute seule dans la pièce. Oui, vieille. Je me disais que tu ressemblais sûrement à maman, à maman comme elle ne le deviendra jamais. Tu m'as embrassée, tu m'as serrée dans tes bras, et tu m'as regardée. Peut-être que toi aussi tu pensais que je ressemblais à maman. On me le disait assez souvent, avant.

— Assieds-toi, Folette.

Je me suis assise. Tu as commencé par me dire des trucs idiots, que j'avais beaucoup changé, que mes cheveux avaient poussé, que j'avais grandi aussi, que j'étais devenue encore plus jolie, que j'étais une petite fille très courageuse, puis enfin tu t'es lancée.

— On ne s'est pas beaucoup vues toutes ces années.

Je n'en avais aucune idée, je ne comptais pas, mamie.

— Trois fois avant aujourd'hui. La dernière fois, c'était pour tes six ans. Ce n'est pas facile, tu comprends. J'habite loin. Dans le Sud. Près de la mer.

À ce moment-là, j'ai cru que tu disais ça parce que tu allais m'y emmener *dans le Sud, près de la mer*.

— À mon âge, on ne supporte plus le froid (tu t'es mise à rire en regardant le ciel gris). Ma petite Folette, je dois y retourner. J'ai ma vie là-bas. Mais je voulais te voir avant. Pour t'expliquer.

M'expliquer quoi ?

Et là tu as sorti tous les arguments, une grande vague pour bien me noyer, que tu étais désolée, que tu ne pouvais pas me garder, que tu étais trop vieille, que tu habitais trop loin, que la place d'une petite fille aussi pleine de vie que moi n'était pas auprès d'une personne âgée comme toi, qu'on allait bien s'occuper de moi ici, que c'était la meilleure solution, pour tout le monde.

Maman était montée dans le ciel de Normandie, elle me regardait, elle voyait tout ce que je faisais, et je ne devais pas non plus m'éloigner trop de mon papa, c'était la loi, il restait mon papa, même du fond de sa prison…

Ta voix a commencé à trembler.

— On ne peut pas prévoir combien de temps il va y rester. On ne sait pas, ma chérie. On ne sait pas pour ton papa. On ne sait pas si c'est lui qui a poussé ta maman. Peut-être que lui-même ne sait pas. C'est ce qu'il dit, il ne se souvient pas. C'est tellement horrible. Oh ma Folette, ma Folette.

Tu m'as prise dans tes bras. Tu pleurais. Tu pleurais et tu m'abandonnais. Et pire encore, entre deux larmes, tu m'as juré :

— Je vais revenir te chercher. Pour les vacances. Dans le Sud. Tu viendras nous voir.

Nous ? De qui parlais-tu, mamie ? Papy était mort depuis longtemps, c'est ce qu'on m'avait dit.

— Je t'écrirai, ma petite-fille.

Tu n'es jamais revenue me voir, mamie. Tu ne m'as jamais écrit. Juste téléphoné, une ou deux fois, la première année.

Maintenant que tu t'étais assez excusée, je voyais bien que tu étais pressée de t'en aller. Dans le parc, les garçons jouaient au foot. Ils ne faisaient que ça du matin jusqu'au soir. Je me disais, en les regardant, que les garçons de la Prairie deviendraient tous champions du monde : il n'y a que dans les foyers qu'on trouve assez de joueurs pour faire des matchs toute la journée.

Avant que tu te lèves, j'ai osé te demander :

— Et Bolduc, qu'est-ce qu'il est devenu ?

— Qui ça ?

— Bolduc, mon chaton ?

Cette fois, j'ai bien vu que tu ne mentais pas.

— Ah ? Je ne sais pas... aucune idée.

— C'est pas grave, mamie.

Moi je mentais ! Et tu l'avais bien compris. Tu m'as regardée droit dans les yeux, en écartant une mèche brune. Et sans prévenir, tu m'as posé la seule question qui pouvait m'étonner :

— Tu as toujours ton livre des contes d'Andersen ?

Tu connaissais ce livre, mamie Mette ?

J'ai hoché la tête, c'était plus simple que de dire oui. Tu as souri.

— Prends-en bien soin. Je te l'avais offert pour que ta maman te le lise. Garde-le toujours, c'est important.

J'ai juste bougé la tête, comme un chat qui réclame des caresses supplémentaires. Moi je voulais juste des mots supplémentaires. Tu as compris ça aussi.

— Andersen, celui qui a écrit ces contes, était danois. Comme nous. Je viens de là-bas, de ce pays froid. C'est pour cela que j'ai appelé ta maman Maja. Et qu'elle t'a appelée Ophélie. Si tu les lis jusqu'à les connaître par cœur, ces contes te serviront toute ta vie.

Tu as semblé réfléchir, tu as eu l'air d'hésiter entre toutes les histoires avant de choisir, puis tu m'as demandé :

— Maman t'a lu *Le Vilain Petit Canard* ?

J'ai à nouveau hoché la tête. Je ne t'ai pas vue souvent, mamie, seulement quatre fois dans ma vie, mais si je dois choisir un souvenir avec toi, je choisis celui-là. Ce moment où tu m'as dit ça :

— Tu dois te sentir comme le vilain petit canard, n'est-ce pas ? Pas à ta place. (Tu as encore relevé ma mèche brune.) Mais, même si tu as du mal à le croire aujourd'hui, écoute-moi bien, tu deviendras le plus beau des cygnes, comme ta maman, à en rendre jalouses toutes les poules et toutes les dindes du monde, et les plus beaux paons se battront pour venir faire la roue devant toi.

Et cette fois, pour de bon, tu m'as embrassée et tu m'as laissée. J'ai entendu des conversations brèves dans le couloir, puis je t'ai vue par la porte de verre resurgir sur le parking. Tu as marché jusqu'à une grosse voiture grise qui avait laissé le moteur tourner. Il y avait un type qui t'attendait derrière le volant. Un vieux, élégant. Les cheveux gris. Des lunettes fumées. Un genre d'écharpe de soie autour de son cou fripé pour éviter qu'il n'attrape froid. Une bague au doigt. Je réalisais ce que voulait dire *nous* et pourquoi il n'y avait pas de place pour moi dans le Sud, là où il fait plus chaud qu'au Danemark et qu'en Normandie.

La grosse voiture essayait de sortir du mini-parking, ton vieux bricolait. À l'allure où il conduisait, vous n'étiez pas rentrés dans ton Sud. Tout en te regardant disparaître, sans te retourner, comme si la rue du Contrat-Social était une autoroute et la Prairie une aire de repos où l'on abandonne les animaux, j'ai repensé à tes mots.

On ne sait pas, ma chérie. On ne sait pas pour ton papa. On ne sait pas si c'est lui qui a poussé ta maman.

Si tu savais à quel point je m'en fichais, mamie. Papa, ce soir-là, c'était un autre qui s'était emparé de lui. Maman m'avait prévenue, quand il buvait ou fumait trop, papa était comme un enfant qui fait des bêtises.

Un enfant qui fait des bêtises, ce n'est pas de sa faute.

Le vrai coupable, c'est celui qui ne l'a pas surveillé.

Celui qui n'a pas répondu quand on l'a appelé au secours.

Le seul que maman a supplié, le seul qui aurait pu la sauver.

Le seul coupable, c'est Richard Vidame.

6

Nina

Je n'avais pas dit un mot depuis une semaine, depuis que j'étais arrivée à la Prairie, à personne à part mamie Mette. Je restais allongée sur mon lit et je lisais.

Ce soir-là, j'avais ouvert mon livre Rouge et Or au chapitre de Poucette et je regardais l'image de Maja recevant ses ailes avant qu'elle devienne la reine des êtres volants. Puis comme les autres soirs, j'ai tourné la tête. Pas pour guetter les passants dans la rue qui marchaient sous ma fenêtre ! Je jetais un coup d'œil sur mon livre et un coup d'œil vers le ciel. Je surveillais les nuages et les plus hautes branches des cerisiers en fleur du parc, jusqu'à m'en faire mal aux yeux, parce que peut-être que Maja, ma maman, était là, à voltiger entre deux fleurs, pas plus grosse qu'une coccinelle.

Ça m'occupait bien ! Je devais rester concentrée ! Béné avait bien essayé de me faire parler, comme les autres éducatrices, le psy à lunettes, et même le directeur de la Prairie, monsieur Bocolini. Ils pouvaient bien insister autant qu'ils voulaient, je m'en fichais.

Ils pouvaient me forcer à manger, à me lever, à me laver, à m'habiller, mais pas à parler !

— Tiens, c'est pour toi.

Ta petite main s'est agitée sous mon nez. J'ai reconnu ta voix, Nina. Ta voix et ta main pleine de traces de feutres. Tu devais te tenir en équilibre dans le lit du dessous pour arriver à tendre ta main aussi haut.

Tu as insisté.

— Prends-la. C'est pour toi.

J'ai rouspété un peu dans ma tête. À cause de toi, je devais abandonner mon livre et surtout, je devais abandonner le ciel. J'ai regardé plus en détail ce que tu tenais dans ta main, et je ne voyais rien, ou presque rien : juste une petite boîte en bois, un peu plus grosse qu'un dé pour jouer aux petits chevaux, mais à peine. Je brûlais d'envie de te demander « *c'est quoi ?* », mais je me retenais. Je n'étais pas restée muette une semaine pour craquer maintenant. Et si je devais parler à quelqu'un, ce serait à Béné, à la limite à mon hibou de psy, pas à une petite crâneuse comme toi.

— Qu'est-ce que tu attends ? Prends-la !

J'hésitais. J'étais sûre que c'était un piège. Un truc allait en sortir et me sauter à la tête. Mais tu continuais de l'agiter à la hauteur de mes yeux, alors impossible de penser à autre chose. *OK, si c'est ce que tu veux, Nina !* J'ai attrapé la petite boîte en bois, sans un merci. Maman ne m'avait pas appris à être aussi malpolie, mais je m'en fichais. Je ne dirais plus jamais merci, ni bonjour, ni au revoir, ni rien du tout.

Je tenais la petite boîte au creux de ma main, celle de Nina avait disparu et elle ne faisait plus aucun bruit. Elle devait écouter, aussi concentrée que moi quand je guettais Maja dans le ciel. Le plus silencieusement possible.

Du bout des deux pouces, j'ai ouvert la boîte.

Clic.

Un tout petit *clic*, pas assez fort pour que tu aies entendu, Nina, du moins c'est ce que j'espérais. J'ai écarquillé les yeux et j'ai vu une petite bête bizarre, pleine de points noirs, qui ressemblait vaguement à une coccinelle. Elle était comme montée sur ressort, avec six pattes qui bougeaient. Le reste de la boîte était vide, complètement vide.

Tu croyais peut-être que j'allais te demander « *c'est quoi, Nina ?* ». Ta petite voix, comme si elle avait entendu mes pensées à travers mon crâne, mes draps et mon matelas, s'est mise à m'expliquer :

— C'est une boîte à chagrins. Chaque soir, tu peux raconter tes chagrins à la petite bête. Après tu refermes la boîte et tu la caches sous ton oreiller. Pendant la nuit, la petite bête va les manger et le matin, ils auront disparu.

— …

Le silence a dû durer une éternité. Peut-être même que tu t'étais endormie. Puis j'ai dit :

— Merci.

C'est le premier mot que j'ai prononcé à la Prairie. Et il était pour toi, Nina ! Et je l'ai répété trois fois.

— Merci, merci, merci.

Je crois qu'après ces trois premiers mots-là, on a parlé toute la nuit. On entendait les pas de Béné dans les couloirs, elle savait bien qu'on ne dormait pas mais elle n'est pas entrée dans notre chambre. Elle devait juste se dire qu'elle avait gagné, que je n'étais plus muette, comme si elle avait tout prémédité.

Tu te souviens, Nina, de ce qu'on s'est dit ce soir-là ? Je t'ai parlé de Bolduc, et tu ne savais pas ce que c'était, enfin tu savais ce qu'était un chat, mais pas le nom de ce ruban qu'on met autour des cadeaux et avec lequel il adorait jouer. Je t'ai parlé de maman, de l'immeuble Sorano, des contes d'Andersen, de Poucette et du vilain petit canard. Je t'ai demandé si tes parents étaient morts eux aussi et tu m'as juste dit non, ils sont vivants, et tu n'as rien ajouté d'autre.

J'ai pensé que tu avais de la chance, à ce moment-là. Je ne savais pas. J'ai voulu te poser d'autres questions mais tu as vite détourné la conversation, et tu m'as dit :

— Bon, tu me le montres, ton fameux livre ?

— Monte !

On s'est retrouvées à deux dans le lit, sous le plafond. Tu prenais déjà beaucoup plus de place que Bolduc !

— On commence par lequel ?

Tu as lu vite fait les titres.

— *La Reine des neiges*, c'est bien ?

Quand j'ai ouvert le livre Rouge et Or, une feuille a glissé. Je l'avais oubliée.

Tu m'as regardée, étonnée. C'est la seule chose dont j'avais oublié de te parler, Nina. Mon enquête !

— C'est quoi ?

Je voyais bien que tu ne comprenais rien à cette feuille quadrillée : un tableau de douze carreaux de longueur sur dix de hauteur, sur lequel étaient tracées sept croix jaunes, comme sept étoiles allumées dans la nuit. Le septième étage de l'entrée 2, le huitième de l'entrée 3, le sixième de l'entrée 6, le quatrième de l'entrée 8, le deuxième de l'entrée 9, le deuxième de l'entrée 11, le cinquième de l'entrée 12.

— Ça ? C'est ce à quoi je vais passer tout le reste de ma vie !

Ton doigt suivait les étoiles. J'ai continué de t'expliquer.

— Ces sept étoiles, ce sont les sept fenêtres qui étaient allumées, la nuit où maman a été tuée. Ce sont les sept personnes qui ont peut-être vu ce qui s'est passé. Je dois les retrouver.

— Comment tu peux t'en rappeler ?

J'ai pris ton doigt et je l'ai dirigé vers la première étoile, puis j'ai tracé une ligne imaginaire, une ligne qui reliait toutes les fenêtres allumées.

— Regarde. Regarde bien, ça ne te rappelle rien ?

J'ai dû répéter le geste plusieurs fois, avant que tu comprennes, et qu'enfin tu souries.

— C'est… c'est la Grande Ourse ?

Six ans plus tard

14 juillet 1989

LE VILAIN PETIT CANARD

7

Nina

— C'est la Grande Ourse ! T'as vu, Folette ? C'est la Grande Ourse !

Tu danses dans la nuit, alors que le feu d'artifice explose dans le ciel de Rouen. On est le 14 juillet 1989. Il est 11 heures du soir et il fait encore au moins vingt degrés. De notre point d'observation, en haut de la côte Sainte-Catherine, on aperçoit la ville entière illuminée. Les cent clochers, les ponts, les tours des cités, et surtout les voiliers…

Je ne reconnais pas ma ville ! Des dizaines de bateaux sont arrivés depuis cinq jours, ils appellent ça Les Voiles de la Liberté, et avec eux des milliers de marins en uniforme dont certains ont à peine plus de trois ans que nous. Des cadets ! C'est du moins ce que tu racontes, Nina.

Depuis le début des Voiles, je crois que tu n'as pas dormi une nuit entière à la Prairie. Béné et les autres éducs passent leur temps à te courir après. Dès qu'ils ferment une porte, tu en ouvres une autre. Et moi je te suis ! C'est la plus belle semaine de notre vie !

Tu danses, Nina, et tu ris aux éclats. Je suis assise dans l'herbe, en dessous du panorama.

Au-dessus de nous, une dizaine de marins en uniforme prennent des photos. Peau foncée, costume rayé, écusson vert-blanc-rouge sur leur casquette brodée. Ils sont quoi ? Guatémaltèques ? Singapouriens ? Cortomaltais ? Je t'avoue qu'en géo et en drapeaux, je n'y connais rien. Ils ont juste l'air d'avoir à peu près le double de seize ans, tes cadets, mais ça ne t'effraie pas. Tu ne portes qu'un microshort et un tee-shirt *Touche pas à mon pote*, avec une grosse main jaune imprimée qui te tripote les seins. Tu mets a-ha à fond sur le magnéto et tu te déhanches jusqu'à ce qu'ils n'en puissent plus de te regarder, les vieux cadets.

J'ai encore envie de te dire *fais gaffe, Nina !* Même si t'en parais seize, t'as que treize ans et t'es trop belle ! Quel que soit le royaume d'où ils viennent, ils n'ont jamais vu une princesse comme toi...

... mais je sais que tu ne m'écouteras pas. Je tends juste une main vers toi.

— Tu me files une cigarette ?

Tu me balances un paquet de Marlboro. J'en sors une, tu fais rougir celle que tu serres entre tes lèvres, une longue bouffée, puis tu colles nos deux tiges pour allumer la mienne. Tu t'assois enfin près de moi, en sueur, sans un regard pour les marins argentiniens qui, dix mètres plus haut, doivent continuer de te mater.

— Tu me passes une bière aussi ?

Tu en ouvres deux. On trinque aux vacances, on trinque aux voiliers, on trinque aux marins et aux pays qu'on ne visitera jamais, on trinque aux familles dans lesquelles on ne vivra jamais, on trinque aux voiles et à notre liberté !

Comment empêcher un enfant du foyer de jouer avec le feu ?

Je l'ai écrit en gros, dans mon cahier de maths, et je l'ai déchiré le dernier jour de classe, en quittant le collège Maurice-Leblanc.

Minuit trente.

Béné doit courir partout après nous dans la ville. Peut-être même qu'elle va finir par prévenir les flics. Je tire sur ma Marlboro.

— Si elle nous voyait, Béné nous tuerait !

Tu arrondis tes deux mains, comme si tu tenais un ballon invisible, et tu les places devant ton ventre.

— Elle ferait mieux de s'occuper de son futur gamin, plutôt que de s'inquiéter pour ceux qui ne sont pas les siens.

J'ai un petit pincement au cœur.

— Elle m'a convoquée demain. Il paraît que le grand directeur sera là.

— Brocoli lui-même ? Waouh ! À ton avis, qu'est-ce qu'il te veut ?

J'en ai aucune idée, Nina...

— Fais un effort ! *Petit a* : il veut te féliciter pour ton passage en quatrième avec 7,3 de moyenne !

— ...

— *Petit b* : ils t'ont trouvé une famille d'accueil !

— ...

— *Petit c* : ils...

— Laisse tomber ! Je suis sûre que c'est à propos de mon père.

— Ton père ? Il est pas en taule ?

— Aux dernières nouvelles, si...

Tu vides ta bière, ma Nina, tu tires une nouvelle taffe, puis tu appuies ta tête contre mon épaule. Ton tee-shirt glisse jusqu'à la naissance de ta poitrine. Je suis certaine que les cadets moldaviens doivent apprécier. Des flashs crépitent. On va dire qu'ils mitraillent les voiliers, ou la foule qui se presse au loin sur les quais. Tu poses la main sur mon jean. Ça sent la séquence confidence.

— On se fait un petit résumé ? Si j'ai bien tout suivi, ton père a pris sept ans de prison ferme, pour homicide involontaire aggravé. Sauf qu'il n'a jamais rien avoué.

Je réagis au quart de tour. Pile au moment où une fusée explose dans le ciel.

— Si ! Il a avoué ! Il a d'abord dit qu'il ne se souvenait de rien parce qu'il avait trop bu, puis après deux jours de garde à vue, il a reconnu qu'il avait poussé maman, un accident, et qu'elle avait basculé de la passerelle. Puis encore quelques jours plus tard, il s'est rétracté, en racontant que ses souvenirs étaient trop confus. Personne ne l'a cru et il a été condamné. Point à la ligne. Histoire terminée.

Tu me double-poignardes avec tes foutus yeux bleus. J'ai l'impression que c'est à cause d'eux qu'on a inventé le scanner.

— Histoire terminée ? Tu parles ! Et tes sept étoiles allumées ? Et les courriers de ton ex-policier ? Et ce salopard de délégué à la tutelle de tes parents, Vidame, à qui t'as jamais pardonné ?

Tu ouvres deux autres canettes. Au-dessus de nous, on entend des rires de marins et des phrases dans une langue bizarre qui ressemble à de l'africain. Des

Malinois ? Sauf qu'aucun d'entre eux n'est noir. Peut-être qu'il n'y a que les Africains blancs qui ont le droit de voyager sur les voiliers ?

Tu me balances, tout en tendant la bière :

— C'est peut-être le moment de retourner voir ton père ?

Mêle-toi de ce qui te regarde, Nina ! Ou de ceux qui te regardent, plutôt...

Pas une fois, depuis six ans, je n'ai revu papa ! Monsieur Ramponneau le psy, madame Neuville la juge des enfants, tous me l'ont proposé : on peut organiser la rencontre dans un lieu neutre, ils appellent ça une visite médiatisée, mais j'ai toujours refusé. Ils n'ont pas insisté.

J'accepte ta bière, mais pas tes conseils, Nina, désolée.

— J'ai rien à dire à mon père ! C'est pas lui qui me dira la vérité. Et c'est pas lui le vrai coupable. Le vrai coupable c'est Vidame...

— Tu peux pas le lâcher un peu, ton éduc ?

Je souris. Si tu savais, Nina...

Le lâcher ? Au moment même où mon plan se met en place ? Où l'étau se referme ? Où je vais enfin avoir mes réponses ?

C'est lui que maman a appelé ! C'est lui qui aurait pu la sauver. Où était-il, ce salaud, ce soir-là ? Avec qui ? Je dois juste attendre deux mois, attendre la rentrée, et je t'en parlerai, Nina. Dans mon plan, tu joueras le rôle le plus important.

Un bruit de mobylette me fait sortir de mes pensées. Le motard fait crisser les pneus sur le parking du panorama, comme s'il n'avait pas de freins. Je me retourne.

Le 103 Peugeot a fait fuir les marins indochinois plus vite qu'une volée de moineaux.

— Salut les filles, je savais que je vous trouverais là !

Steve !

— Et j'étais sûr que vous auriez déjà tout picolé.

Il penche sa bécane sur la béquille et décroche le sac plastique en équilibre sur le porte-bagages, uniquement retenu par deux tendeurs. Il l'ouvre et en sort une bouteille de tequila.

— Cuvée spéciale monsieur Pham. Tu connais, Folette ? Le meilleur caviste de tout le Château Blanc !

Steve ! Steve est un gars de mon quartier. On était en maternelle ensemble, enfin il paraît, parce que je n'en ai aucun souvenir. Steve m'a retrouvée rue du Gros, alors que je me promenais avec Nina. C'est moi qu'il a reconnue, mais c'est sur toi qu'il a flashé, Nina.

Et bizarrement, alors qu'on ne peut pas faire plus gringalet que Steve, avec ses yeux de pigeon fou, ses dents de travers, ses cheveux roux qu'il tond façon crête et trous, son allure de nain oublié dans le jardin tout l'hiver, bref tout l'inverse des beaux gosses du collège et même des lycées Corneille et Saint-Saëns à qui tu fais tourner la tête rien qu'en battant des paupières... eh bien j'ai l'impression que tu as aussi flashé sur lui, ma Nina. Même si tu préférerais te coller les lèvres à la Super Glue plutôt que de l'avouer ! D'ailleurs tu lui cries :

— Amène-toi, Steve Austin. J'espère que t'as pas oublié le tonic ?

Steve descend vers nous, son pendentif viking – le marteau de Thor – autour du cou, courbé sous le poids de son sac qui paraît aussi lourd qu'un menhir. Je me suis toujours demandé ce qu'il pouvait transporter dedans.

— T'inquiète, ma chérie. J'ai toute la recette en tête.

Ma tête à moi me tourne. Une dernière fusée éclate dans le ciel. D'un coup, toutes les cornes de brume des voiliers saluent la fin du feu d'artifice. Une immense clameur s'élève des quais. Un vacarme d'enfer. Je n'ai jamais vu une telle fête dans ma ville ! C'est beau, c'est populaire, c'est extraordinaire, et pourtant je me sens tellement étrangère.

J'ai trop bu, trop fumé.

Steve a tout prévu pour la tequila frappée. Planche de bois, verre, torchon, sel à sucer et citron vert.

Nina me voit grimacer. Elle serre très fort ma main dans la sienne.

— T'inquiète pas pour demain. Quelle que soit la nouvelle que Brocoli va t'annoncer, Béné sera là. Et si c'est vraiment une mauvaise nouvelle, t'as ta boîte à chagrins…

8

Ma coccinelle

Ma petite coccinelle, ma vieille boîte à chagrins,
Je ne suis pas fière, tu sais.
J'ai peur. J'ai vraiment peur pour demain matin. Mon rendez-vous avec Béné et Brocoli. Je suis sûre que ça a à voir avec mon histoire. Et que c'est grave. Quand on est rentrées à la Prairie, vers 2 heures du matin, Béné aurait dû nous passer le savon de notre vie. Une engueulade comme elle en a l'habitude, à faire trembler les murs et tomber toutes les feuilles des cerisiers. Et pourtant, elle a juste dit *Allez vous coucher, on réglera ça plus tard*.

On avait préparé nos arguments, avec Nina, qu'on voulait voir le feu d'artifice et qu'on s'est perdues après, qu'on a secouru des marins égarés, qu'on avait envie de travailler notre anglais, et puis Béné, Les Voiles de la Liberté, elles ne reviendront pas avant cent ans ; on s'était avalé trois boîtes de Tic Tac chacune pour espérer masquer notre haleine bière-tequila-Marlboro, tout en sachant que Béné ne se laisserait pas mener en bateau ; on avait déjà compris qu'une enclume d'une tonne allait nous tomber sur la tête : privées de colo, privées de transfert, privées de piscine, privées de poney, privées de tout comme n'importe quel gosse dont les parents bossent en été et qui se fait chier deux mois dans son quartier... On s'y était préparées, ma coccinelle, et Béné a simplement dit *On réglera ça plus tard.*

C'est qu'il doit être grave, super grave, le rendez-vous de demain.

Ça ne te gêne pas, ma boîte à chagrins, si je te parle un peu plus longtemps ce soir ? Tout doucement, je te murmurerai mes secrets. Même si Nina ne risque pas d'entendre, vu le bruit de moteur à l'étage du dessous. Elle ronfle comme un TGV.

Je voudrais te parler de Bolduc, il me manque, tu sais. Il doit être mort aujourd'hui. Il aurait sept ans. Pour un chat, ça fait presque cinquante ans. Tu te rends compte ? Même s'il est vivant, ça veut dire qu'il aurait déjà vécu sans moi presque la moitié de sa vie. Si je le croisais, tu crois qu'il me reconnaîtrait ?

Je voudrais te parler de mamie Mette aussi. Elle me manque moins, je peux bien te l'avouer à toi, mais mamie elle n'a jamais dormi dans mon lit, elle ne m'a jamais fait de câlins roulée en boule contre moi, je n'ai jamais pleuré dans ses poils. Mamie Mette est morte, ça j'en suis sûre. Un cancer du côlon, il y a trois ans. Je ne savais même pas qu'on avait un côlon dans notre corps, pour moi, le côlon, c'était le nom qu'on donne à un gosse qu'on envoie en colo pour se débarrasser de lui. Elle avait raison mamie au fond, quand elle avait dit qu'elle était trop vieille pour s'occuper de moi, ou pour m'emmener avec elle dans le Sud. Pour le coup, elle avait une bonne excuse.

C'est Brocoli qui m'a annoncé le décès de mamie Mette, dans son bureau, avec Béné. Peut-être que le rendez-vous de demain, c'est aussi pour m'annoncer la mort de quelqu'un... sauf que je ne connais plus personne au-delà des frontières de la P'tite Maison dans la Prairie, comme on dit ici.

Personne à part papa...

Ma coccinelle, n'oublie pas, prends soin de Maja, ma maman devenue reine des êtres volants. Personne ne me croit, mais je la vois voler souvent, au-dessus des rosiers ou des cerisiers. Elle te ressemble, elle est aussi minuscule que toi. Si ça se trouve, toi aussi tu fugues, tu sors de ta boîte quand j'ai le dos tourné, et tu vas jouer avec elle, comme moi avec Nina.

Ma pauvre, tu dois en avoir marre de mes mauvaises nouvelles ! De manger les mêmes chagrins tous les soirs, depuis six ans. T'aimerais bien changer de menu, pas vrai ?

D'accord, je vais te parler du bébé de Béné. Celui qu'elle a dans son ventre. Pour tout t'avouer, ça me fait super bizarre de savoir qu'elle va être maman. Je ne suis pas jalouse, rien de tout ça, bien au contraire, si c'est dans tes cordes, ma coccinelle, fais tout pour protéger le bébé, pour que Béné soit heureuse. Franchement je ne souhaite que ça, et puis aussi, quand elle aura son bébé à elle à s'occuper, peut-être qu'elle nous lâchera un peu, Nina et moi, parce que l'avoir sur le dos depuis six ans, c'est pas un cadeau, crois-moi !

Tiens, en parlant du bonheur des autres, ma petite bête à pois, n'oublie pas Nina. Tu sais bien que depuis des années, sans lui en parler, je t'ai fait avaler aussi tous ses chagrins, avec les miens, double ration ! T'as un sacré bon appétit, ma bébête !

Alors je te le chuchote encore, prends soin de Nina, avale tous les malheurs qu'elle n'avouera jamais, qu'elle noiera dans une demi-bouteille de tequila, qu'elle étouffera dans les bras de n'importe quel marin néozélandien, parce que mon histoire à côté de la sienne c'est de la gnognotte, parce que mon père c'est un saint à côté du sien, parce que mon père quand il poussé maman de la passerelle c'était peut-être un accident, mais le sien c'était pas un accident quand il se relevait pour aller la toucher dans son lit et que sa mère ne disait rien. Alors occupe-toi bien d'elle, faufile-toi dans sa petite tête et souffle-lui de ne pas tomber amoureuse de Steve. Elle vaut mieux que lui ! Dis-lui qu'il y aura des garçons dix fois mieux à la rentrée, au collège Camille-Cé, des tas de fils à papa, qu'on y sera les reines parmi les petites princesses qui font du solfège et prennent option latin, comme Consuelo j'imagine. Mais je te parlerai de mon plan plus tard, ça ne presse pas... Prends juste soin de ma sœur de cœur d'ici là.

Je crois que je m'endors, ma coccinelle. Même si j'ai bu moins de tequila que Nina. Je crois que l'alcool, même si je ne le montre pas, ça me réussit pas. On va dormir, ma bête à pois ?

Repose-toi bien !

Y a des chances, enfin y a une sacrée poisse plutôt, que demain, je revienne te donner à dévorer le plus gros de tous les chagrins.

9

Béné

— Asseyez-vous, Ophélie.
Monsieur Bocolini me tend une chaise (tout le monde à la Prairie l'appelle Brocoli, même les éducs se trompent parfois). On se trouve dans la pièce juste à côté de son bureau, au premier étage, avec vue sur le parc, il peut cueillir les cerises, rien qu'en ouvrant la fenêtre et en tendant le bras.

Je me rends compte que de son observatoire, Brocoli peut aussi nous surveiller. Pourtant, jamais il n'ouvre la fenêtre. De tous ceux qui travaillent à la Prairie, éducs, maîtresses de maison, cuisiniers, chauffeurs, il est le seul à porter la cravate. Il est le seul à ne jamais crier aussi. Toujours à nous vouvoyer dès qu'on a plus de douze ans. Toujours poli, même quand on fait les pires conneries. Il ressemble plus aux vendeurs qu'on voit derrière les vitrines des concessionnaires Mercedes qu'à un type chargé de piloter un foyer d'orphelins. Il a été recruté quand l'association a été rachetée, par une plus grosse association d'après ce que j'ai compris, une grosse association qui ne fait pas de cadeaux, enfin c'est ce que tu racontes, Béné, aux autres éducs, au moment du café, t'es souvent très remontée contre Brocoli. Il paraît qu'il a une fille de mon âge.

Ton bébé aussi, tu m'as dit que ce sera une fille. Tu te tiens debout derrière Brocoli, comme si tu le surveillais autant que moi. Je n'arrive pas à fixer autre chose que ton ventre rond. Brocoli attend que je sois assise pour commencer.

— Voilà, Ophélie, c'est arrivé plus tôt que prévu, alors je dois vous l'annoncer.

On dirait qu'il parle d'un bébé prématuré.

— Votre père vient de sortir de prison.

Brocoli m'a coupé les deux jambes, sans anesthésie.

— Sous liberté conditionnelle. Vous savez ce que cela signifie, Ophélie ?

S'il croit que c'est le jour pour jouer aux devinettes. Merci de m'aider, Béné ! Je te vois lever les yeux au ciel et soupirer dans son dos.

— Vous pourrez rencontrer votre père, dans un autre lieu qu'un parloir de prison. C'est le souhait qu'il a exprimé. Passer du temps avec vous. Juridiquement, il n'y a aucun obstacle pour que vous puissiez retourner vivre avec lui.

Cette fois, Brocoli vient de me scier les deux bras. Qu'il me tranche la tête et qu'on en finisse. Tu ne peux pas te retenir, Béné. Tu poses tes deux mains sur ton ventre et tu interviens sans son autorisation.

— Ne t'inquiète pas, Folette, aucune décision ne sera prise sans l'avis de la juge. Ni sans ton avis ! Tu vas avoir treize ans. C'est toi qui décideras, uniquement toi !

Brocoli se tortille mais confirme de la tête. Il me sort encore quelques banalités, si énormes que j'ai la certitude qu'il n'a pas lu mon dossier. Il me fait penser aux profs de collège dans les rencontres parents-profs (ça s'appelle comme ça, même pour ceux qui n'ont pas de parents), qui ne se rappellent plus ton nom et qui baratinent des généralités. Avant que Brocoli rentre s'enfermer dans son bureau, il me sert sa dernière tirade préfabriquée. Il a gardé la pire pour la fin.

— Je vous laisse avec Bénédicte. Rien ne presse. Vous avez le temps, Ophélie. Rappelez-vous que notre mission n'est pas de vous séparer de votre famille, mais que vous puissiez la retrouver dans les meilleures conditions.

Quel con !

* * *

Tu tires le canapé, ça fait un barouf pas possible, tu parais t'en foutre de rayer le parquet verni de l'étage de Brocoli, et tu le places devant moi. Tu t'écroules dedans. Je comprends que tu n'en pouvais plus de rester debout. Tu poses encore tes mains sur ton ventre, mi-coussin, mi-câlin, et tu me regardes comme si t'étais capable de lire dans ma tête.

— T'en penses quoi, Folette ?

Puisque tu lis dans ma tête, c'est pas la peine que je prenne des pincettes.

— Vous voulez me foutre dehors, c'est ça ? Me renvoyer chez mon paternel ?

— Personne n'a jamais dit ça. Et tu es assez intelligente pour le comprendre. Tu sais très bien que tu auras toujours le choix.

— N'empêche, ça vous arrangerait bien de vous débarrasser de moi !

— Tu le penses vraiment ?

Tu me regardes avec une vraie tendresse de maman. Tes yeux paraissent sincères, mais tes mains mentent, plaquées sur toute la largeur de ton ventre.

— Oui ! Je pense qu'on t'apprend dans ton métier à ne pas t'attacher. Je pense qu'au fond, tu t'en fous de moi et de Nina, et que t'as bien raison, vu comment toutes les deux on t'en fait baver. Je pense que ta seule préoccupation, c'est ton bébé, et que là aussi t'as bien raison, parce qu'elle aura bien plus de chance que nous, ta petite poupée. Et qu'au moins, ton bébé, il te donnera de l'amour en retour !

Tu es calme, apaisée.

— Folette, ne mélange pas tout. Je suis là pour parler de toi, pas de moi.

Je voudrais tant te voir exploser...

— Parfait, Béné. T'as pas envie de parler de toi, j'ai pas envie de parler de moi.

... t'entendre avouer que tu me détestes.

— Je ne t'ai jamais forcée à me parler, Folette. Jamais. Mais je vais juste t'expliquer. Parce que tu as raison sur un point : je me suis occupée d'autres filles, avant toi. Et j'en aiderai d'autres après toi. Alors écoute-moi. Je le sais, d'expérience, ton père va insister. Il va demander à la juge, il va harceler monsieur Bocolini. Il a conservé l'autorité parentale sur toi. Il a des droits.

— Des droits sur moi ?

— Oui, comme n'importe quel père. Mais il y a aussi beaucoup d'adultes entre vous deux pour te protéger de lui. Et même de toi.

Je me mets à rire bêtement. Je me déteste !

— Me protéger de moi ? Je croyais que j'étais libre de faire mes propres choix.

Cette fois, je crois que j'ai réussi à commencer à t'agacer.

— Je comprends, Folette, que tu n'aies aucune envie de revoir ton père. Que ce soit la décision la plus difficile à prendre de toute ta vie. Je ne suis là que pour t'aider à la prendre… Alors écoute-moi, si ton papa te tend la main, à un moment donné, il sera important que tu la saisisses. Si tu veux te reconstruire.

— Me reconstruire ? C'est quoi ce mot-là ? Toi aussi t'emploies des mots comme ça ?

Tu te mords les lèvres et te tords les doigts, lâchant un instant ton coussin-câlin. Tu te rends compte que tu as été maladroite.

— OK, alors on va dire *te construire*. Te construire un avenir. Un métier. Une vie. Une famille. Les années qui arrivent vont être décisives, Folette. Tu entres en quatrième à la rentrée. C'est là que tout va se jouer, fais-moi confiance…

— Je sais, t'as l'expérience. Tu t'es déjà occupée de tas de filles aussi cinglées que moi !

Tu fais comme si tu n'avais pas entendu.

— Tout se jouera sur des détails, Folette. Ta vie va se jouer sur un ou deux choix, pas plus. À commencer par tes fréquentations à toi et à Nina. À commencer par votre capacité à résister à l'envie de vous griller les neurones avec de l'alcool, du shit ou de la drogue. D'ailleurs on reparlera de vos conneries de cette nuit, et on vous communiquera la sanction quand on en aura parlé en réunion d'équipe. Ne crois pas que tu vas y échapper (tu touches ton ventre, pour bien me montrer à quel point il est rond). Tu as encore quatre mois à m'avoir sur le dos. Oui Folette, je te confirme, j'ai suivi des filles bien plus cinglées que toi. Certaines s'en sont sorties, d'autres pas, mais une chose est sûre, je serai là pour que tu fasses les bons choix ! Une dernière chose aussi, un autre détail, ça va peut-être te sembler un conseil de vieille conne, mais tout dépendra si tu bosses à l'école ou pas. Toutes les filles dont je me suis occupée m'ont fait leur crise d'adolescence, toutes, sans exception, mais les seules qui s'en sont sorties sont celles qui n'ont pas décroché au collège, puis au lycée. Pour les autres, une fois le retard accumulé, jamais elles n'ont pu le rattraper.

Je ricane plus bêtement encore.

— Bah tu vois, t'as pas à t'inquiéter. Je vais à Camille-Cé à la rentrée.

Tu plantes tes yeux dans les miens. Même si tu es habituée à lire à livre ouvert dans ma tête, je sens qu'il y a un truc que tu ne piges pas. Une zone d'ombre que ton regard de professionnelle des cerveaux cabossés n'arrive pas à percer.

— Justement, je n'ai pas compris pourquoi tu as insisté, avec Nina, pour changer de collège et aller à Camille-Cé. Le meilleur collège privé de toute l'agglo ! Mais je te préviens, là-bas, ils ne plaisantent pas, ni avec la discipline, ni avec les résultats. Si tu n'améliores pas ton 7 de moyenne, tu n'y resteras pas un trimestre.

Je pense tout bas *même un mois, ça me suffira*, mais j'aboie pour que tu ne t'en aperçoives pas.

— Pourquoi ils m'ont prise alors ?

— Parce qu'à la Prairie, on a cinquante-sept enfants à scolariser, et qu'on ne va pas tous vous envoyer dans l'école du quartier. On vous répartit un peu partout, et tous les établissements de la ville doivent jouer le jeu. Moi aussi j'ai joué le jeu, Folette, j'ai défendu ton dossier pour Camille-Cé, alors ne me déçois pas...

Je voudrais bien t'énerver, pour de vrai, au moins une fois.

— Je suis en vacances, Béné. J'ai au moins droit à ça ? Alors on en reparlera quand on ira choisir mes crayons et mon cartable ! D'ici là, t'arrêtes...

— J'arrête quoi ?

— De nous coller aux baskets.

— N'y crois même pas ! Je te lâcherai pas.

Tu cherches à attraper mes yeux, mais je refuse, je me défile, façon anguille, je ne fixe que ton ventre rond.

— Si ! Je sais bien que si !

Nous restons silencieuses un bon moment. J'y ai repensé souvent, tu sais, Béné, à notre conversation, ce matin-là. Est-ce que tu me pardonneras un jour ? Est-ce que tu me pardonneras un jour d'avoir été si méchante avec toi ?

Tu te lèves enfin, difficilement, et je devine que tu aurais préféré rester allongée sur le canapé. Tu fouilles dans ton sac, tu traînes comme pour me faire un peu mariner, et tu me tends une enveloppe.

— Tiens, t'as du courrier !

10

Lazare

Le 12 juillet 1989

Chère Ophélie,
Je te prie d'excuser mon long silence. Ma dernière lettre doit dater de plus de dix mois maintenant. Je t'avais promis de te tenir au courant, dès que j'aurais de nouvelles informations. Tu t'en doutes, si je ne t'ai pas recontactée, c'est que je n'en ai récolté aucune. Aucune nouvelle étoile de notre Grande Ourse n'a brillé à ce jour, et pourtant, je n'ai pas ménagé ma peine.
Si je t'écris, tu t'en doutes peut-être, c'est parce que ton père a été libéré. Je l'ai appris hier. À vrai dire on ne parle que de cela dans le quartier Sorano. Enfin, plutôt, les vieux du quartier ne parlent que de cela. Tous les autres ont déjà oublié cette nuit du 29 avril 1983.
Sûrement est-ce mieux ainsi, Ophélie.
Tu m'autorises à te parler franchement, comme je l'ai toujours fait ?

Une seule chose est certaine : ton père est le dernier à avoir vu ta maman vivante. Quoi qu'aient aperçu les sept étoiles de notre Grande Ourse, aucun témoin n'en sait autant que lui. La seule caméra ayant filmé ce qui s'est passé ce soir-là, ce sont ses yeux, et la vidéo est enfermée dans sa tête.

Je ne sais pas si tu auras envie de le rencontrer, mais si tu veux mon avis, je crois que ce serait une bonne idée. Peut-être que Josselin, enfin ton père, t'offrira la clé. T'avouera ce qu'il n'a pas avoué aux policiers. Te révélera cette vérité que tu cherches depuis des années.

Mais rassure-toi, Ophélie, quoi que tu décides, ton vieux Lazare continue d'enquêter !

Je lève un instant les yeux de la lettre. L'enveloppe déchirée est coincée entre mes genoux. Je suis assise en haut du toboggan du parc de jeux, comme des centaines de fois depuis que je suis arrivée au foyer. Il est interdit aux plus de dix ans, en théorie, mais je n'ai pas passé six ans à la Prairie pour ne pas faire ma loi face aux plus petits. D'ailleurs, les autres gamins de la Prairie sont partis au poney, ou en colo, ou chez leurs parents... presque tout le monde est parti, sauf Nina et moi. Et Nina n'est pas près de se lever, à part pour aller jusqu'aux toilettes, vomir, et se recoucher.

Je suis seule ! Un vrai privilège. J'ai le parc rien que pour moi. Je relis les derniers mots de Lazare.

Je ne sais pas si tu auras envie de le rencontrer, mais si tu veux mon avis, je crois que ce serait une bonne idée.

Décidément, ils se sont tous ligués, depuis ce matin, pour que j'aille parler avec mon père ! Vous n'avez pas compris ? Le revoir est la dernière chose dont j'ai envie ! Je croyais que Lazare, au moins, serait capable de le comprendre.

Quand Lazare est venu me voir, la première fois, à la Prairie, je n'avais pas encore huit ans. Il s'était pointé avec son golden retriever et ça avait été l'attraction de l'après-midi. Pendant que les enfants jouaient avec Argo, Lazare avait eu le temps de me parler. Il avait commencé par me dire qu'il aimait bien maman, que tout le monde l'aimait bien dans le quartier Sorano, qu'elle était si jolie, que c'était terrible ce qui lui était arrivé, bref tout ça, je l'avais à peine écouté, jusqu'à ce qu'il m'annonce, d'un coup, qu'il allait enquêter. Lazare Kerédern était un ancien gendarme, brigade de Pont-de-l'Arche, en retraite depuis au moins vingt ans.

— Je le dois bien à ta maman, m'avait-il assuré. Et toi et moi, cette nuit-là, hormis tes parents, nous étions les seuls dehors, dans le quartier. Ni toi ni moi n'avons rien vu, mais il y a sûrement d'autres témoins. On peut apercevoir la passerelle qui enjambe la rocade de tous les appartements de l'immeuble Sorano. Y en a plus de cent, – *cent trente-huit exactement*, ai-je pensé dans ma tête –, je vais frapper à chaque porte ! Les flics n'ont pas le temps mais moi si ! Et si quelqu'un a vu quelque chose, je vais trouver, fais-moi confiance.

Je t'ai fait confiance, Lazare. Je t'ai dit de m'attendre, j'ai foncé dans ma chambre, j'ai ouvert mon livre Rouge et Or et je suis revenue avec ma feuille quadrillée glissée entre les pages.

Mes sept étoiles. Les seules fenêtres allumées ce soir-là.

Tu as eu l'air incroyablement épaté, tu m'as serrée très fort dans tes bras et tu m'as promis :
— On va trouver, ma petite, je te jure, on va trouver !
Je t'ai cru ! Ah oui je t'ai cru ! J'ai tant espéré…
C'était il y a presque cinq ans…
… mais tu n'as rien trouvé.

Je continue, Ophélie, je m'accroche à nos étoiles. Je retourne les voir régulièrement. Avec le temps, on a même sympathisé.

Madame Belmadi, septième étage, porte 2, qui regardait une vidéo sur sa télé cette nuit-là, monsieur et madame Pehlivan, quatrième étage, porte 8, qui n'arrivaient pas à dormir sans lumière allumée, mademoiselle Thiers, deuxième étage, porte 9, qui terminait de lire La Bicyclette bleue, *madame M'Barek, deuxième étage, porte 11, qui s'était relevée pour prendre un troisième Temesta, monsieur Perseigne, cinquième étage, porte 12, qui se levait avant d'aller prendre son car, et son quart, à Renault Cléon.*

Je les revois souvent. Tous me demandent de tes nouvelles, et tous me redisent : on est désolés, on est si désolés, Lazare, mais on n'a rien remarqué cette nuit-là, j'étais sous la douche, j'avais le nez dans mon dernier chapitre, je ronflais dans mon canapé… Aucun résident de l'immeuble Sorano n'a regardé dehors, aucun n'a entendu de bruit. 290 fenêtres, j'en connais le nombre précis maintenant, 512 habitants, autant de témoins potentiels, et personne n'a rien vu.

Pourtant je ne lâche pas, Ophélie. Il reste Alioth et Mizar. Et tant que je serai vivant, je les chercherai !

Mizar, huitième étage, porte 3.

Alioth, sixième étage, porte 6.

Les deux seules étoiles de la Grande Ourse que tu n'es pas parvenu à identifier, Lazare. Tu as commencé ton enquête sept mois après la mort de maman. Les occupants de ces deux appartements avaient déjà déménagé. Leur nom n'a pas été difficile à trouver.

Alioth s'appelle Suzanne Buisson, le bailleur social qui lui louait l'appartement est formel. Une petite vieille qui, d'après les voisins, avait au moins quatre-vingt-dix ans. Ils la croisaient dans l'ascenseur, ou dans la cage d'escalier quand il était en panne, peinant à remonter les six étages avec son cabas. Ils avaient bien compris qu'elle ne pourrait pas longtemps rester là. Un matin, un camion de déménagement s'est garé devant l'immeuble Sorano. En deux heures, ils avaient tout embarqué, Suzanne avec. Plus personne n'a jamais eu de ses nouvelles. Tu m'as dit que tu l'avais cherchée, partout, dans les annuaires, dans les journaux locaux, dans les bulletins municipaux, dans les rubriques nécrologiques, toutes les Suzanne Buisson possible. Sans rien trouver ! C'était il y a six ans, Suzanne aurait donc presque cent ans...

Si elle vit encore...

Si elle a vu quelque chose, cette nuit-là...

Si elle s'en souvient...

Cela fait beaucoup de si. Si maman si...

Mizar s'appelle Valérie Petit. Elle avait une vingtaine d'années d'après les voisins. Étudiante. Physique quelconque, horaires décalés, pas le genre à engager la conversation dans la cage d'escalier. Un petit fantôme comme il en existe une majorité dans les cités. Elle a quitté son appartement moins d'un mois après la mort de maman. Des Valérie Petit, tu en as trouvé trente-sept, Lazare, aux quatre coins de la France et même une en Nouvelle-Calédonie. Tu les as toutes contactées : aucune d'elles n'a jamais habité le quartier !

Faut croire qu'il en existait une trente-huitième… qui a disparu, qui se cache, qui a changé de nom, qui a été empêchée de parler…

Depuis six ans j'ai tout imaginé.

La première année, Lazare, tu venais me voir chaque semaine. Pour me tenir au courant de ton enquête. Puis au bout d'un moment, tu n'avais plus grand-chose à me dire, alors tu t'es contenté de me téléphoner, une fois par mois. Puis le temps a passé, on n'avait plus rien non plus à se dire par téléphone, tu vieillissais et moi aussi, mais tu ne m'as jamais abandonnée, tu m'écrivais pour mon anniversaire, pour la nouvelle année, tu m'envoyais un mot quand tu allais voir tes petits-enfants dans les Pyrénées, une carte postale, ou un article de journal.

Ainsi tu continues, Lazare

Tu continues de chercher mes deux dernières étoiles Alioth et Mizar

Mes deux derniers espoirs.

Prends soin de toi, Ophélie. Tu sais, cela passe si vite, une vie.

Je t'embrasse comme le vieux monsieur que désormais je suis. Argo aussi.

Lazare

Je plie la lettre pour la ranger dans l'enveloppe, quand je remarque que tu as glissé à l'intérieur un petit article de journal, à peine plus grand qu'un timbre. Quelques lignes dans le *Paris-Normandie*, à la rubrique faits divers, où la libération de Josselin Crochet est annoncée.

Merci Lazare !

Je prends précieusement le bout de papier entre mon pouce et mon index, puis de ma seule main libre, j'ouvre mon sac à dos et je sors mon grand classeur. Je réfléchis un instant dans quelle pochette ranger l'article.

Celle qui concerne mon père ne contient qu'une dizaine d'articles, presque uniquement ceux que tu m'as envoyés : *Paris-Normandie, Liberté-Dimanche*, une colonne dans *Libération*, des articles assez longs les jours qui ont suivi la nuit du 29 avril 1983, puis seulement quelques lignes ensuite, un ou deux paragraphes au moment du procès, puis plus rien, plus rien depuis cinq ans. Je coince le papier dans la pochette de plastique transparente et machinalement, je feuillette les autres.

Celle de maman, où j'ai rangé mes dessins, mes mots d'amour, mes poèmes, mes coccinelles en origami, mes libellules, mes abeilles, tout ce qui vole et sur quoi tu règnes, Maja, ma reine de tous les êtres qui papillonnent de fleur en fleur.

Je tourne une nouvelle pochette.

La plus épaisse.

Celle de Vidame !

Celle où je garde tous les articles qui parlent de lui.

De sa jolie trajectoire, comme ils écrivent dans *Paris-Normandie*, de son ascension, comme ils insistent dans le *Bulletin de l'Arrondissement de Rouen*. Au départ simple délégué à la tutelle, il est devenu chef de service, puis directeur d'Établissement à Caractère Social, un petit d'abord, un Lieu de Vie et d'Accueil en pleine nature, avant qu'il ne reprenne d'une main de fer un Institut de rééducation au bord de la rupture. Il a enfin créé sa propre structure de protection des familles, l'ASTUR, l'Association Tutélaire de Rouen, spécialisée dans les curatelles, les tutelles et les sauvegardes de justice. À chaque fois les portraits décrivent Richard Vidame comme un gestionnaire avisé mais profondément humain, sachant tenir l'équilibre délicat entre politique sociale et contraintes budgétaires. Un humaniste engagé. Un dirigeant moderne et innovant. Une référence, un exemple à suivre, qui ne recule devant aucun défi. Pour en arriver à l'apothéose, il y a deux ans, et sa nomination en tant que directeur du Service social du Département. Presque un milliard de budget et des milliers de salariés à gérer. J'ai découpé depuis au moins quinze interviews de lui, où il répète en boucle, avec le même sourire, les mêmes formules à la con : l'engagement du Département, la priorité aux enfants et aux adultes vulnérables, la confiance aux associations, la solidarité d'abord.

Je relis encore et encore ces mots, chaque surnom que ces idiots de journalistes s'amusent à lui attribuer, *monsieur Protection, le roi ASTUR, Richard Cœur de Lien*, pour bien laisser la haine pénétrer dans chaque pore de ma peau, couler dans mon sang, noircir mon cœur.

Profites-en, Richard. Profite bien.

Bien sûr personne ne m'écoutera, personne ne croirait une gamine comme moi, si elle venait raconter à ces journalistes que ce soir-là, maman t'a supplié, t'a téléphoné, t'a appelé et encore appelé, et que tout ce que tu as trouvé à lui répondre, c'est *Cessez de me harceler. Je dois y aller ! J'ai une vie privée.*

Qui pourrait croire que derrière ton sourire de notable, comme ils disent, se cache une telle ordure ?

Profites-en, Richard. Profite bien.

Car je vais bientôt venir te présenter la facture.

Tu vas devoir payer.

Tout en rangeant le classeur dans mon sac, je regarde la grande façade de la P'tite Maison dans la Prairie. J'aperçois Béné secouer une couette par la fenêtre grande ouverte. Nina a dû finir par se faire dégager.

Pauvre Nina ! Si elle savait le programme que je lui ai préparé…

Vivement la rentrée !

Je prends une grande respiration. Quand j'avais sept ans, ce toboggan me semblait géant, j'avais la sensation d'être perchée en haut d'une montagne quand j'atteignais son sommet, j'étais terrorisée avant de me laisser glisser.

Je pousse sur mes mains. Je me laisse entraîner par la pente de bébé.

Aujourd'hui je n'ai plus peur de rien.

11

Nina

— Tu m'expliques ce qu'on fait là ?

Je me tiens devant le portail du collège-lycée Camille-Cé, rue de l'École. Jour de rentrée ! On est venues à pied avec Nina, le bahut est à moins de vingt minutes de la Prairie. Je pense que les autres élèves aussi doivent habiter dans le quartier, enfin dans le coin plutôt, parce que les alentours ne ressemblent pas trop à ce que j'appelle un quartier : ici pas de tours, pas d'arrêts de bus tagués, pas de MJC délabrées, pas d'Arabes pour nous siffler, Nina et moi. Rue de l'École, c'est, disons, beaucoup moins coloré. Ou alors des couleurs pastel, feuille d'automne, vert anis, rose dragée, du genre de celles imprimées sur les écharpes de soie et les jupes plissées que portent les collégiennes.

Tu hallucines, Nina.

— Attends, ma Folette, on va pas entrer là ?

Tu ne prends même pas la peine de chuchoter à mon oreille.

— Regarde, rien que le sac en cuir que l'autre pouffe porte sur son dos, il vaut plus que tout mon budget de vêture depuis que je suis née.

Tu portes comme moi un jean et un pull. On l'a échappé belle, Béné a insisté pour qu'on ne mette pas nos pantalons troués et nos tee-shirts Motörhead.

Devant le collège-lycée Camille-Cé, ce sont les retrouvailles enthousiastes de la rentrée. On s'embrasse, on trépigne, on crie, on s'extasie. *Merci pour ta carte postale, Marie-Kristal ! Waouh comme t'es bronzée, mon Apolline ! T'es allée où cet été ? Maurice ? La chance ! Moi je suis restée coincée en Corse sur un voilier...*

Ma pauvre Nina, on est comme deux extraterrestres. Tu ne peux pas te retenir, tu m'attrapes par les épaules :

— Et toi mon Ophéliiiiie, t'es partie dans le Sud aussi ? Sur la rive gauche de la Seine ? T'as même poussé jusqu'à Saint-Étienne-du-Rouvray ? Jusqu'à l'immeuble Sorano dans le Château Blanc ? Un vrai safari ! T'as même vu des Noirs ? J'y crois pas, ma chériiiiie.

Personne n'a entendu, personne ne fait attention à nous. Le bruit des scooters et des moteurs couvre tout. Je crois qu'on est les seules à être venues avec nos baskets, toutes les autres se font déposer. Dans l'étroite rue de l'École, entre les façades à pans de bois, on assiste à un vrai défilé de Mercedes et d'Audi pour les papas pressés, de Mini Cooper et d'Autobianchi pour les mamans stressées.

Tu me tires par le bras, direction opposée au portail d'entrée.

— OK Folette, on a bien rigolé. Maintenant faut qu'on se tire avant qu'ils se réunissent dans la cour pour chanter l'Ave Maria. J'ai pas révisé les paroles et...
— Attends.
— Attends quoi ?
— Bouge ! Planque-moi !
Sans réfléchir tu te redresses et je m'accroupis derrière toi. C'est ce que j'aime tellement chez toi, Nina. Tu ne discutes jamais quand il s'agit de faire une connerie. Toi la rebelle, quand y a urgence, tu obéis !
Une Mercedes vient de se garer à cheval sur le trottoir. Une gamine de notre âge en est descendue, visage bronzé, longs cheveux noirs retenus par un ruban mauve, robe cintrée assortie. Elle s'apprête elle aussi à sprinter vers la cour bitumée de Camille-Cé, histoire de ne pas rater le début des prières, quand la vitre électrique du conducteur s'abaisse.
— Tu ne fais pas un bisou à ton papa ?
L'enrubannée se penche, le papa sort la tête, quatre bises claquent. Devant moi, Nina tangue comme une quille qui ne veut pas finir en strike. Tu grognes dans un dialecte que moi seule peux comprendre.
— Putaindesamèrequipissaulit, me dis pas que c'est lui ?
Devant nous, les effusions de la fille et de son père ne traînent pas.
— Bonne journée, papa.
— Bonne rentrée, Consuelo.
Heureusement que j'ai fait Nina première langue.
— Parlestétonsdelaviergemarie, c'est lui !
Dès que la Mercedes a disparu au bout de la rue et que Consuelo a été happée par une bande de copines

toutes aussi bronzées et déchaînées, tu te tournes vers moi.

— C'était Vidame, j'en suis sûre ! Et cette pétasse, c'est sa fille. Espère pas me faire avaler que c'est le hasard qui fait mal les choses. Vas-y, balance, explique !

— Plus tard, Nina. Plus tard. Faut qu'on y aille ou on va rater l'Ave Maria.

* * *

Tu as été la première à courir vers la sortie, dès que la cloche a sonné – oui, à Camille-Cé, ils indiquent encore la fin des cours avec une vraie cloche, comme au Moyen Âge !

— Je tiendrai pas une semaine. Je te préviens, Folette. Je tiendrai même pas une journée de plus.

Tu as allumé ta Marlboro, juste après être sortie, pour que tout le monde te voie, les papas, les mamans, les nounous, les lycéens et les collégiens. Ça n'a pas manqué, tout le monde t'a regardée de travers, même si t'as tout ce qu'il faut où il faut pour qu'on te prenne pour une élève de première.

Je souffle sur la fumée pour la disperser.

— Exagère pas, Nina. On est à peine vingt-deux par classe. Les profs nous parlent comme si on possédait la carte gold de l'établissement. La moitié des élèves sont des fils de médecins ou d'avocats qui ont encore moins envie de bosser que nous. Y a des crevettes fraîches, du poulet au curry et de l'ananas en carpaccio à la cantine. Et on a même pas récité l'Ave Maria.

— OK, c'est Dynastie Academy. Maintenant explique-moi ce qu'on fait là.

J'attends que l'essaim de collégiens qui bourdonne autour de nous se disperse un peu. Tu me proposes une cigarette dont je ne veux pas. Je dois la jouer discrète. J'aperçois Consuelo sur le trottoir d'en face. Elle s'éloigne, entourée d'une bande de filles de notre classe. Pas de Mercedes en vue, Vidame ne viendra pas la chercher ce soir. Tant mieux ! Je ne crois pas qu'il puisse me reconnaître, j'avais sept ans la dernière fois où il m'a rencontrée, mais on ne sait jamais. Au croisement de la rue de l'École et de la rue Ganterie, Consuelo claque la bise à un type frisé, très maigre, dans les dix-sept ans. Je suppose que ça doit être Antoine, son grand frère.

Tu profites que j'ai le dos tourné pour souffler ton nuage de fumée au nez du pion qui garde la sortie de Camille-Cé. Un petit vieux, avec une barbe à la Corbier du Club Dorothée. Malgré son look de fumeur de pipe, ça a l'air de l'indisposer. T'écrases le mégot sous ta basket.

— De toute façon, Folette, dès qu'on va rentrer, Béné va flairer l'arnaque. T'as vu la tonne de paperasse à signer ? Elle ne va pas gober une seconde qu'on ait pu choisir options mandarin, grec ancien, violon et danse de salon.

Corbier regarde d'un air outré le mégot. Je lui offre mon sourire le plus désolé tout en t'expliquant.

— Sauf que j'ai pensé à tout, ma Nina. Béné ne prend son service que ce soir, à 22 heures. Quand on va débarquer à la P'tite Maison dans la Prairie, comme chaque année, c'est une stagiaire qui ne connaît même pas notre prénom qui va signer les papiers !

Tu grimaces, mais tu sais bien que j'ai raison.

— D'accord grosse maligne, je suis piégée ! Alors vas-y, éclaire-moi. Qu'est-ce qu'on fout chez les aristos ?

— Je te demande de tenir dix semaines, Nina. Pas une de plus.

— Il se passe quoi dans dix semaines ?

— Dans dix semaines, le samedi 11 novembre très exactement, Consuelo fêtera son treizième anniversaire.

— Qui ça ?

— Consuelo. La fille de Richard Vidame ! Elle est dans notre classe, au cas où tu ne l'aurais pas remarqué…

— Non, désolée, j'ai plutôt maté les trois redoublants mignons du fond. OK, on est dans la classe de ta Comanchero. Et alors ?

— Et alors c'est là que tu rentres en action !

— En action ? Pour son anniversaire ? C'est quoi le plan ? Monter une cagnotte pour lui offrir un saut en parachute ? On ramène tous une bougie avant la bataille de crème Chantilly ?

— C'est presque ça, ma Nina (je te regarde droit dans les yeux). Je peux compter sur toi ?

— Tu me fais peur, Folette. Tu comptes sur moi pour quoi ?

— Nous faire inviter !

Une seconde, tu en as le souffle coupé. Histoire de reprendre ta respiration, tu t'allumes une nouvelle Marlboro, juste au moment où passent les trois garçons les moins pressés de Camille-Cé. Jean Levi's, veste de cuir Chevignon, coupe mulet. Ils te regardent avec des yeux de loups affamés. Enfin de louveteaux plutôt. D'ailleurs ils doivent l'être pour de vrai, scouts depuis toujours avec leurs totems tatoués, Castor Frimeur, Canard Flemmard ou Panda Sournois. N'empêche, ils ont senti la chair fraîche, je les vois déjà s'éloigner à regret, je les entends ricaner, et je devine l'unique sujet de conversation de leur rentrée : elle est pas mal la nouvelle avec son look rebelle. Et oser cloper devant Camille-Cé, waouh, elle a des couilles, en plus d'avoir des gros nénés.

Pauvres petits fauves aux dents de lait…

Un simple bruit de pot d'échappement crevé suffit à disperser la meute. Un 103 Peugeot descend à contre-sens la rue de l'École. Steve termine les derniers mètres en roulant sur le trottoir. Corbier va en faire une attaque ! Steve adosse sa mobylette contre la poubelle, sa béquille ne fonctionne plus, et nous lance :

— Eh les filles, vous faites quoi, tout se passe bien chez les bourges ?

Ton Steve Austin a une allure de rescapé d'un crash qui n'aurait pas eu les trois milliards pour se payer une chirurgie esthétique bionique. Il lui manque deux incisives, la paupière de son œil droit est aussi gonflée qu'une coquille d'œuf, et sa joue gauche paraît à l'inverse avoir été aplatie au fer à repasser. Plus affreux que jamais ! Je me demande comment tu peux t'être amourachée de lui… même si on a rigolé pendant des nuits sur le dernier exploit de ton Steevy.

C'était pendant ton camp, en Vendée, cet été, dans le seul camping de la côte qui accepte les groupes de cas sociaux. Ton groupe cohabitait avec une bande de La Courneuve, des grands blacks qui tous flashaient sur toi, la reine de la piscine de Roploplo-les-Flots. Et toi qu'en rajoutais des tonnes au téléphone, quand chaque soir, Steve t'appelait : ils tournent autour de moi comme des moustiques, mon Steevy, ou des mouches tsé-tsé, je vais vraiment finir par choper la fièvre jaune, ou noire... Ni une ni deux, Steevy est parti, sur sa mob, quatre cents kilomètres. Il a mis onze heures pour rallier ton camping et quand il est arrivé, à peine retiré son casque, il a touché le marteau de Thor autour de son cou pour s'imprégner de sa force et a filé direct à la piscine pour insulter les blacks. Ils ont mis une minute à comprendre qui était ce roquet, puis la bande de molosses de Seine-Saint-Denis, qui faisaient tous trois têtes de plus que lui, s'est mise à le tabasser pour le calmer. Tu l'as récupéré en pièces détachées. Il est resté une heure allongé sur un transat de la piscine, puis s'est relevé, a brandi le poing en direction des blacks en les prévenant que si l'un d'eux s'approchait à moins de dix mètres de toi, il revenait, puis il est reparti sur sa bécane. Onze heures de route dans l'autre sens. Il devait rendre la mob à son oncle le lendemain.

Je comprends, Nina, jamais tu ne trouveras un amoureux plus dévoué que ton Steevy. Ni plus débrouillard... Sans lui, jamais je n'aurais pu en apprendre autant sur la famille Vidame. Mais reconnais que ton chevalier servant, il ressemble plus à Frankenstein qu'à d'Artagnan.

On n'est plus que tous les trois devant le portail du collège. Même Corbier a disparu. Steevy regarde la plaque gravée sur la façade du bahut, se racle la gorge et demande :

— Vous savez qui était Camille Cé ?
Aucune idée...
Je réponds, sans savoir pourquoi, avec agressivité.

— Parce que toi tu sais ?

Tu te marres, Nina, tu connais déjà son tour de magie.

— Non, fait Steevy, mais je peux demander à mon cerveau portable.

Devant mes yeux ébahis, il ouvre son sac à dos et sort un énorme livre.

Quid 1989.

Il le feuillette à toute vitesse et me sort moins de vingt secondes après : *Camille Cé, écrivain français né à Rouen le 26 octobre 1878 et mort à Paris le 12 juin 1959*.

J'y crois pas ! Ce malade trimballe sur lui une encyclopédie qui doit peser au moins dix kilos !

— Tout ce que j'ai pas dans mon cerveau, m'explique Steve en rangeant son livre, je l'ai dans le sac à dos ! Comme ça je garde mes neurones pour réfléchir.

Tu te marres, Nina. Tu regardes ton Steevy avec des yeux de Vierge Marie devant Jésus-Christ, et tu dis :

— S'ils inventaient des rallonges assez longues, tu trimballerais aussi un ordinateur sur toi ?

— Ça viendra, assure Steve, ça viendra, ma chérie !

Il se racle une nouvelle fois la gorge, range son pavé de mille huit cent soixante-trois pages et t'embrasse. Je détourne les yeux pour ne pas voir ta langue se glisser comme une anguille dans le trou entre ses incisives.

* * *

— Vous ne dormez pas, les filles ?

Béné vient de prendre son service. Aujourd'hui elle travaille de 22 heures à 8 heures du matin. Des horaires à la con, comme Béné aime le rappeler quand elle est en rogne contre la terre entière, les institutions, l'Aide sociale à l'enfance, les chefs de service, les psys, Brocoli... Sauf que ce soir, Béné a l'air apaisée.

— Alors, cette première journée ?

Tu grimpes dans mon lit, ma Nina. On se retrouve toutes les deux pile à la hauteur de Béné. Je m'apprête à lui répondre, mais tu dégaines la première.

— Tout s'est déroulé miraculeusement sous la surveillance du bon Dieu ! Demain matin, avant de partir, faudra que tu nous fasses réciter l'Ave Maria. Et qu'on installe des crucifix au-dessus du lit aussi.

Béné, je crois qu'elle aime encore moins les curés que les psys, les chefs de service et Brocoli. J'essaye de trouver des mots pour relativiser ton récit de la journée, mais tu enchaînes.

— Et faudra changer le menu de la P'tite Maison dans la Prairie aussi. Maintenant on veut du poulet au curry, du saumon, des fruits exotiques comme au bahut. Et si tu pouvais demander à Brocoli de changer nos matelas. Je dis pas ça pour moi, mais pour la Princesse au petit pois qui dort au-dessus de moi.

Je ris toute seule. C'est une de nos plus vieilles blagues. Conte numéro sept de mon livre Rouge et Or. La princesse au petit pois a la peau tellement sensible qu'elle est capable de sentir un petit pois posé sous vingt matelas et vingt édredons.

Béné rit aussi, sans rien promettre.

— Je suis contente pour vous, les filles. Même si je ne comprends toujours pas pourquoi vous avez voulu être scolarisées à Camille-Cé, et encore moins ce que vous avez derrière la tête...

Rien, rien de rien, je me prépare à le jurer à Béné, mais une nouvelle fois, comme si tu avais décidé de ne pas me laisser parler, tu lances avant que j'aie pu ouvrir la bouche :

— Béné, question à te poser...

D'entrée, je me méfie.

— Vas-y, Nina, je t'écoute.

— T'es éduc depuis combien de temps ?

— Dix ans. Dont sept à la Prairie.

Sans prévenir, tu me pinces sournoisement, dans le creux des hanches, et tu balances en même temps que j'étouffe un cri :

— Alors tu dois connaître Richard Vidame ?

Je reste sans réaction, électrocutée.

— Évidemment, répond Béné, c'est le grand patron du secteur social dans le Département. Tout le monde le connaît.

Je me retiens difficilement de t'étrangler, de t'étouffer avec un des oreillers, et surtout de montrer ma fureur à Béné. Tu continues comme si de rien n'était.

— Parle-moi de lui.

— Pourquoi ? Qu'est-ce que tu lui veux ?

Et voilà ! Je te maudis, Nina. Tu vas tout faire foirer. Béné ignore que Vidame était le délégué à la tutelle de mes parents, du moins c'est ce que j'ai toujours pensé, comment aurait-elle fait le rapprochement ? Sauf que maintenant...

Tu réponds avec le plus de naturel possible.

— Sa fille est dans notre classe, au collège.

Une bouffée de chaleur envahit mon cerveau. T'avais préparé ton coup ! Je te déteste quand même, mais je dois admettre que c'est bien joué. Dans la pénombre de la chambre, on se rend toutes les deux compte que Béné sourit. Mille questions brûlent mes lèvres, mais je te laisse gérer.

— Pourquoi tu souris, Béné ?

— Rien. Juste l'idée que Vidame mette sa fille dans l'établissement le plus bourge et le plus catho de toute l'agglo.

Béné ne dit rien de plus. T'insistes avec toute la diplomatie dont t'es capable.

— Vas-y, développe.

— Désolée, ça ne vous regarde pas !

T'exploses d'une colère dont je devine que chaque mot a été calculé.

— Comment ça, ça nous regarde pas ? On n'est pas les premières concernées par les politiques sociales du Département ? Et t'es pas Béné-la-rouge ? L'éduc connue jusqu'au ministère pour son franc-parler ?

Béné hésite un peu, mais la tentation est trop grande, et son honneur de grande gueule est en jeu.

— OK... Après tout, y a rien de secret. Quel Vidame veux-tu connaître ? Celui d'avant ou celui d'après ?

Je dresse l'oreille.

— Si on peut avoir droit aux deux.

T'auras le droit à un immense bisou, ma Nina ! T'es une génie ! Jamais je n'aurais osé questionner Béné !

— J'ai bien connu Vidame quand j'ai débuté. Il avait quoi, dix ans de plus que moi. Il possédait déjà une sacrée réputation. Gros bosseur. Motivé. De toutes les réunions, formations et manifestations. Du genre à ne pas hésiter à l'ouvrir devant les patrons. Beau parleur et surtout beau gosse. Le plus canon de tous les travailleurs sociaux, et il ne se gênait pas pour en profiter.

La moitié des collègues de sa génération y sont passées, à ce qu'il paraît.

— Même toi ?

Béné balaie la réflexion de Nina d'un revers de main.

— À l'époque, j'étais un bébé !

J'en profite pour analyser les informations que Béné vient de me fournir. Une femme attendait Vidame dans sa voiture, le soir où maman s'est envolée. Une femme dont je n'ai pas vu le visage, mais que j'avais cru avoir déjà vue. Qui était-elle ? Pas sa femme, j'en ai toujours été persuadée. Sa maîtresse ? L'une de ses maîtresses ? Comment savoir laquelle ?

Tu sembles attendre que j'aie fini de réfléchir pour continuer.

— OK. Et le Vidame d'après ?

Béné s'appuie contre la fenêtre et soupire. Elle paraît hésiter un peu puis se lance, comme si tout balancer la soulageait.

— Côté cœur, d'après les rumeurs, le beau Richard s'est calmé. Très exactement depuis qu'il s'est marié avec Rose-Anna d'Auzouville, une fille d'une grande famille rouennaise, genre pleine aux as, elle élève des chats angoras, je crois. Ce mariage, ça a été le tremplin pour lui. En quelques années, il a viré sa cuti, comme on dit. Il est passé du côté de ceux qui tirent les ficelles, qui décident, qui déjeunent avec les élus, qui tiennent le carnet de chèques des mécènes. Il est grimpé vite, très vite. Et je peux t'assurer que tous ceux qui lui ont fait la courte échelle ou tendu la main sont restés en bas, pendant que lui s'élevait. Richard Vidame savait où il voulait arriver.

Je bois chaque mot de Béné comme une pleine marmite de potion magique. Tout ce qu'elle m'apprend, je m'en doutais ! Richard Vidame est un salaud, une ordure qui n'hésite pas à écraser les autres. À les sacrifier. Il a construit sa carrière sur un mensonge. Un parasite. Un parasite que j'écraserai !

— Allez, conclut Béné, assez causé. Demain, faut que vous soyez à la hauteur pour porter haut les couleurs de la Prairie chez les curés de Camille-Cé. Et je dois te dire aussi, Folette, ton papa continue de harceler la juge des enfants et Bocolini. Ils veulent monter un plan ensemble, organiser vos retrouvailles, un après-midi, dans un lieu qui pourrait te donner envie de dire oui. Ils pensent à la foire Saint-Romain. Je t'assure que je n'y suis pour rien.

Est-ce qu'elle me voit grimacer sous les draps ? Personne n'ajoute rien. On s'embrasse. Juste avant d'éteindre la lumière, elle dépose une enveloppe à mon chevet.

— Pour toi, Folette, encore du courrier.

Dès que Béné est sortie, je me précipite sur l'enveloppe. Je reconnais l'écriture de Lazare ! Mais avant même que j'aie le temps de la déchirer, j'entends un crépitement contre la fenêtre de notre chambre.

Un tir de mitraillettes !

On met deux secondes à comprendre : quelqu'un dans la rue s'amuse à nous jeter des gravillons. On se précipite, on ouvre la fenêtre, on s'apprête à balancer notre plus belle brochette de jurons, mais au moment où l'on se penche, nos insultes restent coincées dans notre gorge.

J'y crois pas.

C'est Steve !

Il a appuyé sa mobylette contre le mur. Il a dû la pousser, ou pédaler jusque sous notre fenêtre, pour que l'on n'entende pas son pot d'échappement crevé. Il lève vers nous sa tête cabossée.

— Ça va, les filles ?

Et sans attendre de réponse, comme un magicien qui va réaliser un tour de magie, il claque des doigts. L'unique phare de sa mobylette s'allume, éclairant le trottoir. Steve se tient droit dans le halo, ouvre son *Quid*, sans doute à la page *Chefs-d'œuvre de la poésie romantique*, et déclame.

> *Nina, allons voir si la rose,*
> *Qui ce matin avait déclose*
> *Sa robe de pourpre au soleil...*
> *Et son teint au vôtre pareil...*

12

Lazare

Steve est reparti, Nina s'est endormie, je lis seule dans mon lit.

Le 1ᵉʳ septembre 1989

Chère Ophélie,
J'ai une bonne, une très bonne nouvelle pour toi. Du moins je l'espère. Je ne vais pas faire durer le suspense plus longtemps.
J'ai retrouvé Alioth !
Oui, Suzanne Buisson, celle que nous cherchons depuis six ans. Je t'explique en quelques mots ? Je pensais qu'elle était décédée. C'était l'explication la plus logique à sa disparition, mais comme je te l'avais promis, je continuais d'enquêter. Pour tout t'avouer, cela se limitait à lire chaque jour la rubrique nécrologique du Paris-Normandie, au cas où...
Si j'y avais lu le nom de Suzanne Buisson, cela n'aurait pas été une très bonne nouvelle, tu t'en doutes.

Il y a cinq jours, j'ai enfin lu son nom, dans le journal, mais pas à la page que je redoutais. On parlait de Suzanne dans les infos locales ! Canton de Clères. Commune de Quincampoix. Comme chaque année, la mairie y fête les centenaires. Trois femmes de la commune avaient droit au champagne, aux petits-fours et au discours du maire. Et l'une d'elles s'appelait Suzanne Buisson.

Elle est vivante, Ophélie ! Du moins elle l'était encore la semaine dernière. Et elle habite très exactement la résidence des Coquelicots.

Je dois t'avouer autre chose, une moins bonne nouvelle. Je suis malade. Même si je suis plus jeune que Suzanne, je ne suis pas certain de vivre aussi longtemps qu'elle. Je ne vais pas t'embêter avec mes douleurs et mes malheurs de vieux, mais c'est pour te prévenir. Je ne sors plus beaucoup de chez moi. Il va falloir que je me sépare d'Argo aussi, et il me sera impossible de me rendre à Quincampoix. Le bus, le car, la marche à pied c'est désormais trop compliqué pour moi.

À toi de jouer, Ophélie, et de mon côté, je continue de chercher Mizar. Valérie Petit. On ne sait jamais. J'espère tant que Suzanne a aperçu quelque chose, ce soir-là, et qu'elle l'a conservé dans sa mémoire.

J'ai hâte de savoir.

Je t'embrasse de toutes les maigres forces qu'il me reste, Ophélie.

Lazare, ton vieil ami

* * *

Steve m'a déposée trois cents mètres avant la résidence des Coquelicots. Pas question qu'il ameute le quartier avec son pot d'échappement crevé.

— Attends-moi là !

Il n'a même pas protesté, pas plus qu'il n'a posé de questions quand je lui ai demandé de m'emmener à vingt kilomètres de Rouen, sur son porte-bagages. Il a juste dit *prends ton temps*, m'a adressé un grand sourire sans dents, s'est assis sur le trottoir, adossé à sa mob, et a sorti son livre magique, rubrique *Justice*, chapitre *Affaires non élucidées*. Il a l'air de pouvoir rester des heures ainsi.

Je marche. Les pavillons du lotissement des Coquelicots ressemblent à des maisons de Lego, en juste un peu plus grand. Elles sont toutes construites sur le même modèle : toit plat, pas d'étage, porte bleue au bout d'une petite allée de graviers, roses trémières pour colorer le crépi beige, fenêtres en vis-à-vis pour que tout le monde puisse se surveiller... Et personne dans le quartier !

Je ressens une impression bizarre en avançant, je m'imagine que tous les habitants des Coquelicots sont cachés derrière leurs rideaux, à me guetter. Dans quelle maison habite Suzanne Buisson ? Je vais devoir déchiffrer les noms de chaque boîte aux lettres.

J'avance encore quand une voiture surgit dans mon dos. De la vie, enfin ! La Renault 5 se gare à cheval sur le trottoir, visiblement pressée. Une femme en sort, la cinquantaine, mal coiffée, à peine maquillée, du genre qui se préoccupe plus des autres que d'elle. Elle pourrait être institutrice, éducatrice ou infirmière.

— Tu cherches quelqu'un, ma grande ?

L'aubaine !

— Oui... Suzanne Buisson.

Elle me regarde de la tête aux pieds comme si j'étais une extraterrestre.

— Première maison à droite. Tu... tu es de sa famille ?

De quoi elle se mêle l'infirmière ?

— Pas vraiment. Plutôt une... une ancienne voisine.

Ça n'a pas l'air de la rassurer. Elle m'ausculte encore du regard, et doit finir par admettre que je ne représente aucun danger.

— Excuse-moi d'avoir l'air étonnée, mais cela doit faire plusieurs années que Suzanne n'a eu aucune visite. Tu sais, c'est rare les jeunes comme toi aux Coquelicots.

— Pourquoi ?

— Les Coquelicots, ce n'est pas exactement une maison de retraite, mais ça y ressemble, même si chaque résident possède sa maison. Et quand je ne suis pas là pour faire ma tournée (elle tourne la tête vers les fenêtres), chacun prend soin des autres.

On commence à marcher en direction de la maison de Suzanne. Un chat blanc détale entre nos jambes, je pense une seconde à Bolduc, pas plus, l'infirmière me déconcentre, elle n'arrête pas de parler, elle doit sûrement être habituée à monologuer.

— Suzanne est notre plus vieille résidente, elle a cent ans depuis une semaine, mais elle n'est arrivée aux Coquelicots qu'il y a six ans. Elle habitait en ville avant. Elle a attendu une place pendant des années, alors le jour où une maison s'est libérée, elle n'a pas traîné.

C'est là que tu l'as connue, dans son appartement de l'immeuble Sorano ?

Elle m'épate, l'infirmière. Comment se souvient-elle de ça ? Elle connaît par cœur le CV de tous ses retraités ? On s'approche de la maison de Suzanne. Celle aux roses trémières les plus hautes. À part le chat qui nous suit à bonne distance, rien ne bouge dans le quartier.

— Tu connais bien Suzanne ?

Aïe ! L'infirmière vient de me poser LA question piège ! Quelle conne, je n'ai préparé aucune réponse.

— Eh bien… heu…

— C'est comment ton nom ? me demande l'infirmière pour me sortir de l'embarras.

Après tout je n'ai rien à cacher. Je lui balance juste mon prénom.

— Ophélie…

L'infirmière s'arrête et me regarde comme si j'étais un fantôme.

— Ophélie Crochet ?

Merde, en plus elle connaît mon nom.

Elle me sourit. Longuement. Puis elle me dévisage avec un regard de pitié que je n'aime pas, le regard qu'ont sur nous les éducs qui débutent, celui qu'elle doit avoir avec ses petits vieux quand ils sont en fin de vie.

— Ophélie, ma petite. Suzanne me parle souvent de toi. Et de ta pauvre maman. L'accident a eu lieu juste avant qu'elle ne déménage. Elle a gardé tous les articles de presse. Suzanne perd la mémoire sur pas mal de choses aujourd'hui, mais cette nuit-là, elle s'en souvient. Tu sais, les conversations des personnes âgées, c'est un peu un feuilleton qu'elles racontent en boucle.

Je ne devrais pas te dire ça, mais la nuit où ta maman est morte, c'est son épisode préféré.

On s'est retrouvées chez Suzanne Buisson. On est toutes les trois, madame Pietralba (c'est le nom de l'infirmière), Suzanne et moi. La télé est allumée sur une série, peut-être *Santa Barbara*. Devant chaque fenêtre sont disposées des assiettes remplies de croquettes pour chat. Sur la table, Suzanne a sorti quelques gâteaux secs et des serviettes blanches en papier. C'est madame Pietralba qui pose les questions, elle parle fort, de la même façon que les profs quand ils s'adressent à Nina ou à moi, en appuyant sur chaque mot comme on appuie trop sur les touches d'un piano.

— C'est Ophélie Crochet, la fille de Maja Crochet, la dame qui est décédée devant l'immeuble Sorano. Vous vous souvenez, Suzanne ? Vous m'en parlez souvent. Elle a des questions à vous poser, elle veut savoir si vous avez vu quelque chose, cette nuit-là.

Suzanne fixe un chat invisible derrière la fenêtre, ou un spectre qui traverse la pièce. Je suis persuadée que derrière ses yeux gris très clairs, presque aussi blancs que ceux des aveugles, elle voit des choses qu'on ne voit pas. Ses doigts ont attrapé le crayon à papier posé à côté d'un magazine de mots fléchés. Ses lèvres finissent par trembler.

— Je n'ai pas vu ta mère ce soir-là.

Mes lèvres, à l'inverse, restent collées. Je les mords à sang.

Ainsi, Suzanne n'a rien vu elle non plus ! Tout comme les cinq autres étoiles de ma Grande Ourse. Elle devait dormir la lumière allumée, ses lunettes posées sur la table de chevet. Qu'est-ce que j'espérais ? Une vieille de plus de quatre-vingt-dix ans et...

— Mais j'ai vu ton père !

Une décharge électrique me traverse, à m'en faire exploser le cœur. *Mon père ?*

Suzanne continue de parler, sans me regarder, sans davantage se tourner vers madame Pietralba. Elle paraît toujours fixer un film invisible qui n'est projeté que pour elle derrière le rideau blanc de ses yeux. Ses doigts, serrés sur le crayon à papier, griffonnent des gribouillis noirs sur l'une des serviettes en papier.

— Je ne dormais pas. Je ne dors presque plus jamais.

Je comprends que je ne dois plus parler, juste la laisser regarder son film. Même madame Pietralba la pipelette l'a compris.

— Ton père se tenait sur la passerelle. Il y venait souvent. Au moins un soir sur deux. Il restait là à fumer. J'ai vu passer Lazare aussi, avec son chien Argo. Mais cela c'était plusieurs minutes avant. J'ai entendu monsieur Pham baisser son rideau de fer. Je suis allée aux toilettes, à un moment. Peut-être au moment où ta mère est tombée. L'homme à capuche était là aussi, sur la passerelle, à côté de ton père.

L'homme à capuche ?

Une nouvelle décharge m'électrise. Doucement, Suzanne, mon cœur ne va pas tenir. Qui est ce type à capuche ? Personne ne m'en a jamais parlé ! Cette fois, je ne peux m'empêcher de demander.

— Il ressemblait à quoi, cet homme à capuche ? Il faisait quoi avec mon père ?

Suzanne ne répond pas. Madame Pietralba reprend, les mêmes mots que moi, mais en montant le son de sa voix. Suzanne rembobine dans sa tête. Ses lèvres tremblent à nouveau.

— Il portait toujours le même pull noir. Tous les soirs.

Je demande en haussant autant la voix qu'une infirmière pro :

— Il était vieux ? Jeune ?
— Jeune sûrement. S'il était habillé comme ça.

Merde ! Suzanne n'a aperçu qu'une ombre portant un sweat à capuche... et sûrement un jean et des baskets... 99 % des habitants de la cité sont habillés comme ça, même les filles...

— Vous n'avez pas vu son visage ?

Suzanne penche de plus en plus la tête, sans répondre, comme si la bobine qui tournait dans son cerveau était trop lourde. Ses doigts ont lâché le crayon. Je m'aperçois que madame Pietralba s'agite et s'agace. La séance va bientôt se terminer, j'insiste pourtant.

— Suzanne, y a-t-il un détail que vous auriez remarqué ? N'importe quoi. Un...
— Il y a eu comme un éclair. Sur la passerelle.

Le même qui va avoir raison de mon cœur !

— Un éclair ?
— Oui. Comme le rayon d'une lampe puissante, ou quand on prend une photo. Un flash. Ça les a éclairés une seconde. Mais ils me tournaient le dos, ton père et l'autre.

Madame Pietralba se lève, pour me faire comprendre que l'entretien est vraiment terminé cette fois ; j'ai l'impression d'être dans une série policière, au moment où le chirurgien vire le détective de la chambre du principal témoin, intubé sur son lit médical. Je me lève à mon tour, le plus lentement possible, le temps de poser une ou deux questions supplémentaires.

— Et vous n'avez rien d'autre ? Rien qui me permettrait d'identifier l'homme au pull noir ?

Suzanne tremble de partout, plus seulement des lèvres. Madame Pietralba a raison, la conversation l'a fait monter en hypertension. Elle parvient tout de même à poser sa main sur la serviette en papier devant elle, et la fait glisser vers moi.

— Il y avait des symboles cousus dans son dos. Un peu comme des lettres.

Surexcitée, je me penche. Suzanne a dessiné les deux symboles sur la serviette, au crayon à papier. Si ce sont des lettres, elles proviennent… d'un alphabet inconnu !

* * *

Voilà Lazare, voilà où j'en suis. Tu en sais autant que moi. Mon papa n'était pas seul sur la passerelle ce soir-là. Un autre homme l'accompagnait. Ou une femme, pourquoi pas. L'inconnu se tenait debout à côté de mon père. Il a pris une photo, à un moment précis. Et le seul indice pour découvrir son identité est l'inscription au dos de son pull noir. Deux gribouillis dessinés sur la fameuse serviette, je te l'ai glissée dans l'enveloppe.

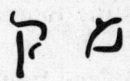

ק מ

À première vue, on pourrait croire que c'est de l'arabe, mais ça ne correspond à aucun dessin de l'alphabet que

Steve a trouvé dans son *Quid*. Tu ne peux pas savoir à quel point Steevy en était dépité. Peut-être que c'est un dialecte ? Ou de l'arabe ancien. On cherche chacun de notre côté ? Je ne pourrai jamais assez te remercier de tout ce que tu fais pour moi, Lazare.

Surtout porte-toi bien, tu m'as inquiétée dans ton dernier courrier.

Si tu étais gravement malade, tu me le dirais ?

Je t'embrasse bien fort.

Ta Folette, qui enquête

13

Nina

— Monsieur Crochet ? Je suis Nina, la meilleure amie d'Ophélie. Je suis venue vous prévenir : elle ne viendra pas.

Josselin Crochet a l'air abasourdi. Il s'attendait à voir débarquer sa fille accompagnée d'un éducateur... Ou plus vraisemblablement à ne voir personne, il ne croyait pas vraiment qu'Ophélie puisse accepter de lui reparler. Mais cette fille-là ? Il regarde son jean troué aux genoux, sa grosse doudoune jaune râpée, ses cheveux blonds en queue-de-cheval, ses paupières maquillées pastel, ses lèvres brillantes d'un rouge à lèvres incolore ou d'un gel anti-gerçures. Une fille à jouer aux autos tamponneuses avec les ados de son âge, mais pas à passer l'après-midi avec le papa de sa meilleure amie.

Autour d'eux, la foire Saint-Romain lutte contre la nuit et le froid. Elle occupe tous les quais de la rive gauche de Rouen, plusieurs kilomètres de manèges dont les lumières s'étirent dans le miroir déformant de la Seine. Josselin Crochet observe toujours la gamine. Visiblement, il ignore comment réagir.

— Je peux vous parler de Folette, insiste Nina. Ce sera pas comme si elle était là, mais un peu quand même. Et puis faut que je vous avoue, Jo, je peux vous appeler Jo ?, j'adore la foire ! Mais à la P'tite Maison dans la Prairie, on y va toujours par maisons, c'est-à-dire par groupes de huit avec les petits. Pas question d'autonomie ! Et puis avec 10 francs chacun, on va pas loin, un tour de manège, une barbe à papa et c'est terminé. Alors, on commence par quoi ?

Jo Crochet surveille les alentours, effaré. Il doit imaginer qu'il est espionné par les flics, ou des fonctionnaires de l'Aide sociale à l'enfance, que c'est un plan monté par la juge pour le tester. Mais non, autour de lui, il n'y a que des familles, des poussettes, des bandes d'ados qui passent et laissent le regard traîner sur Nina. Elle leur rend leur sourire, Jo jurerait qu'elle préférerait les accompagner que de rester avec lui, mais elle continue pourtant de le regarder droit dans les yeux.

— Je dois vous prévenir, Jo, personne n'est au courant à la Prairie, pas même Ophélie. Mais je vous promets, je lui raconterai tout !

Jo doit reconnaître qu'il y a une cohérence dans ce que cette gamine lui raconte. Depuis qu'il est sorti de la prison de Bonne-Nouvelle, il a harcelé la juge et le foyer où Ophélie est placée, mais il a obtenu à chaque fois la même réponse : Ophélie ne veut pas vous rencontrer ! Elle a treize ans, on ne peut pas l'obliger, mais on vous promet, la Saint-Romain, c'est une bonne idée, on va lui proposer cette rencontre médiatisée, on va essayer, jusqu'au dernier moment... et au dernier moment, c'est la copine qui se pointe !

— On va au King ?

C'est un ordre plus qu'une question. Nina lève la tête et a déjà repéré les illuminations du grand huit au-dessus des stands de tir. Jo lui emboîte le pas. Depuis combien de temps ne s'est-il pas promené à la foire ? Plus de six ans évidemment ! La dernière fois, Ophélie avait trois ans. Elle avait gagné un poisson rouge à la pêche aux canards. Il pleuvait, elle avait couru dans les flaques avant de s'endormir dans la poussette. C'était le lendemain de la Toussaint, Ophélie doit n'en avoir aucun souvenir. Les enfants ne se souviennent jamais de tout ce qu'on fait pour eux. Par contre, dès que vous déconnez ! Lui, la foire Saint-Romain, il y a dix ans, c'est peut-être son meilleur souvenir de sa vie d'avant. Un souvenir qui tombe le jour des morts, comme si quelqu'un là-haut s'amusait à le hanter avec les remords !

Les néons l'aveuglent, la musique l'assourdit, la foule le bouscule, il hésite, perdu par tant de monde, par tant de bruit, puis d'un coup, il se décide. La copine d'Ophélie a promis de tout lui raconter, alors il va montrer à sa fille que six ans de taule l'ont changé.

— OK Nina. Je te préviens, le King c'est juste pour se chauffer !

Jo et Nina enchaînent le Tagada, le Maxximum, l'Extrême. Ils rient aux éclats dans le palais des glaces, ils restent un quart d'heure frigorifiés en haut de la grande roue. Jo perd toute sa monnaie, la tête en bas dans le Mégaloop, ils se gavent de churros, dix chacun !
– lors des sorties avec la Prairie t'es contente quand t'en

as la moitié d'un –, Nina tire sur une ficelle pour obtenir une peluche de licorne géante, et insulte la fille qui lui explique qu'elle n'a le droit d'emporter qu'un E.T. miniature, Jo prend une bière, Nina ne pense même pas à fumer, et pour finir, le supplie :

— Allez Jo, on peut pas se séparer sans avoir pris le train fantôme !

Évidemment, c'est la seule attraction que Josselin a évitée. Le sang, les cadavres, le jour des morts, ses remords... Nina le tire par la main, 10 francs l'entrée, Jo évite de penser qu'avec ce qu'il a dépensé en un après-midi, il aurait pu remplir un Caddie et tenir, boissons comprises, jusqu'à Noël. Tant pis, il testera cette nouvelle cantine que Coluche et les autres enfoirés viennent d'ouvrir.

Dès qu'ils se retrouvent devant le couloir de la mort, Nina se faufile entre les wagons qui s'enfoncent dans les entrailles de carton-pâte. Jo la suit, vérifiant que personne ne les a repérés. Nina s'adosse à un arbre qui crache de la fumée, Jo s'arrête entre un Frankenstein équipé d'une tronçonneuse et un vampire aux dents ensanglantées. Ils restent là, à l'abri des regards. La chaleur à l'intérieur est insupportable. Nina ouvre sa parka et pointe son doigt.

— Maintenant qu'on est intimes, Jo, faut me dire la vérité. La maman de Folette, c'est toi qui l'as tuée ?

Jo chancelle sous l'attaque. Il manque de s'adosser contre la paroi et de s'empaler sur les dents d'un zombie à tête de requin. Il paraît déçu, triste, comme si toute la magie de la foire venait d'un coup de s'envoler.

— Alors c'est Ophélie qui t'a envoyée ? Elle n'a pas eu le courage de venir me demander elle-même ?

— Même pas ! Je t'ai dit, elle ne sait pas que je suis là ! Elle t'a rayé de sa vie. Alors tu peux tout me raconter, vas-y.

Un Freddy pressé passe et leur dit, tout en enfilant ses gants de griffes, de ne pas rester ici. Il disparaît et ils ne bougent pas.

— Ce n'est pas moi, Nina. Je te le jure. Je n'ai pas tué la mère de Folette. Tu pourras lui répéter.

Nina sort une Marlboro. Fumer dans un tel décor de carton, c'est l'incendie assuré. Jo ne dit rien. Nina souffle une bouffée. L'arbre auquel elle est adossée en fait autant. Elle fixe Josselin, longuement.

— Je te crois, Jo. Je vais te dire un truc, je ne te voyais pas comme ça. Pas aussi cool. Pas aussi sympa. Je te crois, OK, mais alors raconte-moi.

Ils entendent des cris dans le tunnel, des hurlements, des bruits de chaînes. Puis le silence revient et Jo reprend.

— J'avais trop bu ce soir-là. Trop fumé aussi. Je ne suis pas un ange, je ne vais pas te le cacher, il m'arrivait de secouer un peu Maja, certains soirs, quand j'étais dans un sale état. Mais je n'ai jamais touché à Folette. Jamais ! Et j'avais mes limites. Je n'aurais jamais fait de mal à Maja. Je l'aimais, Nina. Si tu savais à quel point je l'aimais… Si tu avais vu à quel point elle était belle. Un vrai miracle pour un connard comme moi. J'ai peut-être dépassé les bornes ce soir-là, elle a pris peur, elle s'est sauvée dans le quartier, je lui ai couru après, enfin tu dois le savoir, Ophélie a dû te raconter. Quand je suis arrivé à la passerelle, au-dessus de la rocade, Maja était déjà tombée. Les voitures autour d'elle étaient arrêtées.

Quelqu'un a dû appeler les secours, les flics, les pompiers se sont pointés très vite.

Freddy repasse, chapeau de travers, il pointe ses griffes vers Jo et Nina. *Faut vraiment pas rester là !* Nina a juste eu le temps de planquer sa cigarette et Jo tend son ticket. Freddy hausse les épaules, il a d'autres clients à effrayer.

— Tu me baratines, Jo, lance Nina en soufflant à nouveau comme un arbre-vivant. Y avait quelqu'un avec toi. Sur la passerelle.

Nina croit bénéficier d'un effet de surprise, elle s'est préparée à guetter chaque trait du visage de Jo, mais rien. Aucun étonnement apparent.

— T'as raison ! T'es sacrément bien renseignée. Même les flics ne m'en ont jamais parlé. Moi je m'en souviens vaguement. J'avais bu, n'oublie pas. Mais je revois une ombre se pointer à côté de moi sur la passerelle. Un type, je dirais. Presque invisible dans la nuit. C'est le premier qui venait assister au spectacle. À l'exception de ceux sur la rocade qui étaient déjà sortis de leur bagnole, évidemment. Te dire combien de temps il s'est passé avant que la foule des badauds arrive, attirée par les gyrophares comme des gosses par les lumières de la foire, ça je ne sais pas.

— Il y a eu un flash. Il a pris une photo.

Jo cesse de lutter et s'appuie contre la tête de requin.

— Désolé, ça, je ne m'en souviens pas non plus. Celui qui t'a renseignée a dû confondre. Parce qu'après, les pompiers et les flics, des photos, ils en ont pris des milliers. Ou c'est moi qui n'ai pas vu. Je crois que ça fait plusieurs fois que je te le dis, mais j'avais bu.

« Tu sais, en prison, on a le temps d'y repenser. De se repasser le film. Je sais bien que les flics ne m'ont pas cru, qu'ils m'ont même arraché des aveux que j'ai tout de suite regrettés, que le juge les a suivis, parce que mes propos étaient incohérents. Ils avaient peut-être raison, j'étais sonné à l'époque. Je perdais tout. Maja. Folette. Mais à force d'y repenser, j'ai fini par avoir une idée claire de ce qui s'était passé, tu vois, comme un puzzle, il m'a fallu six ans de taule pour l'assembler.

— Je t'écoute, Jo, puisque visiblement, t'as remis les pièces dans l'ordre.

— Ce soir-là, Maja avait une sacrée avance quand elle s'est tirée de notre appartement. Moi, je réussissais à peine à mettre un pied devant l'autre. Alors je peux te dire qu'elle est arrivée bien avant moi à la passerelle. Qu'elle avait le temps d'atteindre le centre-ville avant même que j'aie descendu l'escalier. Alors je te le redis, quand je suis arrivé en titubant à la passerelle, Maja était déjà tombée. Je n'ai pas compris. OK, je n'ai pas été un mari parfait, et pas beaucoup mieux comme papa, mais je ne suis pas un assassin. Dis-lui, dis-le à Folette, et qu'elle me manque aussi.

Nina écrase son mégot sur une racine de l'arbre-fumeur. Josselin se désincarcère de la gueule du requin, range son portefeuille dans sa veste, mais Nina le tire par la main.

— On y retourne, Jo ? Depuis que j'ai six ans, je rêve de me faire le Méga King Tower.

Voilà, Nina, tu m'as tout raconté, les manèges, les fous rires, le billet de 100 francs que Jo a claqué pour toi, à quel point tu le trouves sympa, à quel point tu le crois, et surtout, ma Nina, tu m'as développé de long en large ta théorie à deux balles, déformation presque professionnelle à force de fréquenter les psys depuis que tu es née : si je ne veux pas revoir mon père, ce n'est pas parce que je suis persuadée qu'il est un assassin, au fond je n'en sais rien, c'est parce que mon inconscient refuse de courir le moindre risque ! C'est pour me protéger ! Pour fuir le doute. Pour ne pas avoir à me poser la question en permanence : ce papa qui viendrait me chercher, qui m'offrirait le MacDo et des cadeaux, qui réclamerait des câlins, qui se la jouerait copain, est-ce qu'il n'est pas juste un comédien ?

Et plus je vivrais avec lui, et plus je lui accorderais ma confiance, et plus je serais en danger, parce que je ne connaîtrais jamais la vérité. Alors je préfère mettre de la distance, je choisis l'indifférence, malgré tout ce qu'elle me coûte, et je reporte toute ma haine, parce qu'elle est là, en moi, et qu'il me faut bien venger Maja, sur Richard Vidame. Vidame, le salopard idéal. Parce que selon toi, Nina, je ne pourrai aimer mon papa que quand j'aurai fait payer la facture à quelqu'un d'autre !

On verra, Nina. Occupons-nous d'abord de Vidame, et pour le reste, on verra...

Parce que moi aussi, je suis capable de formuler des théories à la noix. Moi aussi j'ai fréquenté les psys depuis que je suis à la Prairie, alors si tu trouves super cool mon papa, si tu gobes tout ce qu'il te raconte parce qu'il te paye une barbe à papa et un tour de King, c'est parce que tu n'en as pas, toi, de papa, parce que le tien est un monstre que tu veux rayer de ta vie, parce que tu n'as jamais connu ça, l'amour d'un père, et que tu dois me trouver tellement égoïste, qu'on me serve autant d'amour et de ne même pas y goûter, comme ces pétasses de Camille-Cé qui ne touchent pas aux frites dans leur assiette, parce que celles de chez elles sont meilleures.

Tiens, en parlant de Camille-Cé, profite bien de tes derniers jours de vacances, ma Nina.

Parce qu'à la rentrée, branle-bas de combat.

Opération Consuelo !

Et être deux ne sera pas de trop...

14

Lazare

Le 3 novembre 1989

Chère Ophélie,
Je prends enfin le temps de te répondre. J'espère que mon courrier te parviendra avant la fin de tes vacances de la Toussaint. Tu les as bien méritées !

J'ai eu du mal à le croire quand je l'ai lu : toi, ma petite Ophélie, depuis le temps qu'on s'écrit, tu es devenue collégienne à Camille-Cé !

Quel chemin tu as parcouru depuis l'immeuble Sorano ! Je suis si fier de toi !

Tu m'as aussi écrit que tu ne voulais pas revoir ton père, même s'il est sorti de prison. Tu connais mon opinion : c'est dommage, rien n'est plus important que le pardon, que de tenir compte des circonstances atténuantes, de la présomption d'innocence surtout. Elle existe cette présomption, tu ne peux pas me dire non, sinon tu ne te serais pas lancée dans cette folle enquête avec moi, depuis toutes ces années. Alors promets-moi d'y réfléchir, petite tête de mule, quand ton papa te réinvitera...

Je n'insiste pas. Je devine que je t'agace déjà. Que tu t'impatientes de connaître la suite. Ce que j'ai appris. Alors allons-y. Ce sera rapide.

Dans ton dernier courrier, tu me confiais une serviette sur laquelle étaient dessinés deux symboles. D'après Suzanne Buisson, notre Alioth, ce sont ceux cousus sur le pull d'un inconnu qui aurait pu être le premier témoin arrivé après ton père. Un témoin qui n'apparaît sur aucun rapport de police, crois-moi.

ק מ

J'ai eu beau chercher, je n'ai pas trouvé ce que signifient ces deux dessins. Des lettres ? Une marque ? Les initiales de quelqu'un ? Un message politique ? Un symbole religieux ? Une secte ?

J'ai cherché dans le quartier. Partout. J'ai posé des tas de questions aux anciens, aux habitués, mais personne ne m'a fourni le moindre indice. À croire que ta Suzanne a rêvé.

Je sais ce que tu vas penser. Je t'ai avoué dans mon dernier courrier que j'étais malade, que je sortais de moins en moins, jamais pour prendre le bus, à peine pour promener Argo, alors comment pourrais-je avoir enquêté dans le Château Blanc ? Je vais tout t'avouer. J'ai reçu de l'aide. J'ai embauché, en quelque sorte, un associé. Tu ne le connais pas, il a emménagé au Sorano après que tu es partie. Il doit avoir quelques années de plus que toi. Il s'appelle Karim. Karim Zeddine. Il traîne pas mal autour des immeubles. C'est d'abord Argo qu'il a apprécié, puis on s'est apprivoisés. Je crois que c'est la première fois qu'il parle à un flic, enfin à un flic retraité. Je ne suis pas sûr que tout ce qu'il trafique dans le quartier soit parfaitement légal, mais c'est un brave garçon.

Si je te parle de lui, Ophélie, c'est parce que s'il devait m'arriver quelque chose, tu pourrais le contacter. Contrairement aux apparences, c'est quelqu'un de confiance. Mais ne t'inquiète pas, je vais bien, et même mieux que lors de ma dernière lettre. J'apprends à vivre avec la vieillesse, les douleurs quotidiennes, l'ascension de mes trois étages et les pauses plus longues à chaque palier, les renoncements, les petites portes qu'on ferme et qu'on ne rouvrira plus jamais, celle du placard à whisky ou du tiroir à tabac.

Je voulais te donner un autre conseil. J'y ai tout de suite pensé, quand j'ai reçu ton dernier courrier. Pourquoi n'irais-tu pas voir le lieutenant Campion ? Il appartenait à l'équipe chargée de l'enquête après le décès de ta maman. Je te laisse ses coordonnées. Lui aussi, c'est un type bien. Il n'a jamais été convaincu, contrairement aux autres, de la culpabilité de ton papa. Tu devrais aller lui porter tes éléments nouveaux : le témoin au pull à capuche, les symboles cousus sur son dos, le flash... Il aura davantage de moyens d'investigation que toi et moi.

Prends soin de toi, Ophélie.
Je t'embrasse aussi fort que mes vieux bras le peuvent.

PS : C'est important que tu cherches à connaître la vérité, je ne te l'ai jamais reproché, mais n'oublie pas pour autant de vivre, avec ceux de ton âge. On ne grandit pas en laissant le passé nous tirer par les pieds.

Cela fait tellement de temps que l'on s'est vus. Tu dois être devenue une vraie jeune fille que je ne reconnaîtrais plus.

Merci Lazare !

Même si ton courrier est bizarre...

Comme si, contrairement à ce que tu dis, tu n'étais pas guéri... que tu avais attrapé la maladie de la nostalgie.

Peut-être qu'on l'attrapera tous, un jour, comme les rhumatismes et les cheveux gris.

Mais je vais faire ce que tu me demandes. Je vais le contacter. Pas mon papa, oh non, qu'est-ce que tu crois ? Mais je vais appeler ton flic, le lieutenant Campion.

15

Consuelo

Au collège, depuis la rentrée, le seul et unique sujet de conversation est l'Anniversaire. L'Anniversaire avec un grand A !

Ton anniversaire, Consuelo !

Tu as laissé planer un savant suspense, entre ceux qui seront invités, ceux qui le seront peut-être, ceux qui ne le seront sans doute pas, et les quelques-uns assurés de n'avoir aucune chance, dont je fais partie avec Nina.

Tu as distribué des cartons un par un, en recommandant bien aux uns et aux autres de n'en parler à personne, pour être vraiment certaine que tout le monde soit au courant. Tu as distillé les informations au compte-gouttes, pour que tes courtisans se posent mille questions et soient accros à ton feuilleton.

Qu'ils se questionnent sur l'endroit où tu habites, d'abord, le Mont Fortin... Une maison bâtie sur une colline, la seule de toute la métropole rouennaise entourée de champs, de pins, et même de vignes. Où que vous soyez dans l'agglo, vous ne pouvez pas la rater !

Qu'ils s'interrogent sur la fête elle-même ensuite : tu en es si fière. Ce ne sera pas un anniversaire, trop commun, mais un Channiversaire ! Et devant les yeux stupéfaits de ta cour personnelle, tu expliques et réexpliques que c'est toi qui as inventé le Channiversaire : chacun doit venir déguisé en chat. Il y aura des tas de surprises cet après-midi-là, et pas seulement des croquettes, ah ah ah que tu es drôle Consuelo, tu précises que tu es dingue de chats, comme ta mère, Rose-Anna, qui élève des angoras, des petites fortunes sur pattes, une couvée de chatons, d'après toi, vaut davantage qu'une des Mercedes de papa.

Pendant les récrés qui ont suivi la rentrée, tu as distribué onze cartons d'invitation, la moitié exacte du nombre d'élèves dans la classe, histoire de bien la diviser en deux.

J'ai attendu le bon moment pour te coincer, ça m'a pris presque une semaine. Pas facile de t'aborder, Consuelo... Ma pauvre, quelle vie de star tu as ! Jamais seule, toujours une ronde de fans autour de toi. Pas un moment de répit, même pas pour faire pipi, tes copines t'accompagnent pour glousser avec toi jusqu'aux toilettes. Ah, qui comprendra un jour la solitude princière des collégiennes populaires ? Mais cet après-midi, tu n'as pas le choix ! Contrôle de français dans deux heures. Interrogation orale, le couperet peut tomber au hasard sur n'importe qui, y compris toi. Alors il faut que tu ouvres ce foutu bouquin, *Les Précieuses ridicules*, histoire de savoir en quelle langue parle ce Molière. Tu t'es isolée pour cela, un quart d'heure, au centre de documentation.

Tu ne m'as pas entendue, ni vue arriver, concentrée sur ton livre. Je m'installe à côté de toi et je lance, à peine assise :

— Tu as oublié de m'inviter à ton Channiversaire, Consuelo.

Tu baisses ton livre et me regardes sans comprendre, comme si je n'étais pas plus importante qu'une crotte de chat, ou non, même pas de chat, c'est déjà trop précieux pour toi, à la limite une crotte de rat. Tu me regardes avec une espèce de pitié malsaine, et tu m'accordes quelques secondes pour clarifier le rôle de chacun.

— Je n'ai pas oublié. C'est juste que tu n'es pas invitée. Ne m'en veux pas, je ne peux pas inviter la terre entière.

— Je ne suis pas la terre entière.

Cette fois, je t'ai agacée. Tu poses ton livre, tous tes gestes sont destinés à me faire bien rentrer dans la tête que tu n'as pas de temps à perdre, et que tu vas devoir me mettre les points sur les i sans diplomatie.

— Tu veux que je te parle franchement, c'est ça, Folette ? Alors j'y vais. Tout le monde est au courant que toi et Nina, vous venez d'un foyer. Je sais comment ça marche, mon père c'est son boulot, figure-toi, organiser tout ça, protéger les gosses battus par leurs parents, ou violés, ou qui sont juste cinglés. C'est grâce à lui si l'orphelinat où tu vis a de l'argent. Et je sais aussi que ce n'est pas facile pour toi, que vous vivez à plusieurs dans des dortoirs, que vous n'avez pas de chambre, pas d'affaires personnelles, pas d'argent de poche. Tu vois, je crois que j'aurais un peu honte de te montrer ma chambre, elle doit être aussi grande qu'un étage de ton pensionnat. Ce ne serait pas cool de ma part de te faire envie avec tout ce que j'ai et que tu n'auras jamais…

Tu me fais sentir que l'entretien est fini en reprenant ton livre. Je te laisse juste le temps de lire une ligne à laquelle tu ne comprends sûrement rien.

— Si tu m'invites, avec Nina, je t'aide à faire tes devoirs !

Tu te tournes vers moi, stupéfaite. Mes notes ont augmenté depuis que je suis à Camille-Cé, mais je suis encore très loin de figurer parmi les meilleures élèves de la classe. Toi, par contre, tu figures parmi celles qui traînent les pires moyennes. J'enchaîne sans te laisser le temps de respirer :

— Je suis prête à devenir ton esclave scolaire, rien que pour être à ton anniversaire !

Tu es hameçonnée ! J'en suis certaine. J'ai mis une semaine à le trouver, ce mot, *esclave scolaire*, et je suis certaine que tu adores l'idée. Qu'on puisse ainsi venir te supplier, se mettre à genoux devant toi, t'envier au point de s'humilier. Les autres ados de la classe ont eux aussi du fric, peut-être moins que toi, mais en tous les cas, ils ne te regardent pas comme une princesse inaccessible. Mais moi…

— Ça veut dire quoi, *esclave scolaire* ?

Il y a encore beaucoup de méfiance dans ta voix.

— Tu me demandes ce que tu veux jusqu'à la fin de l'année. Recopier tes devoirs. Porter tes livres. Faire tes exposés.

— Ça ne me rapporte rien ! T'es presque aussi nulle que moi.

Je souris. Je prends le temps de me pencher et je sors de mon sac le dernier devoir que la prof de français nous a rendu. Il fallait imaginer une suite à *Boule de Suif*, la nouvelle de Maupassant. Je colle la note, en rouge, sous son nez.

18 sur 20.

Tu siffles entre tes dents, épatée, mais pas convaincue.

— Sur qui t'as recopié ?

— Sur personne ! J'ai juste bossé. Si je veux, je peux être une bonne élève. Il me faut juste une bonne raison pour bosser.

— Et mon anniversaire, c'en serait une ?

— Ouais. Une sacrée.

Tu refermes encore ton livre. Je devine que tu es embêtée, partagée, que ma proposition te séduit, mais qu'une alerte quelque part dans ton cerveau s'est déclenchée. Passer un tel contrat avec une gosse de foyer...

Tes yeux finissent par se poser à nouveau sur moi, comme si j'étais redevenue une simple crotte de rat.

— J'ai bien réfléchi. C'est non ! Désolée, je ne te fais pas confiance. Une fois la fête passée, tu me laisseras tomber. Je n'y crois pas à ton histoire d'esclave. Et puis dis-toi que je te rends service en refusant...

— Ah ouais ?

— Bah ouais ! Y aura que des grandes familles invitées, celles qui mettent leurs gosses à Camille-Cé, et des cousines, des copines de chorale, je ne te fais pas de dessin, des enfants d'avocats, de commerçants, de médecins, donc toi au milieu, ça va faire un peu... (tu hésites sur le mot à employer, avant de sourire parce que tu as trouvé). Ça fera un peu comme si ma mère accueillait un chat de gouttière au milieu de ses angoras, tu vois ?

— Je vois.

Tu rouvres Molière, histoire de me faire comprendre que je devrais déjà être contente que tu m'aies consacré autant de ton précieux temps. Que maintenant je dois te laisser. Tu penses être débarrassée, pas une seconde tu n'imagines mon plan B. Je balance, sans bouger de ma chaise :

— Sur tous tes invités, y a seulement deux garçons, je crois ?

— Ça ne te regarde pas !

— Si, c'est ce que tout le monde raconte. Que ton Channiversaire, c'est un truc de gamine, et qu'à part tes copines, y a juste les deux premiers de la classe qui sont invités... Jean-Côme et Thomas. T'as raison, c'est pas vraiment des tigres, ils vont pas vous dévorer.

— Tu veux en venir où ?

— Que si Clovis, Hippo et Stan ne viennent pas à ta fête, elle sera ratée !

Clovis, Hippo et Stan sont les trois plus beaux garçons du collège, ceux aux coupes mulet qui ne quittent jamais leurs cuirs Chevignon, qui ne fréquentent que des filles de première. Bien entendu, tu en rêves, tu crèves d'envie de les inviter, mais tu as trop peur qu'ils te rient au nez avec ton après-midi Kitten Party, tu rougis dès qu'ils s'approchent à moins de cinquante mètres de toi. Surtout Clovis, le fils du directeur de l'Opéra de Rouen, tu craques complètement sur la façon dont il chante *Carmen* avec sa belle voix grave, mais pour lui tu n'existes même pas.

Tu te débats encore, vexée.

— Pourquoi j'irais les inviter ? Je ne leur ai quasiment jamais parlé !

— Justement, un anniversaire, c'est l'occasion de faire connaissance, non ?

Tu es vexée, mais intriguée. Tu as beau vivre dans un monde surprotégé, tu as au moins compris un détail que te souffle ton instinct de survie : le fric n'achète pas tout.

Tu as beau tout faire pour me le cacher, je sais que voir débarquer chez toi les trois plus beaux mecs du collège, avec tes chats, tes ricanements de petite fille de dix ans, tes bagues aux dents comme si tu avais avalé des faux diamants, ce serait le plus beau des trophées, le plus beau de tes anniversaires, celui qui voudrait vraiment dire qu'à treize ans, tu joues enfin dans la cour des grandes.

Je me lève, je me dirige vers le tableau du centre de documentation. Nous sommes seules, tout le monde est en récré. Je prends une craie.

— Regarde, je vais te faire un schéma.

Je dessine une patate et j'écris trois lettres à l'intérieur : C, H et S.

Là, ce sont Clovis, Hippo et Stan.

Une flèche vers un N.

— On va se parler franchement, Consuelo, entre filles, tu veux bien ? Y a qu'une élève, dans tout le collège, et peut-être même tout le lycée, qui n'est pas prête à te suivre comme tes toutous : Nina. Et me sors pas ta théorie des gouttières et des angoras, Nina a un truc qu'on n'aura jamais, ni toi ni moi : elle aimante les mecs autant qu'une porte de frigo aimante les magnets.

T'en restes sans voix. J'en profite pour dessiner un chat, puis une autre flèche entre le N et le chat.

— Voilà, c'est simple, t'invites Nina, et tous les gars seront là, même si tu leur demandais de se planter des plumes d'autruche dans les fesses.

— Déguisés en chat, ça suffira.

Je me force à ne pas sourire, je ne dois pas me laisser attendrir. J'ajoute un F, une troisième flèche, vers le N :

— Je résume, t'invites Nina à ton Channiversaire et je te garantis, sur ma vie, qu'elle t'amène aussi Clovis,

Hippo et Stan à ta fête chez les Aristochats. Mais si t'invites Nina, je viens aussi. Ça se négocie pas. C'est un lot, un filet garni, elle plus moi.

Tu prends le temps de réfléchir, tu te concentres sur mes flèches, mes lettres et mes cercles sur le tableau qui t'ouvre des horizons nouveaux.

Histoire de t'aider à prendre ta décision, Nina entre à ce moment-là dans le centre de documentation. Elle pose sa parka, fait passer son pull par-dessus sa tête, et ne se retrouve plus qu'en tee-shirt à bretelles, épaules nues, bras nus, gorge nue. Les trois mousquetaires de Camille-Cé entrent quelques secondes plus tard, comme alléchés par la chair dénudée. Ils n'ont pas dû visiter le centre de documentation depuis la rentrée, mais semblent soudain passionnés par les revues sur le présentoir le plus proche de Nina. Je chuchote à l'oreille de Consuelo.

— Tu vois, des magnets sur le frigo ! T'as intérêt de prévoir des glaçons à ta réception.

Tu te penches vers moi, tout en observant les mousquetaires du coin de l'œil, tu as pris ta décision.

— OK, vous venez toutes les deux, mais à deux conditions. Primo, si les garçons disent non, j'annule tout. Secundo, tu t'engages quand même à être mon esclave scolaire jusqu'à la fin de l'année. Ça ne se négocie pas. C'est dans le filet garni, comme tu dis.

J'ouvre ma main, tu ouvres la tienne, elles se claquent joyeusement l'une contre l'autre.

Marché conclu !

Si tu savais les cadeaux supplémentaires que j'ai prévus dans ton filet garni, ma petite chérie.

16

Lieutenant Campion

J'adore qu'un plan se déroule sans accrocs !

Le Channiversaire a lieu demain, dans le camp retranché du Mont Fortin, ouvert exceptionnellement aux amis de Consuelo. Un privilège accordé seulement une fois par an à des invités triés sur le volet. Nina adore déjà son rôle. Les trois mousquetaires n'ont pas hésité une seconde à venir à la fête des Aristochats, dès qu'ils ont su que Nina en serait. On en a parlé à Béné, tout est officiel. Elle a halluciné quand on lui a annoncé qu'on était invitées chez la fille de Vidame. *Vidame ? Richard Vidame ? Il invite des filles de foyer, chez lui ?* Elle a touché son ventre arrondi, comme si son bébé lui donnait des coups de pied pour participer à la fête lui aussi.

— Tu sais, Béné, ai-je dit en prenant mon air le plus naïf, Vidame n'est sûrement pas au courant. C'est pas écrit sur notre front qu'on est de l'ASE !

— T'as parfaitement raison. Je suis tellement fière de vous !

Elle nous a embrassées. Nina a ajouté :

— Toi qu'es douée en couture, Béné, et comme on doit venir déguisées, tu pourrais pas nous broder sur nos tee-shirts : *petits chatons perdus à adopter* ?

On a éclaté de rire. Ça faisait longtemps qu'on ne s'était pas senties aussi bien, toutes les trois.

Steve aussi, d'une autre façon, hallucinait.

Dès qu'on lui a parlé du Channiversaire, il est allé plusieurs fois en repérage jusqu'au Mont Fortin, avec son 103. Une pente si raide que les trois chevaux de son moteur ne suffisaient pas pour la grimper sans pédaler. Il confirme, c'est l'une des plus belles maisons de Rouen, entourée d'un bois privé plus grand que l'ensemble des jardins publics de la ville, bénéficiant d'une vue sublime sur toute l'agglomération, les deux tours et la flèche de la cathédrale au premier plan, le méandre de la Seine, comme une ceinture argentée, au second. Rouen est un amphithéâtre, a expliqué Steve, et le Mont Fortin, c'est la meilleure place ! Les premières loges, au balcon, toutes réservées pour une seule famille. Un soir, après une nouvelle mitraillette de gravillons pour nous faire ouvrir notre fenêtre, il a sorti son *Quid* sur le trottoir et nous a demandé :

— Vous savez ce que veut dire Vidame ?

Nina était en pyjama. Le thermomètre indiquait trois degrés. Elle a fait signe à son Steevy chéri de se dépêcher s'il ne voulait pas qu'elle lui claque les volets au nez. Moi j'attendais, étonnée. *Vidame*, pour moi, ce n'était qu'un nom de famille.

La bouche sans dents de l'amoureux qui valait trois milliards a avalé la lumière de son unique phare, puis a déclamé comme s'il jouait sur la scène d'« Au théâtre ce soir ».

— *Vidame*. Vient du latin *vice-dominus* qui signifie « vice-seigneur ». C'était un titre de noblesse plutôt rare. Le *vidame*, pour vous résumer, est celui qui percevait les impôts à la place des moines ou des curés. Ça devait être le bon plan, non ? Toucher le blé sans même avoir besoin de prier !

Steevy a toujours le don pour m'épater ! Nina lui a quand même claqué les volets au nez.

* * *

Le Channiversaire a donc lieu demain, mon lieutenant, je ne pense qu'à ça mais toi tu t'en fous. Tu n'es même pas au courant, tu ne sais même pas que Consuelo existe, ni même que Vidame aurait pu sauver ma mère, cette nuit-là.

Je suis installée au Bar des Fleurs, place des Carmes. Quand je t'ai contacté, mon lieutenant, tu as tout de suite accepté de me parler.

— Bien sûr, Ophélie, je me souviens de vous. D'accord pour vous rencontrer, mais pas au commissariat. L'affaire a été jugée, le dossier bouclé, votre père condamné, et même aujourd'hui libéré. Mais je vous dois bien une conversation. Cette histoire doit vous hanter. Tout comme elle me hante moi aussi, mais je vous expliquerai…

Qu'est-ce qui te hante tant, mon lieutenant ?

Tu finis par arriver avec dix minutes de retard, tu commandes une pression, et moi une menthe à l'eau. Tu ressembles aux vieux flics qu'on voit dans les films, tu portes un jean trop mou, un pardessus beige trop raide, y a que ton regard vert laser qui pétille encore. T'es un peu les Ripoux à toi tout seul, l'allure fatiguée de Philippe Noiret et les yeux charmeurs de Thierry Lhermitte. Moi, je suis habillée avec une robe droite et une veste grise empruntée aux ados de la Maison 3 à la Prairie, pour faire plus vieille. Ça ne t'a pas empêché d'être surpris quand tu m'as vue, comme si tu t'attendais à te trouver face à une fille plus âgée. D'ailleurs tu m'as tout de suite tutoyée.

Tu balances quelques banalités, quelques questions sur ma vie au foyer, tu lâches un sifflement admiratif quand j'évoque Camille-Cé, tu hoches la tête, compréhensif, quand je te dis que c'est trop tôt pour revoir mon papa, que j'ai un doute, que c'est pour ça que je continue de m'interroger, que j'ai retrouvé quelqu'un, un témoin, sans te parler de ma Grande Ourse, de mes sept étoiles, de Mizar, alias Valérie Petit, la seule noctambule de l'immeuble Sorano que je n'ai jamais retrouvée (je suis désolée, mon lieutenant, mais une petite voix en moi me murmure de me méfier, de ne pas mettre, comme on dit, tous mes œufs dans le même panier... surtout face à un poulet !). Je te répète ce que Suzanne Buisson m'a appris. Le témoin à sweat noir sur la passerelle, la photo... Je te fais glisser sur la table du café le dessin des deux symboles. Visiblement, sauf si tu joues la comédie mieux que Noiret et Lhermitte réunis, ça ne t'évoque rien.

— Ton témoin n'était plus là, Ophélie, quand les secours sont arrivés. J'ai épluché des dizaines de photos, mais ton type avec son sweat à capuche ne se trouve sur aucune d'entre elles. Je vérifierai à nouveau si tu veux, mais franchement...

Tu ne termines pas ta phrase, mon lieutenant, mais je devine ce que tu veux dire. Tu dois te demander si ma source est vraiment fiable, six ans après le drame. Heureusement que je ne t'ai pas avoué qu'elle venait de fêter ses cent ans ! D'ailleurs toi non plus mon lieutenant, tu ne m'as pas tout raconté. Je plante mes yeux noisette dans ton regard laser.

— Vous m'avez dit, au téléphone, que cette affaire vous hantait.

Tu vides un bon tiers de ta bière.

— Ça ne te dérange pas que je te parle de ton père ?

Je secoue la tête pour te montrer que non.

— Il faut que tu comprennes, Ophélie. Ton père, dans un premier temps, nous a dit qu'il ne se souvenait de rien. Trou noir éthylique. Classique. Puis après quarante-huit heures de garde à vue, il a fini par craquer et nous avouer tout ce qu'on voulait savoir. Ça lui arrivait de cogner sur sa femme. Cela, remarque, on le savait déjà, mais qu'est-ce qu'on pouvait faire tant que ta mère ne voulait pas le quitter ? Malheureusement, ce soir-là, sur la passerelle, il a frappé trop fort et elle est passée par-dessus la balustrade. Un accident, a-t-il plaidé. Puis après avoir vu son avocat, deux jours après, il s'est rétracté. Sa nouvelle version était qu'il était arrivé trop tard et n'avait rien vu. Ça se tenait aussi. Ce ne serait pas le premier suspect à nous avoir dit ce qu'on voulait entendre pour avoir la paix. Surtout avec trois grammes d'alcool dans le sang.

T'es bien gentil, mon lieutenant, mais tout ce que tu me racontes, je le sais déjà… Je mordille ma paille en surjouant la décontraction.

— Et vous… ? Votre conviction ?

Tu vides le second tiers de ta bière. Tu en as bu exactement autant qu'à la première gorgée. Tu as l'air assez méthodique comme garçon.

— Ce que je vais te dire va être un peu dur. Tu vas pouvoir tenir le coup ?

Je hoche la tête. Tu te penches et sors un dossier de ta serviette, fermé par un élastique. Tu l'entrouvres juste assez pour en sortir une feuille, mais pas assez pour que je puisse apercevoir les photos rangées à l'intérieur.

— C'est le rapport d'autopsie. Je vais faire rapide et t'épargner les clichés pris par les médecins légistes. Ta mère est décédée d'un traumatisme crânien. À partir de là, on peut formuler deux hypothèses. Soit le coup mortel a été porté avant qu'elle tombe de la passerelle, et elle a basculé, ou a été jetée, ensuite, par-dessus la balustrade. Soit c'est l'inverse, on l'a poussée, et elle s'est tuée en tombant.

Tu n'oses plus me regarder, mon lieutenant. T'inquiète, continue, je serre les dents.

— Et ça change quoi, que ma mère soit morte après être tombée, ou avant ?

— Ça change tout, ou presque. Si elle est décédée en tombant, c'est plus facile pour ton père de plaider l'accident, ou l'homicide involontaire. Alors que si elle a succombé à cause d'un coup porté, c'est clairement un meurtre. Au final, ton père n'a choisi ni l'un ni l'autre, il a plaidé non coupable. C'était quitte ou double. Il a tout misé… et il a tout perdu.

Tu ne me racontes pas tout, mon lieutenant, je le sens à la façon dont tu te cramponnes à ta bière.

— Vous m'avez dit que cette affaire vous hantait, depuis six ans.

Tu vides le troisième tiers de ta bière.

— Ouais… On a tous joué au ping-pong pendant l'enquête, entre les deux hypothèses : le décès avant ou après la chute de la passerelle. Mais curieusement, j'ai fini par réaliser qu'il y en avait une troisième, que personne n'avait jamais imaginée.

J'en avale ma menthe à l'eau de travers. Une troisième hypothèse ? Qu'est-ce que tu vas m'inventer ?

Tu regardes avec embarras ton verre vide.

— Je l'ai compris des mois après, en regardant encore et encore les photos.

Tu m'énerves, mon lieutenant, à tourner autour du pot. Tu lèves enfin vers moi tes yeux vert d'eau, brillants, un peu trop.

— Imagine, Ophélie. Imagine que ta mère ne soit pas décédée parce qu'on lui a porté un coup mortel, ni quand elle est tombée de la passerelle…

— …

— Mais qu'elle soit morte après !

— …

Désolée, je ne comprends pas. Tes mains s'agitent, ton regard me fixe.

— Imagine, elle passe par-dessus la balustrade et saute de la passerelle, pour échapper à ton père. Il n'y a que trois mètres de hauteur, ça ne représente pas forcément une chute mortelle, loin de là. Ta mère se retrouve sur la rocade, quasi déserte, en pleine nuit. Imagine, elle se relève, ou est simplement encore étourdie, accroupie. Et elle se fait faucher par une voiture.

Je reste sans voix. Tu continues de dérouler ta théorie.

— J'ai consulté les rapports d'autopsie, le décès pourrait avoir été provoqué par une voiture qui n'a pas eu suffisamment le temps de freiner. Le choc renverse le corps, le crâne heurte le bitume, la victime roule, laissant des résidus de goudron sur chaque plaie. Personne n'y a pensé à l'époque, alors les médecins légistes, avant de délivrer le permis d'inhumer, n'ont jamais poussé les analyses dans cette direction… Aujourd'hui, même si les techniques médico-légales ont beaucoup progressé, il est trop tard pour savoir.

— Et… et le chauffeur ?

— Une chose est certaine, si ma théorie était vraie, il ne s'est pas arrêté. Et on ne l'a jamais recherché.

Tu glisses le rapport d'autopsie dans ton dossier, et tu fais claquer l'élastique.

— Et on ne le retrouvera jamais. Sauf… (tu regardes à regret ta bière vide). Sauf si ton fameux témoin au sweat noir a pris une photo, pile au bon moment. Une photo qu'il n'a jamais montrée à personne.

Je te recommanderais bien une autre bière, rien que pour te remercier, mon lieutenant, mais tu t'es déjà levé.

— Je vais chercher, Ophélie. Je te le promets.

17

Ma coccinelle

Ma coccinelle, ma petite boîte à chagrins,
Demain c'est le grand jour ! Je vais entrer chez Vidame, comme il est entré tant de fois chez moi. Je te l'ai confié si souvent, ce chagrin-là. Cette impression, du haut de mes sept ans, qu'un ogre venait chez nous, vivait chez nous, se nourrissait de notre malheur, dévorait nos seuls bonheurs, repartait mais promettait qu'il allait revenir, impossible de lui fermer la porte, impossible de ne pas le laisser entrer, il avait droit de vie ou de mort sur nous, maman me l'avait répété, à cause de la tutelle, ou de la curatelle, tous ces mots trop compliqués.

Demain, c'est à mon tour d'entrer chez lui ! De fouiller son intimité, la renifler, m'insinuer, percer ses secrets.

Te souviens-tu, ma coccinelle, tous ces soirs où je l'ai rêvé, où j'ai cherché un moyen de le retrouver, de l'approcher sans qu'il ne se doute de quoi que ce soit ? Cela m'a pris des années, mais j'y suis arrivée !

Que se passera-t-il après ?

Que vais-je trouver chez lui ?
Qu'oserai-je faire, une fois sur place ?
J'improviserai !
Je fermerai les yeux et j'entendrai maman crier *Il va me tuer, il va me tuer*, et j'écouterai la réponse de Vidame, *Cessez de me harceler, Maja. J'ai une vie privée. Rappelez-moi lundi matin. Ce soir je ne viendrai pas*.
Une vie privée ?
Une vie dont maman a été privée !

Il faut que tu manges un autre de mes chagrins, ma coccinelle. Cette graine de doute que ce lieutenant Campion a plantée dans mon cerveau. Cette troisième hypothèse. Un chauffard...
Et alors, ça changerait quoi ?
Si papa n'avait pas menacé maman, elle n'aurait pas fui, elle n'aurait pas sauté de la passerelle. Si Vidame lui avait répondu, était intervenu, papa ne l'aurait pas menacée, elle aurait été protégée !
Ça change quoi ?
Qu'il y ait un troisième coupable n'excuse pas les deux premiers.

C'est étrange, ce n'est pas mon anniversaire demain, mais j'ai pourtant la sensation que quelque chose va s'achever. Quelque chose qui ressemble à la fin de mon enfance, comme ces aventuriers qui préparent leur voyage pendant des années, et qui un matin quittent tous ceux qu'ils ont aimés.
J'ai comme la sensation, ce soir, de quitter tous ceux qui m'ont accompagnée depuis que je suis née.

Vous tous, mes compagnons Rouge et Or, Poucette, le Vilain Petit Canard, le Soldat de plomb, la Petite Sirène, la Reine des neiges, la Petite Fille aux allumettes, la Princesse au petit pois...

Toi aussi Bolduc, peut-être que tu me vois, de là-haut, au paradis des chats.

Et toi aussi, Nina, toi aussi tu vas quitter l'enfance, encore plus brutalement que moi. Tu dors, comme toutes les nuits depuis nos sept ans, au-dessous de moi. Je ne te reproche rien, Nina. Tu me suis, dans ma folie, sans la moindre question, sans la moindre hésitation, simplement parce que tu es mon amie. Pourrai-je te rendre un jour le millième de ce que tu m'as donné ? Je te revois, il y a six ans déjà, m'offrir cette boîte à chagrins, cueillir mes premiers mots à la Prairie. C'était le premier jour de cette vie qui se termine aujourd'hui.

Comment pourrais-je t'en vouloir, Nina ? Et pourtant je le sais, tu veux revoir mon papa. Tu l'as peut-être même revu, sans m'en parler, pour ne pas me faire pleurer. Je ne t'en veux pas, Nina, je comprends que tu puisses avoir besoin d'un autre père, après ce que t'a fait le tien. Même si ça me fait mal à en crever. Tu veux bien, ma coccinelle, manger aussi ce chagrin-là ?

Allez, il est tard, presque minuit, même Steevy est couché et ne nous chantera pas la sérénade sous notre fenêtre. Demain, Béné a proposé de nous maquiller, de nous habiller, comme toutes ces fois quand nous étions petites, les veillées de Noël, les mardis gras, les goûters d'anniversaire, toutes ces fêtes où à grands coups de confettis et de serpentins, tu parvenais à nous faire oublier qu'on était orphelines.

Sans foi ni loi, sans bras ni toits.

Je dois en profiter, je le sais. Dans quelques jours, Béné sera en congé, un très long congé, un congé de maternité. Je sais bien que c'est un congé dont on ne revient jamais tout à fait.

Une mère et un bébé, seule la mort peut les séparer.

Tu vas manger aussi ce chagrin-là, ma coccinelle, tu me le promets ?

18

Consuelo

Steevy ne m'avait pas menti. Ta maison, Consuelo, ressemble à un château !

Une forteresse, installée sur la colline la plus haute de Rouen comme pour surveiller ses milliers d'habitants. Rouen est une ville médiévale, avec ses maisons à colombages, ses ruelles pavées, ses cent clochers, son donjon… mais aussi, bien caché entre les sapins, le Mont Fortin ! Seul un seigneur peut vivre là, entouré de ses paysans et de ses manants. Un noble, un comte, un duc, un grand-duc, un archiduc, ou plus rare encore… un Vidame !

Y entrer est déjà un privilège. Le domaine, ou le parc, difficile d'appeler cela un jardin, est invisible de l'extérieur. Rien que voir s'ouvrir le grand portail est un phénomène exceptionnel, tel une éclipse de Soleil ou un passage de la comète de Halley.

Il s'ouvre pour nous. Vingt petits chats.

Tu nous accueilles déguisée toi aussi, boudinée dans une longue robe angora, *ce sont des vrais poils de chat*, c'est la première chose que tu nous dis, et ta mère confirme derrière toi, mains jointes et sourire poli. Rose-Anna. L'éleveuse de minous. La baronne qui habite le château, ou qui le hante plutôt. Je suis persuadée qu'elle ne porte sa longue robe boutonnée jusqu'au cou que parce qu'elle est transparente comme un fantôme en dessous.

— Entrez.

Trois dames, en tenue de serveuses, sobrement déguisées avec deux oreilles de chat, un nez rose et des moustaches tracées au crayon noir, se tiennent derrière Consuelo et Rose-Anna. Elles nous indiquent le chemin, même s'il est difficile à rater. Des pattes de chats sont tracées sur les dalles de pierre marbrée qui conduisent au château, alors que des ballons de toutes les couleurs sont accrochés dans les cyprès, les platanes et les chênes millénaires.

Nous les suivons. Dans notre petit groupe, on trouve un Azraël, deux Chat botté, trois Catwoman, un Grosminet tellement habité par son rôle qu'il parle tout le temps en zozotant, un Tom sans Jerry, un Thomas O'Malley, un Garfield interprété par le seul rouquin de la classe, ça tombe bien, et une petite dizaine de petites chattes toutes sages... dont moi ! Quand Béné a fini de maquiller mes yeux en amande, aussi effilés que ceux d'une princesse égyptienne, je me suis surprise dans le miroir à me trouver belle, pour la première fois. Même si aucun matou n'a posé son regard sur moi.

Tous n'ont d'yeux que pour Nina !

Elle n'a pas cédé à Béné, elle est allée au bout de son idée, et est venue déguisée... en souris ! En Minnie, toute mimi. Jambes gainées de noir, petite robe rouge à pois blancs, ultracourte, nœud assorti dans les cheveux... Incroyable Nina ! L'effet de cette seule souris au milieu de tous ces chats, dont cinq minous qui se pourlèchent les babines, est juste surréaliste !

T'en reviens pas, Consuelo. Tu as observé Nina, tu as grimacé, mais tu n'as rien dit et on t'a tous accompagnée jusqu'à ton palais. Sur le chemin aux pattes de chat, tu as cru bon de préciser que ton grand frère n'était pas là, que tu t'étais arrangée pour qu'il débarrasse le plancher, ouf, parce que lui, quelle plaie, il ne sait pas s'amuser, mon père non plus n'est pas là, il a un travail trop important pour passer son après-midi à garder un élevage de minets.

Je respire. J'avais parié sur l'absence de Vidame, ou sur la quasi-certitude qu'il ne me reconnaîtrait pas.

— Suivez-moi.

Quand nous entrons dans le grand salon, j'ai l'impression de pénétrer dans un parc d'attractions. Immédiatement, nous nous dispersons. Certains choisissent de tester l'équilibre de la pyramide de chamallows, d'autres de piocher dans les fontaines à bonbons, avant d'aller admirer les tours du magicien, ou de se jeter sur les manettes des jeux vidéo, *Prince of Persia* ou *Dragon's Curse*.

Tu règnes en vraie reine sur cette fête foraine.

— Tout est pour nous. Faites comme chez vous !

Même si tu précises, devant les yeux terrorisés de Rose-Anna :

— Sauf là-bas, interdit !

Tu désignes des yeux le jardin d'hiver qui borde le salon, j'y aperçois toutes sortes de plantes, de fleurs, d'arbres... et de vrais chats.

— C'est l'élevage de maman ! Personne à part elle n'a le droit d'y aller. Si on touche ses angoras, ils meurent immédiatement.

Nina s'est rapprochée de moi.

— On n'est pas chez les bourges, me murmure-t-elle, on est chez les barges...

Elle regarde longuement la silhouette fantomatique de Rose-Anna, étrangère aux cris et aux éclats de rire des ados qui ont envahi son château. Elle m'adresse un clin d'œil.

— Épargne au moins la mère, quelqu'un qui élève des chats ne peut pas être méchant.

Je ne lui réponds pas. Elle connaît son rôle, *à toi de jouer, Nina.*

La guitare de *Rock this Town* des Stray Cats vient d'exploser dans la pièce. Nina se précipite au milieu de la scène, entraînant Tom, Garfield et Azraël avec elle. On danse, on rit, on crie, tout le monde est sur la piste.

Pendant ce temps-là je m'éclipse...

Je monte à l'étage, je comprends illico que c'est Rose-Anna qui s'est occupée de la déco. Déjà, baptiser ses enfants Antoine et Consuelo... Je repère pêle-mêle les couleurs pastel, le papier peint étoilé, les roses embocalées sur les meubles, un avion accroché au plafond, les posters d'astéroïdes, le renard en peluche. Je repense aux mots de Nina, *quelqu'un qui élève des chats ne peut pas être méchant*... Quelqu'un qui aime autant le Petit Prince non plus ?

Méfiance... Le Petit Prince l'a dit, l'essentiel est invisible pour les yeux, il faut se méfier des apparences !

J'entre dans la première chambre. La tienne, Consuelo, comme par hasard. Lui aussi, le hasard, il faut s'en méfier ! Je regarde tout, j'enregistre tout, je ne suis qu'en repérage, une simple première inspection. J'essaye d'être aussi froide qu'un glaçon. La vengeance est un plat qui se mange à cette température-là. Je me force à tout retenir, sans émotion, à la façon dont on apprend par cœur un poème dont on ne saisit pas le sens, seulement les sons.

Mes yeux se font caméras et se posent sur les posters aux murs – Tom Cruise dans *Cocktail*, Patrick Swayze dans *Road House* –, sur la couette Akira XXL, sur les piles de CD posées au-dessus de la chaîne hi-fi, Dire Straits, Jimmy Somerville, Prince... Malgré moi, même si je lutte de toutes mes forces, même si je retiens ma respiration, un air toxique s'insinue dans mes poumons, un poison qui porte un nom précis : jalousie.

Tu possèdes tout ! Tout ce dont je pourrais avoir envie.

Au fond tu avais raison quand je t'ai abordée au centre de documentation, *j'aurais un peu honte de te montrer ma chambre, elle doit être presque aussi grande que tout ton pensionnat, ce serait pas cool de ma part de te faire envie avec tout ce que j'ai et que tu n'auras jamais*. J'avais trouvé tes mots cruels, mais ils ne l'étaient pas...

Seule la vie l'est.

Du haut de ma chambre de mon appartement de l'immeuble Sorano, jamais ma vie n'aurait ressemblé à la tienne. Mais ça ne donnait pas à ton père le droit de me la voler !

Je quitte ta chambre, j'entends la voix de Madonna monter l'escalier, des applaudissements, des rires. Je ne crains rien, vous êtes tous bien occupés, Nina doit assurer.

Chambre suivante. Celle des parents ! Je suis déçue, immédiatement. J'ai tant rêvé ce moment, m'approcher le plus près possible de ce que Richard Vidame a de plus intime.

Dans cette chambre, je ne découvre rien d'intime !

La couette du lit semble tellement tirée, sans un pli, que je peine à croire qu'on puisse, chaque soir, la froisser. Les tables de chevet sont nues de chaque côté, sans un livre ni aucun autre objet. Les portes de placard sont fermées à clé. Les portants sont déshabillés. Le miroir ne reflète rien sinon des murs blancs. Est-ce qu'au moins les Vidame couchent dedans ? Est-ce que Richard Vidame s'y arrête de temps en temps ? D'après Béné, il multipliait les maîtresses, avant. Avant d'épouser Rose-Anna, la riche et belle au bois dormant ?

Je ressors dans le couloir. Je sais que je ne dois pas passer trop de temps dans chaque pièce. Je n'ai que quelques minutes pour toutes les inspecter, quelqu'un va forcément finir par s'apercevoir de mon absence. J'ai posé la main sur la poignée de la dernière chambre de l'étage, la plus proche de l'escalier, quand j'entends du bruit dans mon dos.

Quelqu'un est là ! Qui m'a repérée, suivie… et va me dénoncer. Mon cœur bat à cent à l'heure. Tout est fichu ! Ma vengeance va se terminer en fiasco, avant même d'avoir commencé. Je me retourne, terrassée, essayant de trouver un argument crédible dans ma tête.

Deux yeux me regardent !
Deux yeux de chat…
Deux yeux d'un vrai chat.
MON chat !
— Bolduc ?
Je n'ai pas pu m'empêcher d'élever la voix.
Bolduc ? Est-ce possible ? Est-ce bien toi ?
Oui, bien sûr que c'est toi ! Je reconnais chacune de tes zébrures, ces petites taches entre tes moustaches, ton oreille droite mal formée, tu as juste bien grossi, à être élevé ainsi chez les nantis. D'ailleurs tu me reconnais aussi, tu ronronnes à en couvrir les pleurs des Scorpions dans le salon.
— Bolduc ! Qu'est-ce que tu fais là ?
Je le prends dans mes bras, il ne se débat pas. Il a reconnu mon odeur, ma voix… Mes pensées se cognent dans mon crâne autant que les riffs de *Still Loving You* dans l'escalier. Comment Bolduc s'est-il retrouvé ici ? Parce que Richard Vidame l'a récupéré ? Après tout, ce n'est pas si illogique, il n'y a presque que lui qui venait chez nous. Il gérait tout. Qu'est-ce qu'il pouvait faire de ce chaton ? L'abandonner ? Le donner ? Ou le garder ? Ce n'est pas comme si sa femme n'aimait pas les chats.
Même si tu n'as rien d'un angora, toi…
Et je couvre Bolduc de bisous ! Je voudrais le garder toujours ainsi, tout chaud, tout doux contre ma poitrine. Je voudrais le voler et l'emporter à la Prairie, mais je sais que c'est impossible…
Je lui murmure, pour profiter encore un peu de lui :
— Tu viens avec moi ?

J'ouvre la dernière chambre, celle d'Antoine, il est en terminale, il a donc, heu, je calcule vite, quatre ans de plus que moi. Waouh, sa chambre est un sacré bordel ! Bolduc en a assez que je le serre trop fort et s'échappe de mes bras. Même si j'avais un ordinateur à la place du cerveau, je ne pourrais pas tout retenir. J'essaye mais j'ai l'impression de jouer à un Memory pour génie, il y a des dizaines de BD étalées, une guitare et des partitions dans tous les coins, des vinyles, des CD, et des livres, des centaines de livres, qui débordent de partout, des pavés, des manuels aux titres compliqués, des bouquins de politique ou de philosophie, ou les deux à la fois. Et au milieu de cette caverne qui me laisse aussi baba qu'Ali, des slips, des chaussettes, des tee-shirts crades, accumulés comme s'ils étaient aussi précieux que ces anthologies de Sartre, Yourcenar ou Saint-Exupéry.

Aucune photo de lui !

Je m'apprête à appeler Bolduc, occupé à renifler l'odeur d'une chaussette de laine de l'aîné, quand un détail, parmi l'impressionnant bric-à-brac, retient mon attention. Un détail, si ce ne sont pas mes yeux qui se trompent, encore plus incroyable que de retrouver Bolduc dans cette maison.

J'enjambe des piles de bouquins, j'évite les caleçons, et j'arrive jusqu'à la table de chevet. Je maintiens comme je peux, d'une main, la tour de Pise de livres et je vise la reliure qui a attiré mon regard.

Une reliure rouge et or. Une reliure que je reconnaîtrais entre mille.

Je ne suis pas assez concentrée, ou trop pressée, la tour de Pise s'écroule dans un vacarme qui fait s'enfuir

Bolduc sous le lit. Est-ce que quelqu'un d'autre a entendu ? J'avais pris soin de refermer la porte de la chambre d'Antoine derrière moi. Je dresse l'oreille, je ne perçois aucun son, pas même la musique à fond dans le salon, au moins aussi assourdissante que la démolition de la tour de livres.

Je suis rassurée, à moitié. Je dois me dépêcher... mais impossible de ne pas céder à la curiosité.

Je saisis la couverture Rouge et Or à deux mains.

Aucun doute, c'est bien lui.

Les contes d'Andersen, édition reliée de 1949, dorée sur la tranche, couverture rouge en imitation cuir. Le même livre, strictement le même, mais ce n'est pas le mien ! Dans mon recueil d'Andersen, certaines pages sont cornées, celles qui parlent de Maja, de Poucette, du Vilain Petit Canard ; sur celui d'Antoine aussi, certaines pages sont abîmées, mais celles d'autres contes. Je résiste à l'envie de regarder lesquels, je n'ai pas le temps, juste celui de multiplier à nouveau les questions dans ma tête. Les contes d'Andersen sont un classique des livres de jeunesse, mais combien y a-t-il de chances que le fils de mon ennemi juré possède exactement la même édition, à l'année près ? Et qu'en plus, parmi les centaines de livres dans sa chambre, il garde celui-ci sur sa table de chevet ?

Tant pis, je dois continuer. J'aurai des jours et des nuits ensuite pour y penser, trouver une explication logique. Je ressors sur le palier. Les chats chantent à tue-tête « *Cœur de louuup* ». Je repère une autre porte, sans doute celle d'un bureau, ou d'une chambre d'amis, mais elle est fermée à clé. Qu'est-ce qu'ils cachent dedans ? Je la forcerai plus tard, cette fois je dois vraiment redescendre rejoindre les invités.

Dans le salon apparemment, personne n'a remarqué mon absence. Nina assure le show. Elle est montée sur une chaise et hurle dans son poing comme si elle serrait un micro. Tous battent des mains, en cadence. Les garçons, qui ont depuis longtemps fait tomber leur cuir Chevignon, paraissent les plus excités, oreilles dressées et babines retroussées.

Je te cherche des yeux, Consuelo, et je mets un moment à te repérer. Tu te tiens debout, en retrait, près du buffet où tes cadeaux, non déballés, sont empilés. Tu observes successivement tes amies, les garçons que tu tenais tant à inviter, comme si tu étais exclue de la scène, comme si Nina avait pris toute la lumière... Ton regard s'arrête sur elle. Déchaînée, en sueur, elle mime un solo accrochée à sa guitare invisible, aussi belle que tu es laide, aussi brillante que tu es terne. Tu sembles fascinée par Nina, qui a tout ce que tu n'auras jamais, et tout autant dégoûtée de te faire voler la vedette lors de ta propre fête.

Bien fait pour toi ! Bien joué, Nina. N'arrête pas, occupe-la !

Discrètement, je traverse la pièce pour me diriger vers la cuisine. Un escalier descend au sous-sol. Je m'y engouffre, sans appuyer sur l'interrupteur, la faible lumière est suffisante pour ne pas se rompre le cou dans les marches. Je dois tout de même écarquiller les yeux quand j'atteins la cave. Plusieurs voitures sont garées. Je repère la Mini Cooper de Rose-Anna, puis une 205 GTI blanche que je n'ai jamais vue devant le collège. Est-ce celle de Vidame, ou celle de son fils ? C'est bien le genre de famille où l'on vous offre une voiture avant même d'avoir le permis. D'ailleurs, qu'est-ce que j'en sais, Antoine est peut-être déjà majeur.

Je descends les dernières marches. Dans un coin plus sombre, un troisième véhicule est garé, recouvert d'une bâche grise. D'où je suis, il est impossible de reconnaître sa marque. Je devine seulement qu'il s'agit d'un véhicule assez long, genre berline, et de couleur noire à en juger par le bas de caisse qui dépasse de la bâche. Rien à voir avec la Mercedes de Richard Vidame qui stationne parfois devant Camille-Cé. Je m'approche. Une image hante mon cerveau, celle de Vidame quittant mon appartement de l'immeuble Sorano, le soir de la mort de maman ; l'image de cette femme qui l'attend dans une voiture, de Vidame qui démarre. J'avais sept ans, j'étais dans mon lit, terrifiée, je serrais Bolduc contre moi, j'étais incapable d'identifier une marque de voiture, je me souviens juste qu'elle me paraissait grosse, haute, sombre... Il y a toutes les chances qu'il s'agisse de la même, mais alors pourquoi ne jamais l'utiliser ? Pourquoi la recouvrir d'une bâche ? Pourquoi...

— Qu'est-ce que tu fous là ?

La lumière s'est brusquement allumée.

Consuelo ? J'aperçois ta silhouette, debout à côté des balais accrochés en haut de l'escalier. Tu ressembles à une sorcière qui n'aurait pas encore le droit de voler.

— Je... je cherche les toilettes.

— Ne me prends pas pour une conne ! Nadia t'a vue monter à l'étage. Et maintenant, tu fouines dans la cave. Quel plan foireux tu prépares ?

— Rien, je te dis.

Je remonte les marches. J'essaye d'adopter l'attitude la plus confuse possible, mais la colère déforme ton visage.

— Tu cherches des trucs à faucher, c'est ça ? Pendant que ta copine fait son numéro. Vous fonctionnez en duo ?

Je suis face à toi. Je lève mes mains. Tu peux constater que je ne dissimule rien. Tu sembles un peu déçue, bouche ouverte et couronne de dents en argent. Tu ressembles à un vampire qui n'aurait pas encore le droit de mordre ses invités.

— De toute façon, je ne veux plus de toi chez moi. Tu appelles ton éduc, tu te démerdes comme tu veux, mais tu dégages.

Je te toise. Tu dois faire deux centimètres de moins que moi. Tu as reniflé le danger, pas vrai ? Tu sais que ta maison sent le moisi, les cadavres planqués, les mensonges et les secrets. Les autres se laissent aveugler par le parfum, les paillettes et les confettis. Mais moi, tu sais que j'ai compris.

Je ne dis rien, tu insistes.

— Et ta copine aussi, tu la prends avec toi. J'en veux plus chez moi !

Je te souris. Je trouve ta vengeance tellement mesquine.

— Pourquoi ? Tu crois vraiment que les garçons s'intéresseront à toi quand elle ne sera plus là ?

Tu ne bronches pas. Tu as au moins cette qualité, tu sais encaisser. Tu me montres la sortie, de derrière, par la cuisine, pour que personne ne se rende compte de notre départ précipité.

— C'est la fête des chats, pas des souris. Dégagez, je vous dis.

Nous avons récupéré nos manteaux, salué Rose-Anna telles des petites filles modèles que la vie n'a pas gâtées, *désolées, madame, faut qu'on rentre, le foyer c'est comme la prison, y a des horaires à respecter*, puis nous nous dirigeons vers la cuisine. La sortie des bannis et des domestiques. Nina me murmure à l'oreille :

— Alors, tu as vu tout ce que tu voulais ?

Je confirme d'un hochement de tête distrait. Dans ma tête, je commence déjà à imaginer comment jouer le coup d'après. Nina s'est arrêtée au milieu de la cuisine. Devant nous, sur la table, trône un immense chat, entièrement constitué de choux à la crème et de chantilly.

— Non, Nina...

Trop tard, Nina a déjà dévoré une oreille, deux moustaches de réglisse et un nez en fraises Tagada. Elle me sourit, la bouche pleine.

— De toute façon, t'as vu mes formes ? Dans moins de dix ans, je serai une grosse et plus aucun garçon ne me regardera. Alors faut que j'en profite d'ici là.

Elle casse en deux la queue de sucre d'orge. Je ne réagis pas, je ne suis obsédée que par une question. Comment revenir au Mont Fortin ? Comment m'introduire à nouveau ici ? Pour en savoir davantage sur cette voiture sous la bâche, pour ouvrir la porte de ce bureau, pour délivrer Bolduc, pour...

Je saisis soudain Nina par la main.

— Viens.

Elle a juste le temps d'arracher l'œil droit du chat, puis court derrière moi. On sprinte dans le parc. Au loin, le portail s'est ouvert. Une Mercedes grise est garée et une haute et large silhouette en est sortie.

Je la reconnaîtrais entre mille.

Richard Vidame.

Il observe avec un sourire satisfait le chemin couvert de pattes de chat, les ballons dans les arbres, la musique et les rires qu'on entend s'échapper des fenêtres ouvertes.

Il paraît tellement fier de la vie qu'il a construite.

Je ne serai en paix que quand je l'aurai détruite.

19

Lazare

— Du courrier, Folette !

Aussitôt que Béné m'a donné ma lettre, je suis sortie dans la rue pour la lire. Impossible de trouver un coin tranquille à la Prairie. Même le toboggan est occupé par des bébés de six ans, les couloirs sont bruyants, et Nina, censée nettoyer notre chambre, passe l'aspirateur, avec une énergie de mort-vivant – c'est son jour de corvée. Je descends la rue du Champ-de-Foire-aux-Boissons, en direction de la Seine. Je fixe le quai face à moi, ses grues jaunes, ses entrepôts rouges, ses silos gris. Ma bouche crache des nuages chaque fois que je respire.

C'est juste le froid, pas le tabac. Je suis sortie sans rien enfiler sur moi, ni pull ni manteau, juste un tee-shirt et il ne doit pas faire plus de cinq degrés.

« Tu vas attraper la mort », me répète souvent Béné.

T'inquiète, la mort, je l'ai déjà attrapée.

Je la tiens entre mes doigts pour qu'elle ne m'échappe pas.

Le 1er décembre 1989

Chère Ophélie,
Tu vas être surprise par ce nouveau courrier. Je ne t'ai pas écrit beaucoup au cours de l'année, et je viens de te poster deux lettres en moins d'un mois.

C'est ainsi les enquêtes. Il ne se passe rien pendant des jours, des semaines, parfois des années, et soudain, quand on tire le bon fil, tout se démêle. Comme je te l'avais promis, j'ai continué d'enquêter sur cette histoire de témoin photographe sur la passerelle.

Quand je te dis que j'ai enquêté, d'ailleurs, je suis prétentieux, car je n'ai pas fait grand-chose moi-même, coincé dans mon appartement d'où je ne sors presque plus jamais, sinon pour aller promener Argo ou aller acheter de quoi grignoter chez monsieur Pham. Le reste du temps je me contente d'observer la cité par la fenêtre et d'en tirer des conclusions, j'ai l'impression d'être dans un film d'Hitchcock. Je ne sais même pas si tu sais qui c'est. Excuse-moi, ma lettre part dans tous les sens, c'est peut-être pour mieux te retenir, tu sais, j'aime beaucoup t'écrire, c'est une façon de t'avoir un peu pour moi.

Pardon, j'avance.

C'est Karim Zeddine, tu sais, ce garçon dont je t'ai parlé, qui a mené les recherches pour moi. Tout le monde le connaît dans le quartier ! D'après monsieur Pham, il fait un peu sa loi. Il m'aime bien je crois, je lui donne des combines, je lui raconte des histoires sur la police, et en échange, il me rend service.

Donc, quand je lui ai parlé du témoin au sweat noir, il m'a dit qu'il allait faire du raffut. Tu vois, comme s'il accrochait dans chaque cage d'escalier des affiches avec inscrit wanted dead or alive, *mais tout se fait à l'oral, sans laisser aucune trace. Il faut croire que la méthode de Karim a été assez efficace. Dès le lendemain matin, je recevais une enveloppe dans ma boîte à lettres. Sans nom, ni adresse, juste quelques mots inscrits au stylo :* Foutez-moi la paix après toutes ces années.

Je me suis précipité pour ouvrir l'enveloppe, tout comme toi, Ophélie, tu as dû te précipiter sur la mienne.

Tu vas avoir la même surprise !

Elle contient une photo, que je te joins à mon courrier. Je l'ai examinée en détail avant de te l'envoyer. Je ne suis pas certain qu'elle nous apporte un quelconque élément nouveau, mais une chose est certaine, elle a été prise quelques minutes avant l'arrivée des secours. Le photographe était le premier témoin sur place ! Qui est-il ? Pourquoi m'avoir fait parvenir cette photo ? Que signifient ces symboles cousus sur son dos ? Pourquoi veut-il rester anonyme ? Mystère sur toute la ligne...

Ophélie, je sais que cette photo te fera terriblement souffrir, à l'instant où tu la regarderas. Mais je sais aussi que la regarder t'aidera à affronter ton passé. Une seconde de douleur contre une vie de bonheur, c'est le pari que je fais.

À défaut de ta visite, je vais attendre ta réponse avec impatience.

Je pense très fort à toi.

Tu peux compter sur moi.
Encore une fois, je te serre dans mes vieux bras.

PS : Je n'ai toujours aucune nouvelle de Valérie Petit, notre Mizar, notre dernière étoile, mais je te jure que je la trouverai !

J'ai rangé ta lettre, Lazare, et j'ai sorti la photo.

Aucun doute, elle a été prise de la passerelle, précisément là où se trouvait papa, même si sur le cliché, on ne le voit pas. On n'aperçoit que la rocade, et un corps allongé, bras en croix, comme un ange qui n'aurait pas appris à voler.

C'est toi, maman, je te reconnais, c'est toi avant de devenir Maja la reine qui règne sur tous les êtres volants.

Le cliché est sombre : la nuit, le bitume gris, les ombres des arbres sur le côté, ton visage criblé de graviers, la flaque atroce qui coule sous ta tête, tel un oreiller pas encore coagulé... et juste devant, dominant ton corps fragile de poupée désarticulé, une grande masse sombre. Un véhicule noir, couleur corbillard.

Le premier qui se soit arrêté, pour te porter secours. Ou...

Je repense aux mots du lieutenant Campion, sa troisième hypothèse, *le décès pourrait avoir été provoqué par une voiture qui n'a pas eu suffisamment le temps de freiner.*

Rien, sur la photo, ne permet de le penser.

Rien, sur la photo, ne permet d'affirmer que ce n'est pas arrivé.

Je continue de marcher comme une somnambule sur le fil du trottoir, sans quitter des yeux la photo, je ne ralentis pas quand je traverse les six voies du quai du Mont-Riboudet, je ne ralentis pas davantage en m'approchant de la Seine. Je crois que si un type qui faisait son jogging ne m'avait pas interpellée, j'aurais pu tomber dans le fleuve sans même remarquer qu'il n'y avait plus de goudron sous mes pieds.

Je reste hypnotisée par cette voiture noire. Longue. Large. Le cliché est assez précis pour en distinguer la marque. Une Volvo. 244. Black Star. Avec une loupe, il devrait même être possible de distinguer la plaque d'immatriculation.

Je reste là, au bord du fleuve, au bord du vertige.

Une Volvo Black Star.

Identique à celle dans laquelle Richard Vidame s'est engouffré, ce soir-là.

Identique à celle bâchée dans son garage du Mont Fortin ?

Je sais bien, Lazare, ce que tu me dirais : il faut se méfier des coïncidences. Il n'y a aucune raison pour que cette Volvo noire garée au milieu de la rocade devant le corps inanimé de maman appartienne davantage à Richard Vidame qu'à n'importe quel autre propriétaire de Volvo noire de l'agglomération de Rouen. Pourquoi Vidame se serait-il trouvé là au moment précis où maman sautait ? Il avait quitté le Château Blanc depuis plusieurs heures, pourquoi serait-il revenu ? Pourquoi personne ne l'aurait-il reconnu ? Pourquoi n'aurait-il pas témoigné ?

Je regarde l'eau de la Seine clapoter contre les quais de béton couverts de mousse et de vase, c'est marée basse. Je ne dois pas me monter un film dans ma tête, surtout pas un film d'horreur, même si une petite voix entêtante, insistante me suggère la solution : après tout, il n'y a qu'un seul moyen de vérifier !

Tu n'aimerais pas ça, Lazare, pas du tout. Pas question de parler de cela à un ancien policier. Mais peut-être que Karim Zeddine, lui, aimerait ?

20

Karim

À Camille-Cé, Chat-Borgne fait la gueule. C'est ainsi que tout le collège surnomme Consuelo, depuis son anniversaire. *Chat-Borgne*. À cause du gâteau déjà à moitié mangé qu'elle a servi à ses invités. Une délicieuse petite vengeance, on ne se pardonne rien, dans les beaux quartiers.

Le lundi qui a suivi son anniversaire, Consuelo nous a fait un scandale dans la cantine, devant le grand portrait de Jean-Paul II, mais Nina n'a pas commis la moindre sortie de route : elle le jure sur la tête du pape, ce n'est pas elle qui a touché à ce gros minou à la crème, c'est sûrement un de tes chats, l'un d'eux a dû s'échapper de l'élevage de Rose-Anna. Et d'ajouter : tu sais, je fais gaffe avec tout ce qui est un peu trop gras, tout en posant sur son plateau le plus gros des éclairs au chocolat.

Consuelo parle de plus en plus de changer de collège. Le matin, elle attend patiemment, dans la Mini Cooper de sa mère, que la cloche sonne, et dès que celle du soir la libère, elle sort la première. Mais si Consuelo est devenue le principal sujet de rigolade du collège, Nina et moi, dans un autre registre, ne sommes pas beaucoup mieux loties. On est devenues des pestiférées ! Rayées de toutes les listes possibles de soirées pyjama, d'après-midi bowling ou cinéma.

Je crois que le proviseur du collège attend le moindre faux pas de ma part pour nous virer. Surtout que depuis quelques semaines, ma moyenne a plongé. Histoire de bien faire comprendre à Chat-Borgne à quel point elle s'était fait avoir avec ce baratin d'esclave scolaire. Histoire de faire comprendre aux profs à quel point je me fous des équations, de la conjugaison et de Napoléon. Histoire de faire comprendre à Béné qu'elle a intérêt à tout miser sur l'éducation de son bébé, parce que moi, c'est raté ! Histoire de rassurer Nina, je suis solidaire avec toi : tu ne bosses pas, je ne bosse pas !

Il y a plus important que cela.

Nous sommes installés à l'Étoile du Sud, le café le plus proche du lycée, dans lequel les élèves ne vont presque jamais, parce qu'on y parle un peu trop arabe, wolof ou portugais. Juste Steevy, Nina et moi. C'est devenu notre QG. Le patron, Abir, nous offre même le chocolat chaud ou le thé, quand le thermomètre descend en dessous de zéro degré.

C'est le cas ce matin.

On a gardé nos gants et nos bonnets. Je termine mon résumé.

— Donc avant toute chose, il faut trouver ce Karim Zeddine. D'après mon vieux policier, c'est un garçon toujours prêt à rendre service, qui connaît tout le monde dans le quartier Sorano et qui...

— Karim ? me coupe Steevy. Tu parles bien de Karim Zeddine ? T'es sûre qu'il confond pas, ton vieux policier ? Parce que le Karim Zeddine que je connais, il est pas tout à fait du genre à porter le sac des vieilles dames en sortant de chez monsieur Pham. Plutôt du genre à leur faucher. Avec leur porte-monnaie. Toujours prêt à rendre service aux bandes du Château Blanc quand il s'agit de rappeler les règles du quartier à un pauvre gars qui ferait un pas de côté. Un vrai touche-à-tout à ce qu'il paraît, drogue, vol, racket à la sortie des écoles, trafic de bagnoles...

Je frappe dans mes mains pour les réchauffer. La porte de l'Étoile du Sud ne cesse de s'ouvrir et de se fermer.

— Génial, c'est exactement le gars qu'il nous faut !

Steve me regarde comme si je lui proposais d'aller en Roumanie pactiser avec Ceausescu.

— T'es malade. Je m'approche pas de ce gars-là !

— J'ai besoin de toi, Steevy. Tu connais le quartier mieux que moi. Toute ta famille y habite depuis le Moyen Âge. Il aura confiance en toi.

— L'immeuble Sorano a été construit en 1964, Folette.

— Raison de plus ! Ça veut dire que t'y habites depuis la préhistoire. Et ta famille, c'est pas non plus la smala du Dalaï-Lama, vous devez bien avoir quelques amis communs.

Steve vide son thé d'une traite et se lève. Visage rouge pivoine comme s'il avait avalé une coulée de lave, on dirait que ses narines et ses oreilles vont se mettre à fumer.

— Moi en tout cas j'y vais, assure Nina tout en soufflant doucement sur son chocolat. Je te laisserai pas tomber, Folette.

Elle sourit. Elle est à croquer avec son teint rose, sa crinière blonde qui sort de son bonnet et ses yeux bleus et clairs comme un ciel d'hiver. Steevy se tortille.

J'ai déjà compris que si Nina y va, il ira aussi.

* * *

Nous attendons tous les trois devant la passerelle, au-dessus de la rocade, face à l'immeuble Sorano. Cela fait au moins quatre ans que je ne suis pas revenue. J'étais passée en bus, une fois je crois. Rien ne me semble avoir changé, mais mes souvenirs sont en pâte à modeler, alors peut-être que les dix étages de la longue façade du bâtiment, plus de cent mètres, étaient déjà autant délabrés. Peut-être que les poubelles étaient déjà éventrées, les abris de bus tagués, la rocade comme un rideau de fer séparant le reste de la ville de cet enfer.

Tu devrais déjà être là depuis dix minutes, Karim. Pour nous faire patienter, Steve sort son *Quid*, tourne les pages comme il le peut avec ses moufles, et s'amuse à commenter les noms des rues du quartier. Raimu, Jouvet, Signoret...

— Savez-vous au moins qui était Sorano ?

— ...

— On s'en fout, Steve, réplique Nina, moins diplomate que moi.

— Daniel Sorano, lit Steve, acteur français né en 1920, mort à 41 ans en pleine gloire lors du tournage de la dernière scène du film *Le*...

Je ne l'écoute plus, et Nina encore moins que moi. Tu arrives, face à nous.

Malgré le froid, tu n'es couvert que d'une veste de cuir fatiguée, ouverte sur un tee-shirt tellement près du corps qu'il ressemble à une moulure en plâtre de ta musculature. Tu portes une chapka avec une étoile de l'Armée rouge sur la tête, la touche d'exotisme qui dissimule presque tes yeux bruns qui feraient fondre toutes les neiges du Kilimandjaro et de la Sibérie réunies.

Dès que je t'ai vu, Karim, j'ai su que Nina tomberait amoureuse de toi. Y a des trucs comme ça qui ne s'expliquent pas. Et j'ai compris que c'est de ça que Steevy avait peur, pas de toi !

J'ai compris que Nina allait tout aimer chez toi, ta gueule d'ange, ton mètre quatre-vingts, et ton calme de libéro qui plante des buts de la tête à chaque corner, ton inimitable attitude décontractée qui la ferait à jamais se sentir en sécurité, tes bras comme des lianes, ton sourire de gamin qui donnerait tout pour un câlin... Oui, Nina aimera tout chez toi, même si ce jour de décembre là elle n'avait que treize ans et toi vingt-deux, et qu'elle devrait patienter une éternité, et des milliers de nuits à me répéter que tu es celui dont elle a toujours rêvé.

Il y a des alchimies qui relèvent de la magie.

— Je suis Karim. C'est toi, Folette ? Alors comme ça, le vieux Lazare t'a parlé de moi ?

Tu t'approches de la passerelle, tu regardes les voitures qui filent à plus de cent kilomètres à l'heure en dessous, puis tu te tournes vers moi.

— C'est moche, pour ta maman. Je me souviens, j'avais dix-sept ans à l'époque, ça avait fait du grabuge dans le quartier. Des flics partout qui interrogeaient tout le monde. Je me rappelle qu'alors, je me disais juste que ce n'était pas bon pour les affaires. Puis ça s'est tassé. Les flics ont à nouveau déserté. Depuis, j'ai perdu des gens que j'aimais bien moi aussi, et j'ai compris ce que tu devais ressentir. Je suis peut-être devenu un peu moins con aussi.

Nina te regarde comme si tu étais le Messie. Tu prendrais le *Quid* de Steevy pour lui lire la page sur les timbres de collection, rubrique *PTT*, je crois qu'elle boirait quand même tes paroles. Steve danse d'un pied sur l'autre, les orteils gelés dans ses baskets trouées. Tu enchaînes en regardant les fenêtres de l'immeuble Sorano.

— Je suis au courant pour votre enquête, le vieux Lazare m'a raconté. Lazare c'est un peu mon indic dans le quartier. Faut pas croire, si les flics ont des indics parmi les voyous, pourquoi les voyous auraient pas un indic parmi les flics ?

Tu ris de toutes tes dents blanches, comme une insulte à la collection d'incisives manquantes de Steevy.

— Il est sympa, Lazare. Son chien Argo surtout. Un chien policier, ça reste un chien, alors qu'un homme policier, ça reste un policier.

Tu ris encore. Nina souffle des cumulonimbus entre ses lèvres à force d'en rester la bouche ouverte, et je devine que Steve essaye d'échafauder un moyen de te balancer par-dessus la passerelle. Désolée, Steevy, je vais me passer d'une reconstitution. Je me force à plaisanter. Je ne dois pas laisser l'émotion me noyer.

Moi. Il y a six ans. Ici. Dans le tourbillon des gyrophares.

Tu as l'air tellement sûr de toi, Karim. Tu enfonces tes mains dans ton blouson et tu poursuis :

— Je sais que Lazare t'a écrit. Il m'a parlé de ce type au sweat noir que tu cherches. Il se cache quelque part, pas loin d'ici, puisque dès que j'ai commencé à secouer le prunier, ce trouillard a posté sa photo à Lazare, histoire de nous dire *c'est tout ce que je sais, circulez, y a rien à voir*.

Tu te penches vers moi, façon grand frère sincère.

— Tu sais, ma petite, peut-être que ce soir-là, ta mère a tout simplement fait une mauvaise rencontre avec des dealers ou des trafiquants. Peut-être qu'elle a vu quelque chose qu'elle n'aurait pas dû voir, et que ton paternel n'y est pour rien.

Tu ouvres tes bras.

— Regardez-moi, vous me faites confiance, mais je pourrais être un coupable idéal. Y a des secrets, j'aimerais pas trop qu'ils sortent du quartier.

Nina reste un moment hypnotisée, jusqu'à ce que tu croises à nouveau les bras. Elle se tourne enfin vers toi et trouve le courage de te parler. Tu parais pour la première fois la remarquer. Le pompon de son bonnet ne t'arrive pas au menton.

— Karim, on a un marché à te proposer !
— Un quoi ?
— Un coup, si tu préfères.

Tu sembles toi aussi fasciné par la petite boule blonde couverte de laine qui te parle. Une peluche de foire que tu as très envie de gagner.

— Quel genre de coup ?
— Un braquage, chez un particulier.

Tu siffles entre tes dents.

— Rien que ça ? Et y a quoi à voler ?

Nina joue à la James Bond girl, genre *Bons baisers de Russie*, comme si elle avait fait ça toute sa vie. Voix de louve et regard de serpent.

— Des chats !

Tu n'as pas le temps de t'étrangler, Nina enchaîne déjà.

— Des chats angoras. Et pas que. Des persans aussi, et des scottishs, des britishs, des indochinois et même des sacrés de Birmanie. Chacun vaut au bas mot 4 000 francs. Je te parle d'un élevage de vingt-trois chats. Fais le calcul. Ça rapporte plus que de braquer une station-service ou la caisse du Mammouth du coin.

Tu n'as toujours pas l'air convaincu. Tu dois te demander comment on embarque vingt-trois chats, où les garder, qui pourrait accepter de les recéler ?

C'est le moment que choisit Steve pour intervenir.

— Si t'as pas les couilles de le faire, on se passera de toi !

Et il ouvre son *Quid*, page 1463a, *prix des chats de race*.

Chartreux, 4 500 francs
Angora, 5 000 francs
Sacré de Birmanie, 5 500 francs
Scottish Fold, 6 000 francs
Savannah, 15 000 francs
…

Nina lève les yeux au ciel, j'ai envie d'étrangler Steevy avec son collier viking, il va tout faire foirer. Tu le regardes, du haut de ton mètre quatre-vingts, tu dois le prendre pour un pygmée d'une tribu inconnue, débarqué dans ton quartier et qui ne parlerait pas la même langue que toi. Tu ne t'adresses qu'à Nina et moi.

— Votre copain se promène partout avec son encyclopédie ?

Steevy ne nous laisse pas le temps de répondre.

— Apprends ça, mon frère. Dans un braquage, il faut toujours un cerveau !

Tu lâches un sourire, je crois que Nina va s'évanouir.

— Ouais, et un spécialiste des alarmes. Et un chauffeur aussi.

— Conduire je sais, réplique Steevy. Et je peux emprunter une caisse de mon oncle.

Je te regarde, Karim. Aucun de nous trois ne sait encore si tu vas accepter, mais on fait tous comme si l'affaire était déjà réglée.

— On sera donc quatre, calcule Steevy. Plus les vingt-trois chats. On te fera signe quand...

— Le braquage se déroulera le 24 décembre ! tranche soudain Nina. Chat-Borgne, enfin Consuelo, passe Noël en famille dans un hôtel sur le cercle polaire, elle gave toute la classe depuis des semaines avec les aurores boréales... La pauvre minette n'ose pas avouer qu'elle y va parce qu'elle espère voir le père Noël !

Tu n'as toujours rien dit, Karim, mais on a tous compris.

Est-ce pour le fric ? Est-ce pour ne pas décevoir Nina ?

Est-ce pour les deux à la fois ?

Peu importe, on sait déjà que tu n'hésiteras pas.

À dire oui.

À faire la connerie de ta vie !

21

Nina

C'est Noël dans une semaine, tu passes devant une boutique décorée et tu as envie de tout acheter, Nina. Les petits sapins, les pains d'épices, les bijoux en pâte à sel, les lutins de feutrine, les santons d'argile. Tu as envie de faire un tour en calèche, pourquoi pas d'entrer dans la cathédrale voir la crèche, et même de donner une pièce au mendiant assis devant. Sur la place, des enceintes invisibles diffusent en boucle *Jingle Bells*, des lumières scintillantes repoussent le début de nuit qui grignote la fin d'après-midi, tu n'es pas loin de penser que c'est le plus beau Noël de ta vie.

— Allez Jo, une photo !

Le père Noël est assis sur son fauteuil rouge, au coin de la rue du Gros-Horloge, barbu et rembourré, avec deux gros genoux pour accueillir les enfants. Une photographe, coiffée d'un bonnet de Noël qui clignote, essaye de retenir les passants et explique qu'elle développe les clichés en trois minutes chrono.

Je sais, Nina, que tu as revu mon père, plusieurs fois. Tu ne t'en caches pas. Même si tu ne veux pas l'admettre, passer tes mercredis après-midi ou tes samedis avec lui est peut-être devenu ce qu'il y a de plus important dans ta vie. Steevy en crève de jalousie, il ne lui reste que les jours où tu ne vois pas mon père, et ces jours-là, tu l'ignores, rêveuse, à attendre le 24 décembre, à répéter encore et encore chaque détail de notre plan. *Et Karim a dit que, et Karim fera ça, et Karim pense que si...*

Steevy est malheureux. Steevy a toujours su qu'il te perdrait un jour. Qu'un matin, tu lui dirais les yeux dans les yeux qu'il est un grand frère pour toujours, un ami pour la vie, mais que tu n'es plus amoureuse de lui. Et ce matin-là, Steevy n'insistera pas, ne posera aucune question, de peur que tu lui avoues le pire, que tu ne l'as jamais aimé. Il se contentera de ton baiser sur la joue comme si c'était déjà un miracle que lui offre la vie.

— Si tu veux, Nina, concède Jo. OK pour la photo.
Et vous voilà immortalisés tous les deux. Tu m'as montré le cliché, mais tu n'as pas osé l'accrocher sur le pêle-mêle dans notre chambre, tu m'as juste avoué que tu as été troublée, quand la dame au bonnet qui clignote vous a dit *ne bougez plus, toi et ton papa vous êtes trop jolis !*

Je sais bien que tu voudrais un papa, ma Nina... Moi aussi, mais pas celui-là.

— T'as pas envie d'un vin chaud ? demande Jo.
Tu dis oui, Nina. Tu ne te dis pas qu'un papa ne propose pas d'alcool à sa fille de treize ans, surtout

un papa qui sort de prison et qui a un sacré problème avec la boisson.

Jo et toi vous installez à une terrasse, un peu à l'écart de la foule. Il commande deux kouglofs. Tu regardes la ville scintiller, comme si tu découvrais les lumières de Noël pour la première fois. Nous y sommes pourtant allées chaque année… C'était la sortie du premier dimanche de décembre, les guirlandes, le grand sapin, le père Noël, avec les autres enfants de la maison 2 de la P'tite Maison dans la Prairie, par groupes de douze avec deux éducs pour nous accompagner, sans jamais se séparer, à se promener en troupeau avec cette étiquette toujours accrochée sur le dos : gosses de foyers.

Là où tu es installée, tu regardes les familles passer, les poussettes, les larmes d'un gamin pour un sucre d'orge qu'on n'achète pas, les lamentations d'une ado parce qu'il fait trop froid, mais personne ne te regarde cette fois.

Tu es juste une fille normale avec son papa.

Un peu trop câline peut-être, mais je sais que si tu fais ton numéro de charme à Jo, ce n'est pas pour qu'il t'offre un peu plus de bretzels, c'est parce que tu veux qu'il accepte d'écouter tes questions, ces questions que moi, sa fille, je n'oserais jamais lui poser, et dont tu m'apporteras les réponses.

Merci, Nina, même si je te le redis. Méfie-toi !

Tu retires tes gants et tu chauffes tes mains au gobelet de vin brûlant. C'est la première fois que tu en bois et tu trouves ça plutôt… épicé. Tu regardes les écorces d'orange et les clous de girofle flotter à la surface avant de te lancer.

— Jo, tu te souviens, le nouveau témoin dont je t'avais parlé, à la foire, celui avec un sweat à capuche noir ?

Josselin trempe ses lèvres dans le vin chaud, puis dans le demi de bière de Noël qu'il a commandé avec, sa méthode pour ne pas se brûler.

— Oui... Mais comme je t'ai dit, je ne me souviens pas de lui.

Josselin n'est pas en colère. Il répond calmement, sans agacement. D'après toi, avec sa barbe mal taillée et son bonnet de docker, il ressemblait à un vieux père Noël qui souffrirait d'Alzheimer. Trop craquant ! Je te le répète, Nina. Méfie-toi.

Tu insistes.

— Tu te souviens, je t'avais parlé aussi d'un flash. Peut-être celui d'une photo. Eh bien Folette l'a retrouvée ! Elle a été prise juste après l'accident. La maman de Folette, enfin ton ex-femme, est allongée sur la rocade, devant une Volvo noire.

D'après toi, Jo a vraiment essayé de se concentrer. Front plissé, mains bien à plat sur la table sans toucher à ses deux gobelets, comme s'il essayait de percer le brouillard qui embrouille ses pensées.

— Je t'ai déjà dit, Nina... Quand je suis arrivé sur la passerelle, Maja avait déjà basculé. Plusieurs voitures s'étaient arrêtées. Je n'ai aucun souvenir de leur marque ou de leur couleur, tu te doutes bien que c'est le corps de Maja que je regardais, pas les carrosseries à côté. Mais les flics ont pris des dizaines de photos.

Tu enchaînes, tu lui poses les questions que je t'ai dictées.

— D'après Folette, la voiture du type qui s'occupait de votre famille, pour la mesure de tutelle, était la même. Une Volvo noire...

Jo ne bronche toujours pas.

— Si elle le dit... Je n'ai jamais vu sa voiture. Je ne sais même pas s'il venait faire son inspection à l'immeuble Sorano en voiture, en bus ou en vélo. Un sale con, donneur de leçons. Une tête de fourbe qui ne me revenait pas. Je l'évitais le plus souvent possible. Il s'appelait comment déjà ? Vitrame ? Ou Vidame, un truc comme ça ? Richard, ça je m'en souviens, il portait bien son prénom ! Plein aux as et à nous demander de faire des économies !

J'ai bien aimé les mots que papa a utilisés pour parler de Vidame, j'ai bien aimé quand tu me les as répétés. Ça ne voulait pas dire que je pardonnais à papa. Loin de là. Par contre la suite m'a étonnée.

— Dès que je savais que Vitrame serait là, je ne rentrais pas. Je préférais quand c'était madame Goubert, l'assistante sociale, qui venait nous aider à boucler les fins de mois. Mais c'était rare, elle ne venait que quand l'autre hyène n'avait pas le temps.

Tu relances, l'air de rien.

— Madame Goubert ?

— Oui... Une gentille, jeune, compréhensive, qui faisait son boulot, quoi, et plutôt mignonne avec ça. Attention Nina, y avait aucune ambiguïté, même si elle venait de temps en temps chez moi. J'aimais Maja, et madame Goubert avait un mari. On est restés un peu en contact, au moment du procès et des premiers mois de prison. Puis elle m'a annoncé qu'elle était mutée dans le Sud-Ouest, et je n'ai plus jamais eu de nouvelles

(Jo s'incendie avec une gorgée de vin, entre deux gorgées de bière). Qu'est-ce que tu veux, ma belle, la vie c'est comme ça. Tu connais ça mieux que moi. Les éducs, on leur apprend à ne pas s'attacher à nous, mais nous, qui nous apprend à ne pas nous attacher à eux ?

Jo vide ce qu'il reste de son gobelet et de la pinte, presque sans respirer.

— À la santé de Florence Goubert !

Et à la santé des papas, ai-je eu envie de trinquer, quand tu m'as tout raconté. Des papas qui nous apprennent qu'il ne faut pas s'attacher à eux.

Une dernière fois, méfie-toi de Jo, Nina. Tu crois avoir trouvé quelqu'un qui s'occupe de toi, presque un papa. Mais n'oublie pas, c'est louche un papa Alzheimer, qui ne se souvient de rien, qui arrive toujours trop tard, qui est désolé, qui regrette, et qui pour compenser, achète…

Tu es revenue toute fière à la P'tite Maison dans la Prairie, avec ton renne en peluche sous le bras. Qui aurait pu croire que tu le laisserais dormir dans ton lit ?

Qui aurait pu croire que je le ferais aussi ?

Jo en avait acheté un pour moi.

Je ne l'ai pas balancé à la poubelle parce que c'est toi qui me l'as donné, Nina, et que tu m'as juré, quand je l'ai accepté, que jamais tu ne le répéterais à papa. Tu es rentrée les joues roses. Tu sentais le vin. Tu ressemblais à un lutin. J'étais heureuse pour toi et triste pour moi. Le soir, on s'est allongées sur nos lits, comme depuis toujours, moi au-dessus de toi. Le thermostat des radiateurs était tourné au maximum pour qu'ils chauffent la chambre à fond, malgré la fenêtre grande ouverte.

On voulait entendre Steevy sur le trottoir, nous crier des Joyeux Noël dans toutes les langues que son *Quid* connaissait. Cent cinquante-quatre à ce qu'il paraît !

Je me blottis sous la couette pour ne pas avoir froid. Mon renne aussi, seuls dépassent ses bois.

Et si papa disait la vérité ? Et s'il ne se souvenait vraiment de rien ? Et si Richard Vidame n'était pas seulement un lâche, mais un assassin ?

Dans la lumière de la veilleuse, je regarde le dos de ma main.

La suite de lettres et de chiffres que j'y ai tracée est presque effacée, mais je la recopie chaque fois qu'elle se ternit, au stylo Bic, avec une pointe bien dure, en appuyant chaque fois plus fort.

Je sais que c'est idiot, je la connais par cœur.

5265 JD 76.

C'est le numéro de la plaque d'immatriculation de la Volvo noire, sur la photo envoyée par Lazare. Je l'ai lu grâce à une loupe empruntée dans le bureau de Brocoli, je lui ai raconté que j'en avais besoin pour un devoir de technologie.

5265 JD 76.

On est le 21 décembre. Dans trois jours, je saurai !

22

Steevy

On est le 24, c'est le grand soir. Jamais on n'a été aussi peinards.

La majorité des enfants de la Prairie sont rentrés chez eux pour Noël. Même les gosses abandonnés, le soir du 24, sont accueillis dans un vrai foyer. Une tante, un cousin éloigné, un papa ou une maman qui accepte, rien qu'une fois par an, de jouer son rôle de parent.

Résultat, depuis ce matin, avec Nina, on a l'étage pour nous toutes seules. J'ai évidemment refusé de passer le réveillon avec papa ! Et la juge des enfants continue, année après année, pour protéger Nina, de prononcer envers ses parents une mesure d'éloignement. Père condamné pour inceste, mère condamnée pour complicité, aucune sœur ou aucun frère pour partager sa peine, des cousins très éloignés la connaissant à peine, Nina a depuis longtemps compris que sa vie était ici, à la Prairie. Qu'elle n'en sortirait qu'à sa majorité, pour enfin profiter du droit le plus essentiel à ses yeux, et dont on l'a privée : la liberté !

On ne doit pas être plus de treize enfants coincés à la Prairie, et pourtant ce soir, personne ne s'apercevra de notre absence.

Béné est en congé. Elle ne reviendra que plusieurs semaines après avoir accouché. Quand elle n'est pas là, dans la maison 2, c'est le défilé des stagiaires, des intérimaires, des non-diplômées, celles qui pleurent dès qu'elles lisent notre dossier et nous regardent comme si on était Heidi ou le petit Rémi. Ou plus nombreuses encore, celles qui ne supportent pas de se faire insulter dès qu'elles essayent d'imposer un peu d'autorité, et font leurs valises à la première crise.

Parmi les rares titulaires, ça ne se bouscule pas pour être de garde le soir de Noël, alors on envoie celles qui n'ont pas le choix. Je ne suis même pas certaine qu'Élodie, la nouvelle référente débarquée hier matin – elle doit à peine avoir cinq ans de plus que nous –, connaisse nos prénoms, et encore moins le nombre de chaises à placer autour de la table du réveillon.

Question méthode d'évasion, avec Nina, on a décidé de faire dans le classique, deux draps noués et accrochés au radiateur sous la fenêtre ouverte.

— Sept ans que j'en rêvais ! m'a fait Nina, les yeux brillants, en accrochant les draps. On peut pas passer toute son enfance dans un foyer sans faire un jour un truc comme ça !

— On arrive, Steevy.

Comme toujours, Steve, tu es ponctuel. Tu as garé la camionnette de ton oncle plombier-zingueur-receleur sur le trottoir, sous notre fenêtre. Tu nous as certifié que quand on sait conduire un 103, on sait tout conduire. Le soir de Noël, aucun flic ne sera de sortie avant minuit. Ils se taperont comme tout le monde la dinde à la gendarmerie, et ne sortiront qu'après le dessert pour aller cueillir ceux qui rentrent chez eux en ayant bu un coup de trop. Joyeux Noël, la prune c'est cadeau.

Tu secoues la tête pour que le marteau de Thor, ton Mjöllnir d'après ton *Quid*, se balance sur ton torse. Tu prétends qu'il contient la force de tous tes ancêtres vikings, j'ai surtout peur qu'il te défonce la poitrine. Tu as l'air sûr de toi, Steevy. Nina paraît déterminée elle aussi.

Karim n'est toujours pas arrivé.

Moi je tremble. Suis-je à ce point cinglée de vous entraîner dans cette folie ? Je retiens le bras de Nina avant qu'elle s'accroche au drap. Je parle assez fort pour que tu entendes aussi en bas.

— On peut encore tout arrêter.

Nina et toi me regardez étrangement. Tout arrêter ? On prépare notre plan depuis six semaines. Je suis obligée de préciser.

— Vous savez très bien ce que je veux dire. On n'est pas en train de faire une simple bêtise. On prépare un cambriolage. Si on se fait prendre…

Nina me pousse pour attraper le drap.

— On ne risque rien, on est mineurs.

Comme pour confirmer, tu te penches vers le fauteuil passager pour attraper ton *Quid*.

— C'est bon, Steve, pas la peine de me lire la rubrique *Code pénal des enfants*. On n'ira pas en prison, d'accord, mais… (je prends une longue inspiration)… c'est trop risqué ! C'est mon histoire. C'est moi qui veux entrer chez Vidame, fouiller chez lui, lire la plaque de cette voiture noire dans son garage. Vous n'avez rien à gagner.

Tu siffles entre tes dernières dents, par la portière ouverte.

— Juste un magot de dix plaques à se partager à quatre.

Il fait une température glaciale. J'aurais dû y voir un signe que tout allait tourner mal.

— OK, dis-je, on ne change rien au plan. Vous aurez votre part. Mais j'y vais seule, avec Karim. Vous avez déjà assez pris de risques.

— Et laisser ce branleur de Karim conduire le camion de tonton ? Hors de question ! C'est non, sans négociation !

Tu as au moins gagné le regard admiratif que Nina pose sur toi. Un petit souffle chaud avant le grand froid. Nina se tourne vers moi en empoignant, fermement cette fois, les draps.

— Et hors de question de laisser Karim tout seul avec toi, ma Folette ! Je te l'ai dit depuis le début, il est pour moi !

D'ailleurs, Karim est là. Il a forcément tout entendu. Je ne vois que le bout incandescent de sa cigarette briller dans la nuit noire. Elle rougit quand il en tire une dernière taffe, et disparaît comme un papillon de nuit.

— C'est bon, les mômes ? nous lance Karim en se frottant les mains.

Il doit vraiment être gelé. Pour la première fois que je le connais, son blouson de cuir est fermé.

* * *

Karim est un pro.

Même s'il nous a assuré pendant la préparation du cambriolage qu'il s'était rangé, qu'il ne jouait plus aux déménageurs depuis des années, qu'il le faisait une dernière fois pour nous, et aussi un peu pour les chats, et sans doute beaucoup pour Nina.

Tu te débrouilles pas mal non plus, Steevy. Pour les beaux yeux de Nina, qu'est-ce qu'un homme ne ferait pas ?

Tu éteins les phares du camion deux cents mètres avant le Mont Fortin, pour ne pas alerter les voisins, en nous expliquant que tu es nyctalope, page 157c du *Quid*, « qui voit la nuit », comme les chats, les chouettes, les hérissons, les araignées, les pieuvres... avant d'avouer que tu as fait des repérages en mob chaque jour depuis quatre semaines, jusqu'à connaître par cœur l'impasse qui mène au repaire des Vidame. Tu ajoutes que tu as noté les habitudes de la seule personne qui surveille la maison pendant que toute la petite famille Vidame est allée chercher la grotte du père Noël dans le cercle polaire : une femme dont la principale mission est de nourrir les chats, matin et soir, et qui ensuite rentre chez elle.

Karim repère l'alarme au-dessus du portail et la neutralise aussi facilement que s'il s'agissait d'un réveil. Crocheter la grille paraît encore plus simple pour lui. Je me dis que j'ai engagé le gars le plus diplômé du quartier Sorano : CAP de désinstalleur d'alarme, BEP d'anti-serrurier.

À toi de jouer, Steevy. Tu avances le camion, toujours dans le noir, le plus près possible de la maison.

En marche arrière, histoire de pimenter encore un peu ton numéro de conducteur aux yeux clos, de pouvoir charger plus facilement les minous, et de pouvoir repartir sans avoir à effectuer un demi-tour.

Nouveau miracle de Karim aux doigts de fée : la porte de la maison s'est ouverte sans qu'aucune sirène ne se mette à hurler. À partir de là, chacun sait ce qu'il a à faire. Karim et toi avez pour mission, si possible sans trop vous engueuler, de charger les chats à l'arrière du camion, dans les vingt-trois cartons percés récupérés chez monsieur Pham. Nina a pour mission de tout photographier. J'en ai eu l'idée, sachant que c'est sans doute la seule occasion que j'aurai d'entrer chez les Vidame, et que je manquerai de temps pour à nouveau tout fouiller. Tu lui as confié le Minolta d'un de tes cousins qui travaille sur le port et a une conception très personnelle de l'import-export.

Et moi, je m'occupe de mes affaires !

On est pas pressés, a assuré Karim. *Il ne faudra pas paniquer. Une fois à l'intérieur du parc, toute lumière éteinte, toute alarme coupée, personne ne pourra nous repérer.*

Dès que j'entre, je vois deux petites lumières briller en haut de l'escalier.

Je les reconnais immédiatement.

Bolduc.

C'est lui le seul gardien de la maison. Les vingt-trois autres chats ne sont que des pensionnaires enfermés dans le jardin d'hiver.

Mon chat aussi me reconnaît. Je claque ma langue contre mon palais, puis je l'appelle.

— Viens, Bolduc. C'est moi, Folette, je suis revenue. Tu t'appelles encore Bolduc, pas vrai ?

Il se souvient de son nom, il descend chaque marche avec une démarche de tigre nonchalant.

— Je te fais un câlin, mais je ne peux pas t'emmener. Y a pas de place pour toi chez moi. Mais je reviendrai, promis, une autre fois.

Dans le jardin d'hiver, je t'entends pester...

— Bordel, cet abruti de scottish m'a griffé.

... et Karim te rassure avec la voix du gars qui fait un bac pro déménageur-de-chats :

— Prends ton temps, Steevy. Si t'y vas en douceur, ces peluches sur pattes ne se réveilleront même pas quand tu les mettras dans le carton. Fais juste gaffe de ne pas arracher leur collier.

Je m'assois sur la première marche de l'escalier. J'y reste un moment, Bolduc se frotte contre moi.

— T'es un vrai bon matou, toi. Pas comme ces chats de bourgeois.

Autour de moi, le flash du Minolta de Nina crépite. Même s'il est impossible de voir les éclairs de l'extérieur, tous les volets sont fermés, chaque illumination offre l'illusion que la bâtisse est hantée, et que des fantômes branchés sur courant alternatif s'amusent à apparaître et disparaître au gré de leurs envies.

— Je dois te laisser, Bolduc. J'ai une chose à voir dans la cave. Regarde.

5265 JD 76.

Je retire ma main, par réflexe, avant que Bolduc ne la lèche, puis j'ouvre la porte de la cave. J'attends de descendre une ou deux marches pour allumer la torche rangée dans ma poche. La Mini Cooper est toujours là, ainsi que la 205 et la Mercedes. Est-ce que les Vidame partent jusqu'au cercle polaire en hélicoptère ?

Très loin, en direction du jardin d'hiver, je t'entends compter.

— Vingt et un, vingt-deux, vingt-trois, le compte y est. Ils sont tous encartonnés. On peut les embarquer !

Ma torche éclaire le bas de caisse noir de la quatrième voiture, sous la bâche. Personne ne semble y avoir touché depuis l'anniversaire de Consuelo. Ni depuis six ans, depuis la nuit où maman s'est envolée ?

Tout en avançant, torche braquée sur la bâche grise, je tente de raisonner de façon rationnelle. Il n'y a aucune raison pour que Richard Vidame ait renversé maman après qu'elle a sauté de la passerelle. C'est uniquement ma haine pour lui qui me fait croire à cette hypothèse...

Et même... Même si, aussi improbable que cela puisse être, cette hypothèse est juste, si c'est bien à Richard Vidame qu'appartient la Volvo noire sur la photo de Lazare, et même s'il avait écrasé maman avec, volontairement ou non, Vidame aurait forcément fait réparer la voiture depuis, et plus sûrement encore changé la plaque d'immatriculation. Découvrir un véhicule sans aucune bosse, avec une autre plaque, ne répondra à aucune de mes questions, ne changera rien à mes convictions...

Je vois, en haut de l'escalier, un nouveau flash crépiter.

Puis, immédiatement après, une sirène se met à hurler.

Un bruit insoutenable, qui en quelques secondes, va réveiller tout le quartier.

***

— On se tire ! crie Karim.

Je remonte aussi vite que je le peux les marches de l'escalier. Le son de la sirène est encore plus assourdissant dans la pièce principale. Une boule blanche et poilue se faufile entre mes jambes, alors que d'autres se dispersent partout dans les pièces. Une vision d'horreur.

Qu'as-tu fait, Steevy ?

Au moment où l'alarme s'est déclenchée, surpris, tu as laissé les cartons en plan. Plusieurs se sont renversés ou ont été déchirés, et les chats se sont échappés. Ils courent partout, paniqués par le bruit et cette soudaine liberté, avant de finir par trouver la sortie et de se précipiter dans le parc.

100 000 francs, dix plaques, qui se tirent à quatre pattes. La plupart galopent dans l'herbe, d'autres tentent maladroitement de se réfugier dans un arbre.

— On plie le camp, répète Karim. Laisse tomber, Stee !

Tu tentes pourtant de bloquer un angora, d'en ramener un au moins, tout en criant ta colère à Karim. Tu hurles pour couvrir le vacarme de l'alarme :

— Qu'est-ce que t'as merdé ? Tu devais débrancher les sécurités !

— Je l'ai fait, répond Karim en agitant les bras pour qu'on se hâte de déguerpir. Mais il y a un putain de mouchard dans leur collier ! Dès qu'un chaton sort de la maison, tout se déclenche.

Merde ! Personne n'avait pensé à ça. Que Rose-Anna puisse tenir à ses chats au point de les équiper d'un système d'alarme, en cas de vol, ou plus simplement d'évasion d'un de ses pensionnaires.

J'attrape Nina par la main, son Minolta se balance autour de son cou.

— On y va !

On sprinte dans le couloir jusqu'à la porte d'entrée. Tu as abandonné l'idée d'attraper un chat, rien qu'un, et tu es déjà installé derrière le volant. Karim, sur le fauteuil passager, nous tient la portière arrière ouverte et nous crie au moment où l'on atteint les marches du perron :

— Faites gaffe les filles, ça glisse.

On court quand même, côte à côte, en se tenant la main. Je confirme, il y a du verglas, l'allée du parc est une vraie patinoire, mais avec Nina, on forme une créature à quatre jambes, si stable qu'elle pourrait danser le tango sur la banquise. On s'engouffre à l'arrière de la camionnette. Les portières claquent. Tu démarres sans allumer les phares.

À l'exception de la faible lueur de la lune, il n'y a aucune lumière dans le parc.

— Allume tes feux, ordonne Karim. Pas de gyrophare en vue. On a de l'avance sur les keufs... autant la garder.

Tu ne l'écoutes pas et tu fonces, tout droit, dans la semi-obscurité, comme si tu avais tout mémorisé et que seuls tes souvenirs te guidaient. On sort du parc sans même toucher le portail. Nina applaudit. Déjà, le son de la sirène diminue d'intensité, mais reste suffisamment fort pour réveiller les rues alentour. D'ailleurs, dans l'impasse du Mont Fortin, plusieurs fenêtres sont éclairées. Une certitude, dans ce quartier de retraités, tous doivent dormir avec un téléphone sur leur table de chevet. Ils ont dû appeler les flics avant même de se demander ce qui se passait.

Tu accélères dans la rue sombre qui descend en pente raide, tout en criant d'une voix suraiguë :

— On doit sortir de l'impasse avant que la police se pointe en face !

Tu conduis, Steevy, le plus vite possible. On en sort, par miracle, sans qu'aucun voisin ne nous tire dessus. Sans croiser aucun véhicule en contresens. Dès qu'on s'engage dans une rue perpendiculaire qui descend à pic de la colline, une nouvelle sirène nous explose les oreilles.

La police ! Des éclairs bleutés troublent l'obscurité. Un gyrophare. Les policiers sont là, tout près, quelque part dans le labyrinthe des ruelles.

Tu n'hésites pas. Jamais je n'aurais cru, Steevy, que tu aies pu avoir autant de sang-froid.

— Si j'allume les phares, affirmes-tu avec autorité, ils vont nous repérer. J'ai une autre idée.

Notre camionnette descend lentement la pente de la rue à peine éclairée. Trop lentement. Karim, à côté de toi, paraît exaspéré. On devine qu'il trépigne, qu'il veut s'arrêter pour prendre le volant, ne pas le laisser à un enfant, mais tout a été trop vite. Tu expliques, tout en continuant de ralentir.

— Pas sûr qu'avec ce camion, on gagne contre les flics si on engage une course-poursuite. Mieux vaut rouler moins vite, mais disparaître comme une ombre.

Effectivement, tu freines encore. Karim n'a pas l'air convaincu par ta stratégie.

— Et comment tu vas te diriger dans la nuit ?

— Grâce à la magie de Noël !

Du regard, tu désignes les seules lumières visibles, depuis que les gyrophares se sont éloignés : les guirlandes illuminées qui, tous les cinquante mètres, enjambent les rues. Des pères Noël, des sapins, des cadeaux, des étoiles. Tel un marin se guidant à la position des constellations, tu pilotes le camion en suivant les décorations scintillantes. Tu conduis avec prudence dans les rues en pente abrupte qui se succèdent.

Les sirènes se rapprochent à nouveau dans une rue proche, l'éclair d'un gyrophare bleuit les façades des maisons, avant que tout ne redevienne sombre.

Ils sont passés sans nous apercevoir !

— T'es un génie, Steevy, applaudit Nina.

Elle se penche pour t'embrasser dans le cou. Même Karim paraît impressionné et s'autorise un sifflement admiratif. Moi je me contente de poser la main sur ton épaule.

Bien joué ! On leur a échappé.

Tu continues de suivre avec précaution les lumières de Noël, les rues sont en pentes descendantes de plus en plus raides, mais tu prends confiance. Des guirlandes bleues clignotent, puis rouges, puis vertes, puis or. Tu accélères droit devant, tu vises une constellation de boules et de diadèmes. Une étoile solitaire semble suspendue dans la nuit. Tu tournes le volant par réflexe, à droite, vers l'astre, avant de réaliser que la route vire brusquement à gauche, dans les ténèbres.

Tu comprends, trop tard.

Tu as suivi une lumière qui brillait au-delà du trottoir, à flanc de colline, dans un vallon arboré dont quelques sapins sont eux aussi décorés.

Dans un mouvement de volant désespéré, tu tentes de braquer, mais les roues patinent sur le verglas, et la camionnette continue sa course, tout droit. Pleine pente.

Avons-nous eu le temps de crier ?

Avons-nous eu le temps de réaliser ?

Nous n'avons eu que quelques instants pour comprendre que nous prenions trop de vitesse et qu'il serait impossible de freiner sur le tapis d'herbe gelée.

Tu as grappillé une ou deux secondes en évitant un premier arbre, puis un second, avant que le camion ne bascule sur deux roues dans le dévers de la descente.

Tout a été encore plus vite ensuite.

Le camion qui tombe sur le flanc comme une bête blessée, mais qui ne s'arrête pas, qui continue de rouler, telle une boule d'acier, Nina qui tombe sur moi, une fois, deux fois, trois fois, et à chaque choc nos visages cabossés, sœurs de sang, pour un dernier souffle.

Avant que tout s'arrête.

Avons-nous eu le temps de hurler avant que le cercueil de tôle ne s'encastre dans le dernier sapin de Noël ?

Avant que Karim ne soit éjecté, et que la carrosserie ne se torde comme du papier froissé.

Avant d'apercevoir le siège du conducteur se plier sous le poids du capot, du moteur et du tableau de bord. Avant de fermer les yeux pour ne pas voir ton corps maigre broyé, tes bras retomber, ta tête se tourner pour que ton dernier regard soit pour Nina, pas pour le monstre de fer qui te dévorait.

Nous n'avons eu que quelques instants, Steevy, pour comprendre que tu allais mourir à treize ans, un soir de Noël, à cause de ma folie.

Pour pleurer, nous aurons tout le reste de notre vie.

23

Béné

Un énorme hématome déforme la moitié de mon visage, gonfle ma joue gauche. Chaque battement de paupières me fait souffrir.

Ce n'est rien. Il y a pire, tellement pire.

Le si beau visage de Nina a été balafré, elle en gardera à jamais une grande cicatrice, du bas de son œil droit au coin de son sourire. Si elle sourit à nouveau un jour… Un centimètre de plus, et c'est borgne qu'elle devenait. Pourtant ni elle ni moi n'avons émis la moindre plainte. Le moindre soupir.

Il y a pire, tellement pire.

Steve, lui, ne pourra plus jamais souffrir, ne pourra plus jamais se trouver laid dans un miroir, ne pourra plus jamais interpeller une fille avec son sourire édenté.

Steevy est parti rejoindre Maja dans son royaume des êtres volants.

Devant moi se tiennent mes trois juges. Bocolini, une éduc de l'ASE jeune et autoritaire et un psy vieux et taiseux. Comme s'ils étaient allés chercher la plus féroce de toutes les fonctionnaires des services sociaux du département, et le moins faiseur de vagues de tous les psychologues. Ces trois derniers jours, j'ai vu des flics, pendant des heures, la juge des enfants, plusieurs fois, des psys bien entendu, un vrai défilé, mais cette fois, c'est le verdict. Les jurés vont parler.

S'ils savaient à quel point je me fiche de ce qu'ils vont décider.

C'est Bocolini qui s'y colle. Il tire sur sa cravate, rajuste son costume couleur de deuil et s'enfonce dans son fauteuil. On est dans son bureau, il a juste un peu déplacé les meubles pour que la pièce ressemble à un tribunal. Moi seule, sur ma chaise, dos à la porte, et les trois magistrats, derrière l'unique bureau, face à moi.

— Mademoiselle Crochet, commence-t-il, comme s'il avait oublié que je m'appelle Ophélie, après les événements récents, je ne peux pas vous garder à la Prairie.

Je n'écoute pas le reste de ses arguments, la peur des autres enfants, les craintes des parents, je ne veux penser qu'à Steevy. Steevy en vie. Steevy aurait pu avoir un autre destin, s'il était né dans un autre quartier. Steevy aurait pu s'intéresser à l'école, si on l'avait motivé. Steevy était ingénieux, curieux, courageux. Steevy aurait pu bosser dur, si quelqu'un avait cru en lui. Steevy aurait pu étudier, passer des examens, les réussir, même sans tricher. Steevy aurait pu devenir ingénieur ou professeur, Steevy avait en lui un tel appétit de tout apprendre, de tout comprendre, il avait en lui cette folie que seuls possèdent les premiers, et les derniers de la classe. Steevy aurait pu avoir une belle vie, un beau métier, fonder une belle famille, des gosses avec chacun une chambre, loin du quartier où il était né.

Steevy aurait pu avoir une belle vie, s'il ne m'avait pas croisée.

— Mademoiselle Crochet, vous nous écoutez ? Je vous disais donc, on ne va pas pouvoir vous garder à la Prairie. Je pense que vous avez conscience de la gravité de vos actes. Madame Schneider, ici présente, représentante de l'Aide sociale à l'enfance, vous a trouvé une place dans un Institut de rééducation. La juge des enfants a donné son accord. Il nous paraît important que vous soyez éloignée des autres enfants de la Prairie, en particulier de Nina Corsy. Et que d'autres éducateurs que ceux qui vous ont élevée prennent le relais.

Monsieur Bocolini, devant moi, est en train de redevenir Brocoli. Un légume. Sauf que ce coup-ci, ce ne sont pas les enfants qui crient trop fort qui lui font peur, ceux qui insultent les adultes, menacent de tout casser, ou de se casser. Non, c'est de madame Schneider, de l'ASE, son unique financeur, dont il a une trouille bleue. Il a peur du scandale, de la mauvaise réputation, du qu'en-dira-t-on dans le petit monde des foyers pour enfants perdus. D'ordinaire, son mot d'ordre, dès que quelque chose va de travers à la Prairie, une éduc qui se fait bousculer, un petit qui se fait agresser, c'est que rien ne doit sortir de la maison. Pas de plaintes, pas de vagues. Et badaboum ! Non seulement la plus givrée de ses pensionnaires met au point un vol en bande organisée, entraîne sa copine de chambre, provoque l'accident mortel d'un troisième mineur... mais elle ne trouve rien de mieux que d'aller cambrioler... la maison de Richard Vidame. Le grand patron de l'Aide sociale à l'enfance.

Le supérieur hiérarchique direct de madame Schneider. Celui qui a pouvoir de vie et de mort sur la Prairie.

D'ailleurs, madame Schneider lui lance un sourire de crotale :

— Nous ne vous reprochons rien, monsieur Bocolini, ni à vous ni à vos collaborateurs. Vous avez une obligation de moyens, pas de réussite. Nous savons à quel point votre tâche est délicate. J'ai cependant reçu des instructions précises et...

Une nouvelle fois, je ne l'écoute plus. Des instructions précises ? Est-ce Vidame qui les a données ? Il ne s'est pas déplacé. Je ne l'ai pas rencontré. Pourtant, il a forcément fait le rapprochement entre la gamine de foyer qui s'est introduite chez lui et l'Ophélie de l'immeuble Sorano, du temps où il s'occupait de la famille Crochet. S'il ne s'est pas déplacé, si aucun flic n'a mentionné devant moi ce lien avec mon passé, et encore moins l'hypothèse d'une vengeance après la mort de ma mère, c'est donc que Vidame n'a rien dit. Et s'il n'a rien dit, c'est donc qu'il a quelque chose à se reprocher.

Pour ces idiots de policiers, mon seul lien avec les Vidame, c'est Consuelo, la fille de ma classe qui m'avait invitée à son anniversaire. *C'est là que j'ai eu l'idée de voler les chats, une idée stupide, oui, oui, monsieur le commissaire, je le reconnais.* Au moins, une chose est certaine, je ne remettrai jamais les pieds à Camille-Cé ! *Oui, oui, si j'avais su, monsieur le commissaire, je vous jure, je regrette !*

Je regrette que tout ait foiré.

Je regrette que Steevy soit mort pour rien.

Je regrette que Richard Vidame s'en sorte, sans une égratignure, juste quelques chats angoras dans la nature, et que nos vies à Nina et à moi soient foutues, sans futur.

Je regrette parce que j'ai échoué, parce que désormais Vidame va se méfier, va m'écraser comme une vulgaire petite araignée qui a essayé de tisser sa toile chez lui au Mont Fortin. Je regrette parce qu'il va continuer de profiter de tout ce qu'il m'a volé, alors que j'ai tout perdu.

— Mademoiselle Crochet ?

Madame Schneider frappe avec son stylo argenté le bureau de bois de Bocolini.

— Mademoiselle Crochet, vous vous rendez compte que votre attitude, ce petit air de ne pas vous sentir concernée, aggrave encore votre cas ? Vous êtes responsable de la mort d'un enfant qui avait votre âge. Comprenez-vous ?

Le dégonflé de psy assis à ses côtés a un peu tiqué, mais n'a rien dit. Madame Schneider poursuit son couplet, je suis sûre qu'elle a été envoyée par Vidame et qu'elle a bien été briefée.

— Je préfère vous prévenir, mademoiselle Crochet, la liberté, l'impunité, c'est terminé. Vous n'irez pas en prison, vous le savez aussi bien que moi, mais les éducateurs de l'Institut de rééducation ne vous feront aucun cadeau. Quand on commet un crime, mademoiselle Crochet, qu'on soit mineur ou non, on doit payer !

Le vieux psy lève les yeux au ciel. C'est visiblement le plus courageux acte de résistance dont il soit capable. Bocolini, lui, hoche la tête en cadence, à chaque syllabe scandée par madame Schneider. Quand elle a enfin terminé son réquisitoire, il se sent autorisé à parler avec la même autorité. Et même, étrangement, à me tutoyer.

— Tes affaires sont prêtes, Ophélie. Tu prendras ta valise dans le couloir et tu partiras avec madame Schneider. Deux éducateurs de l'Institut de rééducation t'attendent devant l'entrée.

Je sais, mes affaires sont prêtes. Ce n'est pas bien difficile, toute ma vie tient dans un sac à dos. Pendant que j'étais auditionnée par les policiers, Brocoli a fait le tri dans ma chambre. Histoire de se venger lui aussi. Il n'a gardé que ce qui pouvait rentrer dans un sac et a jeté à la poubelle le reste : mes dessins, mes cahiers, les lettres de Lazare, mes derniers jouets, mes habits trop petits, le renne que Nina m'avait offert à Noël, et même la boîte à chagrins, ma coccinelle, je l'ai cherchée partout sans la retrouver. Je n'ai pu récupérer que mon livre Rouge et Or, parce que Nina a eu le réflexe de le cacher. Nina que je ne reverrai peut-être plus jamais...

— Tu as entendu ? insiste Brocoli. Tu peux te lever. C'est terminé.

C'est terminé, je sais. Je l'ai compris depuis longtemps, Brocoli. J'ai treize ans et déjà tout est terminé.

Je vais me lever, je vais laisser les deux gorilles de l'Institut de rééducation m'emmener. Tout le monde a l'air soulagé, Ramponneau le psy range ses papiers, madame Schneider serre la main de Bocolini, elle a l'air pressée. Brocoli prend le temps de sortir une pastille d'une petite boîte en fer, un truc à la menthe antistress ?

La porte du bureau claque à ce moment-là. Nous nous retournons tous, comme quand quelqu'un arrive en retard en classe.

Des pas lourds écrasent le parquet. Une voix s'élève, elle explose dans la pièce, à en faire vibrer les fenêtres, comme le tonnerre avant l'éclair.

— Ah ça non, je ne crois pas !

L'éclair vient juste après, un ordre laser que je ne discute pas.

— Tu restes là, Folette. Tu ne dis rien et tu t'assois.

Brocoli a l'air d'avoir avalé sa pastille de travers.

— Be… Bénédicte ? Je vous croyais…

— En congé maternité ? explodes-tu. Eh bien, vous voyez, monsieur Bocolini, je suis revenue !

Madame Schneider jette à Brocoli un regard exaspéré, qui signifie *mais qui est cette folle qui vient de débarquer, avec un ventre si gros qu'on croirait qu'elle va accoucher sur le bureau ? C'est quoi ce bordel ? Est-ce qu'au moins il y a un chef à la Prairie ?*

Le psy lâche un sourire dans sa barbe. C'est visiblement le plus courageux acte de solidarité dont il soit capable. Bocolini comprend que s'il y a un moment où il doit faire preuve d'autorité, c'est maintenant ou jamais.

— Vous n'avez rien à faire là, Bénédicte. Surtout dans votre état.

— Dans mon état, vous feriez mieux de m'apporter une chaise.

Personne ne réagit. Tu restes debout. J'aime autant. Dans les films, les avocats ne sont pas assis quand ils se lancent dans leur plaidoirie. Tu diriges ton doigt vers Brocoli, puis vers madame Schneider, puis vers le psy qui semble tétanisé par ton index pointé.

— Vous voulez foutre la vie de cette gamine en l'air, c'est ça ?

Brocoli doit sûrement piocher dans son manuel de survie pour manager une situation de crise. Il récite sa leçon bien apprise.

— S'il vous plaît, Bénédicte, pas de scandale. De toutes les façons, vous arrivez trop tard, la décision a déjà été prise. À l'unanimité. Mademoiselle Crochet ne peut pas rester ici. Surtout après…

Tu te retournes vers moi.

— Folette, va m'attendre dans le couloir.

Personne ne discute, même pas moi. Pendant que je me lève, je te vois tenir ton gros ventre à deux mains. Je sors doucement et je referme la porte plus doucement encore derrière moi. La suite, je ne l'entends pas, mais tu me l'as racontée tant de fois.

Madame Schneider semble excédée, elle regarde sa montre pour bien montrer que la séance est terminée et qu'elle t'a fait une faveur en t'ayant écoutée.

— Je suppose que vous êtes Bénédicte, l'éducatrice référente d'Ophélie Crochet. Vous étiez censée l'éduquer, ou au moins la surveiller. Vu les événements récents, je ne crois vraiment pas que vous soyez dans la meilleure position pour…

Tu explodes comme jamais. Madame Schneider paraît minuscule à côté de toi.

— Pour quoi ? Pour défendre la vie d'une gamine ? Je la connais, si elle part en I.R., sa vie est foutue. Elle laissera tout tomber ! Au milieu des délinquants, elle va forcément mal tourner. Elle n'a que treize ans, merde, treize ans !

Madame Schneider a l'air sincèrement choquée.

— Ne soyez pas grossière…

— On parle de la vie d'une gosse et vous parlez de politesse ?

Madame Schneider encaisse sans broncher, mais Brocoli ne sait plus où se mettre. S'il pouvait entrer tout entier dans sa boîte de pastilles mentholées, il le ferait... L'employée de Vidame te défie du regard, sans rien lâcher.

— On parle de la vie d'une gosse qui a causé la mort d'un autre gosse. Ce n'est pas vraiment un ange, votre Folette, comme vous l'appelez.

Brocoli fonce dans la brèche ouverte et tente de profiter de l'argument pour reprendre la main.

— Madame Schneider a raison. Ophélie est une ado difficile à gérer. Elle a déjà, si je peux dire, un sacré casier. Fugues, consommation d'alcool et de stupéfiants, fréquentations douteuses...

Tu fais un pas de plus vers le bureau, façon culbuto qui tangue sans basculer, puis tu te retiens à la chaise la plus proche. Tout en braquant Brocoli comme si tu allais le fusiller.

— Vous avez lu son dossier ?

Tu te tournes vers le psy dont la seule préoccupation semble d'éviter de se retrouver dans le champ de tir.

— Eh oh, Jean-Pierre, je te parle aussi ! Vous avez lu son dossier ?

Le psy, tétanisé, opine de la tête. Tu enfonces le clou à coups de mots-marteaux.

— Je vous fais un bref rappel ? Son père a tué sa mère ! Elle avait sept ans. Et elle y a assisté en direct !

Un silence suit.

Tu continues de tenir Brocoli en joue dans la mire de tes yeux furieux.

— Elle a l'âge de votre fille, monsieur Bocolini ! Imaginez une seconde, rien qu'une seconde, votre Laura. Oui, votre Laura qui vous embrasse tous les soirs, qui fait du patinage et de l'équitation, qui apprend si bien ses leçons, imaginez une seconde si elle avait vécu la même chose ! Sa mère assassinée, sous ses yeux, par son père ! Comment on peut survivre à ça, quand on a sept ans ? Comment on peut vivre avec ça ? Vous croyez que ça se répare par un simple claquement de doigts ? (Tu laisses un instant Brocoli pour braquer ton regard sur le psy.) Tu n'as pas été capable de leur dire, toi ?

Jean-Pierre tousse dans sa barbe. Il se racle la gorge, tout un cérémonial avant de prononcer son premier mot, mais tu ne lui en laisses pas le temps.

— Folette n'est responsable de rien. De RIEN. Et nous sommes juste payés pour l'aider !

Brocoli en est resté bouche bée. Que tu puisses avoir mis sa Laura sur le tapis l'a scié. Madame Schneider comprend qu'elle ne tirera rien de plus de lui et tente de répliquer.

— Justement, c'est pour l'aider que...

Tu cries plus fort encore.

— Vous allez m'écouter ? Je connais Folette depuis qu'elle a sept ans. Elle a fait une énorme connerie, on le sait tous, alors on a deux choix aujourd'hui. Soit on l'enfonce encore plus, soit on tente de la tirer hors de l'eau. Et pour la tirer hors de l'eau, elle a besoin de ses repères, sa maison, ses amis, et ils sont tous ici, à la Prairie.

La trouille pousse Brocoli à réagir.

— Non, Bénédicte ! C'est trop dangereux de la garder ici. C'est moi qui ai pris la décision de me séparer d'Ophélie.

Tu le regardes encore, puis brusquement, tu craques. Tes yeux s'embuent de larmes. Rien n'est calculé, du moins, tu ne me l'as jamais avoué. Après la colère, tu te noies dans une rivière. Tu t'accroches à ta chaise. Tu trembles, proche de chavirer.

— Écoutez-moi, s'il vous plaît. Je m'excuse de m'être emportée, mais je connais mon boulot, des gamines et des gamins, j'en ai vu passer. Des incasables, des irrécupérables… mais Folette est une gosse différente. Elle peut s'en sortir, je vous le promets. Vous avez regardé ses résultats scolaires ? Ils sont en général catastrophiques mais dès qu'elle décide de travailler, elle est capable d'être parmi les meilleures. Cette gamine n'est pas foutue. Elle a un potentiel ! Elle a juste besoin de temps, et qu'on s'occupe d'elle !

Brocoli, madame Schneider et Jean-Pierre le psy ont baissé les yeux vers mon dossier, comme pour vérifier mes notes et les commentaires des profs. Ils préfèrent encore affronter ta foudre que leur propre culpabilité. Au bout d'un long moment, Brocoli regarde ton ventre, fixement. À ce moment précis, tu sais que c'est gagné.

— Et qui s'occupera d'elle ?

Tu te redresses et tu enfonces la dernière défense de Brocoli.

— Moi ! Et je vous jure que je ne la lâcherai pas ! OK, je vais être un peu occupée ailleurs pendant un ou deux mois, mais vous allez bien arriver à tenir pendant quelques semaines sans moi ?

Madame Schneider regarde Brocoli d'un regard déjà indifférent, distant, comme si elle avait autre chose à faire qu'à perdre son temps avec ces rebondissements, et qu'elle était déjà passée à un autre dossier. En résumé, la décision appartient au directeur du foyer, l'ASE s'en fiche, du moment qu'Ophélie Crochet est casée, et la juge des enfants suivra.

Brocoli commence à réaliser. Gérer la Prairie risque d'être encore plus compliqué s'il me laisse partir que s'il me garde. Tu es capable de monter tous les employés contre lui. J'ai appris au fil de mes années en foyer que le travail d'éduc, c'est surtout un travail d'équipe. Et puis Béné, peut-être a-t-il su reconnaître, dans un éclair de lucidité... que tu étais plus compétente que lui !

***

Tu sors très vite du bureau de Brocoli. Tu ne tiens plus debout, tu te retiens depuis plus d'une demi-heure ; une furieuse envie de faire pipi. Tu ne prends même pas le temps de fermer la porte du tribunal.

J'attendais dans le couloir.

Tu le traverses telle une furie, en te contentant de me lancer deux mots à la volée.

— Tu restes !

Puis un bouquet d'autres, juste avant de refermer la porte des toilettes.

— Mais je te préviens, Folette, je ne vais pas te lâcher !

Comment te remercier, Béné ?

Sans toi, que se serait-il passé ?

J'aurais tout laissé tomber. Au milieu des délinquants, j'aurais mal tourné. Exactement comme dans ta prophétie !

J'ai tellement honte aussi.

Car à ce moment-là, je ne pense qu'à t'obéir...

À réussir, à travailler, à devenir une bonne élève, de celles qui ne se font plus remarquer.

À vieillir aussi, en devenant plus jolie.

Mais ce n'est pas pour te faire plaisir, ce n'est pas pour m'en sortir...

Ce n'est que pour...

Me venger !

De ma poche, dès que tu es partie aux W-C, je sors la photo, celle que Nina, avant que l'on soit séparées, m'a glissée ; celle qu'elle a eu le temps de prendre dans la cave du Mont Fortin, pendant que je caressais Bolduc, avant que l'alarme de chez Vidame ne se déclenche.

La plaque d'une voiture noire, une Volvo 244 Black Star.

5265 JD 76.

Six ans plus tard

9 octobre 1995

LA PETITE FILLE
AUX ALLUMETTES

24

Nina

Nous avons tous dix-huit ans, vingt ans au maximum. Nous sommes des centaines, des milliers peut-être, et nous nous tenons tous par la main.

Nous occupons la largeur entière de la rue Jeanne-d'Arc, pourtant la plus large de Rouen. Plus aucune voiture ne peut passer. Les CRS nous regardent, cachés dans le square Verdrel comme pour une partie de chat perché, hésitant entre sévérité et sourires bienveillants. À leurs yeux, nous ne devons pas paraître bien méchants. Pourtant…

Le premier rang de la manifestation s'est arrêté. J'en fais partie. Je tiens la main d'une fille en tenue ethnique et d'un garçon frisé, nous formons une chaîne d'une trentaine d'étudiants, tendue d'un trottoir à l'autre, telle une digue humaine, retenant derrière nous les flots d'une rivière indomptable.

Quelque part, une fille crie des ordres dans un mégaphone.

— Stooooop !

La foule d'étudiants se serre, comme à un concert. Je sens des cuisses, des ventres, des bras, des souffles et des bouches dans mon dos. Nous ne formons plus qu'un animal à deux mille pattes, dense et chaud, puissant et compact, respirant au même rythme, un seul cœur pour tous. Le monde nous appartient. Nous sommes une crue. Nous sommes purs et innocents. La vie est là, devant nous, et nous avons choisi de courir vers elle ensemble, unis, en piétinant le passé. Rien ne pourra nous résister.

— Maintenaaaant !

Et nous courons, dévalant la pente de la rue Jeanne-d'Arc, sans lâcher nos mains. Et des dizaines de chaînes humaines courent derrière nous. Et nous rions, nous crions, nous chantons, une sensation de puissance absolue emplit nos poumons. Nous avons déjà oublié ce que nous réclamons.

12 millions, je crois, c'est ce que j'ai retenu. 12 millions que l'État doit à l'université de Rouen et qu'il n'a pas réglés. C'est ce que m'a expliqué le garçon frisé à qui je tiens la main, il va soutenir un DEA de physique. C'est une histoire de gros sous compliquée, pas très motivante pour manifester, mais en cette rentrée d'octobre 1995, le 9 pour être précise, tout est calme dans le pays, alors autant s'amuser.

La procession, après s'être approchée de la Seine, à la hauteur de la rue du Gros-Horloge, commence à se disperser. Les manifestations étudiantes font le bonheur des terrasses de café. La fille en tenue ethnique a abandonné ma main, elle est partie acheter des disques chez Virgin. Elle doit être en lettres modernes, en musicologie, ou en lettres étrangères appliquées, je la reverrai, on recroise vite les mêmes têtes dans les amphis.

Le garçon frisé, lui, ne m'a pas lâchée. Des figurants passent devant nous, derrière nous, nous seuls sommes arrêtés, flottant comme des bouchons sur la marée.

— Tu t'appelles comment ?

Je le regarde en m'attardant un peu. Il est plutôt joli garçon. Habillé classe. Baskets de marque, tee-shirt de marque. Une grande tignasse, presque une coiffure afro, mais vissée sur un visage couleur lavabo. Blanc livide, ou blanc timide, plutôt. Une tête de gentil qui n'a jamais eu d'ennuis, d'idéaliste qui a beaucoup lu et pas beaucoup vécu, encombré de ses convictions, mais prêt à les laisser au vestiaire, personne ne détient la vérité, tous sur un pied d'égalité, sœurs et frères.

Sauf que le chimiste-physicien frisé ne me regarde pas vraiment comme si j'étais sa petite sœur. Faute de réponse à sa première question, il en ose une seconde.

— On va se revoir ? Tu seras à l'AG demain ?

Je lâche sa main. La manifestation continue de s'éparpiller autour de nous. Je joue à l'oiseau qui va s'envoler.

— Je sais pas encore...

Il prend soudain un air sérieux.

— J'espère. Chaque voix compte.

Très sérieux.

— C'est important qu'on soit tous mobilisés.

Comme si le monde en dépendait.

— On ne sait jamais ce qui peut se passer, affirme-t-il. Mai 68 a commencé comme ça. Une manifestation de rien du tout. T'imagines, si ça recommençait. Et qu'à Rouen, on avait été les premiers ?

Je devine qu'il ne croit pas un mot de ce qu'il dit. La grève à l'université, le refus de reprendre les cours à la rentrée pour cette histoire de 12 millions, c'est juste une façon de prolonger les vacances, de s'amuser, de se laisser entraîner dans une aventure qui fait partie du folklore étudiant. Et de faire des rencontres. Des jolies rencontres. La fac de sciences compte 90 % de garçons, la fac de lettres 90 % de filles, comment apprendrait-on à se connaître sans cette agitation ?

— Je vais réfléchir.

Il me regarde partir, statufié. Les derniers manifestants passent à côté de lui telles des gouttes de pluie dont il se ficherait. Je m'éloigne et je sais que ses yeux ne me lâchent pas. Qu'ils suivent le tourbillon de mes cheveux qui volent, à peine retenus par un foulard indien, la danse de mes seins sous mon pull bohème, les vagues de ma jupe paysanne accrochée à mes hanches. Je sais que je suis devenue belle. Je sais que je suis devenue un objet de désir pour les hommes. Surtout ceux de bonne famille, un peu coincés, un peu trop bien habillés. Je sais que je dégage quelque chose de naturel, d'indomptable, de trop joyeux qui dissimule une fêlure. Les hommes raffolent de ces blessures, quand elles se cachent à l'intérieur d'un joli corps, derrière un joli sourire, dans le trouble de jolis yeux. Cela doit flatter leur instinct d'homme préhistorique, face aux signaux de détresse de la femelle apeurée.

Je disparais à l'angle de la rue Massacre.

* * *

Tu m'attends à la terrasse du Big Ben Pub. Un double expresso et une crêpe Nutella devant toi.

— Salut, Nina !

Tu as enfilé ta panoplie grunge, sans rien oublier, des Doc Martens à tes pieds jusqu'au bonnet enfoncé. Le sosie de Madonna ! Tu me serres contre toi comme si on avait sept ans, ou comme si je revenais du Guatemala et qu'on ne s'était pas vues depuis six mois. C'est vrai que depuis la rentrée, pour la première fois, on ne partage plus la même chambre, nous avons pris chacune notre appartement, toi une coloc rue aux Ours et moi un petit studio sous les toits rue Beauvoisine. Mais on continue de se voir tous les deux jours.

Inséparables...

Même si nos chemins de vie se sont éloignés. J'ai tenu parole à Béné, je me suis accrochée, ils m'ont même gardée à Camille-Cé, c'est Consuelo qui est partie dans un autre lycée privé. Je suis passée chaque année au-dessus de la moyenne, avec la technique d'un sauteur à la perche qui frôle la barre mais ne la fait pas tomber, entre 10,01 et 11,13 de moyenne. J'ai franchi toutes les hauteurs, à mon premier essai. Être dans la moyenne à Camille-Cé équivalait à être parmi les meilleures d'un autre lycée. À quelques mois du bac, les éléments les plus susceptibles de faire baisser leurs statistiques étaient mis sur le côté.

J'ai décroché mon bac L avec mention bien. Pendant que toi, Nina, tu décrochais tout court. De CAP en BEP, de contrats d'apprentissage en bouts de métiers, vendeuse, serveuse, coiffeuse, le temps de gagner un peu d'argent et de s'arrêter pour le dépenser. Le temps de surfer d'un mec à un autre, et de revenir toujours vers le même. Le seul pour qui, depuis le début, ton cœur battait.

Papillonner n'avait fait que le confirmer, et à l'approche de la majorité, tu es venue le retrouver, comme si vous vous étiez attendus depuis toujours.

Un seul mec, le bon, pour toute la vie.

Karim.

Tu ne l'as jamais perdu de vue. Après la nuit du cambriolage, ni toi ni moi ne l'avons dénoncé. Il s'est enfui dans la nuit et personne n'a jamais su qu'il était à nos côtés, que nous étions quatre, et non pas trois, lors de notre funèbre virée.

— Alors ta manif ?

Le marteau de Thor de Steve pend autour de ton cou, depuis tes treize ans, tu n'as jamais porté aucun autre bijou. Je commande moi aussi un café.

— C'est classe la fac. À peine les cours commencés, vous décidez de vous arrêter ! Si j'avais su qu'il suffisait de bosser cinq ans à Camille-Cé pour se la couler douce après... Au moins, t'auras le temps de préparer les toasts et les petits-fours demain ?

— Demain ?

— Eh oh, n'oublie pas, demain soir, on déboule tous chez toi fêter tes dix-neuf ans et ton appartement.

Si, Nina, tu vois, j'avais oublié. Tout ça, c'est tellement nouveau pour moi. La solitude. La liberté.

Le serveur apporte le café. Tu fais ton show et tends ta crêpe à moitié grignotée, tu demandes du rab de Nutella et de chantilly, avec une boule de vanille et un palmier planté. Tu profites, Nina. Tu as un peu grossi, des hanches, des fesses, même si ton visage est toujours aussi joli. Karim t'aime ainsi, c'est ce que tu dis. J'espère que ce sera vrai toute ta vie.

Tu te penches vers moi à en faire baigner ton marteau viking dans ma tasse de café.

— Regarde le gars derrière toi. Super discrétos.

Je me retourne.

— Tu le vois, celui avec le GSM à la main ? Il doit être pété de thunes ! Purée, j'adorerais avoir un téléphone comme le sien, mais ça vaut une fortune ces engins.

Je fais celle qui n'a pas compris. On ne sait jamais…

— Lequel ?

— Fais pas ta gourde. Le beau gosse, assis avec ses potes, trois tables derrière nous. Il te dévore des yeux depuis tout à l'heure. Me dis pas que tu ne l'as pas repéré ? Le grand frisé !

Si, Nina, bien sûr que je l'ai repéré, mais je ne veux plus te mêler à tout ça. Je t'ai déjà fait assez de mal. Tu es persuadée que j'ai abandonné ma vengeance, que toute cette histoire est enfouie derrière moi, et c'est très bien ainsi. C'est mon unique secret pour toi, uniquement pour te protéger. J'agirai seule désormais.

Le serveur revient avec ta crêpe, avec boule de glace et palmier, personne n'a jamais su te résister. Tu t'apprêtes à gober la montagne de chantilly en une bouchée. Tu ne regardes pas les garçons, trois tables derrière nous, se lever. Tu n'écoutes pas leur conversation, les quelques mots qu'ils prononcent avant de se séparer.

— Rendez-vous demain à l'AG.

Tu ne les entends pas crier au grand frisé, le seul resté attablé, dans un éclat de rire :
— On y va, camarade ! Tu nous appelles avec ton GSM dès que t'es plus pétrifié ? Et rentre ta langue ou tu vas marcher dessus ! Tchao Antoine.

25

Béné

Ma mansarde ne doit pas faire plus de vingt-cinq mètres carrés. Une grande pièce à vivre et à dormir sous les toits, une longue poutre plus traîtresse que maîtresse qui la traverse, une minuscule lucarne avec vue sur la cathédrale, si on grimpe sur un tabouret, une salle de bains de poche, des W-C de poupée.

Mon chez-moi ! Ça me paraît tellement étrange, après douze ans de collectivité !

Je sais que je ne suis pas la plus à plaindre, je suis restée à la Prairie tant que j'étais au lycée, jusqu'en juillet. D'ordinaire, dès qu'ils ont dix-huit ans, la plupart des enfants perdus se retrouvent à la rue. L'ASE ne s'occupe des enfants placés que jusqu'à leur majorité. Allez zou, dès le lendemain de leur anniversaire, au revoir. C'est la loi, l'argent public doit être consacré aux mineurs en danger, et comme de l'argent public, il n'y en a déjà pas assez dans les foyers, on ne va pas le dépenser pour aider des adultes qui n'ont qu'à se débrouiller. Est-on adulte à dix-huit ans ? N'est-ce pas au contraire l'âge de toutes les fragilités ? J'ai vu partir Manon, Caro, Doumia de la Prairie... personne ne sait ce qu'elles sont devenues. Elles sont juste parties, un matin, avec leur valise, en nous claquant une dernière bise.

J'ai eu plus de chance qu'elles. J'avais un peu d'argent sur mon compte, suite au décès de mamie Mette. Pas grand-chose, quelques milliers de francs, mais de quoi payer un loyer pendant au moins un an.

De quoi payer la location du Minitel aussi, la ligne téléphonique et l'électricité. J'allume l'étrange cube qui permet de communiquer avec la France entière. Il n'est pas très rapide, faut croire que la connexion grimpe jusqu'à ma mansarde par l'escalier. J'attends. Je ne suis pas pressée. C'est ma petite cérémonie de fin de journée, une sorte de rituel, pour ne pas oublier mon étoile du soir.

Mizar. Le dernier témoin.

Au cas où elle réapparaîtrait quelque part dans les mystères de l'annuaire électronique. Je commence à taper son nom sur le clavier, à deux doigts, maladroitement.

Valérie Petit.

Douze ans après, je sais bien que je n'ai aucune chance de la retrouver. Je suis consciente que c'est en train de devenir un toc...

... toc, toc
Merde, on a frappé !
Je regarde l'heure au cadran du micro-ondes. 20 h 05.
Merde, je n'ai pas vu l'heure filer.
J'éteins le Minitel.

— J'arrive, Nina, j'arrive !

Je glisse sous le canapé les lettres de Lazare étalées sur la table basse. Il n'y en a que trois ou quatre, le vieux policier ne m'écrit presque plus, même s'il n'oublie jamais une nouvelle année ou mon anniversaire. Sa dernière lettre est arrivée hier. Une page de jolies banalités. Il y a longtemps qu'il ne m'apporte plus aucun élément sur notre enquête. Pourquoi les cacher à Nina alors ? Parce que j'ai pris une décision il y a six années. Agir seule ! Et donc dissimuler tout ce qui me relie au passé !

J'ouvre la porte.

Nina est cachée derrière un énorme bouquet. Karim, à côté d'elle, tient une bouteille de vin.

— Je l'ai cueilli dans le jardin de ton proprio, fait Nina en me confiant les fleurs. Ça repousse, alors pourquoi se priver ?

Karim pose sa bouteille sur la table du salon. Je sors des verres, des glaçons, un tire-bouchon, des assiettes en carton et des paquets de chips, on s'assoit en tailleur sur le tapis. Ça me semble si étrange de recevoir Nina ainsi... Ça me donne la sensation d'être une fille qui sort de prison et qui doit tout réinventer. Les gestes les plus simples. Faire les courses, le ménage, inviter, cuisiner.

Comme par exemple, il y a une heure, avant que mes invités arrivent, faire cuire des spaghettis, en surveillant l'eau pour ne pas la laisser déborder.

Raté ! L'eau a débordé par-dessus la casserole, a noyé les brûleurs à gaz qui, une fois trempés, ont refusé de se rallumer. Qui pourrait croire qu'à dix-neuf ans, même faire cuire des pâtes est compliqué ?

Je suis passée au plan B et j'ai enfourné dans le micro-ondes mon plat de lasagnes surgelées. Trop longtemps. Tout a explosé à l'intérieur de l'appareil, une projection immonde de chair fraîche, façon serial killer sous-doué. En raclant bien sur les côtés, je suis parvenue à tout récupérer et à reconstituer un plat à peu près présentable.

Karim se lève, pour ouvrir la bouteille.

— Fais gaffe à la poutre !

On trinque, on se gave de chips, on regarde nos montres en se demandant *mais qu'est-ce qu'elle fiche ?*. Nina est plus impatiente encore. Elle vide son verre, hésite, puis sort de sa poche un petit cube enveloppé dans un papier cadeau.

— Bon anniversaire, ma Folette.

Je souris, je l'embrasse, pourquoi a-t-elle l'air si gênée ? J'arrache le papier d'emballage et je découvre une adorable Petite Sirène en verre, celle de Copenhague, perchée sur son rocher. L'objet est carrément kitsch, j'imagine mal Nina entrer dans un magasin pour l'acheter, mais je comprends l'intention. C'est l'une des héroïnes de mon livre Rouge et Or, l'une de mes préférées.

— Merci, Nina.

— Ce n'est pas moi qu'il faut remercier. C'est... ton père.

Je résiste à l'envie de fracasser le bibelot contre l'une des poutres de la mansarde. Je me retiens en m'accrochant à mon verre, que je porte à mes lèvres.

— Tu le revois ?

— Oui. De temps en temps.

— C'est lui qui nous a conseillés, pour le vin, glisse Karim.

Je tousse comme si je venais de boire une gorgée de poison. Nina fusille des yeux son amoureux. La passion de mon père pour l'alcool était la dernière chose à évoquer. Elle tente de rattraper le coup.

— Il aimerait beaucoup te revoir. Il continue d'espérer. Maintenant que tu es majeure. Maintenant que tout est terminé. Que tu as renoncé à te venger.

Je souris. Je repousse mon verre et me tamponne les lèvres.

Non, Nina, tout n'est pas terminé. Tout commence à peine. Mais je ne peux pas t'en parler. Pas cette fois.

Le cadeau de Jo a jeté un froid.

Combien de temps serait-on restés là sans oser prononcer un autre mot, si tu n'étais pas arrivée ?

Toc, toc, toc.

J'ai à peine le temps d'ouvrir la porte, un lutin se faufile entre mes jambes et se précipite dans la pièce. Une lutine plus exactement. Bonnet de fée sur la tête, manteau du Petit Chaperon rouge et bottines de sept lieues aux pieds. Elle fonce droit sur la Petite Sirène.

— Ariel, c'est Ariel !

Tu réagis à peine quand ta fille s'empare du fragile bibelot de verre. Quand je pense que si à son âge on s'était approchées à moins d'un mètre d'un objet aussi fragile, tu nous aurais tuées !

— Doucement, Zia, doucement.

Les gosses d'éduc, c'est encore pire que les gosses de prof, ils ont tous les droits !

— Bon anniversaire, Folette. Je te présente Zia !

Jusque-là, ton petit trésor de cinq ans, je ne l'avais vu qu'en photo. Tu n'es pas du genre à mêler boulot et vie privée, c'était la moindre des déontologies selon toi, même si on t'avait si souvent suppliée avec Nina : on veut voir ton bébé, Béné ! Maintenant que nous ne sommes plus à la Prairie, ce n'est pas pareil. Nous sommes devenues de vraies petites adultes.

Et toi tu es devenue quoi pour nous au juste ? Pas notre maman. Pas notre amie non plus. On ne sait pas. Pas grave, on inventera. Zia est déjà grimpée sur les genoux de Nina.

Dire qu'on avait presque son âge, Béné, quand tu nous as connues !

On passe à table, c'est-à-dire qu'on se tasse un peu plus, tous les cinq accroupis sur le tapis. Seule Zia apprécie à leur juste valeur mes lasagnes. Il faut dire que tu lui as donné la seule partie chaude et légèrement gratinée, les autres ont eu le droit au bord brûlant et au cœur glacé du plat surgelé. On plaisante comme de vieux couples d'invités.

— C'est ta faute, Béné, c'était ton job de nous apprendre à cuisiner !

— Et puis quoi encore ? te défends-tu en levant ton verre. Vous apprendre à coudre ? À repasser des caleçons et à mettre en route une machine à laver ? On n'est plus au Moyen Âge !

Karim n'ose pas s'exprimer. Nina l'embrasse dès qu'il ouvre les lèvres. Zia a trouvé le moyen, à force de jouer avec la Petite Sirène de verre, de la décapiter. Tu l'as à peine disputée. Mère indigne ! Moi je me suis retenue de l'embrasser.

À la fin du repas, Zia a sauté des genoux de Nina jusqu'aux miens.

Tu t'es levée pour aller jusqu'au frigo. *Gaffe à la poutre*. Tu reviens avec une tarte aux pommes sur laquelle tu as planté une grosse bougie et neuf petites. Les flammes qui dansent te font des yeux tristes. Peut-être que c'est juste de la mélancolie. Peut-être que c'est juste parce que ta vie, Béné, celle dont tu ne nous parles jamais, n'est pas si gaie. Les horaires d'internat, les problèmes des gosses de plus en plus abîmés que tu dois laisser sur le palier, quand tu rentres chez toi…
Juste après avoir soufflé les bougies avec moi, Zia est partie se coucher sur le canapé.
Nina, Karim et toi avez presque fini le château-bellevue de Jo. Je n'y ai pas touché, mais je sors une bouteille de mousseux à 10 francs que j'ai achetée au petit bonheur chez le marchand. Je ne savais pas que ça se buvait frais. La moitié de la bouteille s'échappe dans l'évier dès que Karim la débouche, l'autre moitié est tiède et infecte.

Tu trinques quand même.
— Je suis si fière de vous, mes deux grands bébés, dis-tu en nous regardant à travers les bulles de ton verre fêlé. Fière de toi aujourd'hui, ma Folette ! Tu sais, je peux te le dire maintenant, j'ai joué gros, le jour de ton procès, face à l'ASE, dans le bureau de Brocoli. J'ai fait mon cirque, mais je marchais sur un fil. Je n'ignorais rien des araignées qui grignotaient ta cervelle d'ado. Je ne t'en ai jamais parlé, je n'en ai jamais parlé à personne, mais aujourd'hui je peux bien te l'avouer, tu me faisais peur à l'époque. J'étais la seule, je crois,

à avoir fait le rapprochement entre ce cambriolage et ton passé. Et il portait un nom, ce pont : Richard Vidame. Ça ne pouvait pas être une coïncidence, que tu organises une virée précisément chez le délégué à la tutelle présent le soir du drame chez tes parents, tout comme ton obsession de rentrer à Camille-Cé, là où la fille de Vidame était scolarisée. Ce crétin de Brocoli aurait dû comprendre aussi, tout était écrit dans ton dossier, mais je crois qu'il ne l'a jamais ouvert.

Tu lèves plus haut encore ton verre.

— Voilà, Folette, je suis fière que tu aies tiré un trait sur le passé. Tu es trop jeune pour regarder dans le rétro. Tu es belle, tu es intelligente, t'es volontaire. Fonce, ma belle, fonce ! Tu as l'avenir grand ouvert devant toi.

Si tu savais, Béné. Si tu savais à quel point, depuis toutes ces années, je te mens…

Tu insistes pourtant.

— Tu es ma plus belle réussite !

Nina grimace ostensiblement. Merci Nina ! Elle est parvenue à détourner l'attention. Tu te tournes vers elle avec tendresse.

— Toi aussi Nina, je suis fière de toi. Mais pour toi, je n'ai jamais eu aucun doute !

Nina se pelotonne contre les gros bras tatoués de son amoureux. Tu continues en la couvant des yeux.

— Je ne me suis jamais fait aucune illusion sur ta réussite scolaire, mais je n'ai jamais eu aucune inquiétude sur ta réussite sentimentale.

T'es toujours aussi forte, Béné. On reste un moment sans parler, à savourer.

— Il devient quoi, au fait, Vidame ? demande soudain Nina.

Je fais celle qui n'en a aucune idée, sans pouvoir éviter de penser aux dizaines de coupures de journaux rangées dans la pochette glissée sous le lit-canapé. Tu soupires, comme si le sujet te saoulait.

— Il ne mérite pas qu'on s'attarde sur son cas. Vidame est toujours le patron de l'Aide sociale à l'enfance, mais à force de fréquenter les politiques, il s'est mis à vouloir leur ressembler. Il a été élu conseiller général, il y a trois ans. Puis il a grimpé jusqu'à la vice-présidence du département, et il lorgne sûrement sur la marche d'au-dessus. Président. À moins qu'il ne parte à l'assaut de la Région ou de l'agglomération de Rouen.

Je crois que je mime parfaitement la fille surprise, qui n'était au courant de rien, limite choquée, mais qui au final s'en fout un peu. Vieillir, c'est apprendre à mentir !

Tu me prends la main.

— Oublie-le, Folette. Sors-le définitivement de ta tête. Tout le monde sait, dans le social, que Vidame ne roule que pour lui. Tu as failli foutre en l'air ta vie pour ce con, ça suffit. Et puis la première chose qu'on apprend encore sur Vidame quand on sort avec son diplôme d'éduc, c'est plus tu es jolie, moins tu t'approches de lui !

Je sursaute. Cette info-là n'est précisée dans aucun des journaux. Je ne peux m'empêcher de te demander :

— Je croyais que côté filles, il s'était calmé depuis qu'il était marié ?

Ouf, tu n'as rien remarqué.

— Je croyais aussi, ma Folette ! Mais dans tous les métiers, ça cause. Vidame, il y a quelques années, a même eu chaud aux fesses. Tu ne dois pas te souvenir d'elle, mais Florence Goubert, l'assistante sociale qui travaillait avec lui sur le quartier Sorano, était sa maîtresse. Depuis cinq ou six ans. Sauf qu'elle était mariée, que monsieur Goubert a fini par flairer quelque chose. Il a discrètement enquêté sur l'emploi du temps de Vidame, et il a eu la bonne surprise de découvrir que sa femme n'était pas la seule favorite du roi Richard. L'affaire a été étouffée, mais le couple a préféré fuir quelque part dans le Sud à cause du scandale.

Je continue de sourire comme si je me sentais à peine concernée.

Madame Goubert. Oui, évidemment, Béné, je me souviens. C'est l'assistante sociale que papa aimait bien... autant qu'il détestait Vidame. Elle était la maîtresse de Vidame ? Était-ce elle qui l'attendait dans la Volvo noire ce soir-là ?

La soirée s'éternise, avant que tu ne déplies tes jambes engourdies.

— Il est tard, les filles. Je vais y aller.

Tu te lèves. *Gaffe à la poutre.*

Tu l'évites avec la dextérité d'une pro des bisous du soir déposés à tous les étages des lits superposés. Tu te plantes face à moi. Je m'aperçois qu'aujourd'hui, je suis juste un peu plus grande que toi.

— Ah, j'allais oublier. C'est pour toi, Folette. Joyeux anniversaire !

Tu me tends une toute petite boîte. Tu ne t'es pas donné la peine de l'emballer. Ta seule main sert d'écrin.

Tu ouvres un à un les doigts, lentement, comme si tu craignais ce que j'allais découvrir...

Dès que ton index et ton majeur se sont dépliés, je la vois.

Je la reconnais.

Ma boîte à chagrins !

Le tout premier cadeau de Nina.

Ainsi, Brocoli ne l'avait pas jetée. C'est toi qui l'avais volée.

Tu fais passer ma petite coccinelle de ta main à ma main.

— Tu avais treize ans, expliques-tu. Il fallait que tu affrontes seule tes chagrins ! Je n'ai pas compté le nombre de nuits que tu as passées à pleurer sur ton oreiller, j'ai eu cent fois envie de te la rendre, mais il fallait que je tienne bon. C'était à toi de les avaler, de les digérer, tes peurs et tes douleurs, pas à une bête à pois.

Tu glisses un doigt sous l'un de mes yeux pour essuyer une larme.

— Tu ne m'en veux pas ? Tu vois, j'ai eu raison. Aujourd'hui, ils sont partis, pour de bon ! Ne les laisse plus jamais entrer dans ta tête, ma Folette.

Tu t'es penchée vers le canapé, Zia s'est accrochée à ton cou sans même se réveiller. Tu nous as fait un petit signe de la main avant de sortir. Nina a regardé ta fille blottie contre toi, et j'ai compris qu'elle n'avait qu'une envie. Vivre ça ! Posséder elle aussi un bébé kangourou pendu à son cou. Lui donner tout l'amour d'une maman qu'aucune maman ne lui a jamais donné. J'étais heureuse pour Nina. Karim est un chic gars, il sera un bon papa.

Quant à moi...
Ils sont là les chagrins, Béné.
Je suis désolée.
Ils ne sont jamais sortis de ma tête.

26

Ma coccinelle

Mes invités sont tous partis. Mon appartement de poche retourne à son silence. Je range la Petite Sirène de verre décapitée dans un tiroir, je vide le restant du vin dans le lavabo, je balaye les chips, je trouve étrange d'avoir autant apprécié le bazar dans ma chambre, jusqu'à mes dix-huit ans, tant que j'étais à la Prairie, et maintenant que je suis chez moi, à peine plus vieille, de ne pas supporter la moindre miette sur le tapis ou le moindre pli sur un drap.

Est-ce ainsi qu'on s'assagit ? Quand il n'y a plus d'interdits, on se les fabrique soi-même ?

Je retourne sous ma mansarde, je rallume le Minitel et je te pose près du clavier, ma coccinelle. J'espère que tu as faim, un appétit d'ogre, depuis toutes ces années.

Tu n'imagines pas la tonne de chagrins que j'ai à te confier !

Comme d'habitude, le Minitel va mettre plusieurs minutes pour se connecter. Le temps que l'écran s'allume, que les premières lettres apparaissent, je tends la main et j'attrape le livre Rouge et Or sur l'étagère.

Tu le reconnais, ma coccinelle ? Tu te souviens, vous étiez les meilleurs amis du monde, tous les deux, côte à côte, au chevet de mon lit, pendant des années.

36 11 continue de ramer. À chaque fois que je le mets en route, immanquablement, je pense à Steve. Steve aurait adoré cette technologie. Il aurait adoré pouvoir ainsi se plonger dans cet océan de connaissances. Combien de *Quid* contient ce petit cube noir ? Dix ? Cent ? Mille ? Et il paraît que ce n'est qu'un début, que bientôt le rêve de Steevy sera exaucé, qu'on pourra se servir de son cerveau uniquement pour rêver, et que toutes les autres informations utiles seront stockées quelque part dans les nuages, qu'il n'y aura qu'à se connecter à un ordinateur pour les récupérer.

Je m'en fiche un peu, désolée Steve, ça ne me concerne pas. Je ne me sers de mon Minitel que pour une seule chose : consulter l'annuaire. Chaque soir. Mon toc électronique. Mais il ne semble pas pressé aujourd'hui.

Je feuillette machinalement mon livre de contes. Je m'attarde sur *Les Habits neufs de l'empereur*, je ne l'appréciais pas avant, je ne le comprenais pas, je crois. Mais aujourd'hui il est peut-être mon préféré. Tu t'en rappelles, ma coccinelle ? Deux escrocs vendent à un roi des habits très chers qui possèdent un pouvoir extraordinaire : ils ne peuvent être vus que par les sots. Évidemment, ces habits n'existent pas, mais personne n'ose avouer qu'il ne les voit pas, pas même au roi, de peur de passer pour un idiot... et le roi se promène ainsi dans la rue, nu, devant tous ses sujets muets.

Je repense à tout ce que Béné vient de me raconter sur Richard Vidame. Est-ce ainsi aussi dans la vraie vie ? Personne n'ose s'exprimer, dire tout haut ce que tout le monde voit ou sait, de peur de passer pour idiot ? Est-ce ainsi qu'un type comme Vidame se retrouve tout en haut, alors que tout le monde connaît sa véritable personnalité, tous le voient tel qu'il est, mais aucun n'a le courage de parler... et il peut se promener nu et rester roi !

Dans le conte, ma coccinelle, seul un enfant, parmi la foule, ose crier la vérité : le roi est nu !

Je serai cet enfant, je te le promets.

Tout ce que j'ai fait depuis six ans, chaque leçon que j'ai étudiée, chaque copie que j'ai rendue, chaque centime que j'ai économisé, chaque kilomètre que j'ai couru, chaque repas que je n'ai pas mangé, pour être plus fine, plus belle, plus sûre de moi, tous ces efforts chaque jour depuis que tu as disparu, ma boîte à chagrins, n'avaient qu'un seul but, pouvoir crier un jour à Vidame : le roi est nu !

Je me regarde dans le miroir noir de l'écran. J'ai tellement changé en six ans. J'ai grandi de trente centimètres, coupé mes cheveux, gonflé ma poitrine, poudré mes pommettes, personne ne pourrait reconnaître la Folette de treize ans, encore moins celle de sept ans. De fragile, imprudente et impulsive, je suis devenue forte, froide et calculatrice.

Je te laisse une seconde, ma coccinelle ? L'annuaire électronique est enfin connecté.

Je tape le nom et le prénom, toujours les mêmes.

Valérie Petit.

Si jamais tu te caches quelque part, Mizar.

Je commence toujours par rechercher sur Rouen, puis je vais me promener aux alentours, je me contente de changer le nom de la commune, et j'attends quelques secondes. En général, j'explore une dizaine de communes chaque soir...

Petit-Quevilly. Canteleu. Maromme. Le Houlme. Grand-Couronne...

Je tape machinalement *Darnétal*. Aucune Valérie Petit n'y habitait encore il y a une semaine... Quelques secondes d'attente, je crois que je ne regarde même plus l'écran tellement je suis habituée à la réponse : *aucun abonné ne correspond à votre demande.*

Je crois que mes yeux réalisent à peine quand ils lisent.

> *Valérie Petit*
> *1853 route de Roncherolles*
> *76160 Darnétal*

Je crois que mon cerveau ne parvient pas tout à fait à admettre qu'elle habite à moins de dix kilomètres de chez moi. Était-elle partie en Australie depuis douze ans ? Ça me semble si improbable qu'elle réapparaisse ainsi par magie, et c'est pourtant à ce seul espoir que je m'accrochais.

On ne va pas se poser de questions, hein ma coccinelle, on va juste aller voir cette Valérie.

En croisant les doigts pour qu'elle soit le dernier témoin, Mizar.

Ce n'est pas un chagrin que je veux te confier ce soir, ma coccinelle, c'est un espoir !

27

Antoine

J'entre tout en haut de l'amphi Axelrad. Six cents places, le plus grand de tout le campus. Il est plein à craquer, comme si Prince allait se produire sur scène. Des étudiants sont également assis dans les escaliers, debout dans les travées. Un peu partout, des tracts sont éparpillés, des affiches punaisées sur chaque mur, et une large banderole, déroulée sur toute la scène, indique le programme du jour.

25 OCTOBRE 1995 – UNIVERSITÉ EN LUTTE

Je comprends qu'il n'y aura pas cours ce matin. J'ai toute la matinée devant moi, je n'ai rendez-vous avec Valérie Petit qu'en début d'après-midi. Chez elle. Je n'ai même pas eu d'excuse à donner, dès que j'ai téléphoné, elle m'a demandé, avant que je ne prononce le moindre mot, *c'est pour visiter la maison ?*. J'ai simplement répondu oui. Aujourd'hui. À 2 heures et demie.

Je pose mon sac de cours et je m'assois sur la dernière marche de l'escalier. Il n'y a pas vraiment de place mais on se tasse. Sur la scène, je ne compte que trois chaises, vraisemblablement occupées par trois meneurs élus à main levée lors de la dernière AG. Le premier est une brindille qui nage dans un gros pull-over rouge, le deuxième, un beau gosse barbu aux fringues tellement fripées qu'il semble avoir dormi ici et venir de se réveiller, la troisième une fille rousse et très pâle qui porte un sarouel et une ample tunique africaine.

La Brindille est le premier à prendre la parole.

— Camarades, hurle-t-il, nous tenons une première victoire. En ce moment même, quinze de nos camarades occupent le rectorat de Rouen !

Un tonnerre d'applaudissements salue la nouvelle.

— Ils y ont passé la nuit, continue la Brindille rouge. Et nous n'en bougerons pas tant que Bayrou ne nous aura pas rendu nos millions.

Nouvelle acclamation. La Brindille a du coffre, comme si son corps maigre n'était que le tube creux d'un puissant instrument de musique. Je t'aperçois enfin, Antoine. Tu es debout, proche du premier rang, et tu surveilles l'amphi des yeux. Dès qu'une main se lève, tu griffonnes sur ton bloc-notes. Je comprends que tu es chargé de recenser les demandes de prises de parole pendant l'AG, puis de la distribuer.

Pour l'instant, la Brindille n'en a toujours pas fini.

— Mais nous ne nous arrêterons pas à demander ces 12 millions, camarades ! Aujourd'hui, la France nous regarde. Nous sommes les premiers étudiants de France à nous être levés. Demain, toutes les universités nous suivront, et pas seulement les universités. L'automne sera chaud pour Chirac ! Dans quinze jours, le plan Juppé sera annoncé. Et avec lui la casse de tout ce pour quoi, avant nous, tant de camarades se sont battus. Je vous parle du démantèlement de la sécurité sociale, de l'alignement de la retraite des fonctionnaires sur le secteur privé, de la fin des régimes spéciaux...

Le discours de la Brindille semble parti pour durer. À côté de moi, près des portes de l'amphi, des étudiants passent la tête, reniflent l'ambiance, écoutent un moment, posent quelques questions aux auditeurs les plus proches, *ils ont dit quand les cours reprenaient ?*, puis repartent. Le brouhaha dans le hall d'entrée ne perturbe pas la concentration des centaines d'autres étudiants réunis.

La Brindille continue son exposé, mais depuis qu'il parle, une quinzaine d'autres mains se sont levées, et tu les as toutes notées. Je réalise que l'AG va durer des heures, si tous parlent aussi longtemps que le premier orateur. La Brindille en termine tout de même, en rendant un hommage aux quinze camarades résistants du rectorat. Longues acclamations ! Tu attends qu'elles se calment pour donner la parole au deuxième étudiant sur l'estrade.

Le barbu prend le temps de tirer sur sa cigarette, puis de fixer d'un regard fatigué la Brindille.

— On s'en fout, Max. On est pas des épiciers. On va pas se mettre à compter les millions à notre âge, ni les points de retraite, et encore moins le remboursement des médicaments qui permettent aux labos de mieux nous faire crever. C'est tout le système qu'il faut faire tomber !

L'amphi hésite, partagé.

Quelques hourras, quelques sifflets.

La Brindille, sûrement vexé de s'être fait traiter d'épicier, tente de répliquer, mais tu lui fais comprendre que son tour est terminé. S'il veut répondre, il doit lever la main et attendre son tour, quinze prises de parole avant lui ont été demandées. Max la Brindille écoute et s'excuse platement.

À force de scruter les travées, tu as fini par me repérer en haut de l'amphi. Tu m'adresses ton plus beau sourire et me fais signe de la tête de descendre. Je prends mon air le plus désolé. Impossible de te rejoindre, Antoine, je ne vais pas bousculer tout le monde et jouer ma privilégiée...

La fille rousse en tenue ethnique enchaîne, comme si ce que venait de raconter le second orateur n'avait aucun intérêt.

— Camarades, vous souvenez-vous de ce que nous a promis Chirac ?

— Mangez des pommes ! crient une poignée d'étudiants éloignés de moi, provoquant des rires hystériques près de la sortie.

Plus près, une fille avec un piercing dans le nez demande à sa copine, assez fort pour que la rangée entière entende : *On est vraiment obligés de tous s'appeler camarades ?* Pas assez fort pour qu'on perçoive leur jacassement de l'estrade. La rousse ethnique enchaîne questions et réponses.

— Chirac nous a promis de réduire la « fracture sociale » ! (elle laisse une respiration, comme pour prendre son élan avant de sauter) Et maintenant, ce qu'il vient nous présenter avec le plan Juppé, c'est la facture sociale !!!

Un silence, puis quelques applaudissements un peu forcés, quelques rires. Tu te dépêches de donner la parole à l'orateur suivant. Les prises de position se succèdent, plus ou moins brèves, plus ou moins exaltées, plus ou moins répétitives, presque toutes acclamées par les six cents auditeurs. Au milieu des étudiants s'est glissé un jeune prof. Il doit avoir à peine dix ans de plus que nous. Il s'excuse d'abord d'accaparer la parole, promet d'être bref, nous félicite chaudement et nous assure que tout le corps enseignant est du côté des étudiants, qu'on doit continuer, ne rien lâcher, qu'il est désolé, il ne peut pas rester, il a des articles à terminer, des réunions importantes, un emploi du temps très chargé, mais à vous de jouer. Et il se lève en obligeant tous ceux qui sont à côté de lui à se lever, tel un emmerdeur qui quitte une salle de ciné au milieu du film.

— T'as ping-pong ou aqua-poney ? lance Max la Brindille du bas de l'estrade, au moment où le maître de conférences sort de l'amphi.

Le jeune prof abandonne l'AG sous les rires et les sifflets. Tu prends l'air contrarié, ce n'était pas le tour de parole de Max. Mais entre le respect de la démocratie et une bonne plaisanterie…

Les interventions se succèdent, beaucoup font dans la surenchère, tous ont compris que c'était le meilleur moyen de gagner à l'applaudimètre. Un étudiant de la fac de médecine particulièrement téméraire ose à l'inverse nager à contre-courant : Rouen est la seule université en grève. Pendant qu'on refait le monde dans les amphis, les autres facs étudient. Déjà que le classement n'est pas brillant à Rouen… Lui veut avoir ses concours en fin d'année, il n'a pas honte de l'affirmer, la grève, c'est se tirer une balle dans le pied !

Je m'attends à ce qu'il soit couvert d'injures et d'insultes, mais contre toute attente, dès que s'élèvent les premiers sifflets, Max la Brindille et sa copine sur l'estrade font de grands gestes pour les calmer. Chacun a le droit de s'exprimer ! Toi aussi Antoine tu t'égosilles : on respecte les opinions de tout le monde, mais rapidement tu passes le relais au suivant sur ta liste.

Et tu lèves les yeux dans ma direction, pour bien surveiller que je suis toujours là et que je ne rate aucun de tes gestes, aucune de tes prises de décision rapides et précises, aucun de tes froncements de sourcils. Calme, efficace, pondéré. Comme si tu jouais une pièce de théâtre rien que pour moi et que les six cents autres ne comptaient pas.

Une pièce comique parfois. Le dernier à qui tu donnes la parole se lève, il s'appelle Julien et n'a rien à dire.

— J'avais juste levé la main il y a quarante minutes, explique-t-il, au cas où... Mais non, pour l'instant ça va, je suis d'accord avec à peu près tout.

Tu ne peux pas t'empêcher d'intervenir.

— Alors abrège. Il y a encore dix-sept demandes de parole derrière toi.

— Ah...

Et Julien lève à nouveau la main.

— Tu veux quoi ? insistes-tu.

— Ben que tu me réinscrives sur la liste. En dix-huitième position. Au cas où...

Et on reprend. Après cinq nouveaux étudiants et étudiantes racontant leur quotidien galère, un homme, plus âgé, parvient enfin à obtenir le droit de parler. Il est militant CGT, à France Télécom, s'excuse brièvement, puis expose longuement la convergence des luttes, les camarades d'EDF, de la SNCF, de La Poste, qui sont prêts à nous rejoindre. Pour la première fois depuis l'après-guerre, FO et la CGT sont d'accord. Si on s'unit, il n'y aura plus de courrier distribué, plus de poubelles ramassées, plus de trains, plus rien, le pays sera bloqué...

Sur l'estrade, le barbu a écrasé son mégot du bout du pied et est sorti de l'amphi en bougonnant un *salut les connards*. Je ne comprends pas vraiment pourquoi il réagit ainsi, ni ce que le militant vient de raconter. Ça me semble un peu surréaliste cet appel à la guerre civile. Je me contente de demander à mon voisin, un étudiant de STAPS baraqué, ce que sont FO et la CGT, moins parce que j'ai envie de le savoir que parce que je sais que tu ne me lâches pas des yeux, et que je veux te rendre jaloux à en crever.

Chapeau, Antoine, tu parviens tout de même à te reconcentrer. Tu t'adresses à la Brindille au milieu de l'estrade.

— C'est à toi, Max, tu voulais réagir aux propos de Léo, il y a une heure, au début de l'AG. Mais comme il vient de nous quitter, je propose qu'on gagne du temps et que tu passes ton tour.

Vu le regard que te jette Max, tu n'insistes pas. Le pull-over rouge n'a pas attendu une heure pour rien et n'est jamais à court d'idées. Et le voilà reparti sur une longue analyse du rôle des élites éclairées sur les masses populaires exploitées.

Tu attends doctement qu'il ait terminé. Je remarque, pendant que Max s'exprime, et comme depuis le début de l'AG, que la grande majorité des six cents étudiants reste concentrée. Peu ont quitté l'amphi. Une part non négligeable prend même des notes. Je dois admettre que j'en apprends davantage sur la citoyenneté en une heure d'AG qu'en cinq années d'instruction civique à Camille-Cé. Et les AG ne forment pas seulement à la politique, on y travaille davantage son oral que lors des exposés, on théorise l'histoire, l'économie, la sociologie, on apprend à décrypter les différents niveaux de discours... Je commence à comprendre pourquoi Bayrou, Juppé et Chirac ne veulent pas nous rendre les millions. L'université est une machine à donner une conscience politique à toute une génération, alors qu'ils rêvent sans doute de ne gouverner que des moutons.

Le gars des STAPS à côté de moi pose une main sur mon genou. Il s'y connaît encore moins que moi en syndicats mais a l'air d'accord pour qu'on révise ensemble. Je retire la main baladeuse, l'air offusquée, le sportif en rougit comme un bébé. Je me lève, *pardon, excusez-moi*, je descends les marches de l'escalier en essayant de ne pas écraser tous ceux qui y sont installés.

Ça prend un sacré temps. Assez pour te faire mijoter, d'autant que tu viens d'annoncer qu'il est 11 heures, que les prises de parole sont terminées et que l'on va devoir passer à la rédaction des motions et des tracts. Qui veut s'y coller ?

Ça ne se bouscule pas...

Je n'ai plus que quelques marches à descendre et une douzaine d'étudiants à enjamber avant de te rejoindre, quand soudain, ton regard quitte brusquement la pointe de mes seins dont tu suivais depuis une bonne minute le doux balancement.

Tu te penches vers ton sac et tu en sors... ton téléphone portable ! T'es sûrement le seul de l'amphi à en avoir un. Tu vas passer pour un bourge aux yeux de tous – ce que tu es, d'ailleurs ! – mais sur le moment, tu t'en fous, tu cries juste un *oh merde !* puis tu tends ton GSM à Max la Brindille. Il met un moment à comprendre où sont le micro et l'écouteur, puis tous voient son visage se décomposer. Quand il raccroche, il est encore plus blanc que la rousse à côté.

Il n'y a plus aucun tour de parole qui tienne, et il crie à perdre haleine.

— Le préfet a fait charger les CRS ! Ils ont pris d'assaut le rectorat. Certains de nos camarades qui l'occupaient ont été blessés !

La stupeur s'empare d'abord de l'amphi, avant qu'un vent de colère souffle dans les rangées.

Dans la rue ! Dans la rue !

Je regarde l'amphi se vider en quelques instants, et une certitude me saisit.

La révolution vient de commencer.

* * *

Mon pauvre Antoine, la révolution est partie sans toi.

Nous sommes les seuls à être restés dans l'amphi. Moi je n'ai pas bougé et tu as pris comme prétexte, pour ne pas suivre tes camarades, que tu t'étais engagé à rédiger le texte des tracts.

— Un de plus ou de moins dans la rue, tu t'es justifié, ça ne changera rien. Mais si personne ne prend le temps d'écrire ce que nous revendiquons...

Tu t'approches de moi sans oser me toucher, comme si le simple contact de ma peau risquait de te brûler. Tu bafouilles plus que tu me demandes :

— Tu... tu es bien en fac de lettres ?
— Ouais.
— Tu dois te débrouiller mieux que moi en français.
— Possible.
— Ça te dirait de... heu, rédiger les tracts avec moi ?
— Si tu veux. J'ai un truc à faire en début d'après-midi, mais après je suis libre.
— Ce soir alors ? Viens chez moi si tu peux, j'ai un ordinateur et une imprimante.
— Et tes vieux ?

C'est ce qu'aurait dit n'importe qui, n'importe quelle étudiante même très amoureuse de toi, si elle n'avait pas été au courant que ton père avait une réunion à la présidence du conseil général ce soir, que ta sœur Consuelo était partie pour trois mois en Erasmus à Glasgow, et que ta mère séjournait depuis cinq semaines dans une maison de repos.

— Mes vieux ne seront pas là. Y a juste une domestique qui passe pour faire le ménage, à manger, et qui s'en va. Tu vois, tu vas débarquer chez les bourgeois. Si tu préfères, on va chez toi.
— Je n'ai pas de chez-moi.

Mon pauvre Tonio, tu as tellement l'air d'avoir honte du fric de ton papa. Jamais je n'aurais cru que ce serait aussi facile de faire de toi une marionnette et de tirer les fils.

Tu te dépêches de confirmer, de peur que je change d'idée.

— On se dit 8 heures ce soir, alors ? Rue du Mont-Fortin, tu ne peux pas te tromper, c'est la plus grande maison du quartier, un vrai bunker, on la voit à des kilomètres, mais faut un laissez-passer de ministre pour y entrer.

— OK.

— Au fait, tu ne m'as pas dit, c'est quoi ton prénom ?

Évidemment, je m'étais préparée à ta question.

— Élisa.

Par contre, je ne m'attendais pas à ta réponse.

— Élisa… Comme l'Élisa et les cygnes sauvages, dans le conte d'Andersen ?

Je me souviens seulement maintenant de ce livre Rouge et Or sur ta table de chevet. Tu as l'air tout aussi étonné que moi par cette nouvelle coïncidence, tu dois y voir un signe du destin.

Après tout, ça me rendra la tâche encore plus facile.

Et j'en aurai besoin.

Six ans après, j'ai gagné.

Six ans après, je vais à nouveau pénétrer dans le Mont Fortin.

Seule, cette fois.

Je ne ferai pas la même erreur une seconde fois.

28

Valérie

2 heures et demie. Pile.

Je suis devant le portail d'un pavillon banal, entouré d'une rangée de maisons, toutes de la même génération, à peine plus vieilles que moi. J'ai l'impression que la ville s'achève ici, par quelques lotissements au milieu des champs. L'un des derniers tentacules de la métropole, impossible d'y vivre sans bagnole. Le bus m'a déposée à plus d'un kilomètre. Grandir ado ici, c'est être condamné à traverser sa puberté sans liberté. Pire encore qu'à la Prairie !

Un panneau *à vendre* est accroché sur le portail.

Dès que je sonne, la porte s'ouvre. Tu guettais mon arrivée, Valérie. Je m'attendais à ce que tu sois plus jeune. Dans ma tête, je cherche toujours l'étudiante que les habitants de l'immeuble Sorano ont décrite à Lazare. La femme que je découvre sur le palier de sa porte ressemble déjà à une prof usée. Habits tristes, cheveux fanés, sourire fatigué. Serai-je comme toi dans douze ans ?

Visiblement, de ton côté, tu t'attendais à ce que je sois plus âgée. Tu ne dis rien et tu me fais tout de même entrer. Le couloir du pavillon est envahi par des cartons empilés. Les tableaux aux murs sont décrochés. Deux petites filles, quatre et six ans, surgissent d'une des pièces et se hissent sur la pointe des pieds pour me regarder au-dessus des cartons.

— C'est la dame qui vient acheter la maison ?
— Oui, dis-tu.
Elles repartent aussitôt jouer.
— En fait non, dis-je une fois la porte fermée.
Tu me dévisages, étonnée.
— Je voulais vous rencontrer, mais ça n'a rien à voir avec la vente de votre pavillon.

Tu sembles trop fatiguée pour t'énerver, et tu me laisses expliquer mon histoire sans m'interrompre. Je raconte tout, depuis la nuit du 29 avril 1983, la lumière allumée de ton appartement, mes recherches depuis douze ans, jusqu'à hier, ton nom qui apparaît comme par miracle sur le Minitel.

Tu m'entraînes dans la cuisine. Tous les appareils électroménagers sont débranchés, à l'exception d'une cafetière. Tu me proposes une tasse en me précisant que tu n'as ni sucre ni lait.

— On va se dépêcher. Dans une demi-heure, j'ai une autre visite. Une vraie, celle-là.

J'aime bien ton sourire résigné face aux surprises de la vie. Comme si tu ne savais pas encore si j'en suis une bonne ou une mauvaise. Nous nous asseyons sur deux cartons face à une table de camping. Dans la pièce vide, un léger écho résonne après chaque mot.

— Je viens juste de divorcer, m'expliques-tu. On doit vendre la maison. Les filles sont nées ici, elles n'ont jamais rien connu d'autre, c'est difficile pour elles. On est obligés de la brader... après toute l'énergie qu'on y a investie, j'en ai mal au cœur. On a tout construit avec mon mari, il n'y avait rien avant nous ici. Avec mon salaire de prof et mes deux filles, seule, je ne vous fais pas un dessin, je n'ai pas les moyens de racheter ma part.

Je comprends soudain le miracle du Minitel. Je sursaute à en faire trembler la table de camping bancale.

— Vous venez de reprendre votre nom de jeune fille ?

— Ou... Oui...

— Je vous ai cherchée pendant des années, sous le nom de Valérie Petit. Mais vous vous étiez mariée.

Tu m'offres à nouveau ton sourire résigné, celui des naufragées qui ont appris à se contenter des bouteilles aux trois quarts vides.

— Exact. Au moins mon divorce vous aura servi à quelque chose.

Tu me regardes intensément. Tu as de beaux yeux. Tu pourrais redevenir jolie si tu en avais envie.

— Alors vous êtes la petite fille qui a perdu sa maman, lors du drame de l'immeuble Sorano ? Je me souviens, vous aviez sept ans à l'époque, quasiment l'âge de ma petite Charlotte. Un divorce, c'est terrible pour elle, je me demande comment elle va y survivre. Mais à côté de ce que vous avez vécu, cela semble tellement dérisoire. Cela me laisse de l'espoir, vous avez l'air de vous en être bien sortie.

J'apprécie. J'ai une nouvelle preuve que je passe désormais pour une étudiante bien dans sa peau, élégante et déterminée. Plus personne ne lit sur mon front *gosse de foyer*.

— Je suis partie du quartier Sorano juste après la mort de votre mère. Ça n'avait aucun rapport, j'avais rencontré mon mari, j'ai emménagé chez lui, puis on a sauté sur la première opportunité pour faire construire ici. L'amour de ma vie ! Cela a duré treize ans entre nous. Au final, sur une vie entière, ça ne fait pas beaucoup... Mais je vous ennuie. Je vais essayer de vous dire ce dont je me souviens, lors de cette triste nuit. Vous avez raison, je ne dormais pas. À l'époque je bossais beaucoup, jusque très tard, je préparais mon CAPES. Il devait être 2 heures du matin. J'ai entendu du bruit, dehors. Je suis allée à la fenêtre...

On sonne au portail à ce moment précis. Visiblement l'agent immobilier est en avance. Tu vas lui ouvrir. Il est en compagnie d'un couple, elle, enceinte de six mois, lui, tient la main d'une fillette de cinq ans.

— Vous connaissez la maison, glisses-tu de ta douce voix désabusée. Je suis dans la cuisine. Charlotte et Julie jouent dans leurs chambres, mais elles sont au courant que quelqu'un vient visiter.

Tu refermes sur nous la porte de la cuisine. Tu respires lentement, pour calmer les vagues de sanglots qui menacent de te submerger, puis tu me prends à témoin.

— Ils ne peuvent pas venir sans leurs gosses ?

Je hoche la tête pour te rassurer, je comprends ce que tu ressens, ce que doivent ressentir tes petites chéries, Charlotte et Julie, mais je te rassure, Valérie, ils s'en sortiront, tes deux trésors. Tu sais, il y a au moins une chose que j'ai comprise en douze ans de Prairie. Personne ne fait de cadeau quand il s'agit de défendre sa famille ! Même les plus doux se transforment en loups. Même les plus idéalistes se comportent en affreux égoïstes. Chacun est prêt à tout pour le bonheur de ses gamins, y compris à renier ses valeurs. Propose à n'importe qui de choisir entre tuer un million de personnes ou laisser mourir son enfant, il choisira le génocide ! C'est pour ça que les curés n'ont pas de famille, parce que devenir mère, devenir père, c'est devenir aussitôt un monstre potentiel.

Je lève les yeux. Toi aussi Valérie, tu es perdue dans tes pensées.

— Donc, dis-je, vous étiez à la fenêtre ?

— Oui, excusez-moi. Je me suis avancée et j'ai regardé ce qui se passait. J'ai vu votre papa, au-dessus de la passerelle.

— Il... il était seul ?

— Non... Ils étaient deux. Je m'en souviens très bien, vous pensez. Il y avait un autre homme. Enfin je dis un homme mais je n'en sais rien. Il portait une capuche, celle d'un sweat noir. On ne distinguait rien d'autre, juste une silhouette dans le noir.

Suzanne n'avait donc pas déliré, au bout de ses cent ans ! Cet inconnu était bien présent sur la passerelle, après que maman fut tombée, mais avant que les secours arrivent.

— Par contre, je n'ai pas vu votre maman. Ni personne d'autre. Hormis le vieux Lazare, quelques minutes avant. Il promenait son chien, comme souvent. Mais c'est il y a si longtemps, peut-être que je me trompe de nuit.

Non Valérie, tu ne te trompes pas.

Une ombre furtive passe devant la fenêtre de la cuisine. Une fusée blonde de cinq ans traverse le jardin en riant, saute sur la balançoire, s'y suspend jusqu'à la décrocher.

— Maman, je veux habiter ici !

Tu te prends la tête entre les mains.

— Qu'on en finisse. Je n'ai rien vu de plus, ce soir-là. C'est pour cela que je n'en ai pas parlé aux flics.

— Avez-vous remarqué un flash, comme si quelqu'un, le type au sweat noir par exemple, avait pris une photo ?

— Non, je ne me souviens plus. Ou alors j'ai mal vu.

— Pourtant, un autre témoin nous a dit que...

La porte de l'entrée claque. Des petits pas courent dans le couloir.

— Papa, moi je veux la grande chambre avec le balcon.

Tu fais comme si tu n'avais rien entendu, tu te concentres sur ton récit.

— Je n'ai regardé que quelques secondes, je n'ai levé le nez de mes cours que parce que j'ai entendu un cri. Impossible de vous dire qui l'a poussée. Une femme ? Un homme ? Jeune ou vieux ? Puis après évidemment, je suis restée à tout regarder quand les sirènes ont hurlé et que les flics sont arrivés.

— Et le type au sweat noir ? Vous avez vu autre chose, un dessin, une marque, un symbole qui permettrait de l'identifier ?

— L'identifier, peut-être pas, mais je me souviens d'un dessin, cousu sur son dos.

Une immense bouffée de chaleur m'envahit. Tu es mon dernier espoir, Valérie. Je tends vers toi un dessin, établi d'après le témoignage de Suzanne Buisson.

— Ces deux symboles-là ? Une sorte de P et de Q inversé ?

ק מ

— Oui, ce sont eux, mais il ne s'agit ni d'un P, ni d'un Q inversé !

— On a aussi pensé que c'était de l'arabe, mais...

Tu me coupes, soudainement sûre de toi.

— Ce n'est ni de l'arabe, ni du latin, ni du grec. Ce sont les deux matières que j'enseigne, avec le français, alors je sais les reconnaître. Je vais mieux vous les dessiner. Elles représentent bien deux lettres, mais elles appartiennent au dernier des alphabets qu'on s'attendrait à trouver dans le quartier Sorano.

Pendant qu'elle s'applique, je répète bêtement, sans comprendre où tu veux en venir.

— Le dernier des alphabets qu'on... ?

— C'est de l'hébreu ! La lettre Kof et la lettre Mem, la dix-neuvième et la treizième de cet alphabet... elles correspondent au K et au M de notre alphabet.

מ ק

— De l'hébreu ? Vous êtes certaine ? Il n'y avait aucun Juif dans le quartier !

— Non, pas que je sache. Mais ils ne se baladent pas tous avec une kippa sur la tête. Je ne suis plus sûre de grand-chose aujourd'hui, mais il me reste au moins une dernière compétence, une dernière compétence dont tout le monde se fiche, d'ailleurs, et plus encore mes élèves : la littérature classique ! Je sais reconnaître les lettres d'un alphabet ancien. Et je suis certaine que ce sont elles que j'ai vues sur le pull noir de cet homme, cette nuit-là. K et M.

Je reste muette, à réfléchir. On frappe à la porte de la cuisine. L'agent immobilier glisse la tête.

— Bonne nouvelle, mademoiselle Petit. Monsieur et madame Gramont ont l'air intéressés.

Madame Gramont pousse la porte derrière lui.

— Nous sommes sous le charme, mademoiselle Petit. Tout est si adorable ! Et aménagé avec un tel goût. La mezzanine de la chambre des filles est divine ! Notre petite Maéva s'imagine déjà dedans...

Je sens que cette fois, tu ne vas pas te retenir de pleurer.

Mizar, ma dernière étoile.

Je vais en profiter pour m'éclipser.

Les familles entre elles sont plus cruelles et sans pitié que des meutes de fauves affamés.

Mieux vaut ne jamais en fonder !

29

Antoine

— Pousse-toi, Bolduc !

Tu tentes de repousser mon chat, comme si tu étais jaloux des câlins que je lui promets. Je proteste en le laissant s'asseoir sur les feuilles étalées sur la table.

— Laisse-le, Antoine. Je l'aime bien, ton gros matou !

— Oui, je vois ça ! D'habitude, il s'enfuit sous un lit dès qu'un étranger entre au Mont Fortin. Mais toi, Élisa, faut croire qu'il t'a déjà croisée dans une autre vie...

Élisa...

— Les chats en ont sept, n'oublie pas !

Je souris. Tu m'as raconté sans entrer dans les détails que ton père l'avait récupéré il y a un peu plus de dix ans. Il s'appelait Bolduc, il avait perdu ses maîtres, ta mère l'avait aussitôt adopté.

Je sais que ce n'est pas mon chat qui va me dénoncer. Il peut venir me câliner autant qu'il veut, comment pourrais-tu imaginer qu'il a dormi dans mon lit quand il était bébé ? Qu'il est le mien, à jamais ! Et que l'entendre ainsi ronronner en se frottant à moi me donne le courage dont j'ai besoin pour continuer.

Nous sommes installés toi et moi devant la table de salon. Sages et studieux. Proches l'un de l'autre, mais tu n'as tenté aucun geste déplacé, à peine as-tu frôlé ma main en me tendant un stylo, ou ma cuisse en rapprochant ta chaise pour qu'on lise les mots que tu avais griffonnés de ton écriture appliquée, presque féminine, avec des boucles soignées et des ronds à la place des points sur les i.

Depuis trente minutes que nous sommes assis, les tracts pour la manifestation de demain n'ont pas beaucoup avancé. De toutes les façons, pas besoin de ces bouts de papier pour mobiliser. Après l'assaut du rectorat, tu m'as raconté que vous étiez plus de dix mille étudiants à défiler dans les rues de Rouen cet après-midi. Et ça recommence demain matin !

Je suis montée à pied jusqu'au Mont Fortin. Une bonne heure de marche en partant du centre-ville. J'ai ravalé mes larmes au fur et à mesure que je m'enfonçais dans le labyrinthe des ruelles en pente, avec vue sur les flancs boisés des collines. Je n'ai pas réussi à reconnaître l'endroit précis où le camion était sorti de la route, où les sapins nous avaient attirés comme des sirènes de Noël, où Steevy a perdu la vie. Peut-être a-t-on rasé ce sapin depuis et construit dessus une de ces maisons modernes aussi cubiques et plates que des cercueils.

Tu avais laissé le portail du Mont Fortin ouvert, tu me guettais par la vitre de la véranda. J'ai eu un pincement au cœur en pénétrant dans le parc. C'est la troisième fois que j'entrais ici, chez mon pire ennemi.

Celle qui donnait un sens à tout ce que j'avais imaginé, programmé, espéré depuis des années.

Revenir. Punir.

Je te voyais ne pas me lâcher des yeux au fur et à mesure que j'avançais dans l'allée. J'avais enfilé une simple robe fleurie sous un blouson de daim ultracourt. Cheveux détachés. Une opale rose se balançant sur ma poitrine. Je devine que c'est ce genre de filles que tu rêves d'embrasser. De déshabiller et de posséder. Une fille que tu imagines différente et indépendante, dont la touche de fantaisie vestimentaire laisse espérer une personnalité originale.

— Je sais, me réponds-tu enfin. Je connais tout sur les chats, figure-toi ! Ma mère en élevait ! Mais c'est terminé, sa période angora, ils se sont tous échappés.

Tu regardes les arbres du parc avec un sourire amusé, comme si certains matous précieux s'y cachaient toujours. Une nouvelle fois, j'ai l'impression de revivre cette nuit mortelle de Noël. L'alarme qui se déclenche, notre course folle, Karim, Nina et moi, Steevy qui appuie à fond sur l'accélérateur.

Ta main touche la mienne pour la première fois, au prétexte de caresser Bolduc en même temps que moi.

— Tu débarques dans une famille bizarre, Élisa, j'aime autant te prévenir. Malgré tout ça (tu désignes d'un geste vague le parc, la maison, le panorama), je ne m'y suis jamais senti chez moi.

Je devine que le moment est venu pour tes confidences, et je sais à l'avance que je ne les aimerai pas. Parce que tout le mal que tu me diras sur ta famille n'y changera rien, parce que tes caresses sur le bout de mes doigts, c'est la première fois que je laisse un garçon me toucher ainsi, ne me troubleront pas. Parce que tu auras beau faire le coup du repenti timide prêt à renier ses origines, rien ne me fera dévier de ma route.

— J'aime pas cet argent, déclares-tu de ta voix douce et calme.

Même la colère, chez toi, prend des allures d'exposé de bon élève.

— Je déteste ce fric, même si je sais que ça ressemble à un caprice de riche. J'ai toujours connu ma mère dépressive, incapable de la moindre gentillesse et de s'intéresser à autre chose qu'à ses problèmes. Quels problèmes, d'ailleurs ? Ma petite sœur méprise la terre entière, à l'exception de ceux qui ont encore plus d'argent qu'elle. Elle est dans sa phase : *la France ne me suffit pas, ceux qui réussissent ici, on ne les aime pas*. Faudrait qu'elle m'explique ce qu'elle a bien pu réussir dans sa vie ! Quant à mon père, je ne sais pas ce qui est le pire. Qu'il trompe ma mère sans prendre la peine de s'en cacher ? Ou qu'il soit prêt à tout sacrifier pour son ambition ? Il est soi-disant le grand patron de l'action sociale, il faut voir comment il parle de la misère à la maison. Les aides ? Du pognon jeté dans un puits sans fond ! Mais jamais il ne le dira en public, encore moins depuis qu'il fait de la politique. Dès que j'aborde la question, il me traite de naïf, ou de petit con. Il était pourtant un travailleur social plutôt compétent et motivé, à ce qu'il paraît, quand il a commencé, avant de se marier...

Compétent et motivé ? Si seulement je pouvais te révéler ce que je sais, Antoine. Tes doigts se perdent toujours dans la fourrure de Bolduc, jouant à cache-cache avec les miens.

— Peut-être que je vais finir comme lui, moi aussi, peut-être que tous les petits cons naïfs finissent comme des gros cons. Ça ne te donne pas envie de fuir, Élisa ?

Ce nouveau prénom me surprend à chaque fois. Je ne dois rien laisser filtrer.

— Non, Antoine... Tu n'es pas comme eux, ça se voit.

C'est vrai, cela se voit, tu n'es pas comme eux, je n'ai rien contre toi. Tu n'es que l'outil de ma vengeance. Un instrument. Tu n'es rien de plus qu'une arme tranchante que je planterai au bon moment.

— Et toi ? me demandes-tu. Ta famille ?

— Oh, y a rien à en dire. J'ai grandi en banlieue. J'aime ma famille, contrairement à toi, mais j'ai quand même tout fait pour ne plus vivre avec eux. C'est compliqué d'échapper au quartier.

Ta main emprisonne le bout de mes doigts. Bolduc en a profité pour s'échapper.

— C'est ce que j'aime chez toi. Tu... tu es vraie ! Tu es la première personne vraie que je rencontre. Et la plus jolie. Ça aussi c'est vrai.

Je ne sais pas si je suis capable de rougir sur commande. J'essaye, du moins. Les rouges de honte et de timidité doivent se ressembler. Mes doigts se faufilent pour s'échapper. Mes yeux se posent sur les tracts éparpillés, plus noircis par les poils que Bolduc a perdus que par les mots que l'on a écrits.

Je minaude.

— On n'était pas là pour travailler ? Pour de vrai ?

Tu repousses les feuilles d'un revers de main. Tu te penches pour m'embrasser.

Pas si vite, Antoine...

— Juste une seconde... tu... tu... as des toilettes ?

— Bien sûr que non ! Chez les Vidame, on ne s'abaisse pas à des activités aussi triviales !

Je souris et je me lève.

Je vais chercher. Je caresse ta joue avant de m'éloigner.

— Quand je reviens, je veux que tu aies trouvé la formule qui mettra cinq millions de personnes dans la rue contre le plan Juppé !

* * *

— Non Bolduc, allez ouste, je dois y aller seule !

J'écarte à regret mon chat. Le pauvre, je le vois trois fois en douze ans et je le repousse encore. J'ouvre la porte de la cave, je descends l'escalier à la seule lumière d'un soupirail. Il est suffisant pour éclairer le sous-sol d'une faible clarté. Je distingue d'abord un établi, des outils de bricolage, de jardinage. Je descends encore quelques marches. J'ai l'impression de connaître par cœur ce garage, je l'ai visualisé tant de fois dans ma tête. Le nombre de marches, les sacs de terreau empilés sur les étagères, les pelles et les râteaux appuyés contre les murs... les trois voitures, dont l'une à la carrosserie noire, bâchée...

Je m'arrête enfin, saisie d'un vertige.

L'espace devant moi est vide. Il n'y a plus aucune voiture bâchée dans la cave, aucune Volvo noire, seulement une Mercedes et la Mini Cooper de Rose-Anna.

J'encaisse le choc. Je ne m'y étais pas préparée. Ma dernière visite remonte à six ans. Vidame roulait déjà avec cette voiture il y a douze ans. Elle est sans doute partie à la casse, rien de plus normal, on préfère les voitures neuves quand on a les moyens d'en changer. *Sauf qu'avec la disparition de la Volvo Black Star, c'est la dernière preuve qui disparaît.* Désormais, comment prouver que la voiture photographiée devant le corps de maman, sur la rocade, sous la passerelle de l'immeuble Sorano, une Volvo noire immatriculée 5265 JD 76, était bien dans cette cave il y a six ans ? La photo prise par Nina ne suffira…

— Il n'y a pas de toilettes à la cave, fait une voix derrière moi.

Antoine…

Je repense aussitôt à la façon dont Consuelo m'avait expulsée du Mont Fortin, le jour de son anniversaire. Vas-tu en faire de même ?

— On creuse directement un trou au fond du parc, précises-tu avec humour, comme si mes explorations chez toi ne te préoccupaient pas plus que cela.

Je tente une explication maladroite.

— Euh… je regardais les voitures. Je… je suis fan… Mon père adore les belles voitures. Tu sais, dans les cités, y a que ça et le foot pour faire rêver les mecs.

— Et pas que dans les quartiers. Mon père aussi aime bien. Enfin pas le foot. Mais les caisses, oui…

— Il a eu quoi comme voitures ?

Tu me regardes d'une drôle de façon, mais peut-être n'est-ce que parce que tu détestes tout ce qui roule, possède un moteur et fait du bruit. Et que tu ne t'imaginais pas partager cette conversation avec moi.

— Je ne sais plus trop. Une 205 GTI, je crois. Cette Mercedes. Et il y a longtemps, une Volvo 244 aussi…

Je joue l'enthousiasme d'une petite fille.

— Une Volvo 244 ! Un de mes cousins en a retapé une ! Il ne l'a plus ?

— Non... On a été cambriolés il y a six ans. C'est ce jour-là que les chats de ma mère se sont échappés et que la voiture de mon père a été cabossée. Du moins, je crois. En tous les cas, il s'en est séparé.

J'espère être parvenue à masquer ma surprise. La Volvo Black Star cabossée lors du cambriolage ? Impossible ! Ni moi ni Nina n'y avons touché. Vidame a menti. À sa famille. Aux flics aussi ? Pourquoi ? Parce qu'il a pris peur ? Il savait forcément qui j'étais, et donc pourquoi je venais. Il a voulu se débarrasser de cette voiture... parce qu'il avait peur que je parle et que les policiers enquêtent ? Qu'auraient-ils trouvé sur le pare-chocs de sa Black Star ?

Tu poses tes deux mains sur ma taille.

— On s'en fout de cette voiture, non ?

Je me rends compte que je suis allée trop vite, qu'une nouvelle fois je me suis montrée imprudente. Tu es naïf, Antoine, mais pas stupide. Je n'ai pas le choix. Je me retourne et pose doucement mes lèvres sur les tiennes. Mes seins se pressent contre ton torse, mon ventre frôle le tien, juste assez pour sentir ton désir.

— Viens, me souffles-tu. Pas ici, c'est glauque !

Tu me tires par la main pour me forcer à remonter. Je jette un dernier coup d'œil à la cave, trop vide, trop bien rangée, trop...

Je remarque, rangé derrière des outils, des vieux classeurs, des chaînes pour pneus et des lampes torches, un étrange chandelier. Je reste fixée sur le métal argenté.

— C'est quoi ?

Tu suis mon regard.

— Une menora. Un chandelier à sept branches, si tu préfères. Ça vient de mon arrière-grand-mère, du côté de ma mère. Je ne l'ai jamais connue, tu t'en doutes. Je ne suis pas plus juif que toi, ça remonte à quatre générations. Mais pendant la guerre, une seule goutte de sang suffisait...

***

Nous avons laissé les tracts étalés sur la table. Tant pis pour la révolution. Tu as fermé la porte de ta chambre au nez de Bolduc, qui avait pourtant très envie d'entrer. Tu t'es assis sur le rebord de ton lit, sans oser t'y allonger, sans oser tapoter le drap du plat de la main, pour m'inviter. Moi je suis restée debout, à regarder ta chambre. Dans mon souvenir, il y a six ans, elle était beaucoup moins rangée. Je te soupçonne d'avoir fait le ménage en prévision de ma visite. Des feuilles ont été entassées trop vite dans la poubelle, les piles de livres trop hautes menacent de s'écrouler, une chaussette dépasse d'un tiroir, où sans doute avec le reste de tes habits sales, elle a été priée de se cacher.

Je te trouve attendrissant. Je ne dois pas me laisser attendrir.

— Viens t'asseoir à côté de moi, oses-tu enfin me demander. J'ai... j'ai un cadeau pour toi.

Je m'assois. Tu te penches vers le tiroir de ta table de chevet et en sors un téléphone Motorola GSM encore emballé. J'en reste muette une demi-seconde, avant de sincèrement protester.

— Tu plaisantes ? Ça vaut une fortune. Je ne peux pas accepter.

— J'en ai eu deux au Noël dernier. Tu vois à quel point on communique dans la famille. Ça me ferait plaisir que tu acceptes celui-ci. C'est important. Pour... Pour la révolution ! Il faut qu'on puisse être en contact tout le temps. C'est le b.a.-ba entre deux militants...

Je serre l'étui de plastique entre mes doigts, je regarde le téléphone puis je le pose avec précaution sur le lit.

— Merci.
— Merci à toi d'être ici.

Tu m'embrasses, tu m'embrasses avec une fièvre inconnue, mais je sais que mon sang doit rester aussi froid que celui d'un serpent.

Tu appuies délicatement sur mes épaules et d'un geste de tendre catcheur, tu me fais basculer sur le lit.

Mon cœur ne doit pas s'affoler. Mes pensées ne doivent pas se précipiter.

Tu m'embrasses encore, sur les joues, dans le cou, tes mains se faufilent sous ma robe.

Mes sens ne doivent pas m'échapper, je dois tout contrôler, des frissons dans mon cou à la pointe durcie de mes seins.

Tu descends, embrasses mon ventre, t'accroches à mes hanches.

Je ne dois pas laisser s'échapper tous ces papillons affolés dans mon ventre. Tes mains vont et viennent le long de mes jambes de laine. Je dois contrôler ce désir, je ne dois pas laisser cette volupté inconnue m'envahir, je n'ai fait qu'une fois l'amour, à la Prairie, avec un garçon de passage que je n'aimais pas, pour être débarrassée de cette première fois, pour ne pas te l'offrir. Ma peau de laine glisse sur mes cuisses, roule en boule sur mes chevilles, valse quelque part dans la pièce, ta bouche a retrouvé ma bouche, tes mains hésitent à s'inviter sous ma dentelle.

Mon cerveau doit s'organiser, je dois sauver ce qui peut être sauvé, il y a urgence, je dois tout séparer en deux compartiments étanches. Dans l'un y placer ma vengeance, ma haine des Vidame, mon destin, mon dessein, tout ce qui fait de moi une femme qui ne s'attachera à rien ni personne.

Et sitôt cette moitié de mon cerveau cadenassée…

T'embrasser.

Tu es surpris de mon audace soudaine.

Ma robe s'envole au-dessus de ma tête, ta chemise flotte avant de s'écraser. Ta chambre est de nouveau en bordel. Tu balances ton pantalon de petit garçon sage et tes deux chaussettes.

Tu me regardes, halluciné, comme un ado prépubère devant son premier bikini.

Je ne dois pas me trouver jolie dans tes yeux.

Tu prononces des mots inaudibles, inavouables, des bêtises guidées par les élans du corps, pas par le cœur.

Je ne dois pas les écouter, et ceux qui me parviennent quand même, ceux qui riment en *aime*, je dois eux aussi les jeter dans un sac qui finira noyé dans la Seine.

Tu parles et tu me dévores à la fois, tu me caresses et tu me dégrafes en même temps, tu es plutôt doué pour un inexpérimenté, tout ton corps s'appuie sur moi, tu es plutôt rigide pour un timide.

Je ne dois pas succomber au vertige, je ne dois pas basculer dans le vide.

Et pourtant je t'invite, je prie pour que tout aille vite. Aucun Dieu ne m'écoute. Tu es plutôt endurant pour un débutant.

Et quand enfin tu laisses ton désir exploser en moi, comme électrocuté d'amour, tu abandonnes ta tête contre ma poitrine et tu fonds en larmes.

Je ne dois pas laisser cette douce euphorie me gagner, je ne dois pas perdre mes doigts dans la soie de tes cheveux frisés, je ne dois pas droguer mes lèvres à ta peau mouillée, je ne dois pas avoir envie de recommencer, je ne dois pas m'attacher, je ne dois pas...

Mes mains parviennent à attraper un livre sur la table de chevet. Je fais tomber les neuf autres empilés dessus, mais j'ai saisi celui à la tranche Rouge et Or. Le vacarme ne te fait même pas sursauter. Tu te retournes doucement, poses ta joue contre mon cou, ton menton sur mon ventre, pleine vue sur ma poitrine, un bras en archet sur mon ventre.

— C'est trop étrange, dis-je. Petite, j'avais le même.
— Je t'aime !

Je souris.

— Je suis sérieuse. Exactement le même. Les contes d'Andersen. Édition de 1949. Tu sais d'où vient le tien ?

Tu embrasses les premières pentes de ma gorge alors que ton bras joue les quatre saisons.

— Je ne sais pas, je l'ai toujours eu...

Une nouvelle fois, la coïncidence me paraît impossible. Ce livre m'a été offert par ma grand-mère. Pourquoi aurais-tu reçu le même, au même âge que moi ? Une nouvelle fois, tu bouscules mes idées.

— De toutes les histoires, quelle est ta préférée ?

Est-ce un piège ? Dois-je parler de Poucette et de Maja la reine des êtres volants ? Dois-je parler du Vilain Petit Canard ? De la Petite Sirène ? La Petite Fille aux allumettes ? La Princesse au petit pois ? D'Élisa et des cygnes sauvages ?

— Moi, dis-tu en me voyant hésiter, c'est le Vaillant Soldat de plomb.

Tu embrasses un de mes tétons.

— Tu ne trouves pas qu'ils nous ressemblent ? Un soldat unijambiste tombe amoureux d'une danseuse qui se tient en équilibre sur un pied. Il croit qu'elle possède le même handicap que lui et se persuade qu'elle sera une femme idéale. Il ne se doute pas qu'elle est encore plus parfaite qu'il ne le croit.

Tu embrasses mon second téton. Je dois trouver quelque chose à répondre, vite. Ou toutes mes résolutions rangées dans le coffre cadenassé de mes pensées vont s'échapper.

— Tu veux vraiment qu'on finisse comme eux ?

— Brûlés ensemble dans un poêle à bois. Qu'il ne reste de nous qu'une paillette et qu'un cœur de plomb ? Pourquoi pas ?

Pourquoi pas en effet... Mais tu te trompes, Antoine, c'est toi la danseuse, et moi l'intrépide soldat au cœur de plomb ! Je dois me rhabiller maintenant. Je dois imaginer la suite de mon plan. Je dois trouver d'autres preuves, puisque Vidame s'est débarrassé de la Volvo noire. Je dois...

J'entends des pas, dans le couloir.

Toi non, trop perdu dans tes pensées, trop concentré sur l'entraînement de tes baisers, le perfectionnement de ton doigté.

Je me redresse. Quelqu'un marche, de l'autre côté de la porte.

— Qu'est-ce que tu fais ?

Je saute hors du lit, entièrement nue. Je frappe un peu trop le parquet avec la plante de mes pieds.

— Attends-moi, Antoine. Je reviens.

— Où tu vas ?

Je ne te réponds pas, je me contente de tirer sur le drap du lit et de m'envelopper dedans. Je tourne la poignée, je sors, et je referme la porte derrière moi.

30

Vidame

Tu es là.

Tu viens d'arriver. Tu te tiens dans le haut de l'escalier. Tu es à peine à vingt mètres de moi.

Tu es grand, bel homme. Rien à dire, Richard, tu as tout pour toi.

Tu me fixes, surpris, et immédiatement, je sais que tu ne m'as pas reconnue, que tu n'as pas fait le lien entre cette fille presque nue, la gamine de sept ans dans son lit d'enfant, et l'ado de treize ans que tu n'as pas osé venir rencontrer.

Je t'ai surpris, je ne t'ai pas laissé le temps de raisonner. Juste celui de comprendre que la fille devant toi sort de la chambre de ton fils, qu'elle vient de faire l'amour avec lui. Qu'elle est belle et que l'amour la rend plus belle encore. Que tu saurais sans doute la rendre plus belle encore, tu es tellement plus expert en femmes que ton fils.

Je plante mes yeux dans les tiens.

Douze ans que j'attends de te rencontrer, Richard. Dans toutes les autres circonstances, tu aurais eu l'avantage, mais pas là.

Je devine chacune de tes pensées.

Elles sont d'ailleurs d'une désespérante banalité et se concentrent sur ce que je tente maladroitement de cacher derrière un tissu trop grand, flottant, presque transparent.

Je devine dans ton regard la surprise, d'abord, puis très vite la convoitise. La colère qui sourd, la jalousie sordide, que ce soit ton fils qui m'ait conquise.

Nous restons silencieux tous les deux.

À n'importe quel instant Antoine peut ouvrir la porte de sa chambre.

N'importe quel père se serait excusé, ou se serait sauvé.

Tu restes là, à m'évaluer.

Ne te prive pas, Richard, ne te prive surtout pas, je vais même écarter davantage encore le drap pour que tu puisses mieux m'expertiser. Que tu ne rates rien de ce que tu ne posséderas jamais.

Mes seins pleins, mes fesses à peine cachées, mon sexe épilé.

Si tu ne dis rien, si je me retourne et pousse la porte de la chambre d'Antoine, si je disparais et que tu ne prononces pas un mot, c'est alors que notre pacte silencieux, du bout des yeux, sera scellé.

Ne rien dire, laisser flotter le désir, c'est déjà franchir l'interdit.

Tu croiras me conquérir, mais c'est moi qui te tiendrai dans le creux de ma main.

Et au moment où je le voudrai, je la refermerai. Pour mieux t'écraser.

* * *

Je rentre dans la chambre d'Antoine. Il est toujours nu, allongé sur le matelas sans drap, nos vêtements froissés gisent au pied du lit.
— Alors, qu'est-ce que c'était ?
— Ton père !
J'ai l'impression que les yeux d'Antoine vont sortir de leurs orbites.
— Mon... Mon père ? Et... il t'a vue ?
— Non. Rassure-toi. Il était déjà parti quand je suis sortie.
La peur panique laisse place à un sourire de petit garçon soulagé d'avoir évité le pire.
— Viens. Viens, Élisa. Embrasse-moi.
Pardonne-moi, Antoine. Pardonne-moi.

31

Nina

Fin novembre, une vague de froid est brusquement tombée sur la France. Un froid sec et glacial. Un froid de 6 béries, comme tu dis, Nina, ou même de 7 ou 8 béries ! Tu te tiens sur les quais de Rouen, près des silos du port, aussi hauts et bétonnés qu'une barre d'immeuble, les fenêtres en moins. Le vent souffle par rafales, tu essayes de te protéger autant que tu le peux derrière les hangars.

Les manifestants franchissent la Seine au-dessus de toi, et se dirigent vers la préfecture. Sur le pont Guillaume-le-Conquérant, on y chante tous en long. La file te paraît interminable. Les étudiants de Rouen sont passés en premier, tous les corps de métier, tous les syndicats nous ont laissés ouvrir le convoi, comme un symbole d'avoir été les pionniers à lancer la révolution d'automne.

Notre heure de gloire, pour l'éternité !

J'y étais, avec Antoine.

Tu m'as saluée du bout des moufles quand je suis passée au-dessus de toi. J'avais essayé de te convaincre de nous rejoindre, Nina, j'ai essayé de t'expliquer, la misère des universités, le plan Juppé, la sécu et les retraites menacées, la journée de grève interprofessionnelle, les millions de Français dans les rues, et tu m'avais ri au bonnet.

— Arrête, Folette ! Tu ne t'intéresses pas plus à la politique que moi ! C'est juste un rôle pour que ton Antoine s'intéresse à toi. Fais gaffe, Folette, fais gaffe à toi.

Tu as raison, Nina, tu as raison sur toute la ligne. C'est un rôle que je joue. Mais un joli rôle, non ? Cette France bloquée, ces millions de Français qui défilent dans les rues alors qu'il ne fait pas plus de trois degrés ?

Je suis déjà loin, rive droite, place Cauchoise, à peine un quart des manifestants ont atteint le pont, quand Jo sort du silo. Comme toujours, tu m'as tout raconté, Nina. Il travaille depuis quelques mois comme docker sur le terminal céréalier. Dès qu'il s'avance, des dizaines de pigeons, occupés à picorer les grains de blé tombés entre les pavés du quai, s'envolent. Josselin jette un long regard en travelling sur le défilé, en s'attardant sur les drapeaux orange de la CFDT mélangés à ceux rouge vif de la CGT, et marmonne entre ses dents.

— Ceux-là, crois-moi, on ne les verra pas sur le pont bien longtemps !

Tu as l'air étonnée.

— Tu t'intéresses à la politique, Jo ?

— La politique, rien à foutre. Mais je suis plutôt fier qu'il y ait encore autant de gens qui aient envie de se battre. Moi je peux plus.

Tous ensemble ! Tous ensemble ! crie la foule frigorifiée.

— Alors sois fier, Jo ! Ta Folette fait partie de ces gens-là. Et au premier rang, avec les étudiants.

Ça n'arrache qu'un sourire triste à Jo. Il te tend un sac en papier.

— Tiens, j'ai rapporté des croissants. J'ai pris mon quart à minuit, alors j'ai rien mangé de la nuit. Sers-toi, je peux partager.

Tu en prends un du bout de la moufle. Jo en croque un à pleines dents, avant de te demander en crachant des miettes :

— C'était bien, l'anniversaire de Folette ? Elle est bien installée ? Elle... elle a aimé ma sirène ?

— Tu veux que je te réponde franchement, Jo ?

— Non, pas trop.

— Eh bien, je vais le faire quand même. Folette n'en a pas voulu, de ton cadeau. Ta Petite Sirène a fini décapitée. Désolée. Moi aussi je croyais que Folette se calmerait avec le temps, oublierait, mais non... Même si aujourd'hui, elle fait tout pour me le cacher, pour me tenir à l'écart, elle est plus que jamais obsédée par sa vengeance. Elle a retrouvé le fils Vidame et lui tourne autour comme une mante religieuse. Si tu voyais les yeux d'amour avec lesquels son grand crétin frisé la regarde ! Elle a retrouvé un dernier témoin aussi, mais elle n'a rien voulu me dire de plus, sauf qu'il confirme tout. Tu étais bien sur la passerelle ce soir-là, en compagnie d'un type en sweat noir...

Josselin ne répond pas tout de suite.

Tu m'as décrit en détail chacun de ses gestes, Nina. Tu n'as aucun secret pour moi. Tu m'as mimé le front de mon père qui se plisse, comme s'il essayait de provoquer un tsunami dans son esprit et de faire remonter des souvenirs du plus profond des abysses. Tu m'as imité ses lèvres pincées à en avaler la moitié des poils de sa barbe, ses yeux qui essayaient d'oublier le décor, les quais moches, froids, bétonnés, tout l'inverse de ceux d'en face, rive droite, flambant neufs depuis le passage des voiliers pour l'Armada de la Liberté.

— Désolé, Nina, je ne me souviens pas de ce type. Je me souviens juste que Maja était déjà tombée, quand je suis arrivé. Qu'ensuite, les secours ont débarqué. Entre deux, je ne sais pas, je ne sais plus, je ne peux pas te dire s'il s'est passé trois minutes ou une demi-heure...

— Un quart d'heure, Jo. Un tout petit quart d'heure. Ça serait bien que tu te souviennes ! Ça serait bien que tu aies quelque chose à raconter à Folette, pour qu'elle arrête de se faire des films.

— Mais puisque je te dis que...

— Alors trouve quelque chose à lui raconter. N'importe quoi. Puisqu'on ne connaîtra jamais la vérité, autant en profiter pour inventer celle qui fera le moins de dégâts possible.

Jo souffle dans ses mains, attrape un autre croissant – tu n'as pas touché au tien, Nina –, puis regarde le défilé bruyant des manifestants, avant de suivre des yeux les pigeons autour du silo. Tu m'as tout avoué, Nina, même quand tu as suggéré à mon papa de mentir, il n'y a que toi pour oser ça !

Tu regardes ton croissant avec un air dégoûté.

— Sinon, Jo, j'ai une bonne nouvelle.

— Ah... Moi j'en ai plutôt une mauvaise...

— On commence par laquelle ?

Jo n'hésite pas.

— La mauvaise !

Jo jette un dernier regard aux pigeons, indifférents aux chants des manifestants. Les oiseaux dansent et la caravane passe. Puis se lance.

— J'ai un cancer.

Tes mains se crispent sur le croissant, à en faire de la bouillie.

— Tu... Tu...

— Je te rassure, je suis soigné. Je me méfiais, tu sais. L'alcool, les docks où l'on respire chaque jour encore plus de merde qu'à fumer un paquet, le crabe m'a pas pris par surprise, il est encore bébé, j'aurai sa peau avant qu'il ait la mienne.

— Je peux... Je peux le dire à Folette ?

— Non... J'aime mieux pas. Je préfère encore lui faire peur plutôt que de lui faire pitié. Et puis je ne suis pas encore mort.

Tu n'as rien promis, Nina. Tu m'as quand même parlé du cancer de papa. C'est idiot, prétends-tu, cette peur qu'ont les gens de faire pitié. C'est juste de l'orgueil mal placé !

— Et ta bonne nouvelle ? demande mon père.

— Ça me fait bizarre de te l'annoncer maintenant.

Le convoi sur le pont est enfin clairsemé. Quelques derniers manifestants ferment la marche, pas pressés, histoire de faire enrager les bagnoles de flics qui roulent au pas derrière eux, tous gyrophares allumés.

Tu hésites.

— Vas-y, accouche, s'impatiente Jo.

— Pas encore.

— Pas encore quoi ?
— Je suis enceinte !

Papa manque de s'étouffer avec les dernières miettes de croissant. Les pigeons autour de lui s'envolent, effrayés par sa voix d'ogre enrouée.

— Quoi ? T'as tout juste dix-neuf ans !
— Oui. Mais j'en avais envie.
— Ton copain est au courant ?
— Presque… Enfin il va l'être bientôt.
— Et Folette ?
— Je crois qu'elle l'a su même avant moi !

Tu as raison, ma Nina, ma complice, ma jumelle, mon petit chat, je l'ai toujours su, et j'ai eu si peur que tu n'attendes pas tes dix-huit ans, que tu n'attendes pas le bon papa – et Karim, j'espère, est celui-là –, je me suis tellement battue avec toi, et Béné m'a aidée, chaque fois que tu te donnais à un inconnu d'un soir, avec cet espoir, que ce bébé arriverait comme un second départ.

Un dernier manifestant passe, défie les dizaines de flics du regard et leur crie *Tous ensemble, tous ensemble*.

Tu l'observes distraitement, puis tu baisses les yeux vers le croissant écrasé qui pend au bout de ton bras, et tu le laisses tomber.

Immédiatement, des dizaines de pigeons se précipitent pour le dévorer.

32

Vidame

« *Bonsoir, Élisa, on ne se connaît pas. Du moins vous n'avez jamais entendu ma voix. Je suis Richard Vidame, le père d'Antoine, c'est grâce à lui que j'ai trouvé votre numéro. En fouillant dans son téléphone, je vous l'avoue. Il vous a offert ce Motorola GSM. C'est très généreux de sa part.*

Antoine semble très amoureux de vous. Je ne l'ai jamais vu ainsi. Je suis heureux pour lui mais, et c'est la raison de mon appel, inquiet aussi. D'ordinaire c'est un garçon réservé, solitaire. Antoine est fragile, il se nourrit de livres plus que de réalité. Un rêveur en quête d'idéal, tant sur le plan politique que sentimental. Élisa, j'ignore quels sont vos sentiments pour mon fils, et je suis terriblement gêné de vous infliger un tel message vocal, mais je préfère être prudent. Si vous n'êtes pas amoureuse, ne jouez pas avec lui. Voilà, c'était seulement le message d'un père inquiet. Je ne sais même pas si vous l'écouterez. Peut-être n'avez-vous pas décroché volontairement, pour ne pas me parler. Belle soirée. »

Alors ainsi, tu as mordu à l'hameçon, Richard ?

J'en étais certaine ! Je l'ai lu dans ton regard, dans tes yeux de prédateur posés sur ta prochaine proie. J'étais sûre que tu ferais le premier pas. Que tu trouverais n'importe quel prétexte pour entrer en contact avec moi.

« *Bonsoir, Richard. Non, désolée, je n'ai pas fait exprès de ne pas décrocher. Je ne suis pas habituée à me promener avec un téléphone dans mon sac et je ne l'ai pas entendu sonner. Mais cette fois, puisque vous ne décrochez pas, peut-être est-ce vous qui ne voulez pas me parler ? Rassurez-vous, je suis d'accord sur tout, Antoine est doté d'une grande sensibilité, et c'est pourquoi je comprends d'autant moins ce que vous avez voulu dire par* ne jouez pas avec lui. *Ne sommes-nous pas adultes tous les deux ? Antoine et moi, je veux dire. Et je crois que nous sommes libres de nos sentiments et de nos désirs. Ne le prenez pas mal, bien au contraire, je dois vous avouer que c'est tendrement touchant de voir un père se soucier à ce point des élans amoureux de son fils. À bientôt peut-être. Élisa.* »

À toi de renvoyer la balle, Richard…

Ne crois pas que je vais te faciliter la tâche ! Tu pourrais te méfier…

À toi de te dévoiler. Je ne m'en fais pas pour toi, tu dois y être habitué. La lente approche du chasseur, attiré par l'odeur du gibier.

« *Bonsoir, Élisa. Décidément nous ne communiquons que par message interposé. Peut-être est-ce mieux ainsi ? C'est un peu comme si nous échangions des lettres de papier. Je vais aller droit au but. Que voulais-je dire par ne jouez pas avec lui ? Vous m'obligez donc à mettre les points sur les i, oui, comme sur une lettre de papier. Ne soyez pas aveugle, je ne le suis pas non plus. Vous êtes une très belle femme, moderne, fière, sûre de vous et de vos atouts. Il n'est pas très difficile de tomber amoureux de vous. Vous devez avoir bien d'autres prétendants, et je ne suis pas certain qu'Antoine soit le plus irrésistible des princes charmants qui se présenteront sous votre balcon. Même si Antoine vous aime beaucoup. Il s'attache vite, trop vite. Il a hérité du tempérament mélancolique et tourmenté de sa mère. Je crains que vos caractères ne s'accordent pas dans la durée. Je comprendrais que vous ayez envie de vous amuser. D'expérimenter. De ne pas fermer la porte aux opportunités sans lesquelles on ne grandit pas. Je m'excuse de vous parler aussi franchement, Élisa, mais vous êtes une de ces femmes qui ne méritent pas de se faner dans l'ombre d'un unique et ombrageux petit ami. Avec toute mon amitié. Richard.* »

Je m'allonge dans mon canapé, sous la poutre traîtresse de ma mansarde. J'écoute encore et encore ton message. Tu prends des risques, Richard… Et si j'étais vraiment amoureuse d'Antoine ? Et si j'allais tout lui répéter ? Lui faire écouter ce que tu me racontes sur lui ? Es-tu à ce point sûr de toi ? Quelle ordure es-tu, Richard, pour ainsi voler à ton fils celle qu'il a choisie ? Es-tu à ce point rongé de jalousie ?

« *Bonsoir, Richard, mon message sera bref ce soir. Merci de tous vos compliments, sincèrement, mais je ne suis pas certaine d'être aussi jolie, fière, moderne que vous le sous-entendez. Je crois que vous me surestimez, et qu'au contraire vous sous-estimez votre fils. Je peux vous affirmer, sans aller jusqu'à vous révéler notre intimité, qu'Antoine est beaucoup moins tourmenté et complexé que vous ne semblez le supposer, et que pour mettre les points sur les i comme vous semblez l'apprécier, nos deux corps s'accordent avec bonheur, et que nous expérimentons avec fougue et audace tout ce qui peut l'être. À bientôt sans doute. Élisa, comblée.* »

Si tu n'es pas un salaud, Richard, tu t'arrêteras là. Tu te réjouiras pour Antoine. Tu ne convoiteras pas une fille qui a vingt-cinq ans de moins que toi. Mon message n'excitera pas tes hormones de mâle à qui rien ne résiste. Qui, quand il croise une fille qu'il trouve jolie, ne supporte pas qu'elle puisse prendre du plaisir avec un autre homme que lui. Qui s'imagine qu'un simple sourire est une invitation à la faire jouir. S'il te reste la moindre humanité, Richard, tu ne me répondras pas.

Car moi, de l'humanité, il ne m'en reste pas.

« *Bonsoir, Élisa. Je vous appelle une dernière fois pour m'excuser. J'ai été maladroit. Soyez heureuse avec Antoine, et advienne que pourra. J'ai néanmoins une dernière question. Une proposition plutôt. Antoine m'a beaucoup parlé de vous. À vrai dire, il ne m'a jamais autant parlé. J'ai appris, par lui, que vous militiez, dans les AG, que vous manifestez contre le plan Juppé. Vous n'ignorez pas que je suis moi-même élu, que j'ai consacré ma vie, et beaucoup d'énergie, à défendre une politique sociale plus ambitieuse pour ce pays, et que j'envisage aux prochaines échéances électorales de prendre encore davantage de responsabilités. Je pense que nos positions ne sont pas si éloignées, et même si ce n'était pas le cas, je serai ravi de pouvoir en parler avec vous. Ne serait-ce que parce qu'hélas, Antoine refuse d'en discuter avec moi, enfermé dans sa radicalité. Je suis au contraire persuadé qu'on ne peut lutter véritablement contre les injustices qu'en conjuguant pragmatisme et idéalisme. Qu'en mêlant l'expérience, et j'ai la prétention de croire la mienne riche, à votre fougue et à votre audace. Avec toute mon admiration. À bientôt j'espère. Richard.* »

À bientôt, Richard, sois-en persuadé.

33

Lazare

J'ai failli crier de joie quand, au milieu des prospectus et des publicités, accumulés dans ma boîte depuis une semaine, j'ai trouvé ta lettre.

Je me suis précipitée dans l'escalier. Ton enveloppe avait un parfum d'enfance, ton écriture les traits de l'innocence. J'en avais besoin, tellement besoin.

Je t'avais écrit une semaine avant, pour tout te raconter sur Mizar, enfin sur Valérie Petit, j'avais si peur que tu ne me répondes pas. Impossible de me confier à Nina, de lui parler de ces lettres en hébreu, je veux la laisser en dehors de ça. Elle vit son histoire d'amour avec Karim. Pleinement. Intensément. Merveilleusement. Comme dans le plus rose de tous les romans. Il a l'air encore plus impatient qu'elle d'accueillir leur enfant. Elle ne me pose aucune question sur Antoine, mais je sais qu'elle a tout compris et qu'elle désapprouve que je lui mente.

On ne triche pas avec l'amour, Folette, c'est trop grave, on ne triche pas avec ces choses-là.

Ta mère aussi aimait ton papa, Nina, et tu vois...

Je m'en veux, je m'en veux tant d'être incapable d'aimer.

Je déchire l'enveloppe et je tombe dans le canapé.

Lazare, aide-moi.

* * *

Le 4 décembre 1995

Chère Ophélie,

Merci pour ton dernier courrier qui m'a provoqué un plaisir infini. Ils sont rares désormais. Des années, au moins trois, que nous n'avions pas échangé deux lettres ?

Bravo Ophélie ! Tu vois, nous y sommes arrivés, comme nous nous l'étions promis. Nous avons retrouvé toutes les étoiles de ta Grande Ourse. Ta quête est terminée ! Qui l'aurait cru ? Je t'avoue, pour Mizar, je n'espérais plus. Mais tu n'as pas abandonné, tu n'abandonnes jamais, Ophélie. Ça aussi je l'ai appris.

Valérie Petit. Elle avait changé de nom, elle s'était mariée. J'aurais dû y penser... Mais même si j'avais été à ce point malin, je n'aurais pas eu davantage de chances de la retrouver. Il fallait juste attendre.

Nous disposons donc de toutes les pièces du puzzle aujourd'hui, qui se résument essentiellement en une seule. Cet homme, ou cette femme peut-être, puisque les témoins n'ont vu qu'une silhouette, un sweat noir, une capuche, et deux lettres, Kof et Mem.

J'habite l'immeuble Sorano depuis près de trente-cinq ans. Jamais je n'ai entendu parler d'une famille juive. Des musulmans, oui, des gens sans religion, peut-être, même quelques Cambodgiens dont j'ignore qui ils prient. J'ai réfléchi. Après tout, porter sur son dos des lettres en hébreu ne veut pas forcément dire qu'on est juif, ce n'est qu'un alphabet...

Je ne t'ai pas répondu tout de suite, car je voulais chercher. Interroger les voisins. Me renseigner auprès des plus anciens, de monsieur Pham l'épicier, tu te souviens, il connaît tout le monde ici. Rien ! Personne ne sait rien, et tout le monde est persuadé que ce témoin est un étranger. Un étranger au quartier, du moins.

Que faire de plus, Ophélie ?

C'est le bout de la piste !

Nous ne trouverons plus jamais aucun nouveau témoin. Plus aucune autre fenêtre n'était allumée cette nuit-là. Tous ceux qui ont pu voir ont révélé ce qu'ils savaient.

Je vais te parler franchement, n'est-ce pas le moment d'abandonner ? De vivre pour toi et pas pour le passé. Tu as été aussi loin que tu le pouvais.

Je sais ce que tu vas me répondre.

Et cette photo ! Cette photo que je t'avais adressée, il y a six ans. Sans doute prise par ce mystérieux témoin, paniqué par l'idée que Karim puisse le retrouver. Je ne le vois plus beaucoup, d'ailleurs, Karim, depuis qu'il sort avec ta copine. Nina, c'est ça ? Une visite tous les trois mois, ou un salut rapide quand on se croise en bas de chez moi. Il a d'autres choses à faire, je comprends.

Mais revenons à cette photo. Que montre-t-elle ? Une voiture, une Volvo 244 Black Star et une plaque d'immatriculation parfaitement lisible. 5265 JD 76.

Identique à celle de Richard Vidame. Même marque, même plaque. Cette voiture, tu me l'as appris dans ton dernier courrier, Richard Vidame s'en est débarrassé.

Nous n'avons pas de preuves non plus de ce côté-là.

Il nous reste quoi ?

Des hypothèses ?

Je sais ce que tu penses, Ophélie. Ce soir-là, ta maman a supplié Vidame de revenir, elle sentait qu'elle était en danger. Elle lui a laissé plusieurs messages sur son répondeur. Et s'il les avait écoutés ? Et s'il était revenu ?

Et ensuite, Ophélie, quelle est ta théorie ? Il roule trop vite sur la rocade, il ne voit pas ta maman sauter de la passerelle et l'écrase. Puis il se sauve comme le plus misérable des chauffards. C'est cette histoire-là que tu échafaudes dans ta tête ? Parce que la faute professionnelle de Vidame ne te suffit pas, qu'il n'ait pas écouté les appels au secours de ta mère, ce n'est pas assez. Il faut qu'il soit en plus un assassin ! Autant que ce soit lui plutôt que ton père, n'est-ce pas ?

Je comprends ta haine contre Richard Vidame, Ophélie, il faut bien qu'elle s'exprime contre quelqu'un. Mais mérite-t-il que tu gâches ta vie pour lui ?

Et si tu oubliais ? Et si tu pardonnais ? Et si tu admettais que tu ne connaîtras jamais la vérité, et que c'est peut-être mieux ainsi ? Regarde ton amie Nina, et Karim. Ils avancent, ils essayent, eux, de se construire un avenir.

Pourquoi ne regardes-tu pas ton avenir toi aussi ?

Il te reste un papa, des amis, ta vie ne fait que commencer.

Envole-toi, Ophélie, envole-toi sans regarder tout en bas. C'est ce qu'aurait voulu Maja !

*Ton vieil ami
Lazare*

PS : Tu ne me le demandes pas dans ta lettre, mais je vais bien. Simplement je vieillis. Argo est parti l'an dernier, insuffisance rénale, une fin triste et banale. Oublie cette enquête, Folette, oublie ta vengeance. Cela passe vite, si vite, une vie.

* * *

Je referme la lettre.
Alors toi aussi Lazare, même toi, tu me lâches ?

34

Vidame

— Élisa ? C'est bien vous, Élisa ? Votre numéro s'affiche, mais je ne vous entends pas.

Je me suis un peu éloignée de la foule, à la hauteur du rond-point des Emmurées. Le cortège défile sous un air de carnaval. Des ballons, des tambours, des blouses blanches et des gilets rouges, des banderoles multicolores déployant le logo de tous les syndicats unifiés, des faux Juppé en carton qui se font huer.

— Richard ? Vous m'entendez mieux maintenant ?

— Un peu... Il faut dire qu'avec cette cohue ! Il paraît que nous sommes plus de quatre-vingt mille à défiler. Vous vous rendez compte, la plus grande manifestation de l'histoire de Rouen ! Et nous sommes deux millions dans toute la France. Cette fois Juppé ne va pas pouvoir rester droit dans ses bottes, il va devoir céder.

Pour être remplacé par des gars comme toi, Richard ? Quelle différence ? Tu sembles pourtant sincèrement euphorique, comme si tu y étais pour quelque chose dans cette mobilisation historique. Devant mon silence, tu es obligé de relancer.

— Vous êtes avec Antoine ?

— Non. C'est pour cela que je vous appelle. Pour défiler avec vous. Il est occupé avec la coordination interprofessionnelle. Il est en train de quitter l'UNEF. D'après lui, les syndicats traditionnels sont incapables de comprendre ce qui se joue, il veut rejoindre le G10.

— Ces groupuscules ? Sud-PTT ? Sud-Rail ? Et ils veulent monter un Sud-Éducation et un SUD-Étudiant ? Ça ne marchera jamais ! Il faut rester unis. J'espère que vous êtes plus raisonnable que lui. Jamais le peuple n'a été dans une telle position de force depuis Mai 1968, c'est le moment de négocier, pas de tout faire exploser.

Si tu savais comme je m'en moque, Richard, de l'UNEF, de la CFDT, de la CGT, du SUD ou de l'EST…

Des manifestants passent près de moi et me bousculent, soufflent dans des sifflets, dansent et rient. Ce n'est pas une révolution, c'est une farandole. Joyeuse et farceuse. Il y a deux siècles on soulevait des têtes en haut des piques, aujourd'hui on brandit des ballons de baudruche. Est-ce cela le progrès ?

— Où êtes-vous, Élisa ?

— Aux Emmurées. Dans la fin de la manif. On n'a toujours pas bougé.

— Et le début du convoi est déjà arrivé à la préfecture ! Du jamais-vu, je vous dis. Vous voulez qu'on se retrouve quelque part ? On a un vrai besoin de militantes comme vous pour rajeunir le parti.

— Comme moi ? Vous ne me connaissez pas.

On continue de crier et de chanter autour de moi. La marée humaine me fait presque chavirer. J'ai l'impression d'être Garance emportée par la foule en fête dans la dernière scène des *Enfants du paradis*. Je ne suis qu'un bouchon ballotté par les vagues, ma petite histoire noyée dans la grande histoire.

Ta voix, Richard, à l'inverse de la mienne, n'est parasitée par aucune cacophonie. Es-tu au moins à la manifestation ? Y as-tu seulement mis le nez ? Quelques minutes, comme on se trempe les pieds, pour être sur la photo, pour dire *j'y étais*, et puis tu t'es déniché une brasserie calme pour me parler.

— Oui, *comme vous*. Je peux être franc avec vous ?

— Franc ? Je croyais que vous étiez un homme politique ?

Je t'entends retenir un petit rire débile. Comme si tu appréciais ma pique si facile.

— Oui, franc. Vous voulez parier ?

— Non, mais méfiez-vous. Si vous êtes franc, je le serai aussi ! Alors c'est quoi une militante comme moi ?

J'avance au milieu du défilé. Des drapeaux rouges et orange volent autour de moi. Toute cette agitation me donne une force incroyable, je me sens invulnérable. La France est bloquée depuis trois semaines. Plus de trains, plus d'essence, plus de cours, plus de camions, plus rien dans les rayons des magasins. Je flotte sur cette intuition que tout est permis, que tu ne te méfieras pas, que tout est en train de basculer et que toi aussi tu te laisseras porter par le mouvement.

— Une militante comme vous. Vous voulez vraiment savoir ?

Je t'imagine assis loin du comptoir, devant une bière, à regarder passer l'histoire et les camarades qui marchent à ta place.

— Oui... si je dois finir piétinée par la foule, autant ne pas mourir idiote.

Tu me refais le coup de ton rire débile. Pas le truc le plus convaincant de ta panoplie de vieux dragueur sûr de lui. Je serre le téléphone entre mes doigts gelés.

— Je suis prêt à parier que vous êtes sincère. Il n'y a aucun calcul en vous, seulement de l'empathie. Vous présentez bien. Vous ne faites pas trop bourgeoise. Proche du peuple. Tout en ayant...

Je n'ai pas entendu la suite, un groupe de manifestants m'a dépassée, poussant Juppé dans un cercueil tout en jouant un joyeux requiem au tambour et à la trompette. À moins que tu n'aies rien dit.

— Tout en ayant quoi ?
— Du charme ! Vous le savez aussi bien que moi. Et puis vous savez en jouer !
— Je ne crois pas. Je vous ai promis d'être franche. C'était un accident l'autre fois. Chez vous. En sortant de la chambre d'Antoine. Un moment gênant pour vous comme pour moi.

Je sens que tu ne t'attendais pas à ce que je mette les pieds dans le plat. Tu hésites un moment sur la conduite à suivre.

— Alors n'en parlons plus. Même si certaines images seront difficiles à effacer, j'en suis désolé. Vous venez me retrouver ? Je suis au bar de la Madeleine, rue de Constantine.

— Désolée, je suis une militante sincère, c'est vous qui l'avez dit. Je dois marcher avec les autres, et j'en ai bien pour trois heures avant d'arriver à la préfecture.

— Une autre fois ?

Je sens maintenant que tu n'as pas envie de raccrocher. Tu entends la liesse autour de moi. Je suis comme un poisson dans une mer déchaînée, au bout de ta ligne. Si tu lâches, est-ce que tu auras une autre occasion ? Tu dois te souvenir que c'est moi qui t'ai appelé, mais pas pour un tête-à-tête. Tout doit se bousculer sous ton crâne. Est-ce que je te drague ou pas ? Est-ce que je te trouve du charme ? Est-ce que tu as une chance ?

— Je ne sais pas. Antoine aimerait bien que je rejoigne le SUD moi aussi...

Je n'ai aucune idée de ce dont il s'agit.

— Ne l'écoutez pas ! Vous a-t-il au moins parlé de notre week-end au Bois de Cise ?

— Au quoi ?

— Au Bois de Cise. Notre résidence secondaire, en haut des falaises, entre la Normandie et la Picardie, à une heure et demie d'ici.

— Non... Il est plutôt discret sur ses origines bourgeoises. Il ne m'a pas parlé non plus de sa Ferrari et de ses lingots d'or planqués sous son lit.

Tu améliores ton rire débile. Je vais presque finir par croire que tu apprécies vraiment mes touches d'humour.

— On y passera le prochain week-end, précises-tu. En famille. Ça me ferait plaisir que vous soyez des nôtres.

Nous y voilà... Je dois procéder à une dernière vérification.

— Consuelo sera là ?

Elle est la seule qui pourrait me reconnaître.

— Non, hélas. Elle est toujours en Erasmus à Glasgow. Il n'y aura que Rose-Anna ma femme, Antoine, vous et moi.

— Si je viens, vous me promettez de sortir de la douche devant moi, avec seulement une serviette, pour qu'on soit quittes ?

Un rire débile presque parfait.

— Antoine a vraiment beaucoup de chance de vous avoir trouvée, Élisa. Alors, vous viendrez ?

— Oui. C'est d'accord. On fêtera le retrait du plan Juppé !

35

Lieutenant Campion

J'attends dans le Bar des Fleurs, même lieu, même place qu'il y a six ans. Tu es en retard, exactement comme lors de notre premier rendez-vous. Je commande la même menthe à l'eau. Tu arrives enfin, pressé. Tu portes toujours le même pardessus fatigué de ripou. Je te trouve plus vieux, peut-être plus ridé, mais dès que tu me fixes de ton regard laser vert, je comprends que toi non plus mon lieutenant tu ne changeras jamais. Tu peux te ratatiner, finir sur un fauteuil roulant, gâteux dans une maison de retraite, tout ce qu'on retiendra de toi, même sénile, c'est ton regard vert qui ne se ternira jamais.

— Bonjour, Ophélie. Je suis désolé, on est tous mobilisés avec les manifs, j'ai eu du mal à me libérer.

— Pas de panique, ça ne va pas durer, tout le monde dit que Juppé va reculer et retirer son plan.

— Peut-être, et je serai le premier content ! Vous savez bien que la police n'a pas le droit de manifester. Mais en attendant…

— Vous avez au moins le droit de prendre une bière. Je vous l'offre.

Tu acceptes ! Une bière rousse de Noël, comme il y a six ans. Est-ce que quand le monde bascule, le temps s'arrête ? J'attends encore un peu avant de commencer à t'interroger. Tu ne peux pas t'en douter, mon lieutenant, mais tu es mon dernier espoir. Mon ultime recours. Demain, je suis attendue au Bois de Cise, chez les Vidame. Antoine a été surpris de l'invitation de son père, mais il a accepté.

Tu verras, Élisa, l'hiver sur les falaises, c'est sublime.

Demain sera l'ultime saut dans le vide. Le moment de vérité, je l'ai décidé. L'instant où les masques doivent tomber, où le coupable doit payer.

Je suis désolée, Antoine, si désolée. Tu as tout du prince charmant, tu as cru faire de Cendrillon une princesse, et tu as croisé une sorcière. Mauvaise pioche ! Tu t'en remettras, tu me maudiras et tu en aimeras une autre que moi.

Moins folle que moi.

Mon masque aussi tombera, tu découvriras que celle que tu as cru aimer n'était qu'un monstre, ivre de haine et de vengeance.

Un monstre créé par ton père.

Tu pourras nous détester, à parts égales.

Mon lieutenant s'impatiente. Me tire brusquement de mes pensées.

— S'il vous plaît, Ophélie. Je suis vraiment très occupé. Qu'est-ce que vous me voulez ?

— Vous vous souvenez, la dernière fois, lorsque l'on s'était rencontrés. Vous m'aviez parlé d'une troisième hypothèse : ma mère aurait pu ne pas être tuée par un coup, ou en tombant de la passerelle, mais après. Une voiture aurait pu la faucher.

Je fais glisser une photo vers toi. Celle de la Volvo Black Star, avec la plaque d'immatriculation bien lisible, et maman allongée sur la rocade, la tête posée sur son coussin de sang.

— Ça pourrait être celle-là, non ?

Tu l'observes attentivement. Cette fois, tu n'as pas apporté ton dossier avec toi.

— Comment l'avez-vous obtenue ? Quand a-t-elle été prise ?

— Sans doute juste après que ma mère est tombée. Et avant que les secours arrivent.

— La photo appartient à votre fameux témoin ? Le type qu'on ne voit nulle part, avec un sweat noir et des symboles étranges cousus sur son dos.

Tu te rappelles ça ? Chapeau bas, mon lieutenant !

— Vous avez une sacrée mémoire ! J'ai appris depuis qu'il s'agit de lettres en hébreu. Cette photo a sans doute été prise par lui. Un autre témoin a vu un flash.

— Pourquoi ne pas me l'avoir montrée avant ? J'ai épluché des dizaines de photos, toutes celles prises par les policiers et les pompiers.

— Et vous l'avez vue, cette Volvo noire, sur ces photos ?

— Vous ne m'avez pas répondu, Ophélie, pourquoi ne pas m'avoir montré ce cliché avant ?

— Vous non plus, vous ne m'avez pas répondu.

Dialogue de sourds. Quelque chose cloche. Je l'ai senti immédiatement quand tu as posé les yeux sur la photo.

— Alors je vais vous répondre, Ophélie. Et même faire les questions et les réponses. Vous ne m'avez pas montré ce cliché avant parce que vous avez voulu vous faire justice vous-même, dans votre petite cervelle déglinguée. Peut-être que j'en suis responsable, avec ces idées que je vous ai mises dans la tête. Vous vous êtes persuadée que cette Volvo appartenait à Richard Vidame, le délégué qui gérait la tutelle de vos parents. Et que c'est lui le chauffard. Vous avez voulu lui rendre visite, au prétexte d'un cambriolage. Un de vos complices, un garçon de votre âge, en est mort. Vous croyez vraiment que je n'allais pas faire le rapprochement ? Pourquoi ne pas avoir été tout dire à la police, directement ?

J'explose.

— Parce que vous ne m'auriez pas crue !

— C'est vrai, vous marquez un point. Mais ça ne justifie rien.

— Si !

Je fais suivre une seconde photo, le cliché de Nina, prise dans la cave du Mont Fortin. Zoom sur la plaque d'immatriculation.

5265 JD 76.

J'ajoute :

— Celle-ci a été prise chez Vidame. C'est la preuve qu'il était sur place, ce soir-là. Depuis, il s'est débarrassé de cette voiture. Mais la preuve est là !

Tu n'as pas l'air particulièrement surpris. Tu devrais, pourtant. Quelque chose ne va pas. Tu te contentes de poser ta bière et de redemander :

— Je renouvelle ma question, Ophélie, pourquoi ne pas m'avoir montré cette photo, à moi ou un autre policier, avant ?

Le sais-je moi-même ?

— Parce que j'avais treize ans. Parce que personne ne m'aurait prise au sérieux. Parce que je venais d'organiser un cambriolage qui se terminait en virée mortelle. Parce que je pensais que ma vie était foutue. Parce que je voulais me faire oublier, pour devenir plus forte, pour renforcer mes défenses, pour préparer mon attaque...

Tu me regardes comme si j'étais folle à lier. Tu as une voix calme d'infirmier qui va m'enfiler la camisole.

— Ou tout simplement, vous n'avez pas montré cette photo parce qu'au fond, au fond de vous, vous ne croyez pas une seconde à votre scénario improbable. À cette coïncidence ridicule. Richard Vidame, l'homme que vous haïssez, serait comme par hasard le chauffard ?

— Cette plaque d'immatriculation... c'est la même.

— Savez-vous qui est Richard Vidame ?

Tu joues à quoi, mon lieutenant ? Tu n'attends pas que je réponde.

— Richard Vidame est un élu de la République. Décoré de l'ordre national du Mérite. Un homme politique qui pèse lourd dans la région. Alors écoutez mon conseil, Ophélie, laissez-le tranquille ! N'allez pas vous attirer des ennuis en vous frottant à lui. Cette affaire remonte à plus de dix ans. Je regrette. Je regrette infiniment d'avoir évoqué cette troisième hypothèse. C'était stupide. Mais faites bien entrer cela dans votre tête, Richard Vidame n'a pas pu tuer votre maman. Il n'a rien à voir là-dedans.

Tes yeux fuient et j'ai la certitude que tu me caches quelque chose. Que tu as peur. As-tu subi des pressions depuis six ans ? T'es-tu fait taper sur les doigts ? T'a-t-on demandé officiellement d'oublier cette troisième hypothèse, surtout si elle innocente un pauvre docker alcoolique, mon père, et accuse un notable qui doit manger à la table du commissaire divisionnaire ?

— Comment pouvez-vous en être certain ?

C'est ta dernière chance, mon lieutenant. Ta dernière chance d'éviter le drame. Il y a six ans, ce n'était qu'une mission de reconnaissance. Pas une vengeance.

Tu termines ta bière.

— Je vous en donne ma parole.

Désolée, mon lieutenant, ça ne me suffit pas.

36

Antoine

La villa des Vidame, perchée en haut de la valleuse du Bois de Cise, dispose d'une des plus belles vues du littoral entre la Normandie et la Picardie. Le contraste entre les falaises abruptes, au premier plan, et la platitude infinie de la baie de Somme, au second, est saisissant. Tu m'as expliqué, Antoine, c'est ici, à Ault, que les falaises normandes meurent, éventrées par l'estuaire. Sous nos pieds disparaît la dernière côte sauvage, pour laisser place, au nord, aux marais et aux plages.

— Élisa, ne t'approche pas trop près.

— Ne t'inquiète pas.

Si, tu t'inquiètes. Tu me retiens du bout des doigts, tu me prends dans tes bras. Tu as l'air heureux, Antoine. Comblé. Tu ressembles à un petit garçon réconcilié, avec l'amour, avec sa famille, avec la vie, avec la terre entière. Tu dois penser qu'il y a la loi de Murphy, celle des emmerdes en série, mais aussi une loi inverse, celle des bonnes nouvelles qui arrivent en bouquet et qui parfument la vie.

Juppé commence à reculer. La rue va peut-être gagner. Tu fêtes la lutte chez toi, avec une fille que tu aimes et que ton père a accepté d'inviter. Alors qu'il y a encore une semaine, vous ne pouviez plus vous parler.

Le soleil disparaît dans la mer, face à nous, rien que pour nous, comme si ton père avait aussi les moyens de privatiser son coucher. Les derniers rayons incendient du même feu la baie de Somme et les falaises. Tu trembles devant tant de beauté, toute ta vie semble s'aligner sur ce trait de côte doré. Tu me forces tout de même à reculer de quelques pas, à m'éloigner du précipice. La falaise surplombe la plage de près de quatre-vingts mètres. J'aime cette sensation de vertige autant que tu la détestes. Nous sommes debout sur une dalle de béton, presque entièrement recouverte d'herbe. Je me retourne vers toi.

— Ce blockhaus a été construit il y a cinquante ans. Il tiendra bien encore quelques instants.

— Ou pas… Méfie-toi.

Tu embrasses du regard le jardin arboré qui donne directement sur la falaise, et trente mètres en retrait, la villa familiale. Une petite merveille d'architecture balnéaire, mélange baroque de bow-windows et de clochetons, de briques et de silex, de tourelles et de poutrelles. Tu tiens toujours ma main, de peur que je me penche un peu plus au-dessus du vide.

— Quand j'avais six ans, m'expliques-tu, notre jardin était deux fois plus grand. La falaise recule de presque un mètre tous les ans. Notre maison basculera dans la mer avant que je sois grand-père !

Le soleil a disparu derrière la ligne d'horizon. J'ai d'un coup l'impression que la température a chuté de plusieurs degrés.

— On rentre ?

— Tu es sûre ?

Tu me serres dans tes bras pour écraser toutes les fourmis qui me font frissonner.

— Tes parents nous attendent.

— On n'est pas mieux ici ?

Des mouettes amoureuses s'amusent à se jeter du haut des falaises. Un ferry passe au large. Des têtes noires émergent de la marée basse, pleine baie, plein nord, rochers ou phoques ? Ça pourrait ressembler au bonheur.

Tu y crois, forcément, toi.

— Je t'aime, Élisa.

Tu m'embrasses. Tu prends mon silence pour une invitation à continuer.

— Je suis bien avec toi, Élisa. C'est le plus beau jour de ma vie. Ici. Et maintenant. Je n'ai pas envie de rentrer voir mes parents, pour fêter le futur retrait du plan Juppé en buvant du champagne et en discutant des conséquences pour les prochaines élections. Je n'ai pas envie de cette vie-là. Je n'en peux plus de toute cette hypocrisie.

Tu m'embrasses encore. Tu prends ma gêne pour une confirmation que tes pensées sont partagées.

— Tout est si simple, Élisa. Tout est si sincère avec toi.

Le téléphone, dans ma poche, sonne à ce moment-là. Un message. Je sais qui me l'envoie.

Ton père.

Il m'en a laissé plus d'une dizaine depuis le début du week-end. Tous explicites, comme si le jeu de séduction l'excitait encore davantage en présence de sa femme et de son fils. Je n'efface rien, j'enregistre tout.

— Tu ne réponds pas ?
— Non. Ce n'est pas important, puisque ce n'est pas toi qui m'appelles.

Mon compliment s'ajoute à la liste des microplaisirs de la loi de Murphy inversée.

Mon pauvre Antoine... Que restera-t-il, dans quelques heures, de ton collier de petits bonheurs ? Une chaîne brisée ? Des dizaines de perles qui roulent et tombent dans le vide ?

Je frissonne.

— On rentre ? J'ai un peu froid.

Si tu savais, à l'intérieur, le givre qui m'emprisonne.
Je ne suis qu'un bloc de glace.

Sans aucun sentiment. Aussi coupant qu'un diamant.

* * *

Je ne frissonne plus. Ton père, comme s'il avait tout deviné, a allumé un grand feu dans la cheminée. On pourrait croire une vraie famille. Vaste pièce à vivre, cuisine ouverte, poutres apparentes, salon cosy, fauteuils confortables, reliures anciennes alignées dans les bibliothèques qui recouvrent les murs, armoire normande ouverte sur des étagères à whisky, Bénédictine et calvados hors d'âge. Même si chez les Vidame, on préfère fêter la soirée au champagne.

Rose-Anna dépose les mendiants sur la table. Elle les a cuisinés toute la journée avec une lenteur horripilante.

Elle effectue chacune de ses tâches, mettre la table, la débarrasser, s'asseoir, se lever, tout laver, tout ranger, avec la même méticulosité apeurée.

Ton père s'approche de moi.

— Je vous ressers un verre, Élisa ?

— Pourquoi pas !

J'en suis à mon quatrième. En apparence du moins. Je suis parvenue à en reverser un dans l'évier. J'irai aux toilettes avec le prochain. Ça ne m'empêchera pas d'avoir la tête qui tourne, mais moins que Richard Vidame ne le croira.

Ton père remplit ma flûte.

Toi, tu ne bois pas.

— Vraiment Antoine, même pas un fond ? insiste ton père. Pour trinquer à la victoire ?

J'étais certaine que ton père allait te provoquer. Cela fait partie de son plan. Tout est prémédité. Chaque geste, chaque verre qu'il me verse, chaque message qu'il me laisse dès qu'il sort de la pièce.

Vous êtes particulièrement jolie ce soir. Antoine est un petit veinard.

Je ne veux pas le décevoir. L'alcool, la chaleur des flammes, j'ai d'abord laissé mon pull traîner sur l'un des fauteuils, puis déroulé mon écharpe comme une longue peau de serpent mort, pour libérer mon cou.

— Je peux retirer mes chaussures aussi ?

— Mettez-vous à votre aise, Élisa, je vous en prie.

Je joue du bout des pieds avec les poils du tapis. Ballerines grises, jupe droite ivoire, chemisier lilas échancré. Nous jouons une comédie, Antoine, et toi tu ne vois rien, aveuglé par l'amour et tes certitudes. J'envie ta naïveté !

— Quelle victoire ? répliques-tu.

Tu tombes à pieds joints dans le piège tendu.

Rose-Anna a déjà compris que tout allait dégénérer. Elle récupère délicatement quelques miettes de mendiants éparpillées sur la table, les tient au creux de sa main comme s'il s'agissait de paillettes d'or, les fait pleuvoir dans la poubelle et annonce qu'elle va se coucher.

Ton père ouvre l'armoire, se sert un verre de Bénédictine 1888, puis s'appuie négligemment sur le dossier du fauteuil pour te répondre.

— La toute dernière des victoires. Savoure, mon fils, savoure. Toutes les réformes de Juppé passeront, tôt au tard. Mais une chose est certaine, plus aucun gouvernement ne cédera devant des manifestants.

— Ce n'est pas le gouvernement qui décide, c'est la rue !

Ton père boit d'un trait son verre et sourit.

— Tu es trop jeune pour te rendre compte. Cette France bloquée, c'est le chant du cygne d'un monde qui n'existe plus. Demain, on basculera pour toujours dans le libéralisme et l'individualisme.

Ton père sort son téléphone portable, celui avec lequel il communique en secret avec moi, et nous regarde successivement tous les deux. Ultime provocation.

— À cause de ça, poursuit-il en montrant l'appareil qu'il tient dans la main. La révolution numérique. La fin des luttes collectives et des idéaux. Bienvenue dans le monde des réseaux.

Évidemment tu n'es pas d'accord ! Évidemment tu t'accroches à tes convictions, ton père a peur de l'avenir et se raccroche au passé. Le monde de demain est à inventer. Évidemment le sourire satisfait de ton père t'exaspère. Qu'il laisse la place, qu'il s'efface.

Je ne dis rien, je me contente d'écouter, comme ces enfants qui n'ont pas à se mêler des conversations d'adultes. Je suis assise face à la cheminée. J'ai l'impression que mes bas vont fondre et mes jambes avec. Je vide un nouveau verre, le cinquième. Je fais sauter un nouveau bouton de mon chemisier, ton père l'a immédiatement remarqué.

Pas toi.

Le ton continue de monter. Ton père sait utiliser les mots justes pour te faire exploser, telles des notes de piano. Pragmatisme, consensus, principe de réalité, politique des petits pas, alliances de circonstances...

À chaque nouvelle touche jouée, tu parais plus outré. C'est ton cœur, c'est ta chair qu'il flagelle.

Tu finis par renoncer à discuter.

— Tu es vraiment trop con, papa. Tu viens, Élisa. On va se coucher.

— J'arrive.

37

Vidame

Nous voilà seuls tous les deux, Richard.
Tu bois encore, je bois encore, en apparence du moins. As-tu compté le nombre de verres que tu m'as servis ? Six ? Sept ?

— Je peux vous montrer quelque chose, Élisa ?

Tout ce que tu veux, Richard... Je marche pieds nus, j'ai le réflexe d'attraper mon sac. Tu prends cela pour un geste anodin. Tu ignores ce qu'il contient. Un dictaphone qui enregistre tout et le plus petit de tous les modèles de caméscope, à peine plus épais qu'un livre de poche.

Verre à la main, tu ouvres la pièce qui jouxte le salon.

— Personne d'autre que moi ne vient ici.

C'est une salle de sport. Je découvre un vélo d'appartement, un banc de musculation, un tapis de course, un rameur... Tu refermes la porte derrière moi, tu t'approches un peu trop, tes lèvres frôlent mon cou. Ta main se pose sur mon épaule, je la repousse.

— J'ai trop bu. N'en profitez pas, Richard.

Tu m'observes de bas en haut, de mes pieds nus à mes yeux maquillés.

— Cela vous va bien de boire. Antoine est définitivement trop coincé.

— Taisez-vous. Vous aussi, vous avez trop bu.

Tu t'adosses aux barres d'haltères.

— Vous avez raison. Il faut que je reprenne mes esprits. C'est votre faute aussi.

Tes yeux me déshabillent une nouvelle fois, mais tu ne me touches pas.

— Vous m'attendez, vous me le promettez ?

* * *

Tu disparais derrière la porte la plus proche de la salle de fitness. Une porte de verre dépoli. Je ne comprends que lorsque j'entends l'eau couler et gicler en averse contre la vitre.

Tu prends une douche !

Je dispose de quelques minutes, une au moins. Je fouille dans mon sac et je pose le caméscope sur l'étagère face à moi, encombrée de revues et de journaux. J'en saisis un pour recouvrir la caméra. L'objectif ne ratera rien de la scène, mais est invisible, à moins de regarder précisément dans cette direction. J'ai à peine le temps de reposer mon sac que tu ressors déjà.

Nu.

Sans même une serviette pour cacher ton sexe. Ta peau ruisselle, tu t'es à peine essuyé, tu sembles t'en moquer. Tu éclates de rire, comme si ton attitude n'avait rien de sexuel.

— Demande exaucée, Élisa. Maintenant nous sommes quittes.

— Vous êtes fou !

— Pourquoi ? Ça vous gêne, la nudité ?

Tu avances de quelques pas mais restes à bonne distance. Ton plan, bien entendu, pour que je puisse admirer ton corps parfait, pas un poil de graisse, pectoraux dessinés, ventre plat, cuisses et fesses galbées. Un quadra prédateur dans toute sa splendeur.

Tu en rajoutes, tu bois lentement ton verre en penchant ta tête en arrière.

Continue, Richard, surtout ne te prive pas, tu passes à la télé, ma caméra va tout immortaliser.

— Non, dis-je. Pas spécialement...

Tu lèves ton verre à ma santé.

— Voilà une autre chose qu'Antoine ne comprendrait pas. Il est bourré de complexes depuis qu'il est petit, trop maigre, pas assez de fesses, torse sans relief, mais il n'a jamais fait d'efforts pour les affronter. Il vient ici depuis quinze ans et n'a jamais touché à un seul de ces appareils.

Imperceptiblement, tu t'approches de moi.

— Vous si ?

— C'est une question de politesse, non ? Être beau. Entretenir son corps. On ne le fait pas pour soi, on le fait pour les autres. Se négliger, c'est leur manquer de respect. On est bien obligés de tous se regarder, de se supporter, de s'évaluer. Vous ne trouvez pas ?

Tu es juste en face de moi. Moins de vingt centimètres nous séparent, mais tu ne me touches toujours pas. La caméra tourne, Richard, tu m'en offres bien plus que je ne l'aurais espéré. Et ce n'est pas terminé.

— Je ne sais pas...

— Mais si, tu sais. Vous, les femmes, le savez tellement mieux que nous. Je ne suis qu'un amateur à côté de vous.

Cette fois ton doigt se pose sur ma joue.

— Je vais t'avouer un secret, Élisa.

Le contact physique semble t'autoriser à me tutoyer.

— Un secret de Polichinelle. Ou de Colombine plutôt. Je ne suis pas vraiment ce qu'on peut qualifier de mari fidèle. J'ai eu d'autres femmes, beaucoup d'autres femmes, que Rose-Anna. De son côté, elle ne m'a sans doute trompé qu'avec ses chats angoras, sa passion pour les astéroïdes et ses plants de vignes écologiques sur les pentes du Mont Fortin. Mon attitude vous choque peut-être, Élisa, mais je n'en éprouve aucune honte, bien au contraire. Ces femmes ont toujours été consentantes. J'ai toujours veillé à les rendre plus heureuses. Au fond, c'est un peu comme faire du social, ou de la politique, c'est essayer d'être généreux. Si elles m'ont dit oui, c'est qu'elles en avaient envie.

Continue, mon Richard, continue. Rose-Anna va adorer ça ! Et tes collègues, tes amis, et tes électeurs aussi.

— Aucune honte ? Même sous votre toit ? Même à côté de votre femme, de votre fils ?

Ta paume entière caresse ma joue.

— Ça ma jolie, ce sera une première fois.

Je ne bouge pas, mais je plante mes yeux dans les tiens.

— Qui vous dit qu'il y aura une première fois ?

Ta main descend doucement le long de mon cou. Longe mon épaule, s'immisce sous ma chemise.

— C'est toi qui décideras !

Je résiste à l'envie de m'enfuir. On verra, Richard, si ta femme te pardonne. C'est elle qui a l'argent, pas toi. Survivras-tu au divorce ? Au scandale ?

Ta main enferme mon sein.

Oui, tu y survivras, ta déchéance ne me suffit pas.

Je murmure à ton oreille d'une voix suppliante.

— Pas ici. Et j'ai trop bu.

Ta main écrase ma poitrine. Ton autre main attrape la mienne et la pose contre tes hanches mouillées.

— Justement. Profite. Pour faire une folie. Demain tu ne voudras plus.

Je plante à nouveau mes yeux dans les tiens. Comme soudainement dessaoulée.

— Je n'ai pas besoin de boire pour commettre une folie.

Ta main fait descendre la mienne. Jusqu'à toucher ton sexe. Je le savais, je m'y attendais, je m'y étais préparée, mais l'instinct de répulsion est plus fort que ma volonté. Je me recule brusquement, je parviens juste à me retenir de hurler, de te gifler.

Tu ne comprends pas tout ce qui se joue dans ma tête, tu dois imaginer que tu as été trop rapide. Ou au contraire, pas assez autoritaire. Je devine que tu hésites entre abandonner et insister. Me violer ? Je récite les mots que j'ai répétés tant de fois dans ma tête.

— Pas ici. Pas avec Antoine qui dort à côté. Pas si près de votre femme. Demain. Demain matin. Dehors, au blockhaus. Quand tout le monde dormira.

Tu me dévisages, comme si tu cherchais à deviner si ma proposition est une fuite, ou une réelle promesse. Tu déposes un baiser sur mes lèvres. Puis tu murmures à mon oreille, j'ai l'impression stupide que c'est pour que ni la caméra, ni le dictaphone ne t'entende :

— À demain, Élisa. Je t'attendrai. J'espère que tu feras le bon choix. Je peux t'aider. J'en ai les moyens, tu sais. Ta vie peut changer. Un métier, une carrière, une vie, c'est uniquement savoir saisir des opportunités.

Je retiens ma respiration, comme on plonge en apnée, et je te rends ton baiser.

Tu es persuadé d'avoir gagné.

Tu viens de tout perdre.

***

Antoine dort à côté de moi, tel un bébé. Du sommeil des purs, des naïfs, de ceux que la vie n'a pas encore écorchés vifs. Il ne s'est pas réveillé quand je suis allée me coucher, il ne se réveillera pas davantage quand je me lèverai demain matin. Ensuite, il ne dormira plus, plus jamais, de ce sommeil apaisé.

J'ai les yeux grands ouverts. Je fixe le plafond tout en serrant au creux de mon poing ma coccinelle. J'aimerais tant que Nina soit là, comme toutes ces années à la Prairie, allongée sous moi, à chasser les fantômes sous mon lit, à écraser les araignées, à souffler sur les moutons noirs... mais non, nos nuits ne se superposeront plus jamais. Nina m'a laissé dans la soirée un message tapé sur un Minitel.

« Coucou ma crâneuse,
ça me fait trop drôle de t'écrire des mots que tu liras sur ton fameux GSM de bourgeoise !

C'est ça le progrès ? Écrire des messages alors qu'avant, il suffisait de se parler ?

Jamais ça marchera leur invention ! C'est un truc de vieux. Les jeunes, taper un texte sur un téléphone, ça va vite les gaver !

Enfin bref... Souhaite-moi bonne chance, ma belle ! Ce soir, je vais manger chez les parents de Karim. Et pour la première fois, je vais leur parler du petit asticot dans mon ventre...

Tu crois qu'ils voudront de moi comme bru ? Si, je te jure, ça a l'air dingue mais c'est le vrai mot pour désigner une belle-fille : une bru ! Faut que j'y aille. Bisous. »

Bien entendu !
Bien entendu qu'ils voudront de toi, Nina. Pour eux, tu es l'inespérée. Celle qui a transformé leur gamin chien fou en adorable toutou.
Profite, fonce, avec Karim vous avez la vie devant vous.
Pour moi, demain tout sera terminé.
Il ne reste qu'une dernière question à trancher.
Jusqu'où aller ?
Que vais-je faire de toi, Richard Vidame ?
Te détruire ?
Ou te tuer ?

38

Nina

Les parents de Karim, Saïd et Anissa, ont quitté le quartier Sorano il y a trois années. À regret.

La Logi-S.E.R. a décrété que les appartements étaient insalubres et décidé de reloger les habitants des immeubles, dans des petits cubes sans étages, tous alignés derrière leurs jardinets. Saïd et Anissa ont la nostalgie des étages à grimper, de la ville vue d'en haut, des gosses jouant à l'ombre des tours, du bruit sous leurs fenêtres et de la vie en communauté.

Vivre dans un pavillon, sans escalier à monter, c'est un truc de retraité. Une petite mort. Presque déjà un caveau, Anissa a même pensé planter des chrysanthèmes dans le jardinet.

Finalement, Saïd a planté de la menthe, installé un salon de jardin et scellé un barbecue en briques. Leur retraite a pris un sens depuis toi, Nina. Depuis que tu es apparue dans la vie de Karim, et surtout dans la leur.

— J'ai quelque chose à vous dire, déclares-tu avec un air de comploteuse.

Vous êtes assis tous les quatre autour de la petite table ronde, chacun devant son verre en cristal marocain alors que le thé infuse doucement. Karim n'en mène pas large. Anissa a tout débarrassé, elle a cuisiné un mesfouf que Karim a à peine touché, mais tu as mangé pour deux. Ou pour trois.

— Je suis enceinte.

Aussitôt, Saïd prend la main d'Anissa. Anissa prend celle de son fils, et Karim la tienne. Vous formez une chaîne incassable, une chaîne qui pourtant tremble et pleure.

— Ma Nina ! suffoque Anissa. Ma Nina ! Si on avait imaginé un jour que notre grand nigaud nous ferait un enfant. Tu es un miracle, ma fille. Un miracle dans sa vie. Un miracle dans notre vie.

Tu pleures aussi, Nina. Tu aurais envie de leur dire qu'eux aussi sont un miracle dans ta vie, que Saïd et Anissa sont la famille que tu n'as jamais eue, que tu n'as jamais rêvé que des parents puissent t'accueillir ainsi, avec leur hospitalité hallucinante et leur simplicité désarmante, toi la gamine de foyer à l'enfance broyée. Jamais tu ne t'es sentie aussi heureuse, jamais tu ne t'es sentie autant à ta place.

— Viens, mon trésor, dit Anissa après avoir noirci trois boîtes de kleenex au mascara de ses yeux. Viens que je te montre à quoi ressemblait ton grand idiot de futur mari. Parce que je vais t'avouer, avant que tu le remettes dans le droit chemin, il nous en a fait, des conneries !

Vous riez tous, même Karim.

Anissa a sorti une grande caisse plastique dans laquelle sont rangés une dizaine d'albums photo, numérotés, étiquetés, de la naissance de leur fils à aujourd'hui. Vous vous tassez tous les quatre dans le canapé.

— J'espère que ton bébé sera plus beau que cette merguez sur pattes, lance Saïd en regardant avec tendresse une photo de Karim à la maternité.

— J'espère surtout que tu vas nous faire une petite fille, ma Nina, réplique Anissa. Élever un tel voyou, ça m'a suffi.

Karim rit toujours, bêtement. Depuis qu'il t'a présentée à ses parents, tu occupes toute la lumière. L'ombre ça lui va, il aime ça.

Sur les photos, les années défilent. Le quartier Sorano se construit, puis vieillit. Les 205 remplacent les 204, les AX remplacent les 2CV, les R5 remplacent les 4L, rien d'autre ne change. Karim et sa bande de copains grandissent. À six ans, ils jouent au foot sur le parking devant l'immeuble, à dix ans aussi, à douze ans aussi, à quatorze ans, cigarette aux lèvres, ils regardent les plus petits jouer.

Soudain, tu pointes ton doigt.

— Et lui, c'est qui ?

Des jeunes bavardent, debout devant une cage d'escalier. À côté de Karim se tiennent une fille avec des dreadlocks et un piercing, un rouquin en cuir, et un dernier, de dos, qui porte un sweat noir à capuche.

Un sweat noir avec deux lettres dans le dos.
— Qui ça ?

Tu n'arrives pas à le croire, Nina, et pourtant elles sont là ces deux lettres, devant l'immeuble Sorano, sur cette photo.

Le type au sweat noir que nous cherchons depuis nos treize ans, depuis le témoignage de Suzanne Buisson !

— Qui est ce type, Karim ? Celui avec ces deux lettres cousues sur son sweat. Folette le cherche depuis des années.

Karim te fixe, étonné.

— Un dingo sûrement, s'il se balade au Château Blanc avec des lettres en hébreu sur son dos.

— Ce... ce sont des lettres juives ?

Je ne t'ai rien raconté, Nina, je ne t'ai pas dit ce que Mizar, la dernière étoile de ma Grande Ourse, m'a révélé il y a quelques semaines. Tu ne comprends plus rien.

— Ça n'a pas de sens, Karim. Pourquoi un Juif se baladerait devant l'immeuble Sorano ?

Saïd fronce les sourcils, Anissa regarde avec sévérité son fils. Karim te lance un grand sourire.

— Je n'ai jamais dit que ce type était juif, juste qu'il avait des lettres en hébreu cousues sur son dos. K et M. Kof et Mem.

Tu te souviens, Nina, des nuits qu'on a passées, avec Steevy, à chercher ce que ces deux lettres signifiaient... et Karim, depuis le début, en possédait la clé ?

— C'est tout simple, Nina. Ces deux lettres, K et M, sont le logo du club de krav-maga. Une discipline de close-combat qui cartonne dans les cités. Elle s'inspire des techniques d'autodéfense de l'armée israélienne. Tu vois, optimisation des réflexes, analyse des points sensibles de l'adversaire, recherche de la voie la plus courte pour attaquer... J'ai pratiqué moi aussi, pendant un an ou deux, avant de me mettre à la capoeira.

Anissa confirme de la tête, un peu inquiète.

— Et le type au sweat, tu le connais ?
— Tu parles ! Il est de la barre Jouvet. Celle à côté du Sorano. C'est Nabil, le seul Arabe assez con pour se promener avec des lettres en hébreu dans le dos !
— Il… il habite encore dans le quartier ?

Cette fois, Saïd est le plus rapide à répondre.

— Oui. Ce fainéant n'a jamais quitté ses parents !

Tu n'arrives pas à le croire, Nina.

— Dans la barre Jouvet ?
— Oui mon trésor ! Mais je ne te conseille pas d'aller le réveiller. Son père a fini par mettre Nabil au turbin, il décharge les camions de légumes sur le port, au MIN de Rouen. Il prend le premier bus, à 6 heures, chaque matin.

Tu touches ton ventre. Tu jurerais avoir senti ton bébé bouger, ma Nina.

— On y sera !

Il était plus de minuit.

Comment aurais-je pu savoir, moi qui veillais, les yeux grands ouverts, Antoine endormi à côté de moi, que tu avais identifié le dernier témoin ?

Comment aurais-je pu imaginer que tu te lèverais à l'aube avec Karim pour aller le faire avouer, à l'instant même où moi aussi je me lèverais ?

Comment aurais-je pu deviner que tu découvrirais une vérité qui remettrait en cause tout ce que je croyais, tout ce que j'avais cru depuis le début, au moment même où j'allais retrouver Richard Vidame… pour en finir.

39

Vidame

Tu es là, au bord du vide. Confiant, sûr de toi.

Il fait un froid sec, mordant. Le soleil se lève à peine derrière les falaises. Les premiers rayons se faufilent entre les arbres du Bois de Cise, filtrés comme des lasers aveuglants. Un décor crépusculaire. Peut-on utiliser ce mot pour décrire une aube claire ?

Tu es habillé d'une simple chemise blanche, d'un pantalon de toile. Élégant. Puissant. Comment Antoine, comment Rose-Anna, même Consuelo, ont-ils pu grandir dans l'ombre d'un salaud tel que toi ?

D'ailleurs ils n'ont pas grandi.

Tu me vois marcher vers toi, tu me souris. Je sais que cette fois, nous ne parlerons pas. La parade amoureuse est terminée, il n'y a plus de jeu de séduction entre nous, tu n'attends plus que mes gestes. Je ne suis plus qu'une bouche, une peau, un sexe, à posséder.

L'herbe est glissante, blanchie de givre, parsemée de silex coupants, tu ne sembles pas t'en soucier...

Où as-tu prévu que l'on fasse cela ?

Ici debout, au bord du précipice, tu oserais ? Un simple mouvement et on basculerait ? Ou allongés, à en faire craquer l'herbe gelée, corps mordus par le froid ? Non, ça ne te ressemble pas. Peut-être as-tu installé une garçonnière dans le blockhaus, juste en dessous. Une cachette secrète. Une alcôve de béton avec vue sur la mer... Ça te correspondrait davantage.

Je continue d'avancer vers toi. Cette fois, rassure-toi, Richard, il n'y a pas de caméra. Je n'ai plus besoin de preuves supplémentaires. Quoi qu'il arrive, il sera trop tard pour faire machine arrière. J'ai profité de mon insomnie, cette nuit. J'ai enregistré les fichiers audio et j'ai envoyé les plus compromettants sur les téléphones d'Antoine et de Rose-Anna. J'ai glissé la cassette vidéo dans une enveloppe que je suis allée poster très tôt ce matin. Le compte à rebours est lancé, Richard, plus rien ne pourra le stopper. Tu peux dire au revoir à tout. Ta famille, ta carrière...

Mais je suis désolée, ça ne me suffit pas.

J'ai longtemps réfléchi cette nuit, tu as eu droit à un procès équitable, j'ai repassé dans ma tête toutes les possibilités, tous les témoignages, tous mes souvenirs, tous les faits...

Et à l'aube le verdict est tombé.

Tu es condamné à mort.

Tu n'as pas bougé, les pieds enfoncés dans l'herbe que les premiers rayons de soleil commencent à dégeler. Semelles légèrement mouillées. Tu tournes le dos à la falaise, au vide, au vertige, tu ne regardes que moi. À peine surpris. Satisfait. Tu n'auras même pas à courir après la gazelle pour la dévorer, elle vient se jeter entre tes crocs, de son plein gré.

Je m'avance vers toi.

Tout ira très vite, Richard, rassure-toi. Tu ne te rendras compte de rien.

Tu me tendras les lèvres, tu m'offriras tes bras.

Je lèverai les miens vers toi.

Mais pas pour t'embrasser.

Pour que tu ressentes ce qu'a ressenti Maja.

Quand elle s'est envolée.

40

Nabil

— Nabil ?

Il est 6 heures du matin. Karim et Nina ont attendu que tu sortes de la cage d'escalier, barre Jouvet, porte 3. Tu les regardes, étonné.

— On a des questions à te poser.

Tu hésites un peu, Nabil. Des questions ? Quelles questions ? Karim a toujours été un caïd dont tu te méfiais. Tu n'as jamais cru ceux qui racontent qu'il s'est rangé, à cause d'une fille. D'ailleurs, c'est elle la fille ? Elle a une voix à vendre des légumes à tagine sur le marché, une braillarde, de celles dont tu te méfies.

— C'est à propos de l'accident, il y a douze ans. Maja Crochet. Tu te souviens ?

— …

— On sait que tu y étais ! Que t'as tout vu ! Tu préfères que ce soit nous, ou les flics, qui viennent t'interroger ?

Cette fois, tu n'hésites plus. Tu espères profiter de l'effet de surprise et tu te mets à courir, droit devant toi.

Tu ne pensais pas que Karim serait aussi rapide. Rangé mais pas rouillé, le caïd. Il se met à sprinter derrière toi, alors que la fille court trois pas puis s'arrête en se tenant le ventre, déjà essoufflée.

La course-poursuite ne dure pas longtemps, tu comprends vite que Karim est plus rapide, qu'il te laisse un peu d'avance pour te rabattre dans un endroit plus calme, plus discret. Tu t'es fait piéger ! Tu réalises que tu as suivi le chemin qu'il avait anticipé, celui que tu prends chaque matin pour aller attraper ton bus, ou tout simplement pour aller traîner dans le centre-ville, par la passerelle qui enjambe la rocade.

Karim te rattrape juste avant, comme s'il avait parfaitement dosé son effort. Sa blonde est encore loin, à six cents mètres derrière vous, à hauteur du rideau de fer de chez monsieur Pham.

Un instant, tu as peur que Karim t'empoigne et te balance du haut de la passerelle. Mais non, il se contente de te saisir par le col.

— Je... je n'ai rien vu ce soir-là.

— Oh si Nabil, répond Karim. Et tu vas tout nous dire !

41

Vidame

Je te souris, je ne suis plus qu'à un mètre de toi. Tu n'as pas bougé, tu ne te méfies pas. Je n'aurai qu'à te toucher pour te déséquilibrer. Tu basculeras, quatre-vingts mètres plus bas.

Je lève mes bras à hauteur de tes épaules, comme si je voulais t'attirer vers moi, pour t'embrasser.

C'est ce que je veux que tu croies.

Mes deux paumes ouvertes se baisseront brusquement, de quelques centimètres, se poseront sur ton torse et appuieront alors de toutes leurs forces. Ça prendra moins d'une seconde, tu n'auras pas le temps de réagir. L'effet de surprise ! Tu es tellement certain que c'est moi qui suis prise.

Je dois juste scinder mon cerveau en deux, l'hémisphère qui dessine chaque trait de mon visage qui sourit, un masque d'ange, et celui déterminé à tuer, qui commande chacun de mes muscles comme autant d'armes mortelles.

J'y parviens, j'y parviens si facilement. Tu m'as transformée en monstre, Richard. Je pense à Steevy, je pense à Maja, je pense à toi aussi Nina, et au bébé que tu portes, je pense à Béné, désolée, c'est une meurtrière que tu as couvée pendant toutes ces années. Je pense à Lazare, sans toi jamais je n'aurais accumulé autant de preuves. Je pense à papa, peut-être auras-tu le courage que je n'ai pas eu, peut-être viendras-tu me voir en prison, quand tout sera terminé. Je pense à Antoine, curieusement, c'est à toi que j'offre ma dernière pensée...

Et je te pousse !

De toutes mes forces décuplées par les années à imaginer cette seconde où tu vas enfin payer.

Tu n'as pas bougé.

Pas davantage que si je m'étais appuyée contre un arbre en équilibre au-dessus de la falaise.

Avant même que je ne parvienne à te toucher, tu as saisi mes poignets.

Tu as été plus rapide que moi... comme si tu avais tout anticipé.

Tu me retiens, ainsi menottée dans l'étau de tes mains. Tu es plus fort, plus puissant. Je me débats mais tu ne cèdes pas. Tu hausses le ton, tu crois que crier pourrait me calmer ?

— Qu'est-ce que tu veux, Élisa ? Me tuer ? Parce que j'ai eu envie de toi ?

Je continue de me débattre, agitée de dérisoires gesticulations que tu maîtrises sans agressivité. Tu tentes d'observer les traits de mon visage entre mes cheveux qui volent et mes rictus désespérés.

— Si tu n'avais pas été d'accord, jamais je ne t'aurais touchée.

Je crache, et le vent me renvoie mon crachat.

— Lâche-moi !

Et soudain, sans que tu ne desserres ton étreinte, une lumière s'allume dans ton cerveau et éclaire tes yeux.

— On se connaît ?

Tu me tiens toujours en respect, à la seule force de tes doigts autour de mes avant-bras, mais tu viens de comprendre que c'est moi qui suis libre, et toi que je retiens prisonnier.

— Lâche-moi, connard ! Tu ne comprends pas ? J'ai tout filmé, tout enregistré. J'ai tout envoyé sur la messagerie de ta femme et de ton fils. Demain, la vidéo de notre soirée sera dans la boîte aux lettres de tous les journalistes. Tu vois le tableau ? L'irréprochable Richard Vidame, à poil, en train d'essayer de sauter sa belle-fille alors que son fils et sa femme dorment à côté.

J'ai eu le secret espoir que le choc te terrasse. Que tu baisses la garde. Que je puisse en profiter pour reprendre l'avantage. Le bord de la falaise n'est qu'à deux mètres. Mais tu as tout encaissé, sans ciller, comme si rien de ce que je viens de te balancer ne t'inquiétait. Au contraire, tes traits paraissent plus libérés, presque détendus, soulagé d'avoir enfin compris. Tu cherches à attraper mes yeux sous la cascade de mes cheveux.

— Alors c'est toi ? Folette ? La petite Ophélie Crochet ? Tu as… beaucoup changé.

Tu me regardes, et seule la façon dont mon corps s'est transformé semble t'intéresser. Tout juste si tu n'ajoutes pas un compliment sur mes mensurations. J'ai du mal à réaliser que tu puisses rester aussi décontracté.

— Qu'est-ce que tu cherches, Folette ? Pourquoi fais-tu tout ça ?

Je t'offre mes yeux cette fois. Et toute leur colère. Toute leur haine.

— Pour Maja !

Tu souris, et je te hais plus que jamais. Un autre plan germe dans ma tête. Je ne pourrai pas me défaire de tes poignets, tu es trop fort pour moi. Mais si au lieu de chercher à me libérer, je cherche au contraire à te rejoindre ? À peser de tout mon poids sur toi, ne faire plus qu'un et t'entraîner avec moi. Dans le vide...

— Pour Maja ? répètes-tu.

Tu prends à peine le temps de réfléchir.

— J'aimais beaucoup ta mère, Folette. Tu es presque devenue aussi belle qu'elle. Mais écoute-moi, écoute-moi bien, je ne l'ai pas tuée.

Salaud ! Ordure !

— Tu mens !

— Non, c'est toi qui te mens, depuis le début. Parce que tu sais, au fond de toi, qui est le véritable assassin. Je veux bien admettre que je ne suis pas un type très recommandable, que j'ai commis un paquet d'erreurs dans ma vie, mais je ne suis pas un tueur.

— Tu mens !

Tant pis, on s'envolera ensemble, Richard.
On rejoindra Maja.
Elle témoignera !

Je cesse brusquement de lutter.

Et soudain je te pousse. Tu ne t'attendais pas à ça ! Tu résistes encore, mais tu es déséquilibré, au bord de la rupture, tel un judoka qui a perdu ses appuis.

Tu es plus fort, mais je suis plus déterminée.

Déjà, je sens nos corps chavirer.

L'appel du néant. Tu n'as plus rien pour te retenir.
Tu lâches mes poignets, dans un ultime réflexe pour te dégager, mais je m'accroche à toi.
Nous mourrons, tous les deux.
La terre sera débarrassée de deux monstres.

42

Nabil

— Tu vas tout nous dire, Nabil, répète Nina, essoufflée.

Elle a trottiné jusqu'à la passerelle, elle a mis une éternité pour y arriver. Pauvre Nabil... Karim t'a assis sur la balustrade, en équilibre, la tête et le tronc au-dessus de la rocade. Si tu t'étais mis au krav-maga pour qu'on te laisse tranquille dans le quartier, c'est raté. Entre les mains de Karim, tu ressembles à un enfant tétanisé qui n'ose même plus bouger de peur qu'il te lâche.

Nina s'avance et pose son index sur ton front. Tu as l'impression de basculer de quelques centimètres supplémentaires.

— Tu avais dix-sept ans la nuit de l'accident, alors tu te souviens forcément.

— Non... Non...

— On a des témoins ! On sait que tu étais là, avec le père d'Ophélie Crochet. Tu as même pris une photo, cette photo que tu as remise au vieux Lazare.

Dès que Karim desserre un peu son étreinte, tu ne vois plus que le ciel, tu n'entends plus que le bruit des voitures sur la rocade.

— OK, finis-tu par cracher. C'est bon, j'y étais. J'étais sur cette putain de passerelle ce soir-là. Comme la plupart des soirs. Et pas pour vendre des poireaux, si vous voyez ce que je veux dire. Une autre sorte de plantation.

Nina appuie plus fort son doigt sur ton front. Tout ton corps penche encore. Tu as la sensation de n'être plus qu'un sablier et que tout ton sang va se verser d'un seul côté.

— Alors raconte-nous, vite !

— Quand... quand je suis arrivé, la mère de ta copine, Ophélie, avait déjà basculé. Son corps s'était écrasé, trois mètres plus bas, sur la rocade. Tête la première. Crâne fendu sur le bitume.

— Et le père d'Ophélie ?

— Il est arrivé après. Il était complètement bourré. Mais je peux vous certifier un truc, il ne l'a pas touchée.

— Pourquoi t'as rien dit ! explose Karim en ne le tenant plus que d'une main. Il a fait six ans de taule pour ça !

Tu grimaces, plus blanc que la façade du Sorano.

— Et moi j'en aurais fait combien pour le deal de beuh ? Chacun sa merde !

— Et la photo ? intervient Nina. Et la Volvo noire ?

— Je l'ai prise avant que les flics débarquent. Ça pouvait toujours se monnayer. Après je me suis tiré. J'allais pas attendre les keufs avec l'herbe dans les poches. J'ai déguerpi dès que le type des services sociaux, Vidame, est sorti de sa caisse. Je le connaissais, il venait souvent dans le quartier, il s'occupait de plusieurs familles, pas que des Crochet.

— Ça aurait pu être lui, le tueur ? Il aurait pu lui rouler dessus ?

— Dessus qui ? Maja Crochet ? Vous êtes cinglés !

Tu regardes Nina et Karim, tu commences à comprendre ce qu'ils cherchent, et d'un coup, tu es plus rassuré. D'ailleurs Karim relâche enfin son étreinte et tu parviens à te redresser. Tu reposes les pieds sur la passerelle.

— Je vous ai dit, je suis arrivé le premier. Quelques secondes à peine après que Maja Crochet eut sauté. J'ai eu le temps de cogiter ensuite, d'écouter ce qu'on racontait dans le quartier, les questions des flics, l'enquête. Si Vidame s'est pointé aussi vite, c'est pas une coïncidence, c'est parce que la mère de ta copine, Ophélie, n'avait pas cessé de l'appeler. Alors dès qu'il a eu le message, il est venu aussi vite qu'il a pu. Logique qu'il soit arrivé avant les flics... mais trop tard quand même pour la sauver.

Karim t'a relâché. Tu le regardes, puis Nina. Cette fois, c'est toi qui as les atouts en main.

— Vous cherchez quoi ? Un coupable ? Réveillez-vous, c'était un accident ! Un putain d'accident ! Alors si vous voulez vraiment rendre service à votre copine, vous feriez mieux de la retrouver. Et de l'empêcher de faire une connerie !

43

Vidame

Nous basculons.

Je sens la terre calcaire blanche, les silex glissants, l'herbe gelée glisser sous nos pieds. Je sens le vide nous happer.

Nous allons mourir tous les deux.

C'est ma dernière pensée.

Nous allons rejoindre le royaume des êtres volants, tu t'expliqueras devant Maja. J'ai hâte qu'elle me serre dans ses bras. Je les sens déjà, autour de ma taille. Autour de ma poitrine. Je lutte contre cette dernière sensation, je repousse cette ultime hallucination : des bras, une forêt de bras, s'enroulent autour de moi comme autant de lianes sorties du néant. Elles ceinturent nos jambes, s'agrippent à nous, se nouent, nous retiennent et nous plaquent au sol. Me ligotent et me menottent.

Je comprends enfin !

Je les compte dans ma tête. Huit policiers viennent de surgir des arbres les plus proches, un bosquet touffu de chênes et de châtaigniers.

Ils attendaient là, depuis le début.

Qui peut les avoir prévenus ?

Ils te relâchent, Richard, s'excusent presque de t'avoir plaqué au sol, d'avoir taché ton pantalon, tout juste s'ils ne l'époussettent pas, alors que deux flics aux bras de catcheurs me relèvent de force. J'ai perdu mes ballerines alors qu'on me jetait à terre.

Les deux policiers me tirent en arrière. Mes pieds s'écorchent aux silex. Ils s'en moquent comme je me moque de la douleur. Je ne vois plus que les deux traînées rouges que je trace derrière moi, un chemin sanglant jusqu'au saut de la mort.

Qu'on m'interdit !

Un fourgon est dissimulé à proximité, dans le chemin creux du sentier de randonnée. Avant que les catcheurs m'y enfournent de force, je remarque que toutes les fenêtres de la villa du Bois de Cise sont allumées. J'aperçois Rose-Anna, vêtue d'une chemise de nuit, courir vers toi avec la légèreté d'un fantôme. Rapide comme je ne l'ai jamais vue. Elle vole au-dessus des silex et atterrit dans tes bras. Amoureuse comme je ne l'ai jamais vue.

Tu surgis à ton tour, Antoine, torse nu, maladroitement togé dans un drap.

Tu n'as pas un regard pour ton père et ta mère, tu ne fixes que moi. Je lis mille questions dans ton regard. Mille *pourquoi ?*. Mille *qui es-tu, Élisa ?*. Mille *quel crime ai-je commis ?*. Nos yeux s'aimantent enfin, mais je n'ai pas la force de soutenir ta déception. Je les baisse vers mes pieds scarifiés, vers les deux lignes rouges, deux destins de sang parallèles ne menant qu'à un précipice...

Avant que les flics ne referment sur moi les portes noires du fourgon.

44

Lieutenant Campion

Dès que je suis entrée dans le commissariat, tu as ordonné à mes gardes du corps de retirer mes menottes, puis tu as fait sortir tous les autres policiers du bureau. La pièce s'est vidée d'un coup. Tu m'as apporté toi-même un café. Tu n'as plus grand-chose à voir avec le Noiret-Ripou du Bar des Fleurs. Tu as enfilé un costume bleu pétrole, tu t'es rasé, coiffé, peut-être même as-tu une cravate dans ta poche et tu la sortiras quand tu iras faire ton rapport au juge, ou face aux journalistes qui doivent attendre devant la porte.

Ton regard laser n'a jamais été aussi vert, comme si tu l'avais nettoyé lui aussi.

— Je vais vous demander de m'écouter, Ophélie. Ensuite, d'autres policiers auront des questions à vous poser, beaucoup de questions. C'est généralement ainsi que se déroule une garde à vue, vous vous en doutez, on interroge et vous répondez. Mais avant cela, j'ai obtenu la permission de vous parler.

— ...

— Ne me remerciez pas, surtout ! J'ai presque collé ma démission au commissaire divisionnaire pour qu'il m'accorde cette autorisation.

Alors vas-y, qu'est-ce que tu attends ?

— Je vais vous raconter une histoire, Ophélie. Plusieurs histoires, d'ailleurs. La première est assez récente. Elle remonte à novembre 1995.

« Monsieur Richard Vidame est venu en personne porter plainte pour harcèlement. C'est un collègue qui l'a reçu. Il a été, disons, surpris. Je vous la fais courte, mais la déposition de Richard Vidame tient sur une vingtaine de pages. Vidame y prétendait qu'une dénommée Ophélie Crochet, une jeune femme issue d'une famille dont il s'était occupé il y a quinze ans, avait nourri un désir de vengeance contre lui suite au décès dramatique de sa mère. Il a rappelé qu'il y a six ans, vous aviez déjà tenté de vous introduire chez lui, plusieurs fois, la seconde tentative s'étant même terminée par l'accident mortel d'un jeune garçon, Steve Colinet.

« Richard Vidame avait alors demandé aux services sociaux de ne pas ébruiter l'affaire, afin de préserver sa famille, notamment sa fille Consuelo, et de vous offrir une nouvelle chance. Il a cru avoir fait le bon choix, pendant des années. Prise en charge par des professionnels compétents, vous aviez suivi une scolarité normale. Le travail éducatif avait payé et cette quête désespérée de vengeance semblait oubliée.

« Mais il y a quelques semaines, fin octobre, il a eu la surprise de se retrouver à nouveau nez à nez avec vous, chez lui, sortant du lit de son fils que vous aviez séduit sous une fausse identité. Il vous a évidemment reconnue, qu'espériez-vous, Ophélie ? Il s'est aussitôt rendu à la police. Quand nous lui avons proposé de vous interpeller, de vous convoquer, il s'est fâché. Je vous accorde un point, Vidame n'est pas forcément un type très sympathique quand les choses ne tournent pas comme il le désire. En substance, il nous a rappelé que vous le harceliez depuis vos treize ans, et qu'il y avait peu de chances que cela s'arrête avec un simple rappel à la loi. Même si cela peut sembler anodin, il a ajouté que sa femme ne s'était jamais totalement remise de la disparition de ses chats angoras, sombrant depuis dans une lente dépression. Il nous a enfin rappelé que pour parvenir à vous introduire chez lui, il y a six ans, vous aviez manipulé sa propre fille Consuelo, ce qui avait eu des répercussions sévères sur sa scolarité. Aujourd'hui vous utilisiez Antoine, son fils, un être vulnérable en quête de reconnaissance. Admettez, Ophélie, que Richard Vidame avait de bonnes raisons d'être en colère.

Je baisse la tête, j'attends la suite, lieutenant. Une voix dans ma tête couvre la tienne et me crie : *Que tu as été conne, Folette ! Bien entendu, Vidame te surveillait ! Bien entendu, il t'a reconnue !*

Tu continues de me passer au rayon optique de tes deux lasers.

— Vous rendez-vous compte, Ophélie ? Vous nous foutiez dans un sacré merdier ! Nous n'avions rien à vous reprocher. Antoine Vidame avait l'air tout ce qu'il y a de plus consentant. Richard Vidame nous affirmait que si son fils avait à choisir entre son père et cette intrigante dont il était éperdument amoureux, il vous écouterait, il vous croirait. Alors, en accord avec lui, nous avons décidé d'attendre. De vous laisser venir.

Je ne vous fais pas un dessin. Ce que Vidame voulait, et nous aussi, c'était un flagrant délit. Un acte suffisamment grave pour vous coffrer, pour ouvrir les yeux de ce pauvre Antoine, bref, que la famille Vidame se débarrasse enfin de la psychopathe qui avait fait une fixation sur eux.

Je ne suis pas une psychopathe ! ai-je envie de te hurler.

— Je dois avouer, Ophélie, que le plan de Vidame a parfaitement fonctionné. Il nous a communiqué en temps réel vos échanges de textos. Toutes vos conversations. Y compris celle d'hier soir dans la salle de fitness. Il n'a eu pour nous aucun secret. Il faut le reconnaître, ses méthodes n'ont rien d'élégant, mais il vous a piégée. Comment dit-on, *l'arroseur arrosé* ? Seuls son fils et sa femme n'étaient pas au courant. C'était selon lui la seule façon de provoquer un électrochoc chez Antoine. Et de rassembler assez de preuves contre vous. Assez pour vous envoyer en prison. Techniquement, une tentative de meurtre est punie aussi sévèrement qu'un meurtre, il n'y a aucune différence juridique entre l'intention et l'acte. Si la préméditation est reconnue, vous encourez jusqu'à la perpétuité.

C'est Vidame qui mérite la perpétuité ! ai-je envie de hurler, plus fort encore. *Il a tué ma mère ! J'ai les preuves, cette Volvo noire, la plaque d'immatriculation, je te les ai montrées, lieutenant !*

Ton regard semble scanner mon cerveau.

— Attendez, Ophélie. Attendez avant de vous révolter. Je vous avais promis une seconde histoire. Quand nous nous sommes vus, il y a deux jours, vous avez refusé de m'écouter. J'ai pourtant essayé de vous prévenir. De vous raisonner, de vous dissuader d'approcher Vidame. Peut-être est-ce ma faute, je n'aurais jamais dû, il y a six ans, vous mettre dans la tête cette ridicule histoire de troisième hypothèse, de chauffard. Si j'avais su... Alors écoutez-moi jusqu'au bout, cette fois.

« Bien entendu, la Volvo 244 Black Star sur le cliché de ce témoin anonyme est celle de Richard Vidame ! Il n'y a rien de mystérieux à cela. Il est revenu pour une raison précise. Réfléchissez, Ophélie. C'est votre mère qui l'a appelé ! Mais vous devez me croire, cette fois : Vidame n'a pas pu tuer votre mère ! J'ai tout vérifié. Les légistes sont précis sur l'heure du décès. 2 h 15 du matin. Richard Vidame nous a téléphoné dès qu'il a pu écouter ses messages, en rentrant chez lui, assez tard je vous l'accorde. Nous avons la preuve qu'il nous a téléphoné de Bois-Guillaume, rue Bellevue, à 2 h 07. Son domicile à l'époque, il n'habitait pas encore le Mont Fortin. Il nous a informés que votre mère courait un danger, puis il s'est rendu directement au quartier Sorano. Impossible de traverser l'agglomération de Rouen en huit minutes, même en brûlant tous les feux. J'ai tout testé, il en faut au minimum le double, même dans les conditions les plus favorables. Ophélie, vous devez renoncer à cette obsession délirante : Richard Vidame n'a pas pu tuer votre mère !

Un à un, les arguments percent ma cuirasse. Je tente encore de nier l'évidence, mais je me rends compte que les briques de ma névrose se fissurent les unes après les autres. D'accord, lieutenant, Vidame n'a pas pu écraser ma mère avec sa voiture. Mais après tout, qu'est-ce que cela change ?

Je me mets à crier.

— Si ! Si, Vidame a tué ma mère. Elle l'a appelé au secours. Elle lui a répété, plusieurs fois, j'étais là. Elle l'avait supplié, *il va me tuer, il va me tuer, monsieur Vidame*. Et il est parti, il s'est engouffré dans sa voiture, il est parti baiser sa maîtresse et il n'est revenu que six heures plus tard, quand tout était terminé. Oui, lieutenant Campion, il l'a assassinée, aussi sûrement que s'il lui avait planté un couteau dans la gorge.

Tu me regardes soudain différemment et je déteste la pitié que je lis dans ton regard. Je devine que c'est toi, cette fois, qui vas m'enfoncer un couteau dans la gorge. Ce n'est pas une meurtrière de dix-neuf ans que tu vois devant toi, c'est une petite fille, qui n'a rien compris du haut de ses sept ans.

— Ophélie, je vais être précis. Après le décès de votre mère, avant le procès qui a envoyé votre père en prison, il y a eu une enquête, une longue enquête, à laquelle j'ai participé avec plus d'une dizaine de collègues. Avant la nuit du drame, votre mère avait déposé sept plaintes, toutes pour violence conjugale. Des cris, des coups. Mais votre père n'a jamais été plus loin que de la secouer ou de la menacer. Nous ne pouvions rien faire. La loi était comme ça, elle l'est toujours, d'ailleurs, j'espère qu'elle changera. Maintenant, écoutez-moi bien : dans les mois précédant le 29 avril 83, Richard Vidame a accompagné presque à chaque fois votre mère à la police, et il s'y est même rendu sans elle, plusieurs fois, pour porter plainte contre votre père. Tous les dépôts de plainte figurent dans le dossier, vous pourrez les consulter. Vidame a pesé de tout son poids pour que votre mère soit protégée, pour qu'on éloigne d'elle son mari. Nous en avons les preuves écrites et formelles !

Quelque chose vient de se casser dans mon cerveau. Un engrenage qui rompt. Toutes les pièces qui lâchent. Je me débats une dernière fois.

— Non ! J'étais là ! Pas ce soir-là !

— Le soir du 29 avril, poursuis-tu le plus calmement possible, Richard Vidame a quitté le quartier Sorano à 20 h 15, pour aller baiser sa maîtresse comme vous dites, ou faire ce qu'il voulait, c'est sa vie privée. Mais avant 20 h 30, c'est-à-dire bien avant que votre père ne rentre, il a une nouvelle fois appelé la police, et nous a prévenus que Maja Crochet était en danger, que son mari risquait de rentrer ivre, qu'il serait indisponible pendant quelques heures, et que de toutes les façons il n'avait pas les compétences pour s'interposer face à un homme agressif. Il a insisté pour que nous prenions conscience de l'extrême gravité de la situation.

J'ai l'impression que des écrous, des boulons, des vis, toute une ferraille tombe en vrac dans ma tête. Plus rien n'est connecté. J'arrive à peine à penser.

— Ophélie, le soir du 29 avril, nous avons enregistré son appel, tout est consigné, et nous ne sommes pas intervenus. Parce que c'était la onzième fois que Richard Vidame, ou votre mère, nous prévenait, et que nous n'avons pas cru que ce serait la dernière. Avez-vous compris, cette fois ? Vos avocats vous feront lire les documents, vous aurez accès à tous les papiers, mais il n'y a qu'une certitude dans cette affaire. Quoi que vous pensiez de Richard Vidame, de sa façon de tromper sa femme, de dépenser son fric, de se lancer en politique, de gérer les affaires sociales de ce département, il s'est comporté comme un parfait professionnel. Il en a fait plus que n'aurait fait n'importe qui. Il n'y a rien, absolument rien, à lui reprocher. Et s'il y a un coupable, en dehors de votre père, je veux dire, car je reste persuadé que c'est lui qui a tué votre mère, bref, s'il y a eu une faute de commise dans cette histoire, c'est nous, la police, sans doute trop masculine, trop machiste, qui en portons la responsabilité. Pas Richard Vidame.

Je ne suis plus qu'un jouet cassé, un réveil brisé, une boîte à musique détraquée. Si je bouge la tête, j'entends tous les ressorts, tous les engrenages, toutes les pièces de mon cerveau s'entrechoquer.

Tu me fixes avec une profonde mélancolie. Je n'ai même plus de colère en moi, plus qu'une infinie apathie, comme dans ce film, *Vol au-dessus d'un nid de coucou*, quand ils coupent les nerfs du cerveau de Jack Nicholson, et qu'après s'être tant battu, tant rebellé, il n'est plus qu'un légume.

Je ne suis plus que cela, un légume.

Peut-être encore un joli fruit, je le devine au regard tendre que tu m'adresses, comme si toi aussi tu cherchais à me protéger.

— Voulez-vous au moins une bonne nouvelle, Ophélie ?

— ...

— Dehors, la grève est terminée. Juppé vient d'annoncer qu'il retirait son plan. La rue a gagné !

45

*Nina, Karim, Béné, Steevy, Lazare, Nabil,
Bolduc et même toi ma coccinelle...*

Chers tous,
Voilà, mon récit est terminé.
Vous m'avez accompagnée chaque heure, chaque jour, chaque nuit, depuis seize jours, depuis que j'ai été incarcérée à la maison d'arrêt de Rouen, la prison Bonne-Nouvelle comme on l'appelle ici, aile des femmes. De ma fenêtre, entre les barreaux, je peux apercevoir celle des hommes, où Jo a été enfermé pendant six ans.
Tel père, telle fille !
J'ai occupé ces seize derniers jours à vous écrire, à partager avec vous le récit de ma vie depuis mes sept ans, depuis cette nuit du 29 avril 1983. J'ai tout rembobiné pour comprendre à quel moment je me suis perdue, à quel moment j'ai pris la mauvaise direction, à quel moment mes sens, mon instinct, mon intuition m'ont trompée.
On peut toujours regarder en arrière, mais on ne peut pas changer le sens du courant d'une rivière. On peut

seulement la remonter. On peut coucher le passé sur du papier, mais on ne peut pas le changer.

Depuis mon incarcération, comme le lieutenant Campion me l'avait assuré, j'ai eu accès à tout le dossier. Mon avocate aussi, mademoiselle Da Costa, une pauvre jeune diplômée tremblante commise d'office qui m'a rappelé les éducatrices débutantes trop compatissantes. Elle m'a tout expliqué. Il n'y a aucun doute à avoir, Richard Vidame n'a commis aucune faute. En professionnel parfaitement organisé, il a tout conservé : chaque déplacement au commissariat avec ma mère, chaque dépôt de plainte, chaque lettre à la police pour dénoncer la violence de mon père. Des psys, des juges et des flics m'ont expliqué et réexpliqué qu'il avait fait son job, autant qu'il le pouvait, et que ma vision avait été altérée parce que je n'avais que sept ans, parce que j'avais subi un traumatisme et que pour faire le deuil, pour me protéger, je m'étais construite avec ce désir de vengeance. En le cachant à tous, sauf à toi, Nina.

Mademoiselle Da Costa m'assure que je bénéficierai de circonstances atténuantes, si je parviens à convaincre le juge que j'ai pris conscience de mon erreur. Après tout, c'est autant ma faute que celle des psys, des éducs et de l'ensemble des institutions chargées de protéger l'enfance en danger. Ce sont eux qui n'ont pas su repérer ma névrose. Après tout je n'ai tué personne.

Personne ? Qu'est-ce que tu en penses, Steevy ? Qui se souvient encore de toi, à part moi, et peut-être Nina ?

J'ai le temps d'écrire en prison. J'ai le temps de lire aussi. Mon unique livre Rouge et Or. Depuis mon incarcération, je relis un nouveau conte d'Andersen, l'un de ceux qui me plaisaient le moins, avant. L'un de ceux que je ne comprenais pas : *La Petite Fille aux allumettes*.

Le soir du réveillon, une petite fille perdue dans la rue gratte une à une les allumettes qu'elle devait vendre. Un seul de ces petits bâtons de soufre suffit à effacer le froid, la faim, la nuit. À travers chaque flamme, elle imagine une autre vie, un festin, un autre destin, et elle meurt au bout de la nuit, d'avoir préféré une vie rêvée à sa sordide réalité.

J'ai compris. J'ai compris que j'ai gratté ma dernière allumette. J'ai compris que pendant douze ans, tout ce que j'ai vu, cru, n'était que l'hallucination née de la chaleur rassurante et trompeuse d'une minuscule flamme. Dire que j'ai cru être une de ces vengeresses de légende, une comtesse de Monte-Cristo, une Manon des sources, une Éliane de *L'Été meurtrier*.

Froide, déterminée et impitoyable.

Sauf que le méchant n'en était pas un. Tout juste un connard un peu trop ambitieux, un peu trop lâche peut-être, mais pas un monstre machiavélique que le lecteur prend plaisir à détester.

Sauf que je me suis acharnée sur un innocent.

Sauf que ma vengeance n'était qu'un caprice stupide.

Sauf que ma vie n'est plus qu'une boîte d'allumettes vide, je n'ai plus rien pour rêver, plus rien pour haïr.

Juste terminer de vous écrire, au fond de cette prison, et espérer ne jamais en sortir.

Je suis si désolée.

Si désolée, Steevy, de t'avoir obligé à partir avant que tu connaisses ce truc révolutionnaire, Internet, dont parlent tous les journaux.

Si désolée, Béné, de t'avoir déçue, de t'avoir trahie, toi la meilleure éduc du monde. Protège bien ta petite Zia, elle le mérite tellement plus que moi.

Si désolée, Lazare, sans doute ne te reverrai-je jamais.

Si désolée pour toi aussi, Bolduc, les chats ne sont pas acceptés au parloir. Et si un jour je ressors, tu seras depuis longtemps monté au paradis des matous.

Si désolée pour toi, Antoine, tu n'étais qu'un dommage collatéral.

Si désolée surtout pour toi, Nina, alors promets-moi de prendre soin du trésor que tu portes dans ton ventre, de lui offrir un papa, une famille, une enfance aussi réussie que la nôtre a été ratée, une vie où il ne se contente pas de gratter des allumettes.

Une vie comme un grand feu de cheminée !

Tu me le promets, Nina ?

Oublie-moi et vis cette vie-là !

Moi il ne me reste plus que toi à décevoir,

ma dernière confidente, ma coccinelle, ma boîte à chagrins.

La porte de ma cellule s'ouvre soudain, à moins que ce ne soit que plusieurs heures plus tard, ou le lendemain. Une gardienne entre, elle paraît avoir le même âge que moi.

— Mademoiselle Crochet. De la visite pour vous !

46

Nina

— Tu vas vite sortir, ma Folette, t'en fais pas !

Tu m'attends au parloir, ma tête de mule de Nina. Tu n'as pas pu t'empêcher de venir. Tu te tiens même debout de l'autre côté de la vitre de verre, pour bien me montrer ton ventre rond.

— T'es une fille de l'ASE ! Une pauvre petite orpheline qui s'est trompée de cible. OK, t'as pas visé le bon, mais au fond, ton désir de venger ta maman, les jurés vont trouver ça tellement mignon !

Bravo Nina, tu as réussi à m'arracher un sourire, le premier depuis seize jours. Et tu continues.

— Alors t'as intérêt à te défendre, ma vieille. À écouter davantage ton avocat qu'on écoutait nos éducs ! Je veux que tu sois sortie de ta prison avant que mon asticot soit sorti de son cocon.

Moins de six mois ferme ? Impossible, Nina.

— Ou au moins pour le baptême, insistes-tu. Ou l'équivalent pour les musulmans, je ne sais même pas si ça existe, Karim n'est pas croyant, mais je le ferai pour ses parents !

Mademoiselle Da Costa mise sur cinq ans ferme. Minimum. J'espère que tes beaux-parents seront patients.

— Je...

Tu hésites, Nina, puis tu te lances cette fois.

— Je... je le ferai pour Jo aussi.

Je manque de me lever. Si c'est pour plaider la cause de mon père que tu es venue me voir, autant arrêter tout de suite, Nina. Tu remarques immédiatement ma réaction, tu t'y étais préparée.

— Attends ! Attends, Folette, avant de t'énerver. On n'a pas vraiment eu le temps d'en reparler depuis ton numéro de funambule en haut des falaises, mais comme je te l'ai écrit, avec Karim, on a retrouvé le dernier témoin, le type au sweat à capuche. Il s'appelle Nabil Belhadj et il est formel : Jo n'a pas tué ta mère. C'était un accident. Ton père est arrivé bien après.

Je refuse d'aller où tu veux m'entraîner. Je sais que mon père t'a embobinée. Lui non plus ne va pas s'en sortir comme ça.

— Et ça change quoi, Nina ? S'il n'avait pas couru après elle, ma mère n'aurait pas sauté.

— Peut-être, mais il ne voulait pas la tuer. C'est un accident ! Tu comprends ? Un accident !

— Qu'est-ce que tu en sais ? Ton Nabil est un dealer, il avait sûrement fumé cette nuit-là. Il était peut-être autant dans les vapes que mon père, pourquoi lui faire confiance ?

Tu me regardes. Tu es devenue tellement plus forte que moi, c'est la vie qui tourne. Je suis devenue ton boulet. Largue-moi, Nina, et tu pourras t'envoler.

— Arrête ton cinéma, Folette ! Et accepte la vérité : tu n'as plus personne à détester ! Plus personne sur qui te venger ! Alors profite de ta petite cure de repos. Tu n'auras pas trente ans quand tu sortiras. Tout le monde t'attendra. Il faut que tu te libères. Il faut que tu pardonnes à ton père ! Tu veux que je te répète ce que disent tous les psys : tant que tu n'auras pas fait la paix avec lui, tu ne pourras pas tourner la page, tu ne pourras pas avancer.

Je me retiens d'exploser.

— Tu cherches quoi, Nina ? Que j'invite Jo à boire un verre au parloir ? Il connaît le chemin, il est habitué ! Tu veux vraiment connaître le fond de ma pensée ? Tout n'est pas encore clair ! Le témoignage de ce Nabil qui tombe du ciel... Vidame qui prévient les flics juste à temps pour être innocenté...

— Arrête, Folette !

— Tu veux vraiment me rendre service ? Retourne dans le quartier Sorano et va trouver le vieux Lazare. Ça ne devrait pas être difficile, il n'a plus la force de sortir de chez lui.

— Et je lui demande de ne surtout pas arrêter son enquête ? T'as rien compris ! Tu ne renonceras jamais ?

Oh si, Nina, j'ai tout compris.

— Écoute-moi. Écoute-moi une dernière fois, Nina. Tu ne trouves pas qu'il y a encore un paquet de trucs bizarres dans cette histoire ? Tu ne trouves pas étonnant que le vieux Lazare, qui connaissait par cœur le quartier, n'ait jamais entendu parler du krav-maga ? Tu ne trouves pas étrange, alors qu'ils enquêtaient ensemble, qu'il n'en ait jamais discuté avec Karim ?

Je comprends aussitôt l'erreur que j'ai commise. Je pouvais taper autant que je voulais sur Vidame, sur mon père, mais je n'aurais jamais dû impliquer ton amoureux dans ma folie. T'obliger à choisir, moi ou lui. Avec mes délires, ai-je rompu le dernier lien qui me reliait à la vie ?

Le lien qui me lie à toi, Nina.

Tu te lèves, furieuse.

— T'es malade ! Faut te faire soigner, Folette !

47

Le récit de Nina
Ce que tu ne sauras jamais, Folette

Je te maudis, Folette !
J'y suis quand même allée, dans ton foutu quartier Sorano, celui où tu n'as jamais voulu revenir depuis nos treize ans, même pour voir ton vieil ami Lazare. Trop de mauvais souvenirs : ta mère, Steevy... J'y suis allée en traînant mon gros ventre dans le bus, en m'accrochant tous les dix mètres une fois descendue, à un capot de voiture, une poubelle ou un réverbère, pour ne pas m'étaler sur le trottoir verglacé. J'ai l'impression d'être un cachalot qui traverse la banquise.

J'y suis allée en mentant à Karim, par-dessus le marché. En ne lui disant rien plutôt, le fameux mensonge par omission, celui des faux culs et des excuses bidon.

Mon excuse personnelle, pour être revenue sans Karim dans le quartier Sorano, en mode patineuse artistique catégorie poids super-lourd, c'est que tu m'as mis le doute, maudite Folette.

Tu ne trouves pas étonnant que le vieux Lazare, qui connaissait par cœur le quartier, n'ait jamais entendu parler du krav-maga ? Tu ne trouves pas étrange, alors qu'ils enquêtaient ensemble, qu'il n'en ait jamais discuté avec Karim ?

Si, Folette, si, maintenant que tu me le dis…

Pourquoi penses-tu toujours à des trucs aussi tordus ? Pourquoi cherches-tu toujours la petite bête ? À cause de la coccinelle que je t'ai offerte ? Parce que t'as besoin de chagrins pour ne pas la laisser mourir de faim ? Tout pourrait être tellement plus simple, Folette, si tu vivais plus et si tu réfléchissais moins.

J'arrive enfin face à l'immeuble Sorano. Bonne nouvelle, le parking entre les tours est suffisamment vaste pour être ensoleillé… et dégelé. Je peux m'y engager jusqu'aux cages d'escalier sans me transformer en boule de curling. Avant ma grande traversée, je m'accroche à un poteau de basket. Trois joueurs en doudoune, seules traces de vie dans la cité, se contentent d'enquiller des paniers, sans grande motivation, dans la raquette opposée. J'observe l'impressionnante barre, cent mètres de béton sur dix étages, qui bouche l'horizon. Je reconnais tout, je n'ai jamais oublié, les lignes et les colonnes de fenêtres dont sept sont devenues celles de ta Grande Ourse, l'épicerie de monsieur Pham, la passerelle au loin au-dessus de la rocade.

Comment oublier ? C'est ici que j'ai rencontré Karim pour la première fois ! Et j'ai beau te maudire, ma Folette, sans toi et tes délires, jamais je ne l'aurais croisé. Depuis que les parents de Karim ont déménagé, je n'y suis jamais retournée.

Tout en avançant sur le parking désert – c'est dingue qu'il y ait autant d'appartements face à moi et aussi peu de voitures garées – je touche le marteau de Thor autour de mon cou.

C'est aussi dans ce quartier que vivait Steevy. De tous les habitants de Sorano, il devait être celui qui rêvait le plus de lui échapper, et il n'aura pourtant jamais habité ailleurs qu'ici. Comme un migrant mort noyé avant d'atteindre la terre promise. La rocade autoroutière de Saint-Étienne-du-Rouvray, c'était comme sa Méditerranée…

Entrée 6, escalier B.

Ascenseur en panne. Je touche mon ventre avant d'attaquer le premier étage. Le porter à deux mains ne le rend pas moins lourd. Tu aurais aimé mon gamin, Steevy, et lui aussi t'aurait aimé. Folette et toi, vous auriez formé un merveilleux duo de parrain et marraine.

Il me faut cinq minutes pour atteindre le premier demi-étage, le double pour parvenir au vrai premier étage. Lazare habite au troisième. Je comprends pourquoi ton petit-vieux-flic ne sort plus de chez lui, Folette. Avant d'attaquer la deuxième étape de l'ascension, je jette un regard fatigué sur le palier.

J'ai du mal à réaliser.

Trois des quatre portes autour de la cage d'escalier sont défoncées. Sorties de leurs gonds plutôt, et posées sur le côté. Je peux voir tout l'appartement en me penchant. C'est-à-dire rien. Les appartements sont vides. Vides de chez vide. Pas même un placard, une douche ou un évier. Soit des voyous sont venus tout voler, soit c'est au tour de l'immeuble Sorano de passer sous le rouleau compresseur des plans banlieue et de se faire rénover, le mot poli pour expliquer qu'on va tout raser. Y compris le passé, parce qu'on ne se souvient que des belles choses et que ces quartiers n'en font pas partie, même si je ne suis pas certaine qu'on ait demandé aux habitants leur avis. Pourquoi leurs souvenirs d'ici seraient moins jolis ?

Je suis au second étage. Même ambiance de fin du monde. Deux portes sur quatre sont décrochées, les appartements vidés, sûrement ceux des volontaires, comme Anissa et Saïd, qui ont accepté de partir les premiers pour être relogés. Les autres suivront plus ou moins tard, et on délogera à coups de baïonnettes les derniers.

J'attaque le troisième étage. Je prends le rythme. Ça doit être ça, devenir mère, prendre le rythme, s'étonner de toutes les premières fois, apprendre et s'habituer sur le tas.

Alors ainsi, Lazare vit ici, dans ce camp retranché, comme le dernier des Mohicans ?

Troisième palier !

Quatre portes sur quatre défoncées !

Les haut perchés ont déguerpi les premiers. Lazare, visiblement, a fait lui aussi partie de la charrette. Son appartement est aussi nu que les autres ! Même les néons au plafond, la robinetterie et les radiateurs ont été décrochés. Depuis combien de temps as-tu déménagé, Lazare ? Je détaille une dernière fois les murs lézardés, les lambeaux de placo, le sol blanchi de plâtre. Une chose est certaine, tu ne m'as laissé aucun indice.

Je redescends, ventre en avant.

Parvenue au deuxième palier, je frappe aux deux portes fermées, mais aucun Indien barricadé ne me répond. Si ça se trouve, elles ne s'ouvrent elles aussi que sur des coquilles vides. Toute la cage d'escalier a peut-être déjà déserté. Je n'ai pas davantage de succès au premier étage ni au rez-de-chaussée.

Je tousse dans le froid dès que je sors, et je te maudis encore. J'ai avalé trois tonnes de poussières en grimpant ton immeuble bombardé. Manquerait plus qu'ils aient démonté toute la ferraille de l'immeuble Sorano à cause de l'amiante ou d'une autre saloperie que nos parents appelaient le progrès. Qu'est-ce que ça veut dire, Folette, ce bâtiment sinistré ? Pourquoi faut-il que ça tourne toujours mal avec toi ? Que chaque plan même le plus anodin finisse en jus de boudin, même dans les quartiers où personne n'en a jamais mangé ?

J'observe à nouveau le parking, je comprends maintenant pourquoi aussi peu de voitures sont garées. Qui pourrait me renseigner ? Je m'attarde un instant sur les trois joueurs de basket aux mains gelées. Ils n'ont pas quinze ans. Il y a peu de chance qu'ils connaissent le vieux Lazare. Plus loin, un type attend son bus, un casque de Walkman enfoncé sous son bonnet. Plus loin encore, une mère s'éloigne vers le centre-ville en poussant un landau sur la passerelle. Mon regard se pose enfin à moins de cent mètres. L'épicerie est ouverte. Monsieur Pham n'a pas déserté le quartier. Karim le connaissait, Folette et Steevy aussi, ils m'ont souvent parlé de lui. Monsieur Pham habite ici depuis… depuis au moins la guerre du Viêtnam.

J'entre.

Ce n'est pas une épicerie, c'est une parfumerie ! La boutique de monsieur Pham sent la coriandre et la muscade. Je respire à plein nez et je caresse mon ventre. Profite, mon asticot, ça te fera passer le goût de la vilaine poussière que j'ai reniflée.

L'épicerie de monsieur Pham est davantage remplie d'odeurs que de marchandises. Les rayons sont à moitié vides. Est-ce que monsieur Pham va devoir à son tour mettre la clé sous la porte ?

Je baisse les yeux vers le rayon primeurs. Parfum bergamote et pomelo, mon asticot. Pour engager la conversation, je cherche quelque chose à acheter. J'attrape une barquette de myrtilles, parfait, c'est mon caprice pendant ces neuf mois, rien à faire des fraises en plein hiver. J'en avale une, au goût de plastique fraîchement décongelé, et je tends le reste à monsieur Pham, stoïque derrière sa caisse. Je lui tends mon sourire le plus ensoleillé pour essayer, lui aussi, de le décongeler.

— Vous me reconnaissez ? Je suis Nina, l'amie de Karim, la belle-fille de Saïd et Anissa. J'ai été élevée avec Folette Crochet.

J'ai l'impression d'avoir décapsulé le crâne chauve de monsieur Pham, ses yeux couleur Coca se mettent à pétiller. Je gobe une deuxième myrtille, impossible de résister, même si elles sont aussi appétissantes que les billes mauves d'un désodorisant pour W-C.

— Qu'est-ce qui peut bien t'amener dans le coin, ma grande ? Il n'y a plus rien ici. Ils vont tout démolir. C'est fini. Ils vont construire des pavillons, il paraît, tout un quartier soi-disant intégré dans son environnement. Je m'adapterai, passerai au halal écolo.

J'avale une troisième myrtille encore plus infecte. Je reviendrai goûter les bio, promis, monsieur Pham.

— Je... je cherche Lazare Kerédern.

— *Lazare Kerédern* ?

Tu me regardes comme si j'avais la peste bubonique, peut-être à cause de ma langue noire.

— Lazare, oh là, mais il est mort, ma grande !

Mort ? Merde ! Je repense à Folette. Les derniers courriers qu'elle a reçus de son vieil enquêteur datent d'il y a moins d'un mois. Ça s'est donc passé entre décembre et janvier ?

— Désolé, je ne savais pas. Il... il est décédé depuis longtemps ?

— Ah ça oui, ma belle ! Ça fait bien sept ans !

Sept ans.

Je manque de m'effondrer. Je m'assois en équilibre sur une poubelle posée entre deux bouteilles de gaz.

Sept ans ?

On avait donc douze ou treize ans quand Lazare est monté au paradis des flics retraités ? Ce n'est donc pas lui qui t'a écrit toutes ces années ?

Qu'est-ce que ça veut dire, Folette ? C'est quoi ce nouveau délire ? D'où sortent ces lettres ? Elle repose sur quoi ton enquête, ta Grande Ourse et tout le reste ? Est-ce que tu as tout inventé ? Est-ce que tu es encore plus cinglée que je ne le pensais ?

Quatre ans plus tard

14 juillet 1999

LE BRIQUET

48

Nina

— C'est étrange, j'ai l'impression qu'en quatre ans, rien n'a changé.

— Rien n'a changé ? Je sais pas ce qu'il te faut, Folette ! Ma Reine des neiges, tu es restée trop longtemps enfermée à lire tes contes préférés dans ton palais givré. Regarde les quais, tous les hangars à pneus ont été remplacés par des restos ! Et je ne te parle même pas des magasins de Rouen, la moitié des bars et des friperies sympas ont fermé. Sans oublier que depuis 1995, Mitterrand est mort, on est devenus champions du monde de foot, les prix sont maintenant affichés en euros, le meilleur groupe électro du monde est français, faut à tout prix que je te fasse écouter Daft Punk, Folette, et…

Je me contente de te laisser parler, Nina. M'énumérer le nom des boutiques, des rues, des gens, des vivants, des morts, tout ce qui s'est passé dans Rouen et dans le monde pendant ces quarante-trois mois où je n'ai pas mis les pieds dehors. Uniquement occupée à lire et relire mes contes Rouge et Or, oui, telle la Reine des neiges dans son palais de glace, tu as raison.

Et aujourd'hui, tout ce que je vois du haut du panorama de la côte Sainte-Catherine, c'est que ma ville est restée la même, c'est que la Seine coule toujours, que les collines qui l'entourent n'ont pas été déboisées, que les miradors des tours de Canteleu et de la Grand-Mare ne se sont pas effondrés, ni la cathédrale ou les quatre-vingt-dix-neuf autres clochers... Non Nina, rien n'a changé, rien ne change en quatre ans, rien de ce qui est important, sauf le nom de quelques bars ou de quelques magasins... rien ne change, sauf les gens.

Mon regard glisse le long des quais. Les voiliers sont amarrés, le *Cuauhtémoc*, le *Dar Młodzieży*... Eux non plus n'ont pas changé.

Je suis sortie de la prison Bonne-Nouvelle, libération anticipée pour bonne conduite, pile pour l'arrivée des vieux gréements.

J'ai mis les voiles le jour de l'arrivée des trois-mâts ! Merci pour la blague, Nina. Tu as fini d'énumérer ta liste et tu te retournes vers moi.

— C'est nul, tu ne trouves pas, ce nouveau nom, l'Armada ? Je préférais Les Voiles de la Liberté !

Tu croises tes deux poings comme s'ils étaient menottés, puis tu les libères en te jetant sur moi.

— Bon retour parmi les vivants, ma belle. Qu'est-ce que tu m'as manqué !

Tu me fais basculer, on roule toutes les deux sur la pelouse, on rit, on pleure, on se serre l'une contre l'autre sans cesser de trembler. Tu répètes à tue-tête : *Tu m'as tellement manqué !*

Au-dessus de nous, des marins à pompons et galons se sont avancés, guatémaltèques ou néozélandiens ? Tu me pousses dans l'ombre. Tu me murmures :

— Tu te souviens ? C'était il y a dix ans pile. Les premières voiles, on avait treize ans.

— T'as ramené de la tequila ?

Nous laissons une seconde le fantôme de Steevy nous faire frissonner.

— On a passé l'âge, tu ne crois pas ? Je suis devenue maman depuis quatre ans. Seuls les enfants changent en quatre ans.

— J'ai hâte de le rencontrer, ton Félix. C'est Karim qui le garde ?

— Non, pas exactement.

— Il bosse ? Il fait quoi maintenant ?

Ton regard se trouble et je n'aime pas ça. Tu es venue me voir chaque semaine au parloir. Pas une fois tu n'as oublié. Tu es la seule, avec Béné, qui ne m'a pas laissée tomber. Les visites en prison étaient rapides, tu m'apportais des photos de Félix, à vrai dire tu ne parlais que de lui, et un peu aussi de ton boulot au Bar du Palais, puis au O'Kallaghan's, au Bateau Ivre, au Vicomté, t'es devenue la serveuse la plus demandée de la ville, tu changes de comptoir dès qu'on te propose un meilleur contrat, t'as encore fait grimper les tarifs pendant l'Armada.

— Je... je ne sais pas trop.

— Comment ça, tu ne sais pas trop ?

— On... on s'est séparés avec Karim.

Je manque de m'étrangler.

Quoi ? Quand ? En plus de cent cinquante visites, Nina, tu ne m'en as jamais parlé.

— Tu plaisantes ?

— Non. Ce n'est pas grave, tu sais. C'est... c'est la vie. Je ne voulais pas t'embêter avec ça, t'inquiéter, tant que tu étais dans ton palais des glaces. Mais maintenant...

— Depuis quand ?

— Depuis... enfin, un peu avant que Félix soit né.

Cette fois je m'étrangle vraiment. J'ai envie de me lever et de demander aux marins s'ils ont de la tequila, de la cachaça ou du mezcal. À la place, je te prends dans mes bras.

— Qu'est-ce qui s'est passé ? C'était l'homme de ta vie. C'était votre bébé. C'était...

Tu ne pleures pas, Nina. Tu es devenue forte. Oui, tu as changé en quatre ans. Comme si tu avais découvert des super-pouvoirs. C'est ça, devenir maman ?

— Moi aussi, je croyais, dis-tu en surjouant la désabusée. C'est de l'histoire ancienne maintenant. On vit très bien tous les deux, Félix et moi. Il va rentrer aux Tournelles à la rentrée, la meilleure école maternelle de Rouen, méthode Montessori et toutes ces conneries. Ça me coûte un bras. Là il est à la crèche. Et le soir, quand je bosse, je surfe entre les nounous à domicile. Ça me coûte mon second bras. Je sers mes clients avec le plateau coincé entre mes dents.

Tu ris trop fort, Nina.

— J'ai hâte que tu rencontres Félix. Je lui ai tellement parlé de toi. Je lui ai même acheté les contes d'Andersen en version illustrée, il attend depuis des années que tu viennes lui raconter. Ce soir ? Puis on va voir le feu d'artifice ensemble ?

Tu parles trop fort, Nina. Tu parles trop.

Qu'est-ce que tu caches ? Qu'est-ce que tu ne m'avoues pas ?

Tu dois t'apercevoir que je ne t'écoute plus, alors tu me prends la main, tu me serres trop fort aussi et tu me dis :

— On ne se sépare plus jamais, hein ? Inséparables, ma Reine des neiges, comme deux jumelles, comme Elsa et Anna ? Tu me promets qu'on va se construire deux belles vies toutes les deux, maintenant que tout est terminé ? Tu me promets de ne plus jamais regarder vers le passé ?

49

Le récit de Nina
Ce que tu ne sauras jamais, Folette

— Je te promets, Nina.
Et je te crois, Folette, je veux te croire, alors pardonne-moi. Pardonne-moi de ne pas t'avouer la vérité, mais comment aurais-je pu te la révéler ? Je t'ai juste annoncé, au parloir, que Lazare était décédé. Tu ne m'as pas posé davantage de questions, il t'avait suffisamment écrit qu'il était gravement malade, depuis sept ans.

Comment aurais-je pu t'avouer la vérité ?

Il faut oublier, Folette. Oublier !

Il faut couper les racines pour s'envoler, couper les amarres si tu veux flotter, couper le cordon si tu veux renaître. C'est ce que j'ai fait, Folette, et j'espère que tu ne l'apprendras jamais.

C'était quelques jours après ton incarcération.

J'attendais devant le cabinet de gynécologie, rue Jeanne-d'Arc, au milieu des voitures et des bus qui m'asphyxiaient. Karim est descendu du Métrobus, je l'ai vu courir vers moi, je savais déjà que c'était la dernière fois.

— Je suis désolé, ma princesse. Trois métros me sont passés sous le nez au parking du Boulingrin et...

Karim a posé sa main sur mon ventre. C'était l'une des premières fois. Le rendez-vous pour l'échographie, avec le docteur Bellecroix, était programmé à 10 heures et quart. Il nous restait sept minutes.

Karim m'a pris la main.

— On y va ?
— Non.
— ...
— Tu as sept minutes pour m'expliquer, Karim. Sept minutes avant que je rentre seule découvrir à quoi ressemble mon bébé. S'il a deux mains et deux pieds, si c'est un garçon ou une fille, si...

— Qu'est-ce qu'il y a ?

— Il y a que Lazare Kerédern est mort il y a sept ans ! Il n'a donc pas pu écrire à Folette, toutes ces années. Pas plus qu'il n'a pu être ton indic dans le quartier, et que tu ne pouvais être le sien. Tu m'as menti ! Sur toute la ligne, depuis le début. Alors tu as six minutes pour t'expliquer !

Karim a regardé sa montre. Il savait que je ne bluffais pas. De toute ma vie, je n'ai jamais bluffé.

— Comment as-tu deviné ?

Karim perdait bêtement du temps.

— Folette a trouvé étrange que Lazare ou toi n'ayez pas découvert plus tôt cette histoire de krav-maga. Elle m'a demandé d'aller vérifier sur place.

— Alors tu sais tout ?

— Je ne sais rien, Karim. Qui écrivait à Folette les lettres de Lazare, si ce n'était pas lui ?

Karim a longuement sondé mon regard, comme on évalue la profondeur d'un gouffre avant de plonger, puis s'est lancé.

— Son père ! Ton vieux copain. Josselin !

J'ai lâché la main de Karim. Mon ventre s'est d'un coup contracté. J'ai senti des coups de poing, des coups de pied cogner.

— Tu veux que je te raconte tout depuis le début ?

— Il te reste cinq minutes.

Le bus et les passants continuaient de circuler, indifférents.

— Ce n'est pas Nabil qui était sur la passerelle, la nuit où Maja Crochet est tombée. C'est... c'est moi qui dealais, ce soir-là. C'est moi qui portais ce sweat avec ces lettres, krav-maga. C'est moi que la septième étoile, Valérie Petit, a vu dans la nuit.

Tu accélères ton débit.

— Je n'avais pas prévu que mes parents te montrent ces photos, j'avais oublié ces vieux clichés. Quand tu as reconnu les lettres Kof et Mem, j'ai dû improviser, raconter que seul Nabil, le plus trouillard de tout le quartier, portait une telle tenue de sport. Je l'ai laissé s'enfuir quand on l'a attendu en bas de son immeuble. Le temps que tu nous rejoignes à la passerelle, j'ai eu quelques minutes pour lui coller la frousse de sa vie et lui dicter le texte qu'il devait te raconter, quand je le secouerais au-dessus du vide. Tout ce qu'il t'a raconté est vrai, Nina. Maja était déjà tombée de la passerelle quand je suis arrivé, j'ai juste pris cette photo, puis j'ai vu Jo approcher, complètement ivre, et je me suis tiré, avant que les flics rappliquent, parce que j'avais trois cents grammes de shit sur moi.

— Et tu n'as jamais témoigné ? Tu as laissé Jo faire de la taule pour rien ?

— Ils n'ont pas retrouvé que de l'alcool dans le sang de Jo cette nuit-là. Du cannabis aussi, tu pourras vérifier. Du cannabis que je lui avais vendu la veille. Je ne sais pas où il trouvait tout son argent mais Jo était un sacré bon client. Il ne se souvenait de rien ! Pourquoi je serais allé me dénoncer ? Pour aller en taule à sa place ?

— Trois minutes, Karim. Je crois que tu as beaucoup de choses à me dire. Et Lazare dans tout ça ?

Ton débit s'accélère encore.

— J'étais vraiment pote avec le vieux Lazare, tu peux me croire. Il était réellement mon indic comme j'étais le sien. J'ai parlé avec lui, je lui ai dit que Jo était innocent, du moins qu'il n'avait pas poussé Maja, mais que je ne pourrais jamais rien dire aux policiers. Lazare était déjà malade à ce moment-là, une insuffisance rénale chronique qui provoquait une fatigue générale des os, du poumon, du cœur... Il savait qu'il ne lui restait plus que quelques mois à vivre, un ou deux ans maximum, alors il est allé voir Jo en prison, et il lui a dit qu'il voulait reprendre l'enquête, réunir des preuves, essayer de trouver des témoins qui eux accepteraient de témoigner. C'est vraiment Lazare qui a écrit à Folette, les premières fois, quand vous aviez sept ans. Il est allé la rencontrer à la Prairie, elle lui a parlé de sa Grande Ourse et des sept fenêtres allumées. C'est vraiment Lazare qui a enquêté, les premières années, et il tenait Jo au courant de l'avancée de ses recherches. Il espérait, tout comme Folette, faire parler quelqu'un qui aurait vu son père arriver, qui aurait vu sa mère sauter.

J'explose.

— Toi ! Toi tu aurais pu parler !

— Non Nina, je ne pouvais pas !

— Pourquoi ? Ton argument sur le cannabis ne tient pas debout. Tu pouvais dire aux flics que tu te promenais ce soir-là. Tu as deux minutes pour m'expliquer.

— Alors laisse-moi continuer. Lazare informait Jo des progrès de l'enquête, il lui lisait les lettres de Folette aussi, c'était le seul lien entre Jo et sa fille. Quand Lazare est décédé, quelques mois avant que Jo sorte de prison, il lui a légué le dossier. Jo a eu alors une idée toute simple, puisque Folette refusait toujours de le rencontrer : écrire à sa fille en se faisant passer pour Lazare. Ça ne devait pas être difficile d'imiter son écriture tremblotante, et Jo a eu le temps de s'entraîner. Ainsi, il était certain qu'elle lui répondrait. Il pourrait plaider sa cause. Il n'a pas cessé d'ailleurs, dans ses courriers, de supplier Folette de pardonner à son père, à tel point que Folette ou n'importe qui ayant lu ces lettres aurait pu s'en douter. Mais ça n'a pas fonctionné, Folette n'a pas pardonné, même si elle a continué d'écrire à Lazare. Il est devenu petit à petit un peu comme son père. Jo s'en contentait.

J'ai regardé ma montre. Cinquante secondes.

— C'est dégueulasse !

— Non, Nina. Jo a fait ça par amour, et...

— Je ne parle pas de Jo ! Jo est innocent, tu me l'as dit. Et même si Maja a sauté parce qu'elle avait peur de lui, il a purgé sa peine en prison. Je parle de toi ! Pourquoi n'as-tu rien dit à la police ?

— Parce que j'avais de la drogue sur moi et...
— Et après ? Le lendemain ? Une semaine après ? Un mois après ?
— ...
— Il te reste trente secondes, Karim. Tu ne me dis pas la vérité.
— ...
— Vingt secondes. Je ne peux pas commencer une nouvelle vie sur un mensonge. J'en ai trop souffert, j'épargnerai ça à mon enfant. À toi de choisir.
— C'est mon enfant aussi, Nina.
— Tu ne m'as pas répondu, il te reste dix secondes.
— Tu n'as pas le droit de me séparer de mon gosse ! Il est à nous deux ! Il...
— Cinq secondes, Karim, décide-toi.

J'ai tourné la poignée du cabinet du docteur Bellecroix. J'ai espéré que Karim dise quelque chose. Je voulais juste pouvoir lui faire confiance.

— Je veux entrer avec toi, Nina. C'est mon gosse. C'est mon droit !

Zéro seconde.

— Qui te prouve qu'il est de toi ?

Et j'ai refermé la porte du cabinet de gynécologie derrière moi.

50

Nina

Nous marchons toutes les deux sur les quais de Rouen, enfin tous les trois, sauf que ton bolide de Félix ne marche pas, ne marche plus, il s'est endormi dans la poussette un quart d'heure avant le feu d'artifice. Rien ne l'a réveillé, ni le bouquet final, ni les cornes de brume des bateaux. Il serre entre ses petits poings son Tinky Winky. J'ai cru rêver quand j'ai découvert cette horrible peluche violette avec un écran sur le ventre et une antenne sur la tête.

— Du fond de ton cachot, m'as-tu expliqué, t'as au moins échappé aux Télétubbies ! Neuf mamans sur dix auraient été prêtes à échanger leur place avec toi ! C'est la série la plus débile de l'histoire, on va toutes finir abruties.

Je ne réponds rien. Je me contente de te regarder manœuvrer ta poussette au milieu des promeneurs qui se pressent sur les quais. Au loin, j'entends la foule applaudir le concert de Faudel. Ton Félix regardera le feu d'artifice lors de la prochaine Armada, il devra juste attendre cinq ans, ce n'est rien cinq ans quand on est libre et impatient, ton Félix embrassera sa première petite copine lors de l'Armada de ses treize ans, puis couchera pour la première fois, avec une autre, lors de celle de ses dix-huit. Elle rythmera sa vie comme elle a rythmé la nôtre.

— Tu n'as jamais revu Karim ?

J'ai posé la question brusquement, alors que ta poussette patiente devant un attroupement de badauds à la hauteur du *Dar Młodzieży*, le trois-mâts polonais.

— Non !

Le ton définitif de ta réponse ne m'empêche pas d'insister.

— Et il n'a pas cherché à voir son enfant ?

— Si ! Mais j'ai tenu bon. Et à force de lui répéter que ce n'est peut-être pas le sien, il a fini par se lasser.

Je regarde Félix, ses cheveux noirs bouclés et son petit visage bronzé : c'est certain que tu ne l'as pas conçu avec un marin finlandais.

— Mais c'est bien le sien, en vrai ?

Tu te penches sur la poussette pour ne pas que je te voie pleurer, mais je ne peux pas rater la larme qui tombe sur le ventre de Tinky Winky.

— Évidemment. Il n'y a jamais eu personne d'autre dans ma vie. Aucun homme, à part Steevy.

Tu te redresses. Je te prends dans mes bras. La foule s'écoule autour de nous, on protège la poussette comme deux mamans goélands luttant contre le courant.

— Tu me diras ce qui s'est passé, Nina ? Quand tu en auras envie.

Tu sèches tes larmes au vent.

— Oui ! T'inquiète, c'est loin tout ça, je vis bien sans lui. J'ai un bon job, de bons collègues, quelques bons amis, je me construis une bonne petite vie, c'est déjà pas mal vu d'où je suis partie. C'est ce que me répète Béné quand elle vient manger avec sa petite Zia. Que je suis sa plus grande fierté !

J'encaisse. Moi je dois être son plus grand regret. On a atteint le *Mir*. Des marins jouent du violon sur le pont. Je te vois hésiter.

— Jo aussi vient manger, de temps en temps. Il raconte des histoires de pirates à Félix. Si jamais tu...

Mon cri a dû faire déraper tous les archets russes.

— Non Nina ! Hors de question !

Tu t'éloignes en passant la cinquième vitesse de ta Maclaren – c'est vraiment la marque de ta poussette –, mais tu ne désarmes pas.

— Écoute-moi au moins. Souviens-toi ! On connaît la vérité aujourd'hui, grâce au témoignage de... Nabil. Quand ton père est arrivé sur la passerelle, ta maman avait déjà sauté.

— Et mon père la poursuivait ! Ça ne change rien, Nina. Il la frappait, il lui piquait tout son fric.

— Il était alcoolique ! Il s'est soigné depuis, il a payé, il a fait six ans de prison. Il a changé. Il a conservé le même boulot depuis qu'il est sorti de taule, docker sur les silos. C'est un type bien, aujourd'hui ! Tu me promets de réfléchir ?

Je hausse les épaules.

— Si ça peut te faire plaisir. Pourquoi tu tiens tant à ce qu'on se réconcilie ? Pour lui ?

— Non, pour toi ! Tu as besoin de lui bien plus qu'il n'a besoin de toi.

Nous sommes parvenues à hauteur du *Cuauhtémoc*. Des amoureux s'embrassent devant le voilier mexicain, la star incontestée de l'Armada.

— Je ne crois pas, Nina. Les éducs de la prison se sont très bien occupés de moi, autant que ceux qui s'occupaient de nous à la Prairie. Ils m'ont trouvé un super boulot pour que je puisse me réinsérer dès ma sortie. Caissière au Shopi de la place du Vieux-Marché. Et un appartement rue des Bons-Enfants, à moins de cent mètres. Tu vois, je n'ai besoin de personne.

— Même pas de moi ?

Je baisse les yeux pour que tu ne voies pas mes larmes mouiller une seconde fois ce monstre mauve de Tinky Winky.

— Toi tu as Félix. C'est lui, pas moi, qui aura besoin de toi.

51

Antoine

Je n'ai besoin de personne.

J'ai presque l'impression de ne pas être sortie de prison. Ou de vivre dans une prison un peu plus grande, à l'intérieur des anciens remparts de la ville de Rouen. Les matons ont compris qu'il n'y avait plus besoin de me surveiller, je suis devenue docile, obéissante et conciliante.

J'exécute avec sérieux et assiduité le travail qu'on m'a trouvé. Je m'installe derrière ma caisse à 8 h 30 précises ; je souris aux clients toute la journée ; j'occupe mes quarante-cinq minutes de pause pour aller me promener, jamais loin, une salade grignotée devant les pigeons de la place de la Cathédrale ou de l'abbatiale Saint-Ouen ; quand les collègues me le demandent, je les aide à déballer les cartons, à remplir leur rayon. Personne n'a rien à me reprocher. On pourrait demain me libérer pour bonne conduite. Libérée de quoi ? Libérée de la vie ?

Je rentre chez moi le soir en traînant un peu dans le quartier des Bons-Enfants, j'aime les tags, les trompe-l'œil, les dessins qui fleurissent un peu partout dans ce quartier alternatif – c'est le nom qu'ils utilisent dans les journaux pour le décrire –, ça me donne l'illusion de ne pas être la seule paumée, qu'ils ont mis tous les cinglés dans le même côté de la prison entre les remparts de la ville : l'aile des détraqués.

Puis je rentre chez moi. Trente mètres carrés sous les toits, avec ascenseur. Les éducs du milieu pénitentiaire ne se sont pas fichus de moi ! Ils m'ont même proposé le micro-ondes, le Minitel et la télé. J'ai tout refusé ! Ils ont eu l'air surpris. Parce qu'on ne peut pas se réinsérer sans électroménager ? Je me contente de mes CD que j'écoute en boucle jusqu'à les rayer autant que des vinyles, ou mes livres cornés…

Ils ont fini par comprendre, et accepter, ce que j'allais devenir, alors que je n'ai même pas vingt-trois ans. Une vieille fille ! Une vieille chaussette. Un vieux fantôme dont le drap va jaunir. Une vieille rose dont les pétales vont flétrir.

Sans épines, sans sève, sans rêve.

Je n'ai besoin de personne.

Je fais juste comme tout le monde, je vais compter les jours qui passent, en attendant de mourir.

Ce soir pourtant, je traîne un peu plus longtemps dans le quartier des Bons-Enfants. Chaque rue a choisi de se décorer aux couleurs d'une des nationalités de l'Armada. La mienne s'est couverte de drapeaux auri-verde brésiliens. Ça me distrait un instant, un instant seulement, puis je pousse la porte de mon immeuble.

Dès que je pose un pied à l'intérieur, je manque bêtement de glisser. Un idiot a souillé le minuscule hall d'entrée ! Un tapis de pétales couvre le vieux parquet, une pluie multicolore, comme si un jardinier amateur avait transporté des fleurs coupées entassées dans un sac-poubelle crevé. J'avance avec prudence jusqu'à l'ascenseur.

Dès que la porte s'ouvre, mon pied reste suspendu en l'air, de peur d'écraser...

... un bouquet de fleurs déposé à l'intérieur !

J'observe, surprise, l'impressionnante boule de roses, de lys, d'orchidées, pailletée de gypsophile. Mon premier réflexe est de penser qu'un de mes voisins l'a oubliée, qu'il va revenir la chercher, avant d'apercevoir une feuille glissée entre les tiges. Je me penche, je bloque la porte, et je lis.

Pour Ophélie.

Je reconnais aussitôt ton écriture, Antoine, une écriture de bon élève appliqué, trop arrondie, avec des L comme des ailes, des F comme des hélices et des ronds à la place des points sur les i.

Je suis désolé, Ophélie,
Je t'assure, je te jure, j'ai essayé de t'oublier, j'ai essayé de te détester, mais je n'y suis pas arrivé. Je suis désolé, j'ai même essayé de te haïr, mais ça a été encore pire : c'est toi que j'aime !
C'est toi que j'aime, Ophélie, même si ma famille ne veut plus entendre parler de toi.

C'est toi que j'aime, Ophélie, même si tu m'as trahi, même si tu t'es servie de moi de la façon la plus dégueulasse qui soit, même si tu ne m'aimes pas et ne m'aimeras jamais.

C'est toi que j'aime, Ophélie, même si tu ne peux pas aimer un bourgeois comme moi, même si tu me détesteras plus encore si je te dis que tu n'es qu'une victime.

C'est toi que j'aime, Ophélie, même si tu prendras toutes mes pitoyables tentatives de t'excuser pour de la pitié, même si l'on n'appartient pas au même monde, qu'on se partage ses deux hémisphères opposés.

Je n'y peux rien, c'est toi que j'aime, Folette.

Je t'ai attendue quatre ans, mais je t'aurais attendue même si tu avais pris perpète,

même si tu m'avais avoué que toi et ta copine, vous avez mangé le gâteau de Channiversaire de Consuelo,

même si tu avais avoué que les chats de maman ne se sont pas évadés mais que tu les as égorgés ;

même si tu avais balancé mon père de la falaise.

Oui, je t'aurais aimée quand même si tu avais tué mon père. Et peut-être même plus.

On ne s'est pas vraiment réconciliés, tu sais, surtout depuis qu'il a retourné une nouvelle fois sa veste pour se faire élire conseiller régional, et que je me suis encarté à la LCR.

Tu habites au quatrième, je l'ai lu sur la boîte aux lettres. Rassure-toi, je ne t'attends pas là-haut devant ta porte. Je ne veux surtout pas te déranger. Je serai déjà surpris si tu lis cette lettre.

Je t'attends au troisième étage, 45 marches au-dessus de ce bouquet, 15 marches au-dessous de ton palier, juste un bouton à choisir, le 3 au lieu du 4.

J'ai fait les choses simplement, une petite nappe par terre et deux coussins sur les marches, une bouteille de champagne et deux coupes pour fêter ton retour, ou l'Armada, ou ce que tu voudras.

Voilà, je me suis installé là, devant l'ascenseur. Pour rentrer chez toi, tu passeras forcément devant moi.

Si tu as envie de t'arrêter...
Je ne te force pas.
Je ne te forcerai jamais à quoi que ce soit.
Tout comme tu ne pourras jamais me forcer, ni à t'oublier, ni à renoncer.

Antoine, ton petit soldat de bois

Tu as de l'imagination, Antoine.

Tu es doué, tu es obstiné, combien de filles rêveraient qu'on leur fasse une cour aussi chevaleresque ?

Je relis ton mot, je suis tentée, pourrais presque céder. Mais ce ne serait pas honnête, Antoine, ce serait encore jouer avec toi.

Je n'ai besoin de personne et surtout pas de toi.

Si je venais te rejoindre, ce ne serait pas par amour, ni même par amitié, ce ne serait que par pitié. Tu n'en voudrais pas, pas plus que moi.

Je suis désolée...

Je laisse le bouquet, je tends le doigt et j'appuie sur le 4.

L'ascenseur est rudimentaire. Deux grandes plaques de fer et au-dessus de ma tête, une étroite paroi de verre. Alors qu'il s'élève, je peux apercevoir le câble, les murs sombres entre la lumière de chaque étage, les voir sans être vue si je me plaque au fond de la cage.

Depuis combien de temps m'attends-tu ?

Je devine que tu dois guetter chaque mouvement, que ton cœur doit se serrer chaque fois que le câble se tend, que tu dois espérer à chaque bruit, chaque fois qu'un de mes voisins rentre chez lui, espérer que l'ascenseur s'arrête, que s'ouvre la porte, espérer que ce soit moi qui en sorte...

Premier, deuxième, troisième.

Je t'aperçois, une ou deux secondes, à peine le temps d'être étonnée de tes cheveux que tu n'as pas coupés, de ta barbe que tu n'as pas rasée, de tes yeux que tu n'as pas séchés.

Depuis quatre ans ? Ma cage s'est déjà ouverte, quinze marches au-dessus de toi.

Je sais que tu ne les franchiras pas.

Je marche vers mon appartement, j'ai réfléchi. Je ne veux te laisser aucune illusion, Antoine, je dois mettre les points à la place de tes ronds sur les i.

Je n'ai besoin de personne !

En rentrant dans mon appartement, je claquerai fort ma porte derrière moi, pour que tu entendes, pour que tu comprennes.

Et pour que jamais tu ne reviennes.

52

Nina

Antoine n'est jamais revenu.
Je sors ce soir, pour la première fois depuis trois mois. Tu m'as tellement suppliée, Nina !

— Tu ne peux pas me refuser, Folette ! On sera le 10 octobre. Je t'invite pour ton anniversaire. Je te dois une revanche, souviens-toi, la dernière fois, c'était chez toi ! Mais oui, le jour où tu avais fait exploser un lapin vivant dans ton micro-ondes et que tu nous avais fait croire que c'était des lasagnes. Je vais te montrer ce que c'est qu'une vraie cuisinière !

Quand j'ai frappé à la porte de ton mignon petit appartement rue Louis-Ricard, avec vue sur le square Maurois et la fontaine Sainte-Marie, j'ai apprécié que tu ne viennes pas m'ouvrir, que tu me cries comme une folle :

— C'est ouveeeeert !

Quand je suis entrée, j'ai apprécié que tout le monde ne se précipite par sur moi, comme si j'étais une prisonnière en permission, qu'on ne me remarque pas, qu'on se foute presque que je sois là. Tu as encore crié.

— J'arriiiive, installe-toi !

C'est le bordel chez toi, Nina ! À croire qu'on va manger sur la table à repasser et que tu nous as préparé des couches de Félix en papillote vu qu'elles sont étalées à côté de l'évier. Tu as collé un peu partout dans les pièces des Post-it avec la liste des corvées, comme les éducs le faisaient à la maison 2 de la Prairie, *lundi vaisselle Folette, mardi balai Caro, mercredi poubelles Nina*... sauf que sur tes Post-it, dans la troisième colonne, il n'y a que ton prénom ! Faudra que tu fasses au moins sept mômes si tu ne veux pas te laisser déborder.

— Laisse tes affaires dans ma chambre. Je démarre le magnétoscope pour Félix et je suis à toi.

J'avance d'une pièce à l'autre, je pose mon manteau sur ton lit, au milieu de tes culottes et de tes boules de tee-shirts, puis je te rejoins dans la chambre de Félix. Ton fils est installé sur son lit, avec Tinky Winky et trois autres monstres colorés bedonnants à côté de lui. Je suppose qu'il s'agit des autres Télétubbies. Tu te bats avec la télécommande que tu pointes désespérément en direction de la télé.

— Je prépare un dessin animé pour Félix et Zia. T'es la première, Béné ne va pas tarder.

Béné

— C'est ouveeeert !

Zia n'a même pas attendu que Nina l'autorise, elle fonce à travers l'appartement et plonge directement sur le lit, Félix et ses Télétubbies.

Zia a neuf ans, une mini-jupe fuchsia, un collant de laine couleur pomme, un pull fraise, des cheveux longs jusqu'aux fesses et une assurance de princesse, comme si le monde lui appartenait, allez hop les adultes, dégagez !

Neuf ans ! Que s'est-il passé, Béné ? J'ai l'impression que Zia en avait cinq hier, et qu'elle était encore au chaud dans ton ventre, avant-hier.

Zia a déjà attrapé la télécommande.

— Ne laisse pas Félix regarder n'importe quoi, Zia !

J'ai reconnu ta voix. Tout mon corps s'est électrisé.

Douze ans de ma vie m'ont explosé en pleine face, rien qu'en entendant huit mots de toi.

Douze ans d'engueulades, de réconciliations, de confidences, de confessions, de secrets, de regrets, de portes qui claquent, d'éducs qui craquent, et toi qui tiens bon, *Tu restes ! Mais je te préviens, je ne vais pas te lâcher !*

Tu restes debout devant moi, Béné, un grand saladier dans les mains.

— Bonjour, Folette.

Tu ne m'embrasses pas, peut-être à cause du plat encombrant entre nous, peut-être à cause de la prison, peut-être à cause de ta déception.

* * *

Zia et Félix regardent leur dessin animé, Nina a rangé la table à repasser, trouvé trois chaises, trois assiettes, trois verres, tu as enfin posé ton saladier.

— Salade de la mer ! annonces-tu.

Tu m'offres enfin un sourire complice.

— J'ai préféré préparer le repas. Nina a encore des progrès à faire côté cuisine.

Tu scannes l'appartement d'un regard à trois cent soixante degrés.

— Côté ménage aussi.

— La faute à qui ?

Nina cherche un soutien dans mon regard et insiste.

— Personne ne nous a appris !

— Arrête de jouer les Cosette ! J'ai dressé un régiment entier de gamines et je peux te dire qu'aucune n'a jamais été aussi bordélique !

— Et aucune ne partage avec toi, quatre ans après avoir quitté la Prairie, une salade de la mer !

Tu me prends la main, puis celle de Nina.

— Je dois sûrement avoir trop investi sur vous ! Alors pas le choix, je rejoue. Faudra bien que je récupère ma mise un jour…

Tu me souris. Nous sommes réconciliées. Avons-nous d'ailleurs été fâchées ? Tu ne m'as jamais jugée, Béné. Tu ne fonctionnes pas comme ça. Tu t'es toujours simplement contentée de montrer la voie.

Au milieu du repas, du fond de son lit, Félix se met soudain à crier :

— Pourquoi elle est toute nue, la dame ?

Tu te lèves en un éclair. Tu n'as rien perdu de tes réflexes.

— Comment ça, toute nue ?

Tu fusilles Nina du regard.

— Qu'est-ce que tu leur as mis comme film ?

Nina rajeunit d'un coup de quinze ans. Elle est devenue toute rouge. Pire que la fois où tu l'avais attrapée avec un *Newlook* sous ses draps.

— Ben, un dessin animé sorti cette année. *Kikikou*, ou un truc comme ça je crois.

Nous sprintons toutes les trois jusqu'à la chambre de Félix. Il semble plus intéressé par ses Télétubbies asexués que par les fesses des guerriers africains sur l'écran, les poitrines dénudées des villageoises, les seins cerclés d'or de la sorcière Karaba ou même le sexe rikiki de Kirikou. Zia, au contraire, paraît subjuguée. Tu regardes un instant le héros petit mais vaillant combattre les fétiches, puis tu souffles.

— Ça va, c'est pas méchant.

Nina n'en revient pas.

— Pas méchant ? Nous, jamais on aurait eu le droit de regarder ça !

Nina attrape la télécommande et met le film sur pause.

— Faut que tu saches, Zia, ta maman était aussi sévère avec nous qu'elle est cool avec toi !

Zia n'a pas spécialement l'air de trouver sa maman cool, mais elle profite de l'entracte pour se lever.

— J'ai faim. Y a quoi à manger ?

Dans ma tête je confirme. Tu ne nous aurais jamais répondu sans un « *et le s'il te plaît c'est pour les chiens ?* », « *va d'abord te laver les mains* », « *tu mangeras ce qu'il y a !* ».

— Salade de la mer, ma puce ! Tu m'as vue la préparer.

— Y a quoi dedans ?

— Crevettes, saumon, surimi, riz et légumes.

Zia grimace, à tous les coups, Béné, tu vas trier les grains de maïs et les petits pois dans l'assiette de ta pauvre petite chérie. Félix lui aussi s'est levé.

— J'aime trop les crevettes. Merci, mamie !

Cette fois, sans réfléchir, nous explosons de rire. Même Zia. Toutes sauf toi, Béné.

— Félix, je ne suis pas ta...

— Mais si, insiste le garçon. Maman m'a expliqué. T'es un peu comme sa maman. Donc, t'es un peu comme ma mamie.

Logique implacable ! Tu es vexée quand même, Béné. Nina rajoute deux chaises. Tu colles une louche de salade à chaque gamin. Zia devine que ce n'est pas le moment de demander de lui séparer le riz du surimi. Ta petite chérie prend quand même l'air dégoûté et nous lance un regard coquin.

— C'est pas une salade de la mer...

— ...

— C'est une salade de la grand-mère !

Nous éclatons une seconde fois de rire, mais la bouche pleine cette fois. Une explosion de crevettes et de maïs partout dans la pièce. *Jeudi balai Nina ; vendredi balai Nina ; samedi balai Nina !*

On essuie à peine les larmes dans nos yeux, les grains de riz sur nos serviettes, quand on frappe à la porte. Zia frétille encore de sa bonne blague, elle doit déjà s'imaginer faire Bercy avec Les Inconnus, mais Nina et toi vous vous êtes immédiatement figées.

Je suis la dernière à comprendre.

Nina crie quand même.

— C'est ouveeert !

Nina attrape ma main droite, tu tentes de saisir ma main gauche.

Je m'arrache à vos remords et je me dirige vers la porte.

Jo est déjà entré et se tient face à moi.

Jo

Tu es là face à moi.

On se regarde, on ne s'est jamais revus, depuis cette nuit du 29 avril 83.

Dans ce genre de scène, dans ce genre de duel, dans les films, il y a des gros plans sur les yeux fixes, sur les mains qui tremblent, sur les lèvres qui frémissent, il y a même de la musique, des roulements de tambour ou de l'harmonica, pour faire patienter le spectateur, pour qu'il se demande qui, le premier, va dégainer.

Je mets d'entrée fin à tout suspense.

Je te tourne le dos, je ne te ferai même pas l'offrande d'un regard noir, d'un crachat ou d'une gifle, j'ai déjà assez payé pour ça, je n'ai aucun combat à engager avec toi, papa, je t'ai juste banni de ma vie.

Je fais trois pas, je récupère mon sac près de la table à repasser, je me souviens que j'ai déposé mon manteau dans la chambre de Nina, je m'y rends sans prononcer un mot.

— Ophélie, s'il te plaît…

C'est la voix de Béné, ou peut-être celle de Nina, je ne vous écoute pas.

— Folette, attends.

Je ne vous entends pas. Je ramasse mon manteau, je sors de la chambre, je veux sortir de cet appartement.

Quand je reviens dans la salle à manger, tu as disparu.

Zia est retournée avec Félix mater Kirikou. Il y a des crevettes mortes partout.

— Il est reparti, dit Nina. Je suis désolée, Folette. C'est moi qui l'ai invité. Je pensais que... enfin, je crois que c'était pas une super idée.

J'avance encore, pas trop vite, je te laisse le temps de fuir, papa. Ne va surtout pas croire que je te cours après. J'entends Béné jouer à son tour les bonnes conseillères.

— Laisse-toi une chance, Folette. Même si c'est encore trop tôt, laisse-toi une chance.

Je me retiens de hurler. Je m'approche de la table, et je parviens à murmurer.

— Foutez-moi la paix, s'il vous plaît. Laissez-moi au moins ça. Je n'ai plus que mon père à haïr.

Nina me regarde avec ses grands yeux, presque de la colère.

— Haïr c'est fuir, Folette ! Toujours fuir !

53

Antoine

Client suivant.
Je suis depuis trois heures non stop à la caisse du Shopi.
Client suivant.
J'aime de plus en plus ce job. Il ressemble à un travail à la chaîne, sans les collègues pour papoter, avec les sourires en plus à distribuer. Ça me va bien. Ça me va bien de ne parler qu'à des objets, des boîtes de conserve et des bottes de carottes. La plupart de mes collègues engagent des conversations, possèdent une imagination inépuisable pour offrir un mot à chacun, pour personnaliser chaque passage en caisse, pour oser la psychologie express et deviner quel client a besoin d'être rassuré, conseillé, flatté, amusé, grondé... Moi je me contente de sourire. La plus jolie et la plus silencieuse des caissières ! Après tout, chacun choisit sa file. J'ai aussi mes habitués, les taiseux et les solitaires.
Client suivant.

Machinalement je saisis la bouteille qui roule dangereusement sur le tapis.

Champagne Deutz. Il ne s'emmerde pas, ce client ! Et le reste suit...

Bloc de foie gras. Tapenade à la truffe. Bougies parfumées. Deux petites orchidées.

Un romantique ! Une chanceuse qui aura une sacrée surprise ce soir.

Je continue machinalement de faire biper les articles.

Deux coupes de cristal. Des bâtons de santal. Un livre...

Un livre ?

Un livre Rouge et Or !

Contes d'Andersen, édition 1949, aux pages cornées et à la tranche dorée.

Je lève enfin les yeux, j'ai enfin compris. Tu te tiens debout devant moi, poussant ton Caddie vide. Tu passes et tu te contentes de demander :

— Vous prenez les chèques, mademoiselle ?

783 francs. Le record de la journée !

Tu signes ton chèque sans même regarder le montant, avant de me le tendre.

— Je suppose que la machine les remplit ? Bonne journée, mademoiselle.

Et tu t'en vas, poussant ton Caddie, sans même ramasser quoi que ce soit, sans te retourner, en me laissant le champagne, le foie gras, le livre et tout le reste...

Les clients suivants sourient. Une vieille dame, une habituée, accrochée à un volumineux sac de litière pour chat, ose même affirmer :

— Je crois que vous lui avez tapé dans l'œil, mademoiselle !

Derrière elle, un type avec un pack de bière applaudit. Deux autres clients, derrière leurs Caddies remplis, s'y mettent aussi. Moi la plus invisible des caissières, je suis devenue l'attraction de la journée.

Tu fais chier, Antoine !

Combien de fois faudra-t-il te le répéter ?

Je n'ai besoin de personne.

À la limite d'un père à haïr, mais sûrement pas d'un homme à aimer.

Client suivant.

54

Ma boîte à chagrins

Ma coccinelle,

J'ai l'impression qu'il y a une éternité que je ne t'ai pas parlé.

Tu dois être affamée. Depuis combien de temps ne t'ai-je pas offert de gros chagrins à dévorer ? J'ai du foie gras et de la tapenade à la truffe si tu veux... plein le frigo !

Oui ? Bof ? Une boîte à chagrins, ça ne mange pas les trucs d'aristo.

Je suis allongée dans mon lit.

Je feuillette le livre Rouge et Or, pas le mien, celui qu'Antoine m'a laissé à la caisse. Ce livre m'intrigue, bien davantage que tout le reste. Pourquoi, depuis qu'il est enfant, Antoine possède-t-il exactement le même livre que le mien ?

Dans son exemplaire, Antoine a corné toutes les pages d'un conte, *Le Vaillant Soldat de plomb*. Son préféré ! Nous en avions parlé, lors de notre première nuit au Mont Fortin. Il m'avait comparée à la ballerine, le soldat tombait amoureux d'elle à cause d'un malentendu, une infirmité qu'il croyait partager, et tous les deux, au bout de leur destin tragique, terminent brûlés dans le même poêle à bois.

Ma coccinelle, crois-tu qu'Antoine veuille finir ainsi ? Se jeter au feu pour moi ? Tu pourrais avaler ce chagrin-là ? Antoine vaut tellement mieux que ça. Vaut tellement mieux que moi. C'est moi la menteuse, la ballerine qu'il a prise en pitié.

Le monde a besoin de lui, le monde a besoin de braves petits soldats.

Mais il n'a pas besoin de moi.

Je continue de feuilleter un à un les contes qui ont marqué ma vie, *Poucette*, *Le Vilain Petit Canard*, *La Petite Fille aux allumettes*, *La Princesse au petit pois*, Antoine semble à peine les avoir lus, avant que je m'arrête, surprise, sur un de ceux que j'aime le moins, *Le Briquet*.

Comme pour *Le Vaillant Soldat de plomb*, toutes les pages sont cornées et annotées, mais d'une écriture qui n'est pas celle d'Antoine. Un trait inverse au sien, dur, froid, sec et autoritaire.

Je n'ai aucune compétence en graphologie, mais il y a peu de chances que ce soit celle de sa mère. Celle de son père ? Je réalise que je ne connais pas l'écriture de Richard Vidame. Une chose est certaine pourtant, cette écriture ne m'est pas inconnue. Je suis sûre de l'avoir déjà lue !

Tout en torturant ma mémoire visuelle, je tente de me rappeler l'histoire du briquet. Dans mon souvenir, elle ressemble à celle d'Aladin. Un soldat découvre, dans un trésor, un briquet magique qui exauce tous ses vœux. Ce miracle rendra le soldat trop sûr de lui, il va offenser le roi en demandant la main de sa fille, et surtout dépenser tout son or, à boire et mener une mauvaise vie. À la fin de l'histoire, le roi le condamne à être pendu, il n'y échappe qu'en demandant à fumer la pipe du condamné, et en étant ainsi autorisé à se servir de son fameux briquet !

Je relis le conte en diagonale, je me souvenais mal de cette fable un peu trop morale, mais je m'attarde surtout sur les annotations. Certaines phrases sont soulignées, toutes celles qui concernent des conseils sur la bonne façon de gérer sa fortune.

Il mena une joyeuse vie, alla à la comédie, roula carrosse dans le jardin du roi, donna aux pauvres beaucoup d'argent.

L'argent est comme l'eau, a noté l'écriture inconnue, *indispensable pour vivre, mais s'évapore aux passions brûlantes.*

Cela le flattait. Mais comme il dépensait tous les jours beaucoup d'argent et qu'il n'en rentrait jamais dans sa bourse...

Donner son argent aux pauvres, c'est les mépriser. Le dépenser avec modération, mais ostentation, c'est inciter les pauvres à le gagner.

Le moment vint où il ne lui resta presque plus rien. Il dut quitter les belles chambres, aller loger dans une mansarde sous les toits, brosser lui-même ses chaussures, tirer l'aiguille à repriser. Aucun ami ne venait plus le voir... trop d'étages à monter.

Les riches ont des amis, parce qu'ils sont riches. C'est triste mais ça l'est moins qu'un pauvre qui n'en a pas parce qu'il est pauvre.

Je lève les yeux, consternée.

Qui a pu écrire ces phrases aussi débiles ? Qui a pu donner ces conseils ridicules à Antoine ? Son père ? Richard Vidame se serait amusé à annoter ainsi le conte pour éduquer son fils ? Pas étonnant qu'il ait fini communiste ! Mais ça ressemble si peu au Vidame que je connais... Et cette écriture ? Je jurerais que c'est celle d'une femme. Je jurerais l'avoir déjà lue, plusieurs fois, il y a longtemps, je jurerais que...

D'un coup, l'évidence me submerge.

Comment ai-je pu ne pas y penser avant ?

Je sais qui a écrit ces phrases, qui a écrit ces mots, qui a offert ce livre à Antoine !

J'en suis certaine, même si c'est la dernière personne à laquelle je m'attendais, même si de toute ma vie, je n'ai reçu que cinq cartes postales d'elle.

C'est l'écriture de ma grand-mère.

55

Antoine

— Ophélie ?
— Ne m'interromps pas, Antoine. Surtout pas ! Et va encore moins t'imaginer que si je te téléphone, c'est à cause du champagne et des orchidées.

J'entends ta respiration s'accélérer dans le combiné, mais tu es un petit garçon toujours aussi bien élevé. Tu ne dis rien et tu me laisses parler.

— J'ai une question précise ! Dans le livre de contes d'Andersen que tu m'as laissé sur le tapis roulant, il y a des annotations et des phrases soulignées. Sais-tu d'où elles viennent ?

— Tu veux me parler de l'histoire d'amour entre le vaillant petit soldat de plomb et la ballerine ?

Je découvre une intonation amusée dans ta voix. L'ironie prétentieuse du vainqueur. Tu trouves mon prétexte trop gros, tu es en train de te persuader que tes petites mises en scène, le bouquet dans l'ascenseur, le foie gras à la caisse du Shopi, ont fonctionné ? Tu crois que je vais retomber dans tes bras ? Je remets les points sur les i avec une intonation courroucée.

— Non ! Du *Briquet* !

Tu parais surpris.

— Ah ? Celui-ci ? Je ne l'ai pas relu depuis des années.

— Depuis quand possèdes-tu ce livre ? Qui te l'a donné ?

Tu commences à comprendre que ce livre m'intéresse davantage que ton champagne et les fleurs. Ton ironie de vainqueur se transforme petit à petit en désinvolture de mauvais joueur.

— Aucune idée ! Je t'ai dit, j'ai toujours eu ce livre, avant même que j'aie l'âge de m'en souvenir.

Je ne veux pas te révéler que j'ai reconnu l'écriture de ma grand-mère. Je veux garder un atout dans ma manche, j'ai l'intuition que le jeu est truqué.

— Tu dois quand même te souvenir des pages cornées sur ce conte ? Il y a des mots écrits dans la marge, toute une série de commentaires débiles sur la meilleure façon de gérer un trésor, si possible sans le partager. Qu'est-ce que ça signifie ?

— Qu'il faut être économe, je suppose !

T'es sincère ou tu te fous de ma gueule ?

— Enfin merde, Antoine ! Pour quelle raison t'écrire ça à toi ? Toi le dernier gosse au monde à avoir des problèmes de fric.

Cette fois, j'ai touché une corde sensible, toujours la même, ta culpabilité de petit enfant gâté.

— Pourquoi tu dis ça ?

— Parce que c'est la vérité ! Parce que tu habites un château. Parce que ta mère est riche et pas grâce à ses chats. Tout le monde sait ça.

Je devine que tu es vexé. Je peux taper autant que je veux sur ta sœur ou ton père, mais tu défendras toujours ta maman angora.

— N'importe quoi ! Ma mère n'a jamais eu d'argent. D'accord, elle porte une particule, elle est issue d'une vieille noblesse normande, mais d'une lignée complètement désargentée, tu peux me croire, et elle n'a jamais travaillé !

Rose-Anna ? Désargentée ? Tu te moques de moi, Antoine ?

— D'où vient ton fric alors ?

— De mon père ! Uniquement de mon père, de son boulot, de ses magouilles, je ne sais pas, moi.

56

Béné

— Béné ? Béné ? C'est Folette, c'est urgent ! Réponds-moi !

Je raccroche, j'attends, mais tu ne rappelles pas. Je tourne en rond pendant quelques minutes interminables dans les quatre coins de mon appartement, puis j'attrape à nouveau le téléphone.

— Béné ? C'est encore Folette, j'ai vraiment besoin de toi. C'est... c'est à propos de Richard Vidame.

Tu me rappelles moins de dix secondes plus tard, aussi paniquée que si je t'avais annoncé que j'allais déposer une bombe au milieu de la place du Vieux-Marché.

— Ah non Folette ! Merde ! Ça ne va pas recommencer ? Tu oublies Vidame ! Tu comprends ? Tu l'oublies ! Une bonne fois pour toutes !

Tu ne m'as pas engueulée autant depuis notre fugue avec Nina lors de la première Armada. Je suis au contraire parfaitement calme, en apparence du moins. À l'intérieur, mon cœur bat à dix mille à l'heure.

— Calme-toi, Béné. Je veux seulement un renseignement. C'est important, très important.

— Non, Folette ! Vidame est peut-être un connard, mais c'est un connard innocent. Alors laisse-le tranquille. Il s'est fait élire vice-président de la région et il…

— Écoute-moi ! S'il te plaît ! Je veux juste savoir d'où vient son fric…

Je t'entends soupirer.

— De son mariage. De sa femme, Rose-Anna d'Auzouville ! Tu le sais déjà. Qu'est-ce que tu…

— Eh bien non ! C'est ce que tout le monde croit, mais Rose-Anna n'avait pas un rond !

Je te sens immédiatement hameçonnée. Tu ne t'attendais pas à ça. J'ai réveillé en toi l'instinct de la militante, l'éduc de tous les combats, la syndiquée CGT.

— Comment tu sais ça ?

— Peu importe. Je te demande juste de faire jouer tes relations, de te renseigner, l'argent de Vidame vient forcément de quelque part.

Tu hésites.

— OK, je vais voir ce que je peux trouver… si tu me promets de ne pas l'approcher.

— Promis ! Je vais même carrément m'éloigner. Plus de mille kilomètres d'après ce que j'ai calculé.

57

Mamie Mette

J'ai pris le TGV pour la première fois de ma vie.

J'ai vu la Méditerranée pour la première fois de ma vie.

Incroyable ! Ça ne m'a pris qu'une matinée ! Je suis partie à 6 heures de Rouen, il n'est pas 14 heures et je suis déjà arrivée. Traverser la France en TGV, c'est à peine plus long que traverser Rouen en bus. Et encore, je n'ai pas pris l'avion. Il paraît qu'il met une heure pour Nice, c'est moins que pour aller du quartier Sorano au centre-ville !

À Hyères, j'ai vu un tombolo pour la première fois de ma vie. C'est un cordon de sable qui transforme une île en presqu'île. Et même un double tombolo ! J'ai surtout trouvé le nom rigolo.

Puis j'ai découvert, au cœur des pins maritimes de la presqu'île de Giens, la résidence de la Badine : des dizaines de petits cubes de béton posés sur le sable, *cube Pivoine*, *cube Mimosa*, *cube Lavande*, hideux mais ils s'en foutent à cause de la vue sublime sur la mer et l'île de Porquerolles. Les nuages bouchonnent dans le ciel, ça ne m'empêche pas de transpirer sous ma casquette. Ici, il fait beau même quand le ciel est gris.

Des odeurs de pin et de sel chaud s'accrochent à mes narines. Je comprends, mamie Mette, pourquoi tu n'es pas restée en Normandie, pourquoi tu en as eu marre des falaises et des galets, pourquoi tu ne m'as pas gardée avec toi, pourquoi tu m'as abandonnée à la Prairie...

J'aperçois un plan devant la réception, je recherche le cube Mimosa, je mémorise le chemin entre les pins, je me perds un peu, je finis par balancer mes chaussures et continuer pieds nus. Je réalise que depuis une éternité, je n'ai pas marché ainsi dans le sable. Depuis... Depuis mes sept ans et le bac à sable du parc Sorano ? Il y a moins de crottes de chien ici ! Une grand-mère aux cheveux bleus promène son caniche nain. Je me souviens d'Argo, le golden retriever de Lazare. Peut-être qu'à Sorano, les chiens étaient plus gros.

Chalet Mimosa.
J'ai enfin trouvé.

Un cube semblable aux autres, avec sa grande baie vitrée, sa terrasse en bois, face à la mer et légèrement surélevée.

Ton amoureux m'attend, il a plutôt l'air de s'être bien remis de ta mort. Faut dire, il a eu le temps, c'était il y a... treize ans ? Un cancer du côlon d'après ce qu'on m'avait dit. Je n'ai pas eu de mal à retrouver ton Bernard, sur la dernière carte postale que tu m'avais envoyée, été 1983, il y avait ton adresse, au dos de l'enveloppe. Rassure-toi, je ne t'en veux pas, mamie Mette. Je ne t'en veux plus. Imagine, si tu m'avais emmenée avec toi, jamais je n'aurais connu Nina ni partagé avec elle toutes nos conneries.

Mon regard s'attarde tout de même sur la mer couleur piscine, mais avec les pins parasols en plus, le sable doré et l'écume blanche des vagues qui vient vous chatouiller les pieds... Par contre, mamie, je n'aurais rien eu contre profiter, de temps en temps, d'une semaine ou deux ici.

— Ophélie ?

Ton amoureux m'a aperçue et reconnue. Je lui ai téléphoné dès que j'ai débarqué à la gare d'Hyères.

— Venez, je vous ai préparé de l'orangeade et du café.

Il a quel âge, ton Bernard ? Plus de quatre-vingts ? Moins de quatre-vingt-dix ? On dit que le froid conserve, mais le chaud aussi, visiblement. Chemise à fleurs, bermuda, tongs sans chaussettes, il doit passer ses journées à boire du pastis et jouer aux boules avec ses potes octogénaires. Tu es partie trop tôt, mamie Mette, t'aurais pu avoir encore une décennie de bonheur avec lui.

— Faites attention aux moustiques, Ophélie. Depuis qu'ils testent des insecticides écologiques pour les éloigner, on se fait piquer jusqu'en janvier !

Je confirme, tu empestes la citronnelle. On s'installe à l'ombre des pins maritimes devant deux orangeades. Bernard commence par monologuer comme s'il n'avait pas parlé depuis un mois. Il n'aime peut-être pas la pétanque, finalement. Il prend ta défense, mamie, tellement que c'en est touchant. Tu m'aimais bien, à ce qu'il dit, tu t'en voulais, souvent tu pleurais — j'ai du mal à l'imaginer —, tu avais des regrets, tu aurais fini par me faire venir, mais c'est lui, Bernard, qui freinait, et puis la maladie a tout chamboulé, très vite, le scanner, les taches noires, la chimio, bref, il valait mieux te tenir à l'écart, t'isoler de cette famille de malheur...

J'ai compris, Bernard, comme on isole une tumeur.

Je t'écoute, poliment, mais je me fous des états d'âme de ma grand-mère. Au loin, la foule se masse devant l'embarcadère pour Porquerolles. Qu'est-ce qu'il y a de mieux sur l'île ? C'est pas déjà le paradis ici ?

Bernard n'arrête toujours pas de soliloquer, il était avocat ou quoi ? Je finis par le couper au milieu d'un couplet, celui où il évoque ton éternelle beauté, même quand tes cheveux sont tombés.

— S'il vous plaît, Bernard, je ne suis pas venue pour que vous me parliez de mamie.

Bernard en reste le verre d'orangeade glacée en l'air.

— Pourquoi alors ?

— Pour connaître des choses sur mon passé.

Je sors de mon sac les deux livres Rouge et Or. J'avance vers lui le mien.

— C'est le seul cadeau qui me reste de mamie Mette. J'avais quatre ans quand elle me l'a offert. Et il y a quelques jours j'ai trouvé celui-ci (je lui montre le second). Je crois qu'il a été annoté par elle.

— Je peux voir ?

Bernard le saisit, tourne les pages, s'arrête à celles cornées du *Briquet*, lit.

— Je te confirme, c'est l'écriture de Mette. Et c'était bien son style d'écrire des formules de ce genre.

Mon cœur bondit. J'avais raison !

— Vous... vous avez déjà vu ce livre ?

— Non. Je suppose que si elle tenait aux contes d'Andersen, c'est à cause de ses origines danoises... Mais Mette n'avait plus l'âge de lire des contes, ni d'enfants ou de petits-enfants pour leur lire.

Ton Bernard vient de gaffer, mamie ! Il s'étouffe avec son verre d'orangeade.

— Enfin, heu, aucun petit-enfant ici, à Hyères, je veux dire.

Je laisse Bernard ramer encore un peu dans le sable, je le récupère juste avant qu'il s'enlise.

— Je comprends. Vous ne savez donc pas d'où vient ce livre ?

— Non, aucune idée.

Cinq cents francs de TGV pour rien ! Que pourrais-je lui demander de plus ?

— Est-ce que le nom d'Antoine Vidame vous dit quelque chose ?

Il cherche un peu, pour la forme.

— Non, désolé, rien.

— Et celui de... Richard Vidame ?

— Non plus.

C'est foutu ! Tu as emporté ton secret dans ta tombe, mamie. Je me penche pour reprendre le livre. Mon TGV ne repart que dans deux heures, j'ai peut-être le temps d'aller voir moi aussi ce qu'il y a sur l'île d'en face. Et peut-être d'y rester. Mais vu la foule qui s'entasse dans les navettes, ça m'étonnerait qu'elle soit déserte. Des moustiques tournent autour de moi, je m'en fiche, Maja me protège, elle est la reine de tous les êtres volants. Juste avant de me lever, je lance une dernière question, presque par réflexe.

— Tout à l'heure, Bernard, quand vous avez lu les annotations dans les marges du *Briquet*, vous avez dit *c'était bien son style d'écrire des formules de ce genre*. Pourquoi ?

Il répond distraitement. Il suit des yeux la grand-mère aux cheveux bleus qui repasse avec son caniche.

— Tout simplement parce que ta mamie était ainsi. Économe. Elle n'aimait pas qu'on dépense l'argent bêtement. C'est grâce à elle, tout ça.

Bernard évalue d'un regard satisfait son carré de bois, sa terrasse, les trois pins parasols plantés devant et la petite pente de sable jusqu'à la plage. Ça vaut cher un cube pareil ?

— Moi avec ma retraite des PTT, je n'aurais jamais pu me payer un chalet à 650 000 francs. Enfin 100 000 euros, comme on dit maintenant.

650 000 francs ?

Ton Bernard blague ou quoi ?

Je bafouille.

— Je ne crois pas que mamie Mette avait autant d'argent que ça !

Ton amoureux sourit, sans masquer un soupçon de nostalgie.

— Oh si, et même bien davantage. N'oublie pas que tu viens d'une famille riche du côté de ta mère. Une grosse fortune danoise d'exploitants forestiers.

Une famille riche ? Une grosse fortune danoise ? Ça doit remonter à des générations ! Jamais maman ne m'en a parlé. J'interroge Bernard du regard, il prend tout son temps pour m'expliquer.

— Ta grand-mère a quitté son pays pour épouser un papetier rouennais. Ta maman, Maja, est née de ce premier mariage. Je n'ai rencontré ta grand-mère que des années après le décès de son premier mari. Ta mamie ne me parlait pas souvent de sa fille. Elles étaient fâchées, tu te doutes pourquoi. À cause de ton père ! D'après ce que je sais, Maja a tout plaqué, à dix-huit ans, parce qu'elle était amoureuse d'un certain Josselin, et que ni sa mère ni son papetier d'ex-mari ne voulaient entendre parler de lui. Quand on connaît la fin de l'histoire, on comprend qu'ils avaient raison, non ?

Je hoche la tête nerveusement, davantage pour le presser de continuer que pour confirmer.

— Bref, rien de bien original. Ta mère, en ado un peu trop rebelle, s'amourache du premier voyou venu et claque la porte de sa famille trop bourgeoise. Ta mère et ta grand-mère sont restées longtemps fâchées. Il n'y a que quand tu es née qu'elles se sont un peu rapprochées, que ta grand-mère est venue vous voir plus souvent.

Plus souvent ? Tu entends ça, mamie Mette ? Tu ne venais pas plus d'une fois par an ! À Noël, d'après ce que je me rappelle.

Je me surprends à tirer Bernard par la manche.

— Attendez, il y a un truc que je ne comprends pas. Maman n'avait pas d'argent, elle n'arrivait pas à payer ses factures, il y a même quelqu'un qui s'occupait de sa tutelle pour gérer ses comptes toujours dans le rouge. Si mamie Mette était une riche héritière danoise, pourquoi elle ne nous a jamais rien donné ?

Bernard en reste bouche ouverte. Est-ce son air de gobe-moustiques ahuri qui a charmé mamie ?

— Qu'est-ce que tu me racontes, Ophélie ? Mette n'aurait jamais laissé sa fille et sa petite-fille crever de faim ! D'après ce que je sais, elle versait 15 000 francs chaque mois sur le compte de tes parents.

C'est à mon tour de gober les moustiques. 15 000 francs par mois ? Plus de 2 000 euros ? Il délire, ton amoureux !

— Ça a duré cinq ou six ans, continue Bernard. Jusqu'à l'accident de ta maman. Pendant toutes ces années, ta grand-mère ne décolérait pas, parce que l'argent qu'elle versait partait dans les addictions de ton père. Alcool, drogue. Plus elle versait et plus il consommait. Le tonneau des Danaïdes, si tu connais. Un tonneau, c'est le bon mot. Tu comprends maintenant, les annotations dans le livre, l'argent qu'il ne faut pas dépenser pour boire mais pour vivre ?

Non ! Je ne comprends pas !

— C'est impossible ! On ne boit pas 15 000 francs par mois.

— Faut croire que si. Je pense que ton père jouait aussi. Ou claquait le fric de Mette pour des conneries... Comment aurais-tu pu être au courant, Ophélie ? Tu avais quoi, sept ans ? À cet âge-là, on sait quoi, de l'argent ?

Non, ça ne colle pas ! C'était le boulot de Vidame, justement, de veiller à ce que notre argent soit bien dépensé !

Bernard enchaîne comme s'il lisait dans mes pensées.

— Ta grand-mère discutait souvent avec le type dont tu me parlais tout à l'heure, celui qui gérait la tutelle de tes parents. Je ne me souviens plus de son nom, mais c'est directement avec lui qu'elle traitait. Elle l'aimait bien. Un homme avec la tête sur les épaules, marié, des enfants. C'est grâce à lui qu'elle savait que tout son fric partait dans le shit, le jeu ou l'alcool, qu'il vous restait à peine de quoi manger. D'après ce que j'ai compris, comme il était votre mandataire, les comptes passaient par lui, mais il était face à un dilemme : couper ou non le robinet, filer ou non du fric à Jo. C'était compliqué, ta mère ne voulait pas quitter ton père, mais il la battait dès qu'il était en manque. Sans argent pour se payer sa dose, il l'aurait tuée.

— C'est ce qu'il a fait !

— Oui, Ophélie. Le gars de la tutelle a fini par convaincre ta grand-mère de donner moins, de ne plus remplir le tonneau. À quoi bon verser tout cet argent pour qu'il serve à entretenir des dealers ? La fontaine miraculeuse à billets a commencé à moins couler... mais si tu veux que je te livre le fond de ma pensée, fric ou pas, le drame serait tout de même arrivé.

Je me fiche du fond de la pensée de ton amoureux, mamie, je me contente de compter dans ma tête, 15 000 francs × 12 mois × 5 ou 6 ans, ça représente...

— Presque un million de francs ! dis-je à voix haute. Vous croyez que je vais avaler ça ? Que mamie Mette nous a versé cette fortune ?

Et là, je te jure, mamie, ton Bernard se met à éclater de rire.

— Une fortune ? Tu te moques de moi, Ophélie ? À peine 150 000 euros en six ans, ce n'est rien à côté de l'héritage que tu as touché !

J'ai l'impression d'avoir été électrocutée. Je suis incapable de parler, à peine d'écouter.

— Je ne te fais pas un dessin, Folette. Avec ta grand-mère, on n'était pas mariés. Elle n'avait qu'une fille unique, Maja. Et Maja n'avait qu'une fille unique, toi !

Je crois que j'ai avalé tous les moustiques de la plage.
— Le pactole des forestiers danois, Ophélie ! Les pièces d'or et le briquet, je ne vois pas qui d'autre que toi aurait pu le toucher !

58

Béné

— Excuse-moi, Béné, je ne peux pas te parler, je suis dans le TGV !

Et en plus je suis en première, je n'ai pas fait attention en réservant. Je ne savais pas qu'il existait encore des compartiments pour les riches et d'autres pour les pauvres.

Le compartiment est quasi vide, presque privatisé par quatre types en cravate et trois pédégettes en tailleur. J'ai quatre places rien que pour moi. J'ai posé mes jambes sur le fauteuil d'en face, en les frottant bien pour nettoyer les grains de sable coincés entre mes doigts de pied. Je fais ma reine mère ! Je voyage en première ! J'attends juste qu'on m'apporte la coupe de champagne et le sachet de noix de cajou.

— Mais je peux t'écouter, Béné. Et faire *hein hein* pour te répondre oui, et un seul *hein* si c'est non.

Les tailleurs et les cravates bossent tous sur leurs écrans. Ils se tournent vers moi dès que je hausse la voix. Ils semblent capables de me balancer par-dessus bord, à trois cent trente kilomètres/heure, si je parle encore.

— D'accord, tu m'entends, Folette ?
— Hein hein.

Je n'ai pas desserré les lèvres, juste un bourdonnement à peine plus fort que celui du train.

— Comme promis j'ai enquêté sur Vidame. Je suis directement allée voir Bocolini. Tu sais, enfin non tu ne sais pas, mais il est monté en grade lui aussi. Il a fini par en avoir marre de s'occuper des cas sociaux, il s'est trouvé une planque à la préfecture, au bureau des affaires juridiques. Bocolini était bien obligé de me recevoir, j'ai gardé quelques dossiers sur lui, quelques affaires d'agression entre gosses à la Prairie qu'il a oublié de faire remonter aux autorités. Bref, je m'installe dans son bureau, je commence à lui parler de Richard Vidame et là il a sursauté. T'es toujours là, Folette ?

— Hein hein.
— Je crois que je te dois des excuses.

Je me retiens de crier *enfin !*

— Brocoli, je te jure, Folette, je crois que pendant tout l'entretien, je l'ai vraiment appelé *Brocoli*, a fini par me lâcher que Vidame est dans le collimateur de l'ASE et des services financiers de la préfecture, mais que ça devait rester confidentiel. Les enquêteurs n'ont rien de concret, juste de forts soupçons sans possibilité de le coincer. Ils ne vont pas attaquer sans preuves le vice-président de la région.

Je me mords les lèvres.

— Ça remonte à loin. Un peu après l'accident de ta mère. Je ne sais pas si tu te souviens, c'est le moment où il a monté sa propre association, l'ASTUR, une structure d'accompagnement des familles à laquelle les juges délèguent l'application des tutelles, agréée par le ministère de la Justice et les Services sociaux. Son association s'est vite développée pour atteindre une dizaine de salariés et une bonne centaine de bénéficiaires.

Oui Béné, je me souviens, vaguement...

— Pour te le dire autrement, son association s'occupe de gérer l'argent de personnes qui ne peuvent pas le faire elles-mêmes et qui n'ont pas de famille ou de proches pour les suppléer : des handicapés mentaux, des personnes âgées isolées atteintes d'Alzheimer, des alcooliques chroniques, des mineurs orphelins... Il existe évidemment plusieurs niveaux, sauvegarde de justice, curatelle simple, curatelle aménagée, curatelle renforcée... Cela va d'un simple accompagnement à gérer un budget pour les ménages surendettés, ou l'ouverture d'un compte bloqué réservé aux dépenses alimentaires, jusqu'à la délégation totale de la responsabilité bancaire, dans des situations d'incapacité totale. Dans ce cas, seul le mandataire, ou le délégué à la tutelle si tu préfères, possède la carte bleue, le chéquier, la signature et les codes d'accès aux comptes.

— Merde !

Ça m'a échappé. Trois cadres cravatés lèvent la tête de leur écran et me fusillent du regard.

— T'es là, Folette ?

— Hein hein.

— Je te rassure, la grande majorité des délégués en charge des tutelles sont honnêtes, mais forcément, il y a aussi quelques requins. On a vu revenir des factures de télé pour un aveugle, de vélos pour des hémiplégiques.

Sans aller jusque-là, la tentation peut exister, pour un tuteur qui fait ses courses avec la carte bancaire d'un autre, de glisser quelques articles dans le Caddie pour lui aussi. Il ne s'agit souvent que de petites sommes, les pensions d'un handicapé ou d'une personne âgée isolée, ça ne monte pas loin, mais une fois cumulées sur des dizaines de bénéficiaires... Donc, pour te résumer, l'association ASTUR de Vidame est dans le collimateur de l'administration, qui le soupçonne d'avoir détourné des pensions. Une partie de sa fortune viendrait de là, mais les enquêteurs n'ont aucune preuve, juste quelques vagues témoignages. Vidame est un malin. Tu avais raison depuis le début, Folette, ce type est un salaud ! On s'en doutait tous depuis longtemps, mais maintenant, Ophélie, écoute-moi bien : ses magouilles n'ont rien à voir avec toi ! Excuse-moi d'être franche, mais avec ta mère au foyer et ton père alcoolique au chômage, je ne vois pas ce que Vidame aurait pu vous piquer...

15 000 francs × 12 mois × 6 ans.

Je rapproche mon GSM de mes lèvres, je plie ma main gauche en cornet, et je murmure dans le téléphone.

— J'ai une question, Béné. Imagine qu'un handicapé mental mis sous tutelle, ou un malade atteint d'Alzheimer, touche un héritage, ça se passe comment ?

— De la même façon que le reste. Le bénéficiaire délègue son entière responsabilité financière, donc l'argent de la succession arrive sur le compte de l'association. Le tuteur règle tout en direct avec le notaire, il est le seul à signer.

— Putain, l'enculé !

J'ai hurlé !

Les trois tailleurs et quatre cravates se sont retournés.

Cette fois c'est certain, je vais me faire expulser du TGV !

Maman

Je suis tout de même arrivée à la gare de Rouen. Les voyageurs de première classe ont haussé les épaules et se sont remis à fixer leurs écrans, indifférents plus que méchants. Aucun contrôleur n'est passé, aucun steward avec du champagne non plus, je m'en fichais.

Perdue dans mes pensées.

Je me suis revue, j'avais sept ans, allongée dans mon lit, porte ouverte, et je te voyais, maman, penchée sur tes comptes bancaires, à répéter et répéter *je ne m'en sors pas, mon Dieu, je ne m'en sors pas*. J'entendais tes appels, les messages que tu laissais. *Je dois vous parler, monsieur Vidame...* Quelque chose n'allait pas, ce soir-là, dans la façon dont tu te comportais, dont tu t'exprimais. Quelque chose de différent. Je l'avais ressenti, deviné, sans pouvoir l'exprimer.

Tant d'années après, j'ai enfin la réponse.

Tu as compris ce soir-là ! Tu as réalisé que Vidame te volait. Qu'il détournait l'argent que ta mère te donnait. Peut-être Vidame avait-il fini par commettre une imprudence ? Peut-être as-tu fini par te méfier et as-tu mis enfin le nez dans tes comptes ?

Mon Dieu !

Mon Dieu, maman, je me suis trompée depuis le début. Tu n'es pas morte à cause de papa. Tu avais démasqué Vidame ce soir-là ! Tu allais le dénoncer ! Il allait tout perdre, s'il te laissait parler. Il n'avait pas le choix, il devait t'éliminer. Il a trouvé un moyen de se fabriquer un alibi, ce n'était pas bien difficile, qui aurait pu le soupçonner ? Puis il est revenu dans le quartier Sorano, au cœur de la nuit...

Pour te tuer !

Nina

Je déambule dans la gare, somnambule sur le fil du cauchemar, funambule sur le fil du rasoir. Je sors mon téléphone, je t'appelle, Nina, je t'en supplie, réponds réponds réponds.

Tu ne réponds pas !

Je t'en prie, Nina, j'ai besoin de toi !

Je marche, je sors de la gare, je t'appelle encore.

S'il te plaît, Nina, décroche. Après il sera trop tard définitivement trop tard.

La sonnerie bipe à l'infini, telle la sirène d'une urgence dont tout le monde se moque.

Où es-tu, Nina ? Que fais-tu, Nina ?

Papa

Je continue de descendre la rue Écuyère. Au croisement de la rue du Gros-Horloge, comme depuis plus de cent ans je crois, on trouve la quincaillerie Deconihout.

Je compose un autre numéro pendant que je marche. Celui que je m'étais juré de ne jamais appeler, celui que je pensais avoir brûlé.

Le tien, papa !

Je dois te parler ! Je dois t'expliquer. C'est à cause de Vidame si tu as fait six ans de prison ! Est-ce que ce salaud nous a volé ça aussi ? Les années qu'on aurait pu vivre ensemble ?

Ton téléphone sonne, mais tu ne réponds pas davantage que Nina.

Où es-tu, papa ?

Je suis parvenue devant la vitrine de la plus vieille boutique de Rouen, j'attends que tu décroches, téléphone collé à l'oreille, longtemps, désespérément, avant de me résoudre à raccrocher.

Je suis désolée, papa, je n'ai plus le temps.

Entre les casseroles en cuivre, les poêles Tefal et les marmites Le Creuset, mes yeux fixent le couteau.

Un Pradel. Lame de 23 centimètres. 99 francs/ 15,09 euros.

Juste la bonne longueur pour tenir dans mon sac à dos.

59

Le récit de Nina
Ce que tu ne sauras jamais, Folette

Je laisse le téléphone sonner au fond de ma poche. Je ne te répondrai pas, Folette. Tu ne comprendrais pas ce que je fais, et encore moins où je suis.

Les voitures passent, pressées, au-dessous de moi, sur quatres voies. J'ai discuté avec Béné, longuement. Dès que tu as raccroché, elle m'a tout raconté. Tu étais encore dans le TGV, quelque part entre Marseille, Lyon ou Paris, j'ai toujours été nulle en géographie.

Alors ainsi, Richard Vidame n'est donc qu'une ordure ayant détourné une fortune ? Ta fortune, ma petite princesse orpheline.

Après tout, je n'ai pas été si étonnée. N'oublie pas, j'ai grandi avec la certitude que Vidame était un salaud. Tu me l'as si souvent rappelé, Folette. J'ai presque trouvé ça logique qu'il puisse avoir volé tout ce fric, qu'il puisse être revenu renverser ta mère qui avait tout deviné.

Sauf…

Sauf que ça ne colle pas avec la version de Karim.

L'immeuble Sorano, face à moi, paraît avoir été bombardé. Béton éventré, portes explosées, fenêtres brisées.

Karim m'a certifié qu'il était le premier sur la passerelle, que Maja était déjà tombée, qu'aucune voiture et encore moins de Volvo noire ne l'avait renversée, que Jo n'est arrivé qu'ensuite, ivre, défoncé, sans aucun souvenir de ce qui s'est passé.

Sauf…

Sauf que j'ai toujours été persuadée que Karim mentait ! Que Karim ne m'a jamais dit ce qu'il a vu, cette nuit-là. Est-il possible qu'il existe un lien entre lui et Vidame ? Qu'il nous l'ait caché, depuis le début ? Qu'ils soient associés ? Qu'ils l'étaient déjà quand nous avons proposé à Karim le casse du Mont Fortin ? Que les règles du jeu aient été truquées ? Que Karim ait déclenché l'alarme volontairement ? Que la mort de Steevy au volant du fourgon ne soit pas un accident ? Non ! Je deviens folle ! Karim et Vidame, complices ? Pourquoi ? Comment ? Pour quel monstrueux arrangement ?

— Bonjour, Nina.

Karim s'est approché jusqu'à moi sans que je le voie venir, aussi silencieux qu'un chat. Il se tient sur la passerelle, face à moi. Jean serré et blouson de cuir élimé. Je le trouve toujours aussi beau, aussi crâneur, aussi agaçant et aussi émouvant à la fois. Un branleur fragile, je me retiens de le serrer dans mes bras.

— Merci de m'avoir appelé, Nina. Ça m'a surpris que tu veuilles me voir, mais ça m'a fait plaisir.

Ne pas se laisser attendrir.

— On... on a beaucoup de choses à se dire, Karim.

— Je me doute. Félix va bien ?

— Oui. Plutôt. Il vient de terminer sa période Télétubbies. Maintenant, il se balade tout nu en courant partout comme Kirikou.

— Tu... tu ne l'as pas amené ?

Ne pas se laisser apprivoiser.

— Il est avec Béné. Zia l'adore ! Je... Karim, je ne suis pas venue te parler de Félix. Je suis venue te parler de... Richard Vidame.

Karim a sincèrement l'air surpris, mais je sais, depuis que j'ai découvert la mort du vieux Lazare, qu'il est parfaitement capable de jouer la comédie.

— Encore ce type ? Vous ne lui avez pas fait assez de mal comme ça ?

— Tu le défends ?

— Non. J'en ai rien à foutre de ce mec. Mais Folette et même Steevy ont quand même payé cher de s'être approchés de lui.

— Et toi... tu t'es déjà approché de lui ?

— Qu'est-ce que tu me racontes, Nina ? Je le connais pas.

Ne pas le laisser respirer.

— Écoute-moi bien, Karim. Je sais ! Je sais que tu mens. Je sais que tu ne m'as pas dit ce que tu as vu, la nuit du 29 avril 83. Tu as laissé Jo croupir en prison sans lever le petit doigt alors qu'il n'avait pas poussé Maja. Qui protèges-tu, Karim ? Qui es-tu, Karim ? Qui était avec toi cette nuit-là ?

60

Le récit de Jo
Ce que tu ne sauras jamais, Folette

Je laisse le Nokia sonner au bout de mon bras. Je vérifie le numéro, avant de refermer le clapet.
Ophélie
Dire que j'ai rêvé de cette seconde depuis quinze ans : que tu me recontactes, Folette, que tu acceptes enfin de me parler. Dire que je n'ai tenu, en prison, en cure de désintoxication, que grâce à cet unique espoir... Et au moment où tu m'appelles, Folette, je ne décroche pas !

— Vous ne répondez pas, Jo ? me demande Richard Vidame.

— Plus tard.

Je range le téléphone dans ma poche et je regarde l'étrange monument dans lequel nous nous trouvons. L'un des silos du port. Vide. Une cathédrale de béton, presque cent mètres de hauteur sous plafond. Des dizaines de pigeons s'y sont laissé piéger. Ils voltigent dans l'immense cylindre creux, se nourrissant des restes de grains collés aux parois et des fétus de paille en suspension. L'odeur de fiente, de détergent industriel et de fermentation est à la limite du supportable.

— Alors terminons-en vite, poursuit Vidame. Qu'est-ce que vous me voulez ? J'ai accepté de vous rejoindre sur votre lieu de travail parce que vous avez insisté, mais je n'ai pas plus de dix minutes à vous consacrer.

Je regarde fixement Vidame. Il continue de jouer au petit chef habitué à ce que tout le monde lui obéisse, mais il bluffe. Il sait que j'ai des cartes en main mais il ignore lesquelles. Sinon, il ne serait pas venu à ce rendez-vous dans un silo désert du port de Rouen. Dès que Nina m'a appelé pour tout me révéler, j'ai téléphoné à sa permanence, je n'ai eu qu'à laisser deux noms à sa secrétaire, le mien et celui de Mette Olsen.

— Ne soyez pas aussi pressé, Richard, je pense au contraire que nous allons avoir une longue conversation. Voyez-vous, pendant des années, comme on dit, je ne vous ai pas senti. Je me méfiais de votre air supérieur de donneur de leçons et chaque soir, je posais les mêmes questions à Maja : pourquoi est-ce que ce type gère notre argent ? Pourquoi est-ce qu'il règle nos factures ? Signe nos chèques ? *Parce que tu dépenses tout dans l'alcool*, me répondait-elle, *voilà pourquoi*, et on s'engueulait, impossible de discuter ! Maja savait que sa mère lui versait de l'argent, 1 500 francs par mois, c'est ce qui apparaissait sur les comptes, elles étaient trop fâchées pour en parler, elles ne se voyaient d'ailleurs jamais, et Maja était trop fière pour lui demander davantage. 1 500 francs par mois, c'était déjà inespéré, bien assez pour me saouler et acheter mon herbe. Comment aurait-on pu imaginer, n'est-ce pas, Richard, que cette vieille garce de Mette nous versait dix fois plus en réalité ?

Vidame reste muet, sourit. Il bluffe bien. Il doit être habitué, depuis des années.

— Je suis au courant de tout, Richard. Et de l'héritage que ma fille n'a pas touché aussi. Il y a des secrets qui mettent du temps à être déterrés, mais ensuite, vous voyez, les nouvelles circulent vite.

Cette fois, Vidame réagit.

— Vous n'avez pas le moindre début de preuve. Croyez-moi, d'autres que vous ont cherché à me faire tomber. Je gêne, j'ai des ennemis dans ce métier. Mais ils n'ont jamais rien trouvé.

— Peut-être qu'ils n'ont pas employé les bonnes méthodes ?

Vidame laisse filer un petit rire un peu forcé...

— Ah oui ? Et vous, Josselin Crochet, vous seriez plus doué, plus compétent que les services financiers du préfet ?

... le rire de Vidame s'étrangle au fond de sa gorge.

J'ai sorti de ma ceinture un pistolet, un Glock emprunté à un ancien camarade de cellule, et je le braque à bout portant sur le front de ce salopard.

— Ni plus doué, ni plus compétent, Richard. Mais plus concerné.

61

Consuelo

Je suis debout devant le portail du Mont Fortin. J'ai mis moins de quarante minutes pour monter du centre-ville jusqu'au sommet de la colline boisée. La grille de fer se dresse devant moi, aussi infranchissable qu'un pont-levis. Un interphone, une caméra. J'écrase de l'index la sonnette, je ne relâcherai pas la pression avant que l'on me réponde.

J'attends, longtemps, jusqu'à ce qu'enfin une voix explose dans le haut-parleur à gauche du portail.

— Dégage !

Je suis surprise. Je ne m'attendais pas à ce que ce soit toi qui m'accueilles.

Alors tu es revenue, Consuelo. De Stockholm ? De Rio ? De Tokyo ? Ta voix continue d'aboyer.

— Fous le camp ! Qu'est-ce que tu viens nous faire chier ?

Visiblement, les voyages t'ont rendue plus vulgaire. Je regarde la caméra. Je dois paraître le plus déterminée possible.

— Je veux juste entrer. Je dois parler à ton père.

— Si tu ne te tires pas immédiatement, j'appelle les flics.

— Je te conseille plutôt d'appeler ton père. C'est une affaire entre lui et moi.

— Pas de bol, il n'est pas là !

— Et ta mère ? Et... et ton frère ?

— Dégage, je te dis. Ou je te lâche nos trois dobermans. Tu vois, à cause de racailles comme toi, on a fini par préférer l'élevage des chiens d'attaque à celui des chats angoras.

Tu as même appris à manier l'ironie ?

Je ne bouge pas, je continue de fixer la caméra.

— Je compte jusqu'à trois, t'énerves-tu, et ensuite je téléphone à la police.

— Te fatigue pas, si ça se trouve, elle est déjà en route.

— ...

Tu ne peux pas rater mon grand sourire.

— Ah ? T'es pas au courant ? Ils ont ouvert une enquête sur ton père. Détournement de fonds. On raconte qu'il a payé tout ça, ton château, tes études, vos angoras, avec l'argent des pauvres racailles comme moi.

Tu marques un long temps d'arrêt. Tu n'as pas aboyé, tu n'as pas ricané, ça ne peut signifier qu'une chose, Consuelo : j'ai bien visé ! Ce ne doit pas être la première fois que de telles rumeurs remontent jusqu'à tes oreilles.

— T'es toujours là, Consuelo ? Alors, tu m'ouvres ?

— Non. C'est moi qui sors !

Moins d'une minute après, tu te tiens devant moi, sans doberman ni garde du corps, tu as juste enfilé un long manteau fourré sur le jogging immonde dans lequel tu devais traîner chez toi. Tu n'as pas ouvert le portail et tu t'es faufilée par une porte de côté. Tu pointes ton doigt sur moi.

— Je vais mettre les points sur les i, Ophélie. Des tas de gens ont déjà essayé de salir mon père, et aucun n'a réussi. Alors retourne vivre dans ta merde plutôt que de venir dégueulasser la maison de ceux qui vivent proprement. Plus jamais, tu m'entends bien, plus jamais tu ne mettras les pieds chez moi.

Tu t'avances, tu serres de rage tes deux petits poings, je devine que tu meurs d'envie de me coller l'un des deux dans la figure.

Approche-toi, Consuelo, je t'en prie.

Tu lèves la main, j'attrape ton poignet.

Quatre ans de taule, ma chérie, je suis entraînée !

D'une clé de bras, je t'oblige à te retourner, à pivoter comme une toupie, avant de te bloquer contre moi. Ça ne te suffit pas, tu te débats, telle une forcenée.

Un nouveau tour de clé, tu te tords de douleur alors que ma main gauche fouille dans mon sac. Tu souffres, ton coude craque et tes dents claquent, mais tu luttes encore, tu penses même parvenir à te libérer, tu arc-boutes tes dernières forces pour tenter une ultime manœuvre désespérée... juste avant de sentir la lame froide du couteau se poser sur ton cou.

Tu te figes, instantanément.

Je sens tout ton corps trembler, comme un poulet plus intelligent que la moyenne qui aurait compris qu'on va l'égorger.

— Il ne faut jamais dire jamais, Consuelo. On va tranquillement entrer chez toi. Et discuter.

62

Le récit de Nina
Ce que tu ne sauras jamais, Folette

Les véhicules circulent sous la passerelle. Un défilé incessant d'autos, de motos et de camions qui s'intensifie en fin de journée. Karim baisse les yeux et concentre son regard sur les voitures qui ralentissent, puis accélèrent. Quel intérêt y a-t-il à suivre ces carcasses de fer ? Ces destins éphémères ? Parce que tu ne veux pas me regarder dans les yeux ? Je t'ai connu plus bavard, Karim, plus courageux.

Je me recule et je m'appuie contre la balustrade de la passerelle.

— Regarde-moi, Karim. Je veux savoir la vérité !

Tu lèves enfin les yeux vers moi. Je serais prête à jurer que tu pleures, à l'intérieur. Tu as juste trop de fierté pour ne pas laisser le barrage de ton orgueil céder.

— Je ne peux pas, Nina ! Je ne peux rien te dire. Sinon, je te perdrai.

— C'est déjà fait, Karim. Tu m'as perdue.

Le barrage commence à se fissurer. Tu me fixes intensément, les yeux mouillés.

— C'est ce que tu penses vraiment ?

Si tu crois que je vais me laisser attendrir par tes yeux de chien battu. Ce n'est pas une crue que tu vas devoir affronter, c'est un orage, une tempête, force 8. Il doit bien y avoir un cyclone qui s'appelle comme moi, *Nina*.

Je t'attrape par le col de ton cuir et je te secoue.

— Enfin merde, Karim, vas-tu te décider à parler ?

Tu ne réagis pas. Toi le caïd, toi la terreur, toi le dealer qui terrorisais tous les gamins du quartier Sorano, tu te laisses secouer comme un prunier, chiffonner comme un mouchoir en papier. Je ne te reconnais plus, Karim... Mais je connais le moyen de te faire tout avouer.

Je te lâche, et sans un seul autre mot, je pose mes deux mains sur la rambarde. J'appuie de toutes mes forces et je me hisse, jusqu'à asseoir mes fesses en équilibre sur la passerelle, dos à la route.

Un seul geste, un seul mouvement brusque, et je glisse trois mètres plus bas. Si je ne m'écrase pas, les quatre files ininterrompues de voitures joueront au billard avec moi.

— Si tu ne me dis pas la vérité, je saute !

Ton premier réflexe est de te précipiter vers moi. Je lâche immédiatement une main.

— Stop, Karim.

Tu te figes. Je suis capable de tout, du moins j'espère que tu le crois.

Je lâche l'autre main. Seules mes fesses, et un improbable équilibre, me retiennent.

Tu n'oses plus faire un geste de peur que je bascule. Je ne t'en demande pas tant, je te demande seulement des mots. J'ai l'impression d'être assise en haut de la plus haute tour du monde et que le vent souffle à cent trente kilomètres/heure.

Je ne vais pas tenir longtemps, Karim...

Tu l'as compris, tu hurles presque.

— Arrête, Nina, je vais tout te dire.

63

Le récit de Jo
Ce que tu ne sauras jamais, Folette

Vidame regarde le pistolet et éclate de rire. Un rire qui rebondit sur les murs de béton du silo vide, qui monte au plus haut, jusqu'à ce que son écho ne se perde cent mètres au-dessus de nos têtes, dans les fétus de paille soufflés par les courants d'air chaud et le fin brouillard de farine.

— Une arme, Jo ? Mais qu'est-ce que vous espérez ? M'arracher des aveux ?

Je continue de braquer le Glock. Crois-moi, Folette, l'apparente décontraction de Vidame n'entame en rien ma détermination.

— Exact, Richard ! Vous allez me raconter ce qui s'est passé, cette nuit-là, cette nuit où est morte Maja.

Vidame me lance un regard gris de mépris.

— Et après ? Vous avez une certaine habitude des tribunaux, non ? Une déclaration prononcée sous la menace d'une arme n'aura aucune valeur juridique !

J'oppose ma tranquille indifférence à sa fausse assurance. Je sors le Nokia de ma poche. J'active le dictaphone. J'ai acheté ce modèle une fortune, uniquement parce qu'il disposait de cette fonction.

— Parfait alors, je vous écoute, Richard. N'hésitez pas, puisque vous ne craignez rien !

— Et si je ne parle pas ?

— Je tire. Je commence par le genou. Ou une oreille. Ou le foie.

Pour la première fois, je vois la panique traverser le regard de Vidame.

— Vous êtes complètement malade.

— Oui... Tel père, telle fille.

— J'aurais dû l'écraser. Et vous aussi !

Sans cesser de pointer mon arme, je tends le dictaphone.

— Parfait, Richard, j'apprécie enfin votre sincérité. Continuez ! Que s'est-il passé cette nuit-là, après que Maja vous a appelé ? Quand vous avez compris qu'elle allait vous dénoncer ?

64

Antoine

— Ophélie ?

Consuelo a poussé le portail du Mont Fortin et traversé le jardin, le dos collé contre ma poitrine, mon couteau collé contre son cou. Dès que j'entre avec elle dans le hall d'entrée, je vous aperçois, ta mère et toi.

Debout, pâles et consternés.

Rose-Anna paraît flotter dans sa robe de batiste, plus transparente encore qu'il y a six ans. J'ai presque l'impression d'apercevoir les murs peints ou les boiseries laquées à travers son corps de verre. Tu t'es posté à côté d'elle, Antoine, pour la protéger de toute ta hauteur, de toute ta maigreur, tu veilles sur elle comme on veille sur une sculpture de cristal. Si ta maman bascule, elle se brise.

— Ophélie, je t'en supplie, ne fais pas de bêtises !

Tu restes étonnamment calme, Antoine. Tu t'improvises négociateur, comme dans les films de prise d'otages. Visage de marbre, voix de velours, mais cerveau qui bouillonne. Tu fixes le couteau que je continue de tenir sous la gorge de Consuelo.

— Ne commets pas de geste que tu regretteras toute ta vie.

Aussitôt, Consuelo se raidit. Sa glotte se plaque à la lame, au point que je dois desserrer mon étreinte pour ne pas entailler sa carotide. Aussitôt elle crie :

— Arrête de paniquer pour elle. Cette tarée va tous nous tuer !

Je tords un peu plus le bras de ta sœur, elle grimace de douleur.

— Je veux voir votre père. Appelez-le !

Consuelo a encore la force de cracher :

— Tu ne crois pas que tu l'as assez emmerdé comme ça ?

— Il n'est pas là, Ophélie, réponds-tu doucement. Il a reçu un appel d'urgence, il y a moins de trente minutes.

— Où il est ?

Consuelo se contorsionne.

— On n'en sait rien, pauvre conne ! Maintenant casse-toi !

Je ne relâche pas mon emprise. Une clé de bras. Plus Consuelo bouge et plus elle souffre.

— Elle a raison, Folette, dis-tu avec toujours la même voix apaisée, celle d'un psy qui tente de raisonner une folle qui s'est évadée. Va-t'en ! Va-t'en tant qu'il est encore temps.

Le temps de quoi ?

J'ai tout mon temps, Antoine. Le temps de reprendre les explications depuis le début. La fortune des Vidame, l'argent détourné, mon héritage confisqué. Tu vas enfin comprendre pourquoi tu haïssais tant ton père. Je tente d'être aussi calme que toi, de ne pas bafouiller.

— Je crois au contraire que nous allons avoir une longue conversation, en attendant que Richard revienne.

— J'ai appelé la police, Folette.

Tu bluffes !

Tu bluffes, Antoine. Je cherche à m'en assurer dans ton regard.

— Je les ai appelés dès que je t'ai vue sortir ce couteau sur l'écran de la caméra. Je n'avais pas le choix. Toi tu l'as. Pars avant qu'ils arrivent.

Tu ne bluffes pas.

Je sais que je dois m'en aller. Ne pas tout gâcher. Richard Vidame ne portera pas plainte, il est coincé. Mais si je suis prise en flagrant délit, couteau à la main, il deviendra à nouveau la victime.

Consuelo sent que je cède. Antoine esquisse même un sourire. Rose-Anna est toujours aussi immobile, mais pour la première fois, je vois ses lèvres trembler.

— S'il vous plaît, mademoiselle Crochet. Partez. Laissez-nous en paix. Quoi que vous ayez appris sur mon mari, vous ne pourrez jamais rien prouver. Croyez-moi, mon mari est un homme prudent. Vous ne ferez que vous heurter à un mur. Je ne vous demande pas de lui pardonner, quoi que vous ayez à lui reprocher. Seulement d'admettre qu'il a gagné.

Renoncer, Rose-Anna ? Comme tu as renoncé ? Comme vous avez tous renoncé ? Comme vous avez tous fermé les yeux pendant des années ?

J'éloigne pourtant mon couteau, je lâche le bras de Consuelo, je me recule jusqu'à la porte, sans vous tourner le dos. Je cherche stupidement la trace de Bolduc quelque part, sans le voir. Mon chat aussi, Vidame me l'a volé. Tu détailles chacun de mes gestes, Antoine, de ton pitoyable regard désolé.

— On ne peut rien contre lui, Ophélie.

Encore un pas, je tourne la poignée, j'ouvre la porte, quand mon téléphone sonne dans ma poche.

Papa.

Instinctivement, sans même réfléchir, je décroche.

— Papa ?

Ce n'est pas la voix de Jo, c'est celle de Richard Vidame. Ce n'est pas un appel, mais un message enregistré sur ma boîte vocale. Instinctivement, sans même réfléchir, j'appuie sur la touche haut-parleur.

« Je m'appelle Richard Vidame,
Nous sommes le 18 novembre 1999, et ceci est ma confession. J'assure la formuler oralement, de mon plein gré, de m'exprimer sans y être contraint. Je souhaite seulement soulager ma conscience.

À qui d'autre pourrais-je avouer mes crimes, sinon à Ophélie Crochet ? La seule, du haut de ses sept ans, à m'avoir démasqué.

Tout a commencé alors que j'avais trente ans. J'étais devenu délégué à la tutelle, responsable d'une petite trentaine de familles faisant l'objet d'une sauvegarde de justice. Mette Olsen a tenu à me rencontrer alors que je gérais, depuis un an, la curatelle renforcée de sa fille Maja et de son mari Josselin Crochet. Un cas classique : mari alcoolique au chômage, mère au foyer, surendettement. Mette m'a fait part de son désarroi, de sa volonté d'aider sa fille. Elle avait rompu quasiment toute relation avec elle. Elle entretenait des rapports encore plus compliqués avec son gendre... mais elle ne pouvait pas laisser sa fille et sa petite-fille mourir de faim.

J'ai immédiatement noué avec Mette une relation de complicité. J'ai toujours eu ce don de rassurer. Elle me faisait confiance, au point d'offrir à mes enfants, Antoine et Consuelo, le même livre qu'elle avait offert à sa petite-fille. Ce recueil des contes d'Andersen, selon elle, contenait plus d'enseignements sur la vie que la Bible, la Torah et le Coran réunis. J'ai assuré à Mette que je ferais tout ce qui était en mon pouvoir pour que son argent, 15 000 francs par mois, soit le mieux utilisé possible. Cela a duré presque six ans. Six ans où je jouais l'intermédiaire entre Mette et sa fille, où j'inventais pour Mette des dettes à rembourser, des dépenses astronomiques d'alcool ou de drogue, et où je lui expliquais que sans l'argent qu'elle distribuait, Jo aurait déjà tué Maja. Avec ses 15 000 francs mensuels, elle achetait la paix, c'était le prix de la vie de sa fille.

Je savais que mon tour de passe-passe ne pouvait pas durer éternellement. J'ai moi-même fini par prendre les devants, dès que Mette a commencé à poser davantage de questions. Donner autant à fonds perdus, n'était-ce pas entretenir l'addiction de son gendre et l'oisiveté de sa fille ? J'ai suggéré de diminuer les sommes, progressivement. Ainsi, Mette ne s'est jamais doutée de quoi que ce soit.

Je me méfiais surtout de son nouveau compagnon, Bernard, même s'il se tenait à l'écart de cette histoire... mais je ne me suis pas méfié de Maja ! Je la pensais sous mon emprise, alors que petit à petit, sournoisement, elle m'échappait. Elle me dissimulait certaines dépenses, et surtout, elle avait contacté la banque sans m'en parler. L'instinct de survie sans doute, ou celui de protéger sa fille.

Le soir du 29 avril, acculée, après m'avoir supplié de lui donner de l'argent, elle s'est plongée dans les documents qu'un employé de la banque avait fini par lui envoyer sans passer par ma tutelle... et elle a compris que quelque chose clochait !

Moi aussi, j'ai aussitôt compris que cette nuit serait différente, qu'un drame couvait. En quittant l'immeuble Sorano, j'ai pris soin de prévenir la police, au cas où Jo rentrerait ivre. Il pouvait se montrer violent envers sa femme, mais je savais que jamais, hélas, il ne me rendrait le service de la tuer.

Maja s'est remise à fouiller dans les comptes dès que je suis sorti et qu'Ophélie s'est endormie. Heureusement elle ne m'a pas immédiatement soupçonné, elle a seulement relevé des chiffres étranges, des sommes inattendues, des lignes de comptes inconnues. Mais le mal était fait. Elle m'a appelé, plusieurs fois. Elle voulait des explications ! Et ces explications m'auraient accusé, dès qu'un expert se serait penché sur le dossier.

Si ma fraude était dévoilée, je ne perdais pas seulement mon métier, je perdais tout : ma réputation, mon ambition. J'étais alors très occupé à monter l'ASTUR, mon association de protection juridique. Une fois agréée par tous les services sociaux, je n'aurais plus personne au-dessus de moi, j'allais pouvoir gérer directement les comptes de centaines de bénéficiaires, cela revenait à prendre beaucoup moins de risques et à gagner beaucoup plus.

Ce soir-là, je passais la soirée avec ma maîtresse, Florence Goubert, mais je restais sur mes gardes et je disposais d'un code permettant d'écouter mes messages téléphoniques à distance. Dès le premier appel de Maja, j'ai réalisé qu'elle savait, qu'elle allait parler, que je ne pourrais plus la manipuler, cette fois. Je n'avais plus le choix, je devais la faire taire ! Maja m'a rappelé un peu plus tard, Jo était rentré, saoul, trop saoul pour comprendre quoi que ce soit à cette histoire rocambolesque d'argent apparu et disparu sur leur compte, il voulait du cash, tout de suite, et la menaçait.

J'ai saisi l'occasion, j'ai appelé la police, je n'avais pas d'autre solution, ou l'on m'aurait accusé de non-assistance à personne en danger. Je ne devais rien modifier à mon attitude irréprochable de travailleur social compétent et réactif, je savais que les policiers ne se déplaceraient pas davantage que les autres fois. Ensuite, je suis aussitôt retourné à l'immeuble Sorano. La police a su depuis le début que je les avais appelés de chez ma maîtresse, à Orival, à moins de dix minutes de voiture, et pas de mon domicile de Bois-Guillaume à l'autre bout de la ville. Je l'ai aussitôt avoué au commissaire divisionnaire Orgemont tout en lui demandant de respecter ma vie privée, de ne pas ébruiter l'affaire et de ne pas mentionner ce détail dans le dossier. Si ma femme apprenait où j'étais... Il a accepté, non seulement parce que je disposais déjà d'amis politiques influents, mais surtout parce que rien ne permettait de me soupçonner. J'étais seulement un travailleur social qui les avait prévenus qu'un drame se jouait. On n'allait pas foutre ma vie en l'air en révélant noir sur blanc que je trompais ma femme ce soir-là.

Lorsque je suis arrivé près de l'immeuble Sorano, par la rocade de Saint-Étienne, à 2 heures 15 du matin, je n'en ai pas cru mes yeux : Maja avait enjambé la passerelle et sauté sur la quatre-voies. Il n'y avait personne d'autre que moi. Je n'ai pas réfléchi davantage, j'ai accéléré et je l'ai renversée. Comme une quille. C'était aussi simple que ça. Aucun témoin ! Le corps de Maja, percuté par ma Volvo, s'est envolé avant de retomber.

Je me suis garé un peu plus loin, à l'abri de la nuit, et j'ai vérifié que la collision n'avait pas provoqué de dégâts trop visibles. Mon renfort de pare-chocs avait amorti l'impact. Je l'ai caché dans mon coffre, puis j'ai attendu quelques minutes qu'un premier témoin donne l'alerte. Dès que j'ai entendu la sirène des urgences, je suis revenu tranquillement sur la scène de crime. Tous les flics, tous les habitants du quartier Sorano descendus sur la passerelle pourraient témoigner de l'heure de mon arrivée.

Personne ne m'a jamais soupçonné. Personne n'a jamais eu le moindre doute. À l'époque, la violence conjugale provoquait plus de deux cents morts par an, le plus souvent dans des familles suivies par des services sociaux, et jamais il ne serait venu à l'esprit des enquêteurs qu'un fonctionnaire assermenté puisse être responsable du décès. Jo était un coupable idéal !

Est-ce que je regrette aujourd'hui ? Je dois sincèrement vous avouer que non. Regretter, cela signifierait regretter l'avenir que j'ai construit pour mes enfants, la propriété que je leur ai offerte, cela signifierait regretter ma carrière, les responsabilités que j'ai assumées, les dossiers que j'ai fait avancer chaque jour, les convictions que j'ai défendues depuis toujours. J'ai sacrifié une vie, une famille, celle de Maja, mais combien d'autres, depuis cette nuit du 29 avril 1983, ai-je aidées, ai-je sauvées, par mes fonctions, par mes actions ?

Les ambitieux n'ont jamais tort. Seuls les médiocres ont des remords. »

* * *

Les sirènes couvrent la voix de Richard Vidame. Trois voitures de police s'engouffrent par le portail ouvert et pénètrent dans le jardin du Mont Fortin, expulsant une giclée de graviers, labourant le gazon fraîchement tondu et explosant les lampes d'ornement. Six policiers surgissent, portières grandes ouvertes, pistolets au poing.

Instinctivement, je lâche le couteau, il hésite à se planter dans le parquet, puis finit par tournoyer telle une aiguille déboussolée.

— Pas un geste !

Je lève mes mains, comme dans les films. Je hisse le plus haut possible mon GSM et je vous regarde, Rose-Anna, Consuelo et toi.

J'ai gagné !

La sainte famille est à jamais brisée.

Les masques sont tombés. Les rides peuvent se creuser. Les cœurs peuvent se sécher. Rose-Anna pourra définitivement disparaître. Consuelo pourra ravaler sa fierté. Tu pourras enfin haïr ton père, Antoine, pour le monstre qu'il est.

La pièce d'or est enfin tombée de l'autre côté. Vous allez tout perdre, ma quête est terminée.

Jo est innocent. Il n'a pas tué ma mère !
Je peux désormais vivre sans ce fardeau, débarrassée du poids qui m'écrasait.
Libre.
Libre de vivre.
Après toutes ces années.

Le récit de Jo
Ce que tu ne sauras jamais, Folette

Un pigeon égaré me frôle, je l'écarte de la main gauche sans cesser de braquer mon Glock, l'oiseau s'élève aussitôt pour se réfugier dans le haut du silo. J'ai compté les secondes dans ma tête. Folette doit avoir reçu sur sa messagerie les confessions de Vidame, elle doit les avoir enregistrées, puis écoutées.

Maintenant, elle sait. Tout le monde sait.

Pourtant, droit devant moi, Richard Vidame n'a rien perdu de sa morgue. Il paraît simplement énervé d'avoir consacré un peu trop de temps à une telle corvée.

— Vous êtes content, Jo ? Vous avez exécuté votre petit numéro ? Vous avez envoyé votre message à votre fille chérie ? Et après ? Je vous l'ai dit, des aveux sous la menace d'une arme ne valent rien. Je nierai tout quand la police viendra m'interroger. Les flics comprendront que vous m'avez soufflé cette fable, que je me suis contenté de la répéter, pour sauver ma peau !

Vidame me défie du regard. Il espère vraiment s'en tirer comme ça ? Il croit qu'il peut se contenter de me tourner le dos après avoir récité sa leçon. Je lève ma main droite et mon pistolet toujours pointé dans sa direction.

— Une fable, Richard ? Je crois que si les flics spécialisés dans les fraudes financières mettent vraiment le nez dans les comptes de votre association, ils n'auront aucun mal à découvrir vos magouilles, à commencer par l'héritage d'Ophélie dont elle n'a jamais entendu parler. Il faudra bien que vous expliquiez pourquoi elle n'a jamais touché les millions que sa grand-mère lui a légués... Et je suppose qu'elle n'est pas la seule des bénéficiaires de l'ASTUR dans ce cas.

Vidame soupire. Il joue au lion agacé par un moucheron. Il observe avec énervement, cent mètres plus haut, jusqu'au toit gris du silo, le ballet désespéré des pigeons prisonniers.

— Nous pouvons nous parler franchement, Jo ? Vous avez coupé votre mouchard ? Oh et après tout, vous pouvez continuer d'enregistrer, si vous voulez. Nous sommes d'accord, je n'ai pas toujours respecté les règles de notre sacro-sainte administration, on pourrait même me qualifier d'arnaqueur, d'escroc, ou même d'ordure pour avoir volé ce qui ne m'appartenait pas, employez les mots que vous souhaitez. Mais je ne suis pas un assassin ! Et vous le savez !

Je ne réagis pas. Mon regard passe sans cesse de Vidame à l'écran de mon Nokia. J'attends. J'attends un dernier message, avant d'écrire le mot fin.

Cette fois, Vidame s'agace. Est-il pressé ? A-t-il hâte de rentrer chez lui ? D'aller admirer une dernière fois le plus beau panorama de Rouen du haut de son fortin ? De serrer dans ses bras Rose-Anna ou l'une de ses maîtresses ? Il esquisse un geste de la main, mais le canon du Glock le dissuade de tout mouvement de révolte. Il laisse petit à petit une colère immobile l'emporter.

— Expliquez-moi, Jo, je ne comprends pas. Pourquoi m'avez-vous obligé à mentir à votre fille ? Pourquoi voulez-vous me faire porter le chapeau ? M'avoir ruiné, avoir foutu en l'air tout ce que j'ai construit, ça ne vous suffit pas ?

Je ne prends même pas la peine de lui répondre.

Cling.

Le message que j'attendais vient d'arriver.

— Enfin merde, Jo, qui pourrait croire que j'aie pu renverser Maja avec ma voiture, l'écraser comme un vulgaire lapin, et me tirer ?

Je lis ton message, Ophélie.

Tu es en paix, maintenant que tu sais que ta haine n'était pas vaine.

Je lève un instant les yeux et je murmure :

— Ophélie le croira.

Puis je relis encore et encore ton message qui s'affiche sur mon Nokia.

Ces trois mots que j'ai attendus pendant toutes ces années.

Je t'aime papa.

Le récit de Nina
Ce que tu ne sauras jamais, Folette

— ARRÊTE, NINA !

Tu as hurlé, Karim ! Ton cri s'est perdu dans le désert du quartier, s'est cogné aux fenêtres des appartements abandonnés de l'immeuble Sorano, a résonné sous la passerelle, s'est engouffré le long des quatre voies de la rocade, pour être transpercé par des dizaines de véhicules isolés dans leurs bulles.

J'ai été la seule à l'entendre. J'ai repoussé la main que tu voulais me tendre. J'ai simplement à nouveau posé les mains sur la balustrade de la passerelle, pour te prouver que je n'avais aucune envie de sauter, que je pouvais tenir en équilibre ainsi, une éternité, les fesses au bord du vide, que je ne voulais qu'une chose.

La vérité !

— Arrête, Nina, répètes-tu une troisième fois, je vais tout te raconter.

Je te dévisage. J'ai toujours su quand tu me mentais ou pas.

— J'avais… j'avais rendez-vous avec Jo ce soir-là !

Mes poings se crispent autour de la balustrade. La barre de fer est dure, froide, je sens des cloques de peinture et de rouille s'effriter entre mes doigts. Tu continues, en me fixant droit dans les yeux. Je sais que tu ne me mens pas cette fois.

— C'était une évidence, quand on y pense, Nina. J'étais le dealer du quartier, Jo était mon plus gros consommateur. On se retrouvait un soir sur deux sur la passerelle, toujours la nuit. Pour prendre rendez-vous, il se contentait de m'appeler. L'heure correspondait au nombre de sonneries qu'il laissait défiler, avant de raccrocher. On ne se parlait jamais par téléphone, trop risqué. Le 29 avril, il m'avait appelé en fin de soirée et avait laissé filer deux sonneries.

Dépêche-toi, Karim. Je sens les crampes tétaniser les muscles de mes bras, je sens la moiteur s'insinuer entre mes doigts, je sens mes paumes glisser petit à petit.

— OK, je sais déjà tout ça. Tu dealais, Jo fumait. Quand tu es arrivé à la passerelle, Maja était déjà tombée, tu as pris une photo et...

— Non, Nina !

Non quoi ?

— Non, Nina, répètes-tu. Pourquoi aurais-je eu un appareil sur moi ce soir-là ? Jo a juste récupéré, des années plus tard, une photo prise par un des badauds du quartier, alors que les secours étaient déjà sur place, avec la plaque de Vidame bien visible pour que Folette croie qu'il était revenu. Non, Nina, quand je suis arrivé, Maja n'était pas déjà tombée. Mais je n'étais pas le premier. Jo était déjà là.

— Jo ?

— Il était ivre, défoncé. Il était parvenu à rattraper Maja, à moins qu'elle l'ait attendu, mais ils se tenaient tous les deux sur la passerelle. Et ils se battaient.

Une décharge électrique traverse mon corps. Une révolte aussi.

— Ils se battaient ? Tu te fous de moi ? Jo fait cent vingt kilos, Maja devait en peser à peine cinquante. Une souris ne se bat pas avec un chat !

Tes yeux se troublent, Karim, ils virent d'abord comme un ciel d'orage, brusquement, un voile gris qui recouvre tout, avant que tes larmes ne se mettent à tomber en averse. Jamais je ne t'ai vu pleurer.

— C'est… c'est pour cela que je t'ai caché la vérité, toutes ces années, que j'ai menacé Nabil, que je vous ai caché la mort de Lazare, que j'ai laissé Folette poursuivre Vidame. Tu as raison, Nina, une souris ne se bat pas avec un chat. Jo était ivre mais conscient, parfaitement conscient. Il voulait de l'argent, c'était sa seule obsession, de l'argent pour acheter les vingt grammes d'herbe que je lui apportais. Maja pleurait, n'avait même plus la force de le raisonner. Jo l'a attrapée par les bras, l'a plaquée contre la balustrade, celle où tu te tiens, Nina.

— Tu les as vus ? Tu étais là. Tu… tu as fait quoi ?

Tes yeux s'inondent, un rideau continu de pluie salée.

— Nina, des types saouls qui secouent leur femme, c'était si courant dans le quartier ! C'était… c'était presque normal.

Un vertige me saisit. J'entends le ballet des voitures trois mètres au-dessous de moi. Le collier de Thor autour de mon cou pèse une tonne.

— Des types qui secouent leur femme au-dessus du vide ?

— Jo était un habitué. Presque un copain. Un bon client au moins. J'étais... j'étais de son côté. Et alors, Maja m'a regardé.

— ...

— Maja m'a aperçu par-dessus l'épaule de Jo, et elle a repris espoir. J'étais le seul témoin. Elle m'a supplié des yeux, j'ai entendu ses lèvres murmurer, plusieurs fois, *sauve-moi, sauve-moi*.

— ...

— Et je n'ai pas bougé. Je pensais juste que Jo lui donnait une leçon, il m'avait si souvent répété qu'il l'aimait, sa Maja adorée. Je pensais juste que c'était sa façon de tenir à elle. J'avais dix-sept ans, Nina, seulement dix-sept ans, puis j'ai vu les pieds de Maja décoller, j'ai compris que Jo la portait, j'ai vu les yeux de Maja se révulser, j'y ai lu la panique absolue, Jo ne se contrôlait plus, ni sa force, ni ses gestes. Je crois que j'ai enfin réagi, que j'ai fait un geste, que j'ai tendu une main, mais c'était trop tard...

Mes poings ne sont plus que deux étaux agrippés à la barre de fer.

— Maja a basculé, Nina. Jo l'a secouée plus fort, ou l'a lâchée, peu importe. Il ne voulait pas la tuer, j'en suis persuadé, mais le résultat est le même. Il l'a assassinée ! De ses propres mains. Il ne l'a jamais oublié, même s'il a toujours plaidé l'amnésie.

— Et tu n'as rien dit ?

— J'étais son complice, Nina. J'apportais son poison. Le corps de cette femme gisait dans le rayon de ma lampe torche, trois mètres plus bas, c'est la scène qu'a aperçue Suzanne Buisson. Tu ne connais de moi que le garçon qui a chassé ses démons. Un gentil grand frère, un amoureux qui t'a présenté sa mère et son père, mais avant de te rencontrer, je n'étais qu'un caïd de quartier. Souviens-toi comme Steevy avait peur de moi. Je n'étais qu'une petite frappe sans cervelle ni scrupule, qui allait terminer sa vie en cellule ou abattu par les tueurs d'une bande rivale. Veux-tu... Veux-tu que je te dise ce qu'il y a de plus atroce dans tout cela, Nina ?

— ...

— Maja m'a sauvé ! En tombant, en s'écrasant trois mètres plus bas, crâne contre bitume, en m'offrant son dernier regard, Maja m'a sauvé. Oui, Nina, je n'ai jamais rien dit depuis. J'ai partagé avec Jo ce secret, Jo a purgé une peine qu'il méritait. Il n'a jamais parlé, comme je n'ai jamais parlé, complices muets, mais jamais je n'ai oublié le regard de Maja. Jamais je n'ai oublié ses derniers mots, *sauve-moi*. Cette nuit-là, j'ai balancé trois cents grammes d'herbe dans la poubelle avant de rentrer chez moi. Je n'en ai plus jamais dealé. Je n'ai plus jamais levé la main sur une femme. Je n'ai plus jamais considéré que c'était normal. J'ai... changé. Et si je n'avais pas changé, jamais tu ne m'aurais aimé. Sans Maja, je ne t'aurais pas gagnée. Maintenant que tu sais tout, je t'ai définitivement perdue.

Ton visage est strié de larmes. Tu n'as jamais été aussi beau. Tu en as mis du temps à me la balancer, ta putain de vérité. Tu te tiens à moins de deux mètres de moi, je te regarde, droit dans les yeux, puis soudain, j'ouvre mes deux poings.

Je sens l'appel du vide, je sens mon dos tomber en arrière, je sens mon corps basculer, j'entends les moteurs carnassiers ronronner sous moi.

— Sauve-moi !

Tu bondis.

En un réflexe prodigieux, tu te jettes en avant, tu attrapes ma main, puis l'autre, tu me tires vers le ciel et tu me recueilles contre toi.

Et tu pleures encore, et tu inondes ma veste, et tu trembles comme un nourrisson frigorifié, ton cuir sent la peau d'agnelet mouillé. Tu crois vraiment que tu aurais pu devenir un caïd de quartier, mon bébé ? Tu n'étais qu'un petit garçon, comme la sorcière Karaba dans *Kirikou*, une épine empoisonnée plantée dans ton dos depuis des années. Je l'ai arrachée, mon amoureux, tu es guéri, tu es guéri aujourd'hui, tu as un petit bonhomme qui t'attend chez Béné, un petit Félix qui ne se souviendra même pas que tu n'étais pas là pendant ses trois premières années. Je t'aime, Karim ! Jure-moi que tu ne lâcheras plus jamais ma main, que tu ne me laisseras plus jamais basculer.

Le récit de Jo
Ce que tu ne sauras jamais, Folette

Je t'aime papa.
Je relis stupidement tes trois mots, Folette.

Vidame essaye d'en profiter pour s'approcher, mais je redresse aussitôt mon pistolet. Il lève les mains, par réflexe, pour bien me signifier qu'il ne veut rien tenter, qu'il veut juste négocier.

— Du calme, Jo. On a le temps, on va discuter. Vous vous êtes fait plaisir avec votre petite mise en scène, votre message envoyé à votre fille, c'est formidable, mais maintenant, vous espérez quoi ? Votre fille découvrira forcément que c'est vous qui avez tué Maja ! J'en ai toujours été persuadé. Les flics aussi, bien entendu, votre numéro d'amnésique n'a trompé personne. Des types bourrés dans votre genre qui assassinent leur femme, y en a presque un chaque jour en France.

Doucement l'écran de mon téléphone baisse d'intensité.
Je t'aime papa.
J'aimerais prendre le temps de poser mes yeux sur ces trois mots, mais Vidame s'avance dès que je détourne le regard. OK, il veut discuter ?

— Je vais vous faire une confidence, Vidame : vous avez raison, sur toute la ligne ! Ophélie a toujours su, si elle interroge sa conscience, que j'ai tué sa mère. Elle m'a vu si souvent passer mes colères sur Maja, elle savait, dans son cerveau de fillette, que cela finirait par arriver. Et c'est exactement pour ça qu'elle a reporté sa haine sur vous ! Pour nier l'évidence. Parce qu'il lui était impossible de me pardonner, et que j'étais pourtant la seule bouée à laquelle elle pouvait s'accrocher. Alors elle s'est construit un autre récit, elle s'est fabriqué un autre coupable : vous ! Elle s'est raconté une autre histoire et elle a fini par la croire. N'est-ce pas ce que ferait tout papa ? Protéger sa fille, ne pas briser ses rêves, lui prouver que les fées, les elfes, et le monstre dont elle a eu peur pendant toutes ses années existent. Comprenez-vous, Vidame ? Pour que ma fille puisse se reconstruire, comme disent les psys, elle a besoin que sa vengeance prenne un sens, que vous soyez un vrai salaud, et moi un héros.

Je t'aime papa.

Vidame s'est encore approché.

— C'est adorable, vraiment, Jo. Sauf que c'est vous l'assassin, pas moi...

Je m'oblige à fixer Vidame droit dans les yeux, à ne pas laisser mon regard s'égarer vers les murs ronds de béton, à oublier au-dessus de nous le vol des pigeons.

— Oh non, Richard ! Si vous ne nous aviez pas tout volé, rien de tout cela ne serait arrivé. Les seuls alcooliques dangereux sont ceux qui n'ont pas les moyens d'acheter à boire. Sans vous, nous aurions été une famille normale, Maja serait toujours là, Folette n'aurait pas vécu son enfance dans un foyer.

Vidame se contente de sourire. S'il n'avait pas les deux mains levées, je crois qu'il m'aurait applaudi.

— Bravo Jo. Votre détermination à soulager votre conscience est admirable, vraiment. Mais pour être franc avec vous, je ne suis pas certain qu'Ophélie ou les policiers feront preuve d'une aussi mauvaise foi que vous.

Vidame sourit encore, il est tellement sûr de lui. Il observe le canon du Glock et il a compris que jamais je ne tirerai sur lui de sang-froid.

— C'est ma faute, Richard, je n'ai sûrement pas été assez clair, je vais vous expliquer autrement. Vous m'avez volé ma vie, ma famille, et quelques millions de francs, alors en échange, je vous demande d'endosser mon crime. C'est un deal honnête, non ?

— C'est un deal débile ! Assumez, mon vieux ! On est des salauds, tous les deux, chacun de notre façon.

— Je sais… mais Folette a besoin de moi, pas de vous.

Cette fois Vidame s'est avancé d'un pas, il se tient à moins d'un mètre. Le pistolet est pointé à trente centimètres de sa poitrine.

— Vous bluffez, Jo ! Vous ne tirerez pas sur moi. Vous n'êtes pas assez saoul pour ça. Vous venez de m'avouer que vous vouliez libérer votre fille du trauma d'un père assassin.

Je ne réponds pas. Je me contente de lever les yeux vers le haut du silo et de regarder les fétus de paille soufflés par chaque courant d'air.

— Savez-vous, Richard, que les silos à grains figurent parmi les installations industrielles les plus dangereuses au monde ?

Vidame ne comprend pas, j'observe son visage inquiet, il se demande pourquoi je change brusquement de sujet.

— Plus dangereuses encore qu'une usine chimique ou qu'une raffinerie. À cause du gaz que dégagent les céréales quand elles fermentent, et des poussières en suspension.

Je baisse les yeux vers mon téléphone, je commence à taper maladroitement sur les touches de mon Nokia. Vidame ne va pas laisser passer l'occasion, mais j'avais prévu son ultime hésitation. Il fixe le canon baissé de mon arme et tente d'évaluer si c'est un piège.

Je précise, au cas où il n'aurait pas saisi.

— Gaz et paille, un véritable cocktail explosif. On ne compte plus les accidents mortels. La moindre étincelle...

Vidame bondit ! Il attrape mon poignet. Mon téléphone s'est envolé sous le choc. Il tord mon bras, il parvient à détourner le pistolet de sa poitrine, mais pas à arracher la crosse de ma paume. Mon index reste coincé contre la détente.

La moindre étincelle...

Je baisse les yeux vers le téléphone tombé à mes pieds.

Je t'aime, Folette.

Message envoyé.

Vidame comprend enfin, se recule, me lance des yeux exorbités.

La moindre étincelle...

— Non, Jo...

Mon doigt presse la détente. Je sais déjà que l'explosion sera magnifique, le plus beau des feux d'artifice, qu'on le verra de loin, de très loin, que tu ne pourras pas le manquer, Folette, aux premières loges, sur le Mont Fortin.

65

Quatre jours plus tard

Papa

Je tiens l'urne à deux mains et je marche entre les allées du Cimetière monumental. La vue sur Rouen y est presque aussi belle que celle du Mont Fortin : par un curieux effet d'optique, les croix surmontant les stèles semblent se superposer aux cent flèches des églises du centre-ville… Les illustres Rouennais, du fond de leur tombe, surveillent eux aussi leur cité. L'agglomération se dévoile jusqu'à l'infini, seulement barré par la courbe boisée des falaises de la Seine, aux limites du tableau, et plein centre, les débris noircis du silo : un donjon de béton éventré, rongé par une apocalypse industrielle.

Nous n'étions que quatre au crématorium, Nina, Karim, Béné et moi. La cérémonie n'a pas duré quinze minutes. Il faut croire que ton corps était déjà bien brûlé, papa, personne ne m'a laissé le voir. Un type en noir qui avait l'air de s'emmerder autant qu'un gardien de musée m'a remis une urne métallique qui ressemble à une sorte de shaker géant – tu aurais apprécié –, puis il nous a laissés.

Personne ne sait ce qui s'est passé. Le lieutenant Campion a été chargé de l'enquête, ils ont identifié ton corps, papa, celui de Richard Vidame, et les restes d'un pistolet. Impossible de savoir qui le tenait. Qui a tiré. Les enquêteurs penchent pour Vidame, puisque tu ne pouvais pas ignorer qu'un coup de feu dans le silo provoquerait une explosion mortelle. Ils ont écouté ses aveux sur mon téléphone portable. Vidame était acculé. Et ensuite, papa ? A-t-il voulu effacer ses confessions avant que tu me les envoies ? A-t-il essayé de te tuer après t'avoir tout avoué ? C'est la version des flics. La brigade des fraudes a tout confirmé. Vidame aurait détourné 2 millions de francs, sur près de vingt ans, et ils n'ont sans doute découvert que la face émergée de l'iceberg. Comment vérifier, tant d'années après ? Il faudra du temps, beaucoup de temps.

Rien ne presse, lieutenant.

J'ai demandé à Béné, Nina et Karim de me laisser seule. Nina a hésité, mais Karim l'a retenue, sans dire un mot. Ces deux-là se sont réconciliés, je ne sais pas pourquoi. À vrai dire, je ne sais surtout pas pourquoi ils se sont disputés, toutes ces années. Comment Nina a-t-elle pu priver Félix de son père ? Comment a-t-elle pu se priver d'un mec comme ça ? Nina a sans doute de bonnes raisons de me cacher la vérité. Quelles que soient les conneries que Karim ait faites dans sa vie, il est devenu un type bien. Un type qui la rendra heureuse. Tu avais raison, on a toujours le droit à une seconde chance.

J'ai mis tant d'années, mais je l'ai compris.
Tu me pardonneras, papa ?

Je marche devant des tombes spectaculaires, entre sculptures baroques et démesure. Je lis, gravés sur les stèles, des noms de gens dont j'ignore tout : des artistes, des banquiers, des militaires qui ont dû être célèbres de leur vivant, qui n'ont pas pu se résoudre à ne devenir que poussière, qui n'ont pas pu renoncer à continuer d'encombrer la terre. Je me souviens, c'est ici, près des tombes de Gaston Le Breton et Valérius Leteurtre, deux inconnus dont les noms ne figurent même plus dans le *Quid*, que les parents de Steevy avaient dispersé ses cendres.

Secteur U1, je suis seule avec toi, papa. Je tourne lentement le couvercle de l'urne.

Ne va surtout pas croire que je te pardonne tout. Que je pardonne les cris, que je pardonne les coups. Mais je suppose que ce n'est plus l'heure des reproches. À l'heure des adieux, on ne se souvient que de ce qu'il y a eu de mieux. Les secrets sont définitivement enterrés, envolés, il ne reste plus qu'une vérité, celle transmise à ceux qui restent vivants.

Alors merci pour ton histoire, papa. Elle est assez bien ficelée pour que j'aie envie de la croire.

Je sépare le couvercle de l'urne. Quelques fines particules grises s'envolent déjà. Un peu de toi.

Le méchant meurt à la fin. Le repenti se sacrifie. Et l'héroïne survit.

Je retourne l'urne, tes cendres hésitent un instant dans le vent changeant, je crois qu'elles vont venir se coller à moi, mais un courant inverse les soulève soudain et elles s'envolent au-dessus des fleurs en plastique, des stèles grises et des ifs.

Je me permets juste de choisir la fin de ma propre histoire, papa. J'ai toujours préféré les contes d'Andersen aux contes de fées.

L'héroïne ne se maria pas et n'eut pas beaucoup d'enfants.

J'ai planté la pointe empoisonnée de Karaba dans le cœur du seul garçon que j'aurais pu aimer.

66

J'ai retrouvé ma vie transparente. J'ai retrouvé mon appartement rue des Bons-Enfants. J'ai retrouvé ma vie de vieille chaussette dont seuls Béné et Zia, Nina, Karim et Félix peuvent me faire sortir une fois par mois. Je lis, je vais bien, ma boîte à chagrins dort sous mon oreiller et elle n'en sort presque jamais.

Je ne suis pas riche pourtant. Pas encore. L'argent de mon héritage est bloqué. Une querelle d'avocats à laquelle je ne m'intéresse pas. Pas assez. Dès que le scandale de l'association ASTUR a éclaté, Consuelo a déménagé en Suède, je crois, ou au Costa Rica, ou en Alaska. N'importe où pour éviter la honte. Antoine, lui, a acheté une camionnette aménagée, *la Maraude*, il y vit, paraît-il, et sillonne les rues de l'agglomération de Rouen pour offrir un repas chaud aux sans-abri, ou un stylo aux sans-papiers. Rose-Anna, à l'inverse, s'est barricadée dans le Mont Fortin. Elle s'est métamorphosée. D'épouse angora, elle est devenue veuve tigresse. Féroce et combative, défendant griffes et ongles son nom et sa maison.

Les avocats que Béné m'a trouvés me certifient que je vais gagner, mais seulement à l'issue d'un long, très long procès.

Peu importe, Béné…

J'ai déjà bien assez.

J'ai retrouvé ma caisse numéro 3 au Shopi aussi, et j'ai retrouvé mes clients.

Mon retraité solitaire et ses packs de bière, mes papas pressés derrière leur Caddie du midi, mes bavardes, mes timides, ma petite vieille et ses sacs de litière, ses sachets de pâtée et ses croquettes.

D'ailleurs, c'est son tour. Je devine sa présence à ses marques préférées déposées sur le tapis roulant. Croquettes Ultima, litière Catsan, pâtée Gourmet.

Et…

Un chat !

Un chat sagement assis sur mon tapis, à peine surpris d'être là.

Je lève les yeux. Il n'y a aucune petite vieille. Aucun autre client. Juste un chat qui serait venu faire ses courses lui-même !

Un vieux chat, qui paraît presque paralysé. Qui me regarde… comme s'il me reconnaissait.

Et que je reconnais !

— Bolduc ?

Bolduc, c'est bien toi ? Tu es toujours vivant ? Mon Dieu, quel âge tu as ? Seize ans ? Dix-sept ans ? Qu'est-ce que… Qu'est-ce que tu fais là ?

J'évite de regarder les caisses voisines, je me contente de faire avancer le tapis pour que tu t'approches de moi.

— Tu es perdu, mon Bolduc ?

Tu portes un collier autour du cou. Une petite plaque de métal gravée.

Bolduc
Camion social la Maraude
Parking central. Rue Daniel Sorano
Saint-Étienne-du-Rouvray

Mon vieux chat !
Je me penche vers toi, je te serre dans mes bras, je souris et je te murmure à l'oreille :
— Viens. Je te ramène chez ton maître.

*Cet ouvrage a été composé et mis en page
par Nord Compo à Villeneuve-d'Ascq*

*Imprimé en France par
CPI Brodard & Taupin
en novembre 2024
N° d'impression : 3059519*

Pocket – 92 avenue de France, 75013 PARIS

S34710/01